LENA KIEFER

OPHELIA SCALE

DIE WELT WIRD BRENNEN

LENA KIEFER

OPHELIA SCALE

DIE WELT WIRD BRENNEN

cbj

Bei diesem Buch wurden die durch das verwendete Material und die Produktion entstandenen CO_2-Emissionen ausgeglichen, indem der cbj Verlag ein Projekt zur Aufforstung in Brasilien unterstützt. Weitere Informationen zu dem Projekt unter:
www.ClimatePartner.com/14044-1912-1001

FSC www.fsc.org
MIX
Papier aus verantwortungsvollen Quellen
FSC® C014496

Wir produzieren Klimaneutral
ClimatePartner.com/14044-1912-1001
Druckprodukt

Penguin Random House Verlagsgruppe
FSC® N001967

4. Auflage

Umschlaggestaltung: Carolin Liepins, München
© Shutterstock (Pablos33, Tithi Luadthong, Bokeh Blur Background)
MP · Herstellung: AJ
Satz: Uhl + Massopust, Aalen
Druck: GGP Media GmbH, Pößneck
ISBN 978-3-570-16542-3
Printed in Germany

www.cbj-verlag.de
Dieses Buch ist auch als E-Book erhältlich

Für Felix,
weil du es schon immer gewusst hast

1

Es gibt Tage im Leben, da gelingt alles. Die schwierigsten Prüfungen, die unmöglichsten Aufgaben, die wahnwitzigsten Pläne. Was man auch anfasst, wird zu Gold.

»Jetzt mach schon, du blödes Ding!«

Heute war keiner dieser Tage.

Ich hing kopfüber von einem Dach, fünf Meter über dem Boden. Das, womit ich kämpfte, war die Scheibe eines halb blinden Fensters. Das, wozu das Fenster gehörte, war eine Lagerhalle am Rande der Stadt. Und das, was ich tat, war absolut verboten.

Seit zehn Minuten versuchte ich, ein Loch in das Fenster zu schneiden. Seit zehn Minuten scheiterte ich daran. Die Scheibe war dreckig und der Glasschneider fand darauf keinen Halt. Immer wenn ich ihn verankern wollte, rutschte er ab.

Ich keuchte. Mein Zopf hing schwer vom Hinterkopf herab und zerrte an meinem Nacken. Blut lief in meinen Kopf, Wut sickerte hinterher. Was nützte mir so ein Gerät, wenn es nur auf blitzsauberen Scheiben funktionierte? Hätte ich vorher eine Putzkolonne bestellen sollen? »Hey Jungs, macht mir doch kurz die Fenster sauber, damit ich dort einbrechen kann?« *Super Idee.*

»Letzter Versuch«, murmelte ich.

Ich wusste, was Knox in dieser Situation gesagt hätte. *Komm schon, Ophelia. Ansetzen und drehen, langsam und mit Gefühl. Du kannst das.*

Ich schnaubte. Knox war auch noch tiefenentspannt, wenn man uns direkt auf den Fersen war. *Gewesen.* Er war tiefenentspannt gewesen. Vergangenheitsform.

Ich atmete durch und versuchte es mit Gefühl. Es half nichts, natürlich. Ich war nicht er. Würde es nie sein. Ich war nur ein billiger Abklatsch – mit einer Mission, die scheiterte, bevor sie überhaupt begonnen hatte.

»Verdammter Mist!« Genervt hob ich die Faust und schlug gegen den Rahmen. Es knackte, dann war ein Quietschen zu hören.

Das Fenster schwang auf.

Ich starrte auf den Spalt. Sollte das ein Scherz sein? Aber Lagerhallen waren nicht für ihren Humor bekannt und ich hatte keine Zeit zum Lachen. Mit festem Griff packte ich die Dachrinne über mir und schwang mich auf das Sims. Dann hakte ich das Seil aus.

»Oha …« Alles drehte sich. Ich griff blind um mich und erwischte den Rahmen des Fensters. Der Schwindel legte sich. Dafür knarzte es bedrohlich. Die Scharniere hatten in diesem Moment beschlossen, den Geist aufzugeben.

Ich ließ los, keine Sekunde zu früh. Neben mir stürzte das Fenster zu Boden, landete mit einem dumpfen Krachen im Gestrüpp und zersplitterte in tausend Teile. Zwei Ratten und ein Eichhörnchen sausten ins Sonnenlicht. Erschrocken sah ich mich um, ob jemand den Lärm bemerkt hatte. Aber die Straße war verlassen. *Noch.* Das marode Fenster täuschte mich nicht darüber hinweg, dass es ein modernes Sicherheitssystem gab. Ab jetzt blieben mir etwa zwanzig Minuten. Dann traf die Wachmannschaft ein.

Ich setzte mich vorsichtig auf das Sims und spähte ins Innere der Halle. Es war darin weder dunkel noch hell – das typische fahle Zwielicht eines Raumes mit dreckigen Fenstern und hohen Decken. Tief unter mir stand eine Reihe Regale, daneben lagen alte Kartons. Ich stützte mich auf die Arme und spannte meine Muskeln an. Dann sprang ich.

Es ächzte dumpf, als ich landete. Die Pappe verwandelte sich beim Aufprall in einen Haufen Staub. Ich rollte mich ab, kam auf die Beine und sah mich um. Es war niemand da. Eilig lief ich los.

Ein strenger Geruch nach altem Öl und modrigem Holz hing in der Luft. Überall stapelten sich Paletten, die Regale waren größtenteils durchgerostet und zusammengebrochen. Kälte kroch mir in den verschwitzten Nacken und ich strich mir ein paar Strähnen aus dem Gesicht. Im Halbdunkel wirkte mein hellbrauner Zopf fast so schwarz wie meine Kleidung.

Neunzehn Minuten.

Mein Zielobjekt stand weiter hinten in der Halle. Es war ein grau glänzender Waggon mit Fenstern und schwarzer Kennnummer – eine *Autonomous Transport Unit, TransUnit* genannt. Es war eine der Beförderungseinheiten für die Bevölkerung, zur Verfügung gestellt von unserem König. In dem alten Gebäude wirkte sie, als hätten Außerirdische ihr Ufo vergessen.

Achtzehn Minuten.

Ich suchte eine Leiter, um an die Klappe in der Seitenwand

zu kommen. TransUnits fuhren im Normalfall selbstständig mithilfe eines Programms, das ihre Routen verarbeitete und speicherte. Das Exemplar in dieser Halle war defekt und wartete auf den Abtransport ins Hauptdepot. Der Routenspeicher war jedoch intakt und wurde erst bei der Reparatur gelöscht. Genau das wollte ich ausnutzen. Mit diesen Daten konnten wir die Strecken überwachen, vielleicht sogar manipulieren.

Ich stieg hoch und zog den Operator aus meiner Tasche. Es war ein schmales Gerät, kaum größer als eines der alten Bücher aus Papier. Als ich ihn einschaltete, leuchtete ein blaustichiges Display auf. Ein Schauer jagte über meinen Rücken. Es war bei Strafe verboten, so etwas zu besitzen oder gar zu benutzen. Sehr hohen Strafen. Wir hatten ihn aus alten Teilen gebaut, die nicht konfisziert worden waren und schwarz gehandelt wurden. Heutzutage war der private Besitz solcher Technologie illegaler als eine Schusswaffe – und die nicht staatlich kontrollierte Benutzung schlimmer als Mord.

Ich schloss den Operator an den Screen der TransUnit an, tippte die Zugangsdaten ein und wartete, dass die Prozedur startete. Mit bangem Blick sah ich auf meine Uhr. *Siebzehn Minuten.*

Endlich zeigte der Operator etwas an.

<Eingabemodus bereit>

Ich atmete tief ein, dann drückte ich *Aktivieren.* Die Zugangsklappe der TransUnit öffnete sich und gab den Blick auf einen Screen frei. Er leuchtete schwach im Halbdunkel. Weiße Schrift erschien.

<Authentifikation erforderlich>

Ich begann, auf dem Operator eine lange Ziffernfolge einzugeben. Meine Finger fühlten sich klamm und steif an. Mein Zopf war nass vor Schweiß und drückte die verschwitzte Jacke an meinen Rücken. Jetzt, wo ich mich nicht mehr bewegte, wurde es mit jeder Minute kälter.

Fünfzehn Minuten.

<Eingabe akzeptiert. Diagnose läuft>

Eine Identifikationsnummer erschien auf dem Display des Operators und schaltete den Routenspeicher der TransUnit frei. Ich gab einen Befehl an das Programm, dann startete der Download. Nun musste ich warten.

Da ich nichts Besseres zu tun hatte, lehnte ich mich an die Leiter und ließ den Blick wandern. Die Halle hatte definitiv schon bessere Zeiten erlebt. Dreck in den Ecken, zerfallende Paletten, altes Verpackungsmaterial und überall Spinnweben. Ich sah hoch zu der Stelle, wo früher offensichtlich ein Logo angebracht gewesen war. Nur sehr schwach erkannte man die Konturen eines *V*, umschlungen von einer *3*.

3V war der Name jener Firma gewesen, der dieses Gebäude früher gehört hatte: *ValeVisualVirtues*, ein Zungenbrecher mit Erfolgsgeschichte. Gregory Vale war der größte Produzent visueller Interfaces gewesen und damit so erfolgreich geworden, dass man die Stadt nach ihm benannt hatte: *Vale City*, Metropole der Zukunft. Er hatte ein Imperium erschaffen, mit Einnahmen in Milliardenhöhe und einem Eintrag an der *Wall of Technology*. Aber das war Jahre her. Heute war Vales Ruhm so verblasst wie sein Logo und die Stadt hieß wieder Brighton. Niemand verdiente noch mit Technologie Geld. So lauteten die Gesetze.

Ein hohes Piepen ertönte. Ich sah auf den Screen an der TransUnit. Schlagartig verdoppelte sich mein Puls.

<Vorgang abgebrochen. Authentifikation fehlerhaft>

»Neinneinnein!« Ich tippte hektisch auf das Display des Operators und versuchte, den Fehler zu finden. Was war schiefgelaufen? Ich hatte die Verbindung korrekt aufgebaut. Hatte eine gültige Berechtigung vorgetäuscht. Warum brach das verdammte Ding jetzt ab?

Die TransUnit piepte wieder, hochfrequent und unangenehm.

<Online-Diagnosemodus wird aktiviert in: 30 Sekunden>

<Online-Diagnosemodus wird aktiviert in: 29 Sekunden>

<Online-Diagnosemodus wird aktiviert in: 28 Sekunden>

Die Schrift verschwand und erschien erneut, wie der tödliche Pulsschlag eines Zeitzünders. *Nicht gut. Gar nicht gut.* Wobei das ungefähr so war, als würde man sagen, der Zweite Weltkrieg sei »nicht gut« gewesen.

Es war eine Katastrophe.

Wenn die Steuerung der TransUnit online ging, wurde jedes menschliche Wesen im Umkreis von fünfhundert Metern erfasst und die Identität an die königlichen Server gemeldet. Normalerweise war das kein Problem – wenn die TransUnit im Einsatz war. Aber jetzt befand sich nur *ein* menschliches Wesen in diesem Radius: *ich.* Genauso gut hätte ich direkt auf die Straße rennen und »Ich bin eine Verräterin« brüllen können.

Ich musste nachdenken. Nein, falsch. Ich musste handeln. *Sofort.*

Schnell gab ich auf dem Display des Operators den Befehl ein, alles abzuschalten. Nichts passierte. Ich versuchte es mit einem Reset. Die TransUnit blieb unbeeindruckt. Sie hatte den Operator einfach aus dem System geworfen.

<Online-Diagnosemodus wird aktiviert in: 23 Sekunden>, informierte der Screen mit stoischem Blinken. Mir war so heiß, als hätte jemand die Halle in Brand gesteckt. Meine Hände verkrampften sich, vor meinen Augen flimmerten Sterne. Der Schweiß lief mir in Strömen über den Rücken. Ich konnte das

nicht schaffen. Sie würden mich erwischen und dann war es vorbei. Dann war alles vorbei.

Jetzt dreh nicht durch, ermahnte ich mich selbst. Zwanzig Sekunden. Ich ging fieberhaft meine Optionen durch.

Manipulation – gescheitert, warum auch immer

Abschaltung – funktioniert nicht

Überschreiben – zu spät

Abhauen – viel zu spät

Absturz verursachen – total irre

... aber möglich.

Ich wühlte in meiner Tasche und zog einen kleinen runden Gegenstand heraus, so groß wie eine Walnuss. Es war eine *Burst-Kapsel*, die mit einem Schlag jede Elektronik ausschaltete. Dagegen war auch eine königliche TransUnit nicht gerüstet. Zumindest war das meine Hoffnung. Und die starb schließlich zuletzt.

Es gab nur einen Haken: die Reichweite. Die Kapsel musste am Knotenpunkt des Systems gezündet werden, sonst funktionierte sie nicht. Wo dieser Punkt lag, wusste ich nicht. Aber ich kannte die Baupläne des Zugangspanels. Hinter dem Screen war ein Hohlraum für die Connecter, die ihn mit dem Rest der Unit verbanden und zur Energieversorgung führten. Wenn ich da herankam, konnte ich die Kapsel hineinwerfen.

Ich zog die Handschuhe aus und versuchte, den Screen der TransUnit mit den Fingernägeln zu packen. Keine Chance. Die Kanten waren passgenau und ich kam nicht in die Lücken. Da fiel mein Blick auf etwas an meinem Gürtel. *Warum nicht?* Verzweifelte Situationen verlangten nach verzweifelten Lösungen.

Ich nahm den Glasschneider, setzte ihn an und drehte den Griff. Diesmal hielt er perfekt. Mit einem Knacken riss der Screen aus der Verankerung und legte den Hohlraum frei. Ich aktivierte die Kapsel, warf sie in die Öffnung und hoffte auf ein Wunder. Den Operator hielt ich hinter meinem Rücken so weit wie möglich von der Unit weg, damit er von dem Impuls nicht erwischt wurde.

Ein Summen ertönte, als die Kapsel sich auflud. Der Ton schwoll an wie ein wütender Bienenschwarm. Dann fiel er ab. Ich starrte auf den Screen der Unit, der nun nur noch von den Kabeln gehalten wurde. Eine unerträglich lange Sekunde passierte nichts. Noch eine. Noch eine.

Dann flackerte der Screen und ging aus. Die TransUnit schaltete sich ab und sank in Tiefschlaf. Ich stieß die Luft aus. *Glück gehabt.*

Ich holte den Operator hinter meinem Rücken hervor und sah auf das Display. Der Fortschrittsbalken zeigte 54 Prozent an. Ich warf einen Blick auf die Uhr. Noch acht Minuten, bis die Wachleute kamen. Reichte das für einen zweiten Versuch?

Das Risiko war groß. Es konnte sein, dass das System sein Gedächtnis nicht verloren hatte. Wenn der Prozess an der gleichen Stelle fortgesetzt wurde, meldete die TransUnit in zwei Sekunden den Online-Status, in zweieinhalb meine Anwesenheit. Aber wenn nicht, hatte ich genug Zeit, bevor das System wieder einen Fehler feststellte. Waren die Daten dieses Risiko wert? Julius, unser Anführer, hätte das verneint. Trotzig dachte ich daran, wie herzlich wenig ihn das bei Knox interessiert hatte. Das hier war immer noch eine Mission. *Meine* Mission. Ich musste es versuchen.

Entschlossen wischte ich mir den Schweiß von der Stirn und packte den Operator. Dann schaltete ich zurück zur Aktivierung des Systems, führte die gleichen Schritte noch einmal aus, um den Download fortzusetzen. Die TransUnit fuhr hoch. Ich war auf das Schlimmste gefasst.

Wieder bewegte sich die Klappe, ein trauriges Ruckeln, weil der herausgerissene Screen der TransUnit den Weg versperrte. Ich schob ihn ungeduldig zur Seite und wartete, betete zu allen Technikgöttern …

… und wurde belohnt. Die Fortschrittsanzeige bewegte sich wieder, kletterte auf 60, dann auf 70 Prozent. Schließlich erreichte sie die ersehnten 100 Prozent, ohne ein weiteres Mal mit dem Online-Modus zu drohen.

Ich warf einen Blick auf das Chaos, das ich verursacht hatte. Vor den Eingeweiden der TransUnit hing an einem Kabel der schwach leuchtende Screen, die Klappe war verbogen und stand zur Seite weg. Ich widerstand dem Drang, ein paar Teile mitzunehmen, und passte den Screen wieder ein. Dann schloss ich die Klappe, die dabei ein hässliches Knirschen von sich gab. Man würde bemerken, dass sich jemand daran zu schaffen gemacht hatte. Aber bis dahin war ich längst weg. Mir blieben immer noch fünf Minuten, um zu verschwinden.

Ich packte den Operator in meine Tasche und machte mich an den Abstieg von der Leiter. Da hallte ein lautes Schrammen durch das Gebäude. Es klang, als würde etwas Schweres über den Boden gezogen. *Das Zugangstor*, schoss es mir durch den Kopf. Das konnte nur eins bedeuten:

Ich hatte keine fünf Minuten.

Ich hatte nicht eine einzige.

2

Mein Schreck dauerte eine Sekunde, dann kam ich in Bewegung. Ich kletterte leise weiter hinunter und duckte mich in den Schatten der TransUnit. Vorsichtig spähte ich um die Ecke.

Zwei Männer in blauen Jacken hatten das Haupttor geöffnet und suchten den vorderen Teil der Halle ab. In der einen Hand hielten sie eine Lampe, in der anderen einen schmalen Gegenstand, so lang wie ein Lineal. *Taser.* Ich verzog das Gesicht.

Mein ursprünglicher Fluchtplan war gestorben. Die von innen verriegelte Seitentür war genau da, wo die Typen gerade suchten. Das Zugangstor lag dahinter. Ich konnte gegen die beiden kämpfen, sie vielleicht sogar besiegen, aber mit den Tasern war mir das zu heiß. Dann gab es noch die Fensterreihe – nur stand an der Wand nichts, was mir den Aufstieg erleichtert hätte. *Spitze.* Ich war eine gute Kletterin, aber für die Nummer hätte ich Spider-Mans Urenkelin sein müssen. Ob ich mich verstecken konnte, bis die Typen wieder weg waren?

Sie kamen in meine Richtung, ich hörte ihre Schritte. Damit war die Entscheidung gefallen. Ich drehte meinen Zopf ein und zog meine Kapuze darüber. Dann kletterte ich die Leiter wieder hoch, kroch auf das Dach der TransUnit und legte mich flach auf den Bauch. Mein Herz hämmerte gegen meine Rippen. Ich hielt die Luft an.

»Hier drüben! Da sind Spuren!« Einer der beiden Männer kam neben der Unit zum Stehen. Ich riskierte einen Blick. Er war jung und hatte schwarzes Haar mit widerspenstigen Wirbeln am Hinterkopf. Die blaue Jacke schlackerte um seine hageren Schultern. Wegen dieser Kluft hießen die Wachmannschaften *Bluecoats*, aber wir nannten sie *Turncoats* – Verräter. Das passte entschieden besser zu Menschen, die sich in den Dienst des Königs stellten, um die eigenen Leute zu bespitzeln.

»Hast du etwas gefunden?« Der zweite Wachmann kam dazu. Er hatte eine Glatze und war dicklich und klein. Skeptisch besah er sich die Spuren. »Das ist bestimmt seit Ewigkeiten dort«, winkte er ab und wischte sich mit einem Taschentuch über das Gesicht.

»Bist du sicher?« Der Hagere schien nicht überzeugt.

»Natürlich bin ich sicher. Wie lange mache ich das hier schon?« Der Dicke holte pumpend Luft.

Aus dem Augenwinkel sah ich eine Bewegung und unterdrückte einen Ekellaut: Direkt neben mir saß eine Spinne. Keine kleine, harmlose, nein. Dieses Vieh war so groß, dass nur ein Sattel gefehlt hätte, um auf ihr zu reiten. Ich wich ein Stückchen nach rechts. Dabei rutschte die Tasche an meiner Hüfte auf das Dach. Es gab ein dumpfes Geräusch.

»Was war das?« Der Dünne sah nach links und rechts. Schließlich fixierte er eine dunkle Ecke mit ein paar Fässern.

»Du wirst langsam paranoid, Owen. Das war bestimmt nur ein Fehlalarm.«

»Ein Fehlalarm macht keine Fenster kaputt.«

»Das Fenster war so alt, dass es wahrscheinlich von allein herausgefallen ist. Wer sollte denn hier einbrechen? Die wissen doch, was ihnen dann blüht.« Der Glatzkopf lachte tief und heiser. »Drei Minuten mit den Leuten vom Clearing-Team und zack, bist du Geschichte.«

Ich bekam eine Gänsehaut.

»Erinnerst du dich noch an den Jungen vom letzten Dezember?«, fuhr der Dicke fort. »Was mit ihm passiert ist, war den ganzen anderen Spinnern sicher eine Lehre.«

»Du meinst den Dunkelhaarigen? Das war doch der Sohn von den Odells. Nicholas, glaube ich.«

Zwei Meter über ihnen krampften sich meine Hände zusammen. Mein Herz tat es ihnen gleich. Ich kannte Nicholas Odell, nur hatte ich ihn nie so genannt. Jeder, der ihn mochte, benutzte seinen Spitznamen – *Knox.*

»Genau der.« Der Dicke nickte. »Arme Familie. Mit einem ganzen Schwung Steuereinheiten haben wir ihn aufgegriffen. Da war nichts mehr zu machen. Längstes Clearing, das wir je in der Gegend hatten.« Er spuckte auf den Boden. »*Widerstand*, dass ich nicht lache. Fehlgeleitete Irre allesamt, wenn du mich fragst.«

Der Dünne murmelte etwas, aber ich hörte es nicht. Ich spürte nur einen bekannten Schmerz aufsteigen, der sonst tief, aber beständig unter der Oberfläche pochte. Knox war kein kranker Irrer gewesen, sondern einer von denen, die diese verfluchte Welt besser gemacht hatten. *Der Beste von allen.* Am liebsten hätte ich mich auf die Turncoats gestürzt und ihnen das in ihre Schädel gehämmert.

Aber das ging nicht. Denn hätte ich es getan, wäre ich Knox direkt ins Nichts gefolgt. Manchmal vermisste ich ihn so sehr, dass es mir wie eine verlockende Idee vorkam. Nur würde ich dann verraten, wofür er gekämpft hatte. Das hätte er nicht gewollt.

»Ich glaube, wir können gehen.« Der Dicke wischte sich die Hände an der Hose ab. »Die sollen jemanden schicken, der das Fenster repariert. Kein Wunder, dass ständig Alarm ausgelöst wird, wenn sich keiner um die Instandhaltung kümmert.«

Ich war erleichtert – und spürte gleichzeitig etwas an meinem Arm. Die Spinne hatte beschlossen, nicht länger tatenlos herumzusitzen. Jetzt krabbelte sie eilig über den Ärmel, direkt auf mein Gesicht zu. Ich wimmerte, ohne es verhindern zu können.

»Hast du das gehört?« Owen war wieder auf der Pirsch. *Verdammte Spinne.*

»Jetzt hör aber auf! Wenn du so weitermachst, werden sie dich noch rauswerfen.« Der Dicke hatte genug. Aber ich hörte nur *ein* Paar Stiefel, das sich entfernte, und dazu etwas anderes: das Knarzen von Metall. *Owen ist auf die Leiter gestiegen.*

»Hier oben!«, rief er.

Jetzt musste ich schnell sein.

Mit einem kräftigen Schlag beförderte ich die Spinne von meiner Schulter, rollte mich zur Seite und ließ mich von der TransUnit fallen. Der Aufprall war hart, aber ich landete auf den Füßen.

»Halt, bleib sofort stehen!«

Der Dicke kam auf mich zu, der Dünne sprang hinter mir von der Leiter. Ich rannte in die einzige Richtung, die nicht versperrt war: zur Wand. Die Fensterreihe war in vier Meter Höhe, aber meine einzige Chance. Es wurde Zeit, Spider-Mans Urenkelin zu werden.

Aus vollem Lauf sprang ich auf einen Stapel Paletten, stieg

dann auf ein rostzerfressenes Regal. Schlechte Idee. Es hielt eine Sekunde, bis es nachgab. Ich suchte Halt, aber da war nichts – außer einem dünnen Rohr an der Wand. Ich reagierte blitzschnell und stieß mich ab. Meine Finger knallten auf Metall. Das Regal brach polternd unter mir zusammen.

»Hol sie da runter!«, rief der Dicke seinem Kollegen zu.

Versuch es doch. Ich biss die Zähne zusammen und stemmte mich hoch. Stöhnend schaffte ich es in den Stütz, dann zog ich meine Beine hinauf. Das Rohr knackte, aber es hielt. Ein Sirren ertönte. Die Turncoats luden ihre Taser.

Ich richtete mich auf, meine Beine waren wie Gummi. Mit letzter Anstrengung hangelte ich mich auf das Sims und war am Fenster, als sie die Taser abfeuerten. Die Hochvolt-Projektile kamen nicht so weit und verfehlten alle ihr Ziel. Schnell trat ich die Scheibe ein und schlängelte mich durch das Loch. Eine der vorstehenden Scherben erwischte meine Kapuze und zog sie mir vom Kopf. Ungeduldig zerrte ich sie zurück an ihren Platz.

»Nach draußen!« Die beiden rannten los. Zeit zum Hinunterklettern hatte ich nicht. Hastig schwang ich herum und ließ mich vom Rand der Fensteröffnung hängen. Die Reste der Scheibe schnitten mir in die Handschuhe. Schnell ließ ich mich fallen.

Ich landete direkt auf den Scherben des zerstörten Fensters. Eine schlitzte meine Hose am Knie auf, verfehlte aber mein Bein. Gehetzt sah ich in Richtung des Tors. Die Halle war groß, draußen alles verwuchert und voller Gestrüpp. Der Dünne schaffte es vielleicht in dreißig Sekunden bis zu mir, der Dicke brauchte das Doppelte. Zwischen ihnen und mir hing mein verwaistes Seil vom Dach. Ich konnte es dort lassen, aber es provozierte Fragen, wenn wir ständig neues Equipment brauchten.

Mein Kopf rechnete.

Weg bis zum Seil – zehn Sekunden.

Seil lösen – drei Sekunden.

Aufwickeln – fünf Sekunden.

Darüber nachdenken, ob ich es tun soll – zweieinhalb Sekunden. Jetzt drei. Dreieinhalb.

Ich rannte los.

Während ich das Seil mit einem Ruck aus der Verankerung riss, war ich noch allein. Aber als ich es aufwickelte, schoss der Dünne um die Ecke und rannte auf mich zu. Meine Fluchtmöglichkeiten waren begrenzt: Zur Straße konnte ich nicht, in den Wald im Norden wollte ich nicht. Der einzige Weg führte mitten durch das Gestrüpp.

Ich sprintete los. Wildes Gras, Disteln und Fingerkraut zerrten an meinen Schuhen, an den Schnürsenkeln und dem Saum meiner Hose.

Der Dünne kam mir nach und schrie aus Leibeskräften, ich solle stehen bleiben. Glaubte der wirklich, ich sei so dämlich, mich freiwillig zu stellen? Einfache Turncoats hatten keine Aufspürgeräte, um jemanden auf Distanz zu tracken – oder Equipment, um DNA zu scannen. Das bedeutete, sie konnten mich nur dann identifizieren, wenn sie mich erwischten. Und ich hatte nicht vor, ihnen diesen Gefallen zu tun.

Ich rannte, so schnell ich konnte. Es würde nicht lange dauern, bis Verstärkung kam. Das alte Industriegebiet, heute beherrscht von runtergekommenen Lagerhallen und leer stehenden Gebäuden, war weitläufig und einsam. Ich musste es bis zum alten Golfplatz schaffen, wo ein Wohngebiet anfing. Dort konnte ich untertauchen.

Der Dünne war zäh – egal, wie schnell ich lief, es gelang mir nicht, ihn abzuschütteln. Meine Beine wurden schwer, ich war nass geschwitzt, und mein Kopf schmerzte tierisch. Die Tasche mit dem Operator schlug bei jedem Schritt gegen meine Hüfte, das Seil auf meiner Schulter wog eine Tonne. Alles in mir schrie nach einer Pause, aber ich brüllte innerlich dagegen an. Sie durften mich nicht kriegen. Wenn sie mich schnappten, war ich so gut wie tot.

Ein Stück lief ich an der verlassenen Straße entlang, um Kraft zu sparen. In der Ferne kam mir eine TransUnit entgegen. *Verstärkung?* Ich konnte die Passagiere nicht erkennen, aber das Risiko war zu groß. Rasselnd holte ich Luft und beschleunigte wieder. In einem günstigen Moment schlug ich mich seitwärts in die Büsche.

Keinen Augenblick zu früh.

Ich hörte das Rascheln zurückschlagender Äste, dann laute Rufe und Befehle, schließlich Schritte vieler Stiefel, deren Träger den Wald absuchten. Die Verstärkung war eingetroffen und hatte noch keinen Fünf-Kilometer-Lauf in den Knochen. Chancengleichheit sah anders aus.

Zu meinem Glück konnte ich bereits die Mauern der Siedlung sehen. Ich legte einen letzten Spurt ein, schlug Haken um zwei kleine Bäume und sprang über einen vermoderten Gartenzaun. Meine Sohlen streiften das Holz, ich strauchelte, fiel aber nicht. Schnell rannte ich um die nächste Ecke, verlangsamte dann meine Schritte und zog mir die Kapuze vom Kopf.

Vor mir lag eine Gruppe mehrgeschossiger Häuser mit schäbigen Fassaden und verwilderten Gärten. Hier wohnten die Idles, jene Menschen, die von der Grundversorgung lebten und zum Arbeiten zu alt, faul oder krank waren. Sie bekamen nicht viel, nicht einmal einen Namen für ihre Siedlung, die einfach nur *das Viertel* genannt wurde.

Es war ein trostloser Ort. Die Zäune verfielen langsam und die Eingangstüren hatten schon lange keine frische Farbe mehr gesehen. Viele Mauern waren grün vom Moosbefall, an manchen wucherte dunkler Efeu ungehindert zum Dach.

Auf einem kleinen Platz in der Mitte fand ein Markt statt, auf dem die Idles Kleidung tauschten oder sich mit selbst angebauten Lebensmitteln versorgten. Ich steuerte einen alten Schuppen an und verschwand hinter den grünlichen Brettern. Es roch nach Erde und feuchtem Holz.

Schnell warf ich das Seil in die Ecke und zog meine schwarze Jacke aus. Ich knüllte sie zusammen, steckte sie in eine Tonne mit Kompost und häufte halb verfaulte Kartoffelschalen darüber. Ein Zipfel der Jacke war jedoch widerspenstig und ragte heraus. Es war die Ecke mit dem Zeichen des Königs, einer stilisierten Lilie mit zwei gekreuzten Pfeilen, die ein X bildeten und deren Spitzen nach oben zeigten. Wütend griff ich danach und stopfte sie besonders tief in die Tonne. Ich stellte mir vor, dass es sein Rachen war.

»Was machst du da?«

Ich schreckte hoch und stieß mir an der niedrigen Decke des Schuppens den Kopf.

Au.

3

Als die Sterne vor meinen Augen zu tanzen aufhörten, erkannte ich zwei Augen auf halber Höhe. Erleichtert atmete ich aus. Es war nur ein Kind.

»Ah, hey, ich wollte nur eben meine Jacke entsorgen«, antwortete ich beiläufig. »Ich habe sie aus Versehen zerrissen.« Hoffentlich wusste das Kind nicht, dass man Kleidung aus künstlichem Material nicht in den Kompost stopfte.

Ein zerzaustes blondes Mädchen tauchte hinter der Tonne auf. »Oh je, das passiert mir auch manchmal. Dann schimpft meine Mama immer.«

Die Kleine sah zwar etwas schmuddelig aus, wirkte allerdings wohlgenährt und gesund. *Das war's dann aber auch schon,* dachte ich bitter. Früher hätte diesem Mädchen die ganze Welt offengestanden, sie hätte alles tun und alles sein können. Und jetzt? Jetzt waren ausreichend Essen, medizinische Versorgung und ein Leben nach den Regeln des Königs alles, was die Zukunft ihr bot. Wir alle waren zu einem Leben in Unfreiheit verdammt. Es war zum Kotzen.

Das Mädchen sah mich ängstlich an. »Du verrätst den anderen doch nicht, dass ich mich hier versteckt habe, oder?«

»Nur, wenn du mich auch nicht verrätst.« Ich lächelte, löste meinen Zopf und schüttelte die langen Haare aus. Sie fielen mir glatt über die Schultern, noch feucht, aber nicht mehr schweißnass.

»Ich verspreche es.« Die Kleine nickte eifrig.

»Gut.« Ich griff nach meiner Tasche. Das Seil würde ich später holen müssen. »Wenn ich deine Freunde treffe, sage ich ihnen einfach, du wärst in den Wald gelaufen.« Die Kleine strahlte. Ich zeigte ihr den hochgereckten Daumen, dann spähte ich um die Ecke und trat ins Freie.

Ich brauchte dringend etwas anderes zum Anziehen. Die Jacke war ich zwar losgeworden, aber meine dunkle Hose und das schwarze Shirt waren trotzdem zu auffällig. In der Nähe sah ich einen Stand von zwei älteren Frauen, die Kleidung anboten. Sie stritten gerade mit einer jungen Mutter, ob drei Paar Socken ein angemessener Tauschpreis für einen Schal waren. Ich ging zur Rückseite des Standes und griff heimlich nach einem roten Pullover. Da drehte sich eine der Frauen um.

»Kann ich dir helfen?«, fragte sie misstrauisch.

»Ja, ich suche …« Ich griff nach etwas, das ganz oben auf dem Stapel lag. »So was hier. Die ist wirklich hübsch.« Ich hielt die bunte Jacke hoch. Sie war so hässlich, dass ich mir eher die Pulsadern aufgeschnitten hätte, als sie freiwillig zu tragen. Aber ich konnte nicht wählerisch sein.

»Ja, nicht wahr?« Der skeptische Ausdruck der Idle-Frau verschwand. »Die hat meine Schwester selbst gestrickt. Sie passt toll zu deinen Augen.« Sie deutete mit ihren stummeligen Fingern auf einen moosfarbenen Streifen, der keinerlei Ähnlichkeit mit meinen blattgrünen Augen hatte. Trotzdem nickte ich eifrig.

»Ja, das ist wirklich verblüffend. Als wäre sie für mich gemacht.« Ich strich sehnsüchtig über die kratzige Wolle.

»Du solltest sie anprobieren.« Sie lächelte, aber dann traf mich ein prüfender Blick. »Ich habe dich hier noch nie gesehen, oder?«

»Doch, sicher. Ich gehöre zu Frank.« Ich sagte es, als wäre ich verwundert, dass sie mich nicht erkannte. Es war eine sichere Wette. Irgendjemand hieß immer Frank.

»Ah, Frank Fortier, oder?« Ihr Gesicht hellte sich auf. »Man sieht die Ähnlichkeit. Bist du seine Tochter?«

Etwas in ihrer Stimme warnte mich davor, die Frage zu bejahen. »Nein«, antwortete ich. »Ich bin seine Nichte. Meine Mum hat mich vor einem Jahr aus Coventry hierhergeschickt. Wegen der Seeluft.«

»Seine Nichte, ah. Das ergibt Sinn, nach allem, was passiert ist.« Sie nickte und gab mir die Jacke. »Los, zieh sie an.«

Ich schlüpfte hinein und drehte mich einmal. Es war ein Stoff gewordener Albtraum. Die Jacke war unförmig, hatte zu lange Ärmel und die Farben passten nicht zusammen. Wenn die Schafe gewusst hätten, dass ihre Wolle für so eine Scheußlichkeit geopfert werden würde, hätten sie zu den Waffen gerufen. »Sie ist toll«, seufzte ich traurig. »Leider habe ich nichts zum Tauschen.«

»Ach, das ist in Ordnung.« Die Frau winkte ab. »Ich schenke sie dir. Mariette wird sich freuen, wenn jemand sie nimmt.«

Ich strahlte sie an.

»Super, danke! Das ist wahnsinnig nett.« Ich schloss die Knöpfe und zog meine Haare aus dem Kragen. Hoffentlich konnte ich das Ungetüm auf dem Heimweg entsorgen.

Ich wechselte noch ein paar Worte mit der Frau, dann verabschiedete ich mich und ging weiter. Von einem anderen Stand klaute ich ein Geschirrtuch und hängte es über meine Tasche, ein herrenloser Schal machte die Verwandlung zur harmlosen Bürgerin komplett. Gerade noch rechtzeitig: In dem Moment, als ich auf einen Stand mit Gemüse zuging, stürmten zehn Turncoats auf den Platz.

Niemand antwortete, als der Dünne lautstark nach jemandem in dunkler Kleidung und mit schwarzer Tasche fragte. Die Idles fürchteten die Wachleute und hätten sie nie angelogen. Aber da sie niemanden gesehen hatten, auf den die Beschreibung passte, blieben sie stumm. Ich setzte mich auf die Umrandung des alten Brunnens und hängte meine Tasche hinter mir in das leere Becken. Vielleicht hätte ich verschwinden können, aber es war nichts auffälliger als unauffälliges Verhalten. Also blieb ich und tat so, als wäre ich schon immer hier gewesen.

Die Turncoats begannen damit, Leute zu befragen, und kamen irgendwann zu mir. Ausgerechnet Owen wurde auf mich aufmerksam.

»Hey, du! Hast du etwas gesehen?« Er klang müde, hatte schweißnasse Haare und ein feuchtes Gesicht. Bei der Verfolgungsjagd musste er sich völlig verausgabt haben.

»Nein, Sir, nichts«, sagte ich verschüchtert. »Ich bin nur hier, weil ich etwas zum Anziehen gebraucht habe.« Ich zupfte am Ärmel meiner neuen Jacke.

»Und was ist in der Tasche?«, schnauzte er mich an.

»Nur Gemüse, Sir.« Schützend legte ich die Hände auf die Klappe.

»Mach sie auf.«

Ich zögerte.

»Nun mach schon!«, drängte er.

Ich gehorchte und öffnete die Tasche. Aber alles, was der Turncoat zu sehen bekam, waren ein paar Kartoffeln. Ich hatte sie in letzter Sekunde hineingeworfen, um den Operator zu verdecken.

»Räum sie aus«, befahl der Dünne.

»Jetzt hört aber auf!« Jemand schubste sich bis zu mir durch. Ich erkannte das Gesicht der Idle-Frau, die mir die Jacke gegeben hatte. Sie schien keine Angst vor den Turncoats zu haben. »Das ist Frank Fortiers Nichte, ihr Idioten. Glaubt ihr wirklich, dass sie verdächtig sein könnte?«

Ich hatte keinen blassen Schimmer, was sie meinte, aber ich atmete auf. Das Tragen der scheußlichen Jacke war ein fairer Preis für die Hilfe der Frau.

Der Dünne druckste herum, plötzlich ganz kleinlaut.

»Nein, natürlich nicht, ich hatte ja keine Ahnung...«

»Ja, das ist das Problem bei euch. Ihr habt nie irgendeine Ahnung!« Sie stellte sich vor mich. »Und jetzt hört auf, harmlose junge Mädchen zu belästigen.«

Normalerweise hätte ich mich gegen diese Bezeichnung gewehrt: Ich war vor zwei Monaten achtzehn geworden und zudem alles andere als harmlos. Trotzdem gab ich mir Mühe, nach beidem auszusehen.

Getuschel breitete sich aus und Wortfetzen flogen mir zu.

»Fortier? Der mit der toten Tochter?«

»Schlimme Sache war das.«

»Ist vom Pier gesprungen, mitten in der Nacht...«

Schnell reimte ich mir zusammen, dass die Tochter meines angeblichen Onkels Frank sich vor einigen Jahren umgebracht hatte, weil sie das Leben ohne Technologie nicht mehr ertragen hatte. Sie war kein Einzelfall, das wusste ich. Es hatte damals unzählige TechHeads wie sie gegeben – und es gab immer noch viele, die sich in der neuen Welt nicht zurechtfanden. Ich verstand nur nicht, wieso man den Tod wählte, wenn man auch für das kämpfen konnte, was man verloren hatte. Ich tat es. Alle hätten es tun sollen.

Im allgemeinen Wirrwarr schloss ich meine Tasche wieder und stand auf. Unter den Beileidsbekundungen der Leute nickte und lächelte ich, machte ein betroffenes Gesicht und konnte mich schließlich durch eine Lücke davonstehlen. Ich machte mir keine Sorgen, dass man mich doch noch verraten würde. Die Stadt war groß und Menschen sind katastrophal vergesslich. Selbst wenn ich in einer Woche erneut bei ihnen auftauchte, würde mich niemand mehr erkennen.

Der Weg nach Hause kam mir endlos vor, trotzdem blieb ich nicht stehen, um eine TransUnit zu ordern. Jede Fahrt wurde registriert. Ich wollte nicht mit dem Viertel in Verbindung gebracht werden.

Während ich lief, fuhr eine Unit nach der anderen an mir vorbei. Die Waggons sahen alle gleich aus, es gab keine Farb- oder Ausstattungsvarianten. Früher hatte es ein öffentliches System gegeben und zusätzlich eigene Wagen für Leute, die reich waren und luxusversessen. Heute existierten solche Begriffe wie »reich« oder »Luxus« nicht mehr.

Es gab eine Grundversorgung mit Wohnraum, Nahrungsmitteln, Kleidung und Medizin. Zusätzliche Entlohnung winkte allen, die ihre Arbeitsleistung zur Verfügung stellten. Niemand musste mehr hungern, frieren, unter Brücken schlafen, betteln oder stehlen. Wirklich alle Menschen waren versorgt, das erste

Mal in unserer Geschichte. Es klang wie das Paradies. Aber das war eine Lüge.

Über das schon seit fünfzig Jahren zentral regierte Europa herrschte jetzt ein einzelner Mann, der sich vor sechs Jahren selbst zum König ernannt hatte: Leopold de Marais. Innerhalb von Tagen war Europa mit allen Konsequenzen zu einer Monarchie mutiert, der alle Möglichkeiten eines modernen Überwachungsstaates zur Verfügung standen. Nicht, dass vorher tatsächlich ein demokratisches System geherrscht hätte, denn schon seit Jahren hatten die *Big Ten*, die zehn größten Unternehmen der Welt, über vieles bestimmt: *Energie, Nahrung, Medizin, künstliche Intelligenz, Kommunikation.* Wenn man ein Monopol hatte, konnte man eben vor allem eines: bestimmen. Aber obwohl die Regierungsmitglieder der Welt nur Marionetten in einem Theater gewesen waren, dessen Programm von den Konzernen vorgegeben wurde, hatten wir über unseren persönlichen Zugang zu all diesen Dingen selbst entscheiden können. Gegen Bezahlung natürlich, aber genau die hatte uns zu einem gewissen Grad mächtig gemacht. Denn wenn die Menschen nicht in eine neue Energietechnik, in ein neues Kommunikationssystem oder ein neues Virtual-Reality-Spiel investieren wollten, dann hatten auch die Konzerne sie nicht dazu zwingen können.

Jetzt war das anders. Es gab kein Mitspracherecht, keine Wahlen, keine Freiheit. Der König entschied, was wir essen, lernen oder denken durften. Aber vor allem setzte er mit aller Härte durch, was er als Notwendigkeit für unseren Fortbestand bezeichnete: das strenge Reglement jedweder Technologie durch den Staat.

Im Jahr 2134 waren wir praktisch wieder in der vortechnologischen Steinzeit angekommen. Freie digitale Kommunikation war untersagt, Informationszugang nicht mehr für jedermann verfügbar. WorldNet? Vergiss es. MediaLinks und ContentLinks? Keine Chance. Alles, was es noch gab, wurde vom König kontrolliert und von ihm nur eingesetzt, wenn es der Kontrolle der Bürger diente. Es war das Ende jeder freien Entfaltung, das Ende jeder objektiven Meinungsbildung. Das Streben nach Freiheit und Wissen, in den Industrienationen ehemals ein Geburtsrecht unserer Spezies, war absoluter Kontrolle gewichen. Das war kein Paradies. Es war die Hölle.

Offiziell nannte man es »Programm zur Rückbesinnung auf entscheidende Werte und soziales Zusammenleben«, weil die Menschen angeblich aggressiv und nicht mehr zu mitfühlendem Verhalten fähig gewesen waren. Aber so stand es nur in den offiziellen Berichten und Bekanntmachungen. In der Bevölkerung hatte sich ein anderer Ausdruck durchgesetzt. Wer jetzt über diese Zeit sprach, in der alle privaten Kommunikationsgeräte, Dateneinheiten und visuellen Implantate beschlagnahmt und zerstört worden waren, benutzte dafür nur einen Begriff: *die Abkehr.*

Ich werde nie den Tag vergessen, als die Abkehr in Kraft trat. Wir hatten in der Nähe von Paris gelebt, mein Bruder, meine Eltern und ich. An einem Dienstag im Frühjahr hatte es über alle Kanäle eine Mitteilung gegeben: Leopold de Marais habe die Macht in Europa übernommen. Ab jetzt würden andere Regeln gelten.

»Bitte händigen Sie jedes technische Gerät, das sich in Ihrem Besitz befindet, an die Kontrolleinheiten aus.« Der Satz hallte noch Tage später in meinen Ohren wider, als würde ich ihn über meine akustischen InterLinks empfangen. Aber die gab es da schon nicht mehr.

Ich war zwölf Jahre alt gewesen und hatte keine Ahnung gehabt, was diese Worte bedeuteten. Meine Mutter war in mein Zimmer gekommen, aufgewühlt und fahrig. Sie war sonst eine sehr beherrschte Frau. Ihre Unruhe hatte mir Angst gemacht.

»Ophelia, bitte pack deine Sachen zusammen. Sofort.«

»Was ist denn los? Welche Sachen?«

Ich hatte an meinem Holodesk gegessen, vor mir mein aktuelles Projekt. Es war ein Analysemodul zur Erkennung verschiedener Materialien gewesen, das ich mit meinem Dad entwickelt hatte. Meine Zukunft als Ingenieurin hatte zu diesem Zeitpunkt längst festgestanden.

»All deine Sachen, außer der Kleidung. Wir müssen alles abgeben, was technologiebasiert ist.«

»Alles? Aber –«

»Alles, Ophelia.«

»Ich kann aber doch nicht ohne meine Links, Mum!«, hatte ich protestiert. »Ohne sie kann ich nicht mehr nach draußen, weil ich ständig Schmerzen habe!« Angsterfüllt hatte ich sie angestarrt. Ein Kopfschütteln war die Antwort gewesen.

»Darum kümmern wir uns später. Beeil dich bitte.«

Dann war sie gegangen.

An diesem Tag waren meine Zukunftsträume gestorben, aber sie waren nicht das Einzige gewesen. Die Ehe meiner Eltern, beide hoch angesehene Ingenieure, überstand den Umbruch nicht. Nur zwei Jahre nachdem unsere Pads, Holodesks und sämtliche Hardware für künstliche Intelligenz aus dem Haus getragen worden waren, wurde die Trennung amtlich.

Mein Zwillingsbruder und ich zogen bald mit meinem Vater zurück ins ehemalige England und kurz darauf fand mein Dad wieder eine Freundin. Lexie Freeland war wie er Anglopäerin und lebte mit ihren beiden Kindern ebenfalls in Brighton, keinen Steinwurf von uns entfernt. Es dauerte nicht lange, bis wir bei ihr einzogen.

Das war mein Tiefpunkt gewesen.

Ich hatte versucht, mich an diese Situation zu gewöhnen, die in so vielerlei Hinsicht neu war. Aber zwecklos. Ich mochte die Leute in meiner neuen Schule nicht und wollte mich nicht an den analogen Unterricht gewöhnen. Lexies kleine Kinder fand ich genauso nervtötend wie sie selbst, die Stadt langweilig und farblos.

Mir fehlte das Leben mit den InterLinks für Ohren, Augen und Hände, obwohl meine Mutter damals bereits etwas gefunden hatte, das meine Symptome linderte. Ich war wütend gewesen, enttäuscht und allein.

Dann entdeckte ich eines Tages auf dem Nachhauseweg eine Gruppe von Jugendlichen, die zum Pier gingen. Da ich wusste, dass dort alles geschlossen hatte, folgte ich ihnen neugierig. Es dauerte nicht lange, bis sie mich bemerkten und einer von ihnen mich ansprach. Als überforderte Vierzehnjährige, die ich war, hatte ich etwas gestammelt und war weggerannt.

Das war mein erster Kontakt mit der Gruppe gewesen, die sich *ReVerse* nannte. Aber dabei war es nicht geblieben. Beim nächsten Mal lief ich nicht weg, als man mich ansprach. Eine Woche später nahm ich an meinem ersten offiziellen Treffen teil.

Einzelnen Aufruhr gab es öfter, aber ReVerse war der einzig ernst zu nehmende Widerstand im Land. Wir waren auf die Städte verteilt, untereinander vernetzt und gut organisiert.

Während andere Gruppen sinnlos demonstrierten oder wie die sogenannten *Radicals* Anschläge verübten, gingen wir gezielt vor und besorgten uns Informationen, mit denen wir dem König schaden und uns selbst helfen konnten. ReVerse ließ sich nicht zu unüberlegten Aktionen hinreißen, wir agierten im Verborgenen und warteten auf den richtigen Moment. Aber eines war klar: Wenn es an der Zeit war, würde der König nicht wissen, was ihn getroffen hatte. Und dann würde die Abkehr Geschichte sein.

4

Die *QuarterSupply*-Station war gut besucht, als ich dort ankam. Überall in der Stadt gab es diese Gebäude, eines für jedes Viertel. Man erhielt dort vorbestellte Lebensmittel und Kleidung aus dem königlichen Sortiment – denn wenn man nicht selbst stricken wollte, wie die Idles oder Lexie es taten, musste man auf die sogenannte *Lilienkleidung* zurückgreifen. Der König hatte jede Form von industrieller Produktion, die über den Eigenbedarf und kleineren Tauschhandel hinausging, unterbunden. Es war völlig egal, ob es dabei um Klamotten, Geschirr oder Möbel ging, seine Paranoia und sein Ego duldeten nichts, was auch nur entfernt mit Technologie zu tun hatte und nicht seiner Kontrolle unterlag. Aber natürlich war das nur zu unserem Besten. *Bla, bla, bla.*

Holte man etwas in der Supply-Station ab, gab es oft den neuesten Klatsch dazu. Seit man Nachrichten nur noch auf offiziellen Pads des Königs lesen konnte, wurden inoffizielle Neuigkeiten von Person zu Person weitergegeben. In erster Linie war es Zeitvertreib, weil es sonst nicht viel zu tun gab. Ich sah mich um. Unter diesen Menschen waren Wissenschaftler, Ingenieure und andere kluge Köpfe, die früher die Welt verändert hatten. Für sie war der Gang zur Supply-Station nun das traurige Highlight des Tages.

»Hey, Phee, alles klar?« Liora Pike, eine Freundin von mir, drängte sich durch die Menschen und kam mit einem schwer beladenen Korb auf mich zu. Sie lebte bei ihren Großeltern, die außerhalb wohnten und auf die öffentliche Versorgung angewiesen waren.

»Hi, das ist ja ein Zufall.« *Ist es nicht.* Wir taten nur so, damit die Übergabe der gestohlenen Daten unauffällig ablief. »Haben sie eure Station immer noch nicht wieder aufgebaut?« Die Radicals hatten die Vergabestelle am Stadtrand vor zwei Wochen niedergebrannt.

»Nein, es fehlt Material. So lange werden wir auf die anderen Stellen verteilt.« Liora hob die schmalen Schultern.

Wir hätten nicht unterschiedlicher aussehen können. Ich hatte haselnussbraune Haare und bekam in der Sonne schnell Farbe, mit 1,75m war ich recht groß, dazu schmal und durch das regelmäßige Training athletisch. Liora dagegen war kleiner und dunkelhaarig, hatte graue Augen und eine zerbrechliche Statur. Letztere täuschte allerdings: Meine Freundin war genauso lange beim Widerstand wie ich.

»Kommst du nachher auch zur Probe?«, fragte sie.

»Glaubst du, das lasse ich mir entgehen?« Ich grinste und deutete auf meine Tasche. »Ich habe übrigens deine Bücher mitgebracht, die alten Sagen über Odysseus. Sie sind ziemlich schwer. Ich hoffe, du kannst sie tragen.«

»Ach, das ist kein Problem. Ich fahre eh mit der TransUnit.« Liora streckte die Hand nach der Tasche aus und schob sich den

Riemen über die Schulter. »Wir sehen uns später im Theater. Danke für die Bücher.« Sie hob die Hand und verschwand in Richtung des nächsten Terminals.

Ich fühlte mich leichter, als ich zum Eingang der Station ging, um meine Bestellung zu holen. Die Übergabe war geglückt, und nun lag es in Lioras Verantwortung, den Operator mit den Daten zu Julius zu bringen. Ich hatte es geschafft. ReVerse hatte es geschafft.

Das tiefe Glücksgefühl, das ich früher nach einer geglückten Aktion gehabt hatte, blieb jedoch aus. Es war an dem Tag verschwunden, als sie Knox festgenommen hatten – und wie er war es nie zu mir zurückgekehrt.

Ich brauchte nur wenige Minuten von der Supply-Station bis nach Hause. Seit vier Jahren war das ein zweistöckiger Backsteinbau, der zu einem ehemaligen Werksgelände gehörte. Über dem Haupttor war noch schwach der Schriftzug *British Engineerium* zu erkennen. *Welch Ironie.*

Unser Haus lag am Rande des Geländes, auf dem noch weitere Familien und ein paar Alleinstehende wohnten. Als ich über den Hof ging, war es ruhig – keine Stuhlkreise, kein Holzbildhauern, kein Selbsterfahrungskurs. Nur ein paar Kinder spielten neben der Rinderkoppel und winkten mir zu. Ich erwiderte die Geste müde und lächelte. Hier durfte ich niemals unhöflich sein oder mich unangemessen verhalten. Im Engineerium war ich ein Wolf unter Schafen. Niemand durfte meine Zähne sehen.

»Ich bin zu Hause!«, rief ich, als ich die Tür aufstieß und die Tasche mit den Lebensmitteln aus der Supply-Station abstellte. Gemächlich schnürte ich meine Stiefel auf, dann dehnte ich Rücken und Arme. Meine Schultern waren verspannt und die Stelle an meiner Hüfte pochte. Das würde ein enorm großer blauer Fleck werden.

»Endlich!«, rief meine Stiefmutter Lexie, die barfuß in der Küche herumwuselte. Mit ihrem lässig hochgebundenen blonden Haar, der roten Haremshose und dem übergroßen taubenblauen Pullover erinnerte sie mich einmal mehr an eine durchgedrehte Kunststudentin. »Hast du meinen Reis bekommen?«

Ich nahm die Tasche und trug sie zum Esstisch.

»Es ist alles hier, auch das ekelhafte Curry-Zeug, das du wolltest.«

»Du bist ein Schatz, Phee.« Lexie strahlte und steckte sich den Kochlöffel hinter das Ohr. »Auch wenn ich das ›ekelhaft‹ überhört habe. Curry ist gesund, wirkt entzündungshemmend und beugt Krankheiten vor.« Sie hob mahnend den Finger. Dann musterte sie mich. »Hübsche Farben. Du solltest öfter was Buntes tragen.«

Ich sah an mir herunter. *Oh verdammt.* Ich hatte vergessen, die Jacke des Grauens auf dem Heimweg zu entsorgen. Jetzt hatte mich die halbe Stadt in der Geschmacksverirrung gesehen.

»Ach, das«, sagte ich und zog den Albtraum schnell aus, »das gehört Liora. Mir war kalt und ich hatte nichts dabei.« Ich warf die Jacke in die Ecke zu den Stiefeln. Dann ließ ich mich auf einen Stuhl am Esstisch fallen.

In unserem Loft sah es aus, als hätte eine Bombe eingeschlagen. Das Wohnzimmer beherbergte nicht nur unzählige Bücherregale und drei bunte Sofas, sondern auch haufenweise Projekte von Lexie, die niemals fertig wurden: Strickzeug auf dem Couchtisch, Papierfetzen für eine Collage auf dem Boden, gefärbte Stoffstreifen an der Wendeltreppe, die zu den oberen Zimmern führte. Dazu kamen die Skulpturen und Zeichnungen meines

Bruders Eneas – direkt vor mir lag ein Stapel Aktbilder – und der Kram von Lexies Kindern Fleur und Lion. Das war der Zustand an guten Tagen. An schlechten gab es schon mal lebende Hühner in der Küche oder eine Töpferwerkstatt im Wohnzimmer. Der Teppich war mein fleckiger Zeuge.

»Wann gibt es etwas zu essen?«, fragte ich.

Lexie drehte sich zu mir um. »Keine Sorge, es dauert nicht mehr la–«

»Phee! Ein Glück, du bist da!« Ein blonder Wirbelwind schoss heran und stoppte am Tisch. »Du musst mir den Pullover mit den kleinen Vögeln leihen. Bitteeee.« Herzzerreißend sah Fleur mich an. Sie hatte das Gesicht eines Engels und den Dickkopf eines Panzernashorns – und wusste mit ihren zwölf Jahren beides für sich zu nutzen.

»Der ist dir doch viel zu groß, Flo«, lachte ich.

»Das muss so! Nennt sich *Heavysize Look*. Auf welchem Planeten lebst du eigentlich?« Fleur verdrehte die Augen.

»Ich habe keine Ahnung«, antwortete ich, »in welcher Galaxie gibt es freche Mini-Blondinen, die ihren großen Schwestern Klamotten klauen?«

Fleur musste lachen. »Du bist so doof.«

»Nein, großzügig.« Ich knuffte sie in die Seite. »Du kannst den Pulli haben, wenn du willst.«

»Echt? Du bist die Größte!« Fleur fiel mir um den Hals und ließ erst los, als ich röchelnde Geräusche von mir gab. »Mum, ich geh dann nach dem Essen zu Sophia. Ich komme vor zehn zurück. Okay, vielleicht wird es auch halb elf.« Sie drückte mir einen Kuss auf die Wange und verschwand in Richtung Badezimmer.

»Warst du in dem Alter auch so?«, stöhnte Lexie, die am Herd stand und in zwei Töpfen gleichzeitig rührte.

Ich dachte kurz nach. Als ich zwölf gewesen war, hatte mich die Abkehr von einem zufriedenen Kind in einen hilflosen Teenager verwandelt. Aber das konnte ich Lexie nicht sagen. Sie hatte keine Ahnung, wie sehr ich das alles hasste.

»Ich hatte nach der Abkehr andere Probleme als Fleur«, antwortete ich ausweichend. »Aber das Verhältnis zu meiner Mutter war damals trotzdem nicht einfach.« Als wäre das irgendwann anders gewesen.

»Das beruhigt mich.« Lexie probierte den Inhalt des einen Topfes. »Aber sei froh, dass du noch jung warst, als die Abkehr ausgerufen wurde. So konntest du dich besser anpassen.«

»Mhm.« Mehr sagte ich nicht dazu. Die Mitglieder von Re-Verse trugen ihre Ansichten nicht nach außen. Niemand, der halbwegs intelligent war, tat das. Erst recht nicht vor Leuten wie meiner Stiefmutter.

Lexie war eine Phobe. So nannte man den Teil der Bevölkerung, der schon vor der Abkehr Technologie abgelehnt hatte. Die Phobes hatten entschieden, ohne all das auszukommen, was das Leben lebenswert machte – zum Beispiel virtuelle Welten oder digitale Kommunikation. Sie bewohnten oft Enklaven wie das *Engineerium*, bauten ihr Gemüse selbst an, hielten sich Tiere und standen auf esoterisches Blabla wie Meditation und Naturanrufungen. Dazu kamen jede Menge absurde Ansichten: Phobes glaubten, das Schlachten von Tieren wäre besser als die synthetisch gezüchtete Variante, sie zogen das Waschen mit der Hand dem mit einer CleanUnit vor und strickten und webten ihre Kleidung selbst. Wenn man mich fragte, war das fast noch dämlicher als die Ansichten der Radicals. Die versuchten zwar, ihre Ziele mit Gewalt und Vandalismus durchzusetzen, aber sie hatten immerhin die richtige Grundidee.

Sobald das Thema jedoch aufkam, schwieg ich. Wenn auf Technologie geschimpft wurde, schwieg ich. Wenn die Errungenschaften der letzten hundert Jahre für Werke des Teufels gehalten wurden, schwieg ich. Obwohl *alles* in mir widersprechen wollte, hielt ich den Mund. Das war meine Verpflichtung als Mitglied von ReVerse. Wenn man seine Gedanken offen äußern wollte, musste man zu den Radicals gehen. Wenn man etwas bewegen wollte, kam man zu uns.

Lexie holte mich aus meinen Gedanken. »Würdest du deinem Vater Bescheid geben, dass wir in zehn Minuten essen?« Sie legte den Löffel beiseite und nahm einen der Töpfe vom Herd. »Andrew ist im Gewächshaus, er kümmert sich um die Tomaten. Sie wollen nicht wachsen.«

Das könnte daran liegen, dass er Ingenieur ist und kein verdammter Gärtner.

»Natürlich.« Ich lächelte und stand auf. Schweigen und Lächeln, das war mein tägliches Brot bei Lexie. Dabei mochte ich sie eigentlich gern – sie war ein netter Mensch und eine bessere Mutter als meine eigene. Nur ihre Ansichten bescherten mir regelmäßig Brechreiz.

Ich ging kurz in mein Zimmer, um mich umzuziehen und etwas gegen meine Kopfschmerzen zu nehmen. Dann lief ich zurück nach unten. Kühle Luft schlug mir entgegen, als ich die Tür zum Garten öffnete und in Lexies Gummistiefel schlüpfte.

Unser Garten bestand aus einem Stück wildem Rasen, ein paar Beeten und einer Terrasse. Am Rand stand ein kleines Gewächshaus mit sechseckigem Grundriss und fleckigen Scheiben. Als ich näher kam, entdeckte ich meinen Vater an einem Tisch. Er zupfte behutsam die verwelkten Blätter einer Tomatenpflanze ab und setzte sie in einen größeren Topf. Als er sich zur Seite drehte, sah ich den verlorenen Ausdruck auf seinem Gesicht. Unwillkürlich spürte ich einen Kloß im Hals.

Mein Vater, Andrew Scale, war einer der brillantesten Menschen unserer Zeit – oder eher jener Zeit, die mit der Abkehr beendet worden war. Er hatte für *MedSol* gearbeitet, *den* Medizintechnik-Konzern der Welt, einen der Big Ten. Für ihn hatte er intelligente Systeme entwickelt, die mittels Nanotechnologie Krankheiten aufspürten und heilten, lange bevor sie ausbrachen. Seine Arbeit hatte Tausenden das Leben gerettet.

Er war aber nicht nur ein Visionär gewesen, sondern vor allem der beste Lehrer der Welt. Ich hatte von ihm gelernt, wie man eine Circuit Printing Unit bediente und Layer erstellte – gedruckte Folien bestückt mit Schaltungen, Steuerungen und Informationen, das Herzstück jeder Technologie. Er hatte mir beigebracht, wie ich etwas erschaffen konnte, wenn ich Wissen und Wollen mit Logik kombinierte. *Simple Mathematik* hatte er das genannt.

Aber dann war die Abkehr gekommen, hatte ihm sein Lebenswerk genommen und seine Leidenschaft zu etwas Verbotenem erklärt. Die Tore von MedSol waren von einem Tag auf den anderen geschlossen worden. Er hätte danach bestimmt eine Stelle in der Entwicklungsabteilung des Königs bekommen können, denn medizinische Versorgung gab es immer noch, wenn auch auf einem anderen Niveau. Aber mein Vater hatte gesagt, seine Freiheit wäre ihm wichtiger. Jetzt arbeitete er zwanzig Stunden wöchentlich im Elektrizitätswerk, starrte auf einen altertümlichen Monitor und informierte einen Supervisor drei Städte weiter, wenn etwas nicht stimmte. Dazu versuchte er sich an allen Beschäftigungen, die Lexie ihm ans Herz legte. Wenn ich ihn so ansah, bezweifelte ich, dass er sich jetzt frei fühlte.

Wahrscheinlich war er nie weiter davon entfernt gewesen. So wie wir alle.

Vorsichtig klopfte ich an den Rahmen der offenen Tür. Es roch nach Erde und Dünger – Rindermist vermutlich. Der Geruch trieb mir Tränen in die Augen.

»Hey, Dad. Lexie lässt ausrichten, dass es bald Essen gibt.«

Mein Vater drehte sich um und sein Gesicht hellte sich auf. Ich wusste nicht, ob er sich wirklich freute oder einfach eine Maske aufsetzte.

»Hi, Schatz. Ich komme sofort.« Er deutete auf die Pflanzen. Diejenige, die er gerade festgebunden hatte, ließ traurig den Kopf hängen. »Sie wollen nicht so, wie ich will. Ich fürchte, ich tauge nicht zum Gärtner.« Er zog die Schultern hoch.

»Wir wissen beide, dass es so ist.« Ich lächelte leicht und deutete auf seine dreckige Stirn. »Du hast da was.«

»Oh, wirklich?« Mein Vater wischte sich das Gesicht ab und schmierte die Erde dabei in seine dunklen Haare. »Das ist wohl die Rache der Natur.«

»Warum sagst du Lexie nicht, dass dir das Gärtnern keinen Spaß macht?«

»Ach, nein.« Er hob erneut die Schultern. Mit seiner hochgewachsenen, schlaksigen Gestalt sah er aus wie ein großer Junge. »Sie freut sich, wenn ich es versuche.«

»Bist du mal auf die Idee gekommen, etwas zu tun, das *dir* Freude macht?« Mein Ton geriet schärfer als beabsichtigt. Der Blick meines Vaters wurde wachsam.

»Und das wäre?«

»Das weißt du genau«, sagte ich.

Er seufzte. »Es sind jetzt sechs Jahre, Phee. Denkst du nicht, es wird Zeit, die Situation zu akzeptieren?«

»So wie du?« Ich schnaubte. »Soll ich vielleicht auch Tomaten pflanzen oder hässliche Kerzenleuchter töpfern? Glaubst du, davon geht es mir besser?«

Mein Vater sah erst die Pflanze und dann traurig mich an. »Ist dieses Leben denn wirklich so furchtbar für dich? Wir haben doch alles. Genug zu essen, ein Dach über dem Kopf, ausreichend Zeit für Beschäftigung. Glaubst du, der König würde für all das sorgen, wenn wir ihm egal wären?«

»Der König hat seine Macht im Sinn, sonst nichts«, sagte ich. »Wieso verteidigst du diesen Despoten immer? Du warst selbst Teil der Welt, die er zerstört hat.« Ich hasste es, wenn mein Vater so tat, als ginge ihn das alles nichts an. Als wäre er nie mit Leib und Seele Ingenieur gewesen.

»Weil ich davon überzeugt bin, dass er seine Gründe hat. Gründe, die über das hinausgehen, was man uns sagt.« Mein Vater nickte. Wahrscheinlich redete er sich das jeden Tag ein. Oder Lexie tat es für ihn.

»Wenn er wirklich so tolle Gründe hätte, könnte er sie uns auch mitteilen«, sagte ich. »Warum sollte er uns etwas verschweigen, das dabei helfen könnte, seine bescheuerte Entscheidung zu verstehen?«

»Das weiß ich nicht.« Mein Vater schüttelte den Kopf. »Aber ich weiß, dass deine Wut niemandem hilft, Ophelia. Am allerwenigsten dir selbst.«

Er musterte mich mit diesem mitleidigen Blick, den ich so hasste. Es gab keinen Grund, warum ich ihm hätte leidtun müssen. *Er* war derjenige, der aufgegeben hatte. *Er* war derjenige, der sich von Lexie hatte weichkochen lassen und jetzt den Lügen des Königs glaubte.

Ich hätte noch so viel sagen können.

Zum Beispiel, dass es nicht in meinen Kopf wollte, warum wir in einer Welt fast ohne Technologie ausgerechnet an einem Ort lebten, wo es *gar keine* gab. Oder, dass seine Haltung jede Verbindung zwischen uns zerstörte. Aber es war sinnlos. Wir würden nie wieder das sein, was wir vor der Abkehr gewesen waren. Zu viel war seitdem passiert.

»Immerhin bringt meine Wut keine Pflanzen um«, antwortete ich abfällig. »Aber mach du nur weiter damit. Ich für meinen Teil werde mein Leben nicht mit etwas verbringen, das ich *nicht* kann.«

Ich ließ ihn nicht antworten, sondern drehte mich um und stapfte zurück zum Haus. Die fünf Meter Weg gehörten mir und meiner Wut – ich trat so heftig auf, dass mir die Fußsohlen wehtaten. An der Terrasse kickte ich die Stiefel von meinen Füßen, dann öffnete ich die Tür. Als ich hindurchging, atmete ich langsam aus und setzte ein Lächeln auf. Meine Wut blieb wie ein Mantel an der Garderobe zurück.

5

»Wo ist das Salz?«

»Ich brauche neue Stifte für meine Mappe.«

»Mum, Lion klaut immer meine Socken!«

»Schmeckt es euch? Das ist ein neues Rezept.«

»Deine Socken passen mir überhaupt nicht, du Kröte!«

»Es ist sehr gut, Liebling, hat so was … Erdiges.«

»Nenn mich nicht Kröte!«

»Ruhe jetzt, alle beide!«

Es war immer ein Chaos, wenn wir aßen. Fleur und Lion begannen zu streiten, Eneas beschwerte sich über irgendetwas, Lexie wollte schlichten, mein Vater schwieg – und ich versuchte, nicht durchzudrehen. Bei dieser Familie musste man taub und blind sein, um keinen Anfall zu bekommen.

»Habt ihr zwei schon einen Termin bei der Berufsberatung ausgemacht?«, fragte mein Vater und sah Eneas und mich an.

Ich überließ meinem Bruder die Antwort. Optisch waren wir uns so ähnlich, wie man es bei Zwillingen erwarten konnte – die schmale Nase, die grünen Augen, die hellbraunen, glatten und kräftigen Haare. Auch die scharfen Konturen unserer Gesichter waren gleich. Unser Charakter hätte jedoch nicht unterschiedlicher sein können. Eneas war ein Denker und Künstler. Er malte und zeichnete, sprach gerne über Philosophie und ergründete den Sinn des menschlichen Seins. Ich dagegen war analytisch und zielstrebig. Kreativität kannte ich nur, wenn es um Technik ging. Für Kunst hatte ich kein Talent.

»Mein Termin ist nächste Woche«, antwortete Eneas zwischen zwei Gabeln von Lexies Reisgemüsepampe. »Aber Phee hat noch keinen.« Er grinste mich an.

»Alte Petze«, murrte ich, aber ich war nicht ernsthaft verärgert, wie so oft. Vielleicht war das etwas Biologisches unter Zwillingen – genetische Friedfertigkeit, um einander nicht umzubringen.

»Du solltest es erledigen«, mahnte mein Vater. Er ließ sich nicht anmerken, dass ich ihn vorhin mies behandelt hatte. »Diese Termine sind verpflichtend.«

Ja, weil der König das so angeordnet hat. Und wir machen natürlich immer alles, was er uns befiehlt.

»Das weiß ich. Aber ich habe keine Ahnung, was ich denen sagen soll.« Ich schob das Essen auf dem Teller herum. Die Pampe sah nicht nur aus wie pürierter Frosch, sie schmeckte auch so.

»Deswegen nennt es sich ja *Beratung*, Schatz. Damit dir jemand hilft, das Passende für dich zu finden.«

»Tja, das gibt es seit sechs Jahren nicht mehr«, sagte ich.

»Das ist Unsinn, und das weißt du auch«, entgegnete mein Vater, als hätte es unseren Zusammenstoß im Gewächshaus nicht gegeben. »Es gibt für jeden einen Bereich, der ihm Freude macht.«

»Du könntest dich nach einem Geschichtsstudium erkundigen«, mischte sich Lexie ein. »Daran hast du doch Interesse.«

»Ja, vielleicht.« Ich presste die Lippen aufeinander. Alte und Neuere Geschichte war Knox' Fach an der Uni gewesen. Seine Leidenschaft, nicht meine. Nichts auf der Welt hätte mich dazu gebracht, weiter daran festzuhalten, nun, wo er es nicht mehr konnte.

»Schön. Dann kannst du das bei deinem Termin sagen. In Ordnung?« Mein Vater sah mich nicht an, während er das sagte. Ich fragte mich, ob ihm klar war, dass ich niemals Geschichte studieren würde.

Zu Hause wurde nicht über Knox gesprochen. Lexie hatte es einmal versucht, aber die Gründe für Knox' Festnahme machten es nahezu unmöglich, mit einer Phobe dergleichen zu besprechen. Sie hatte über ihn geredet, als wäre er ein Wahnsinniger gewesen und ich sein gutgläubiges Opfer. Beinahe wäre ich ihr dafür an die Gurgel gegangen. Da war mir das hilflose Schweigen der anderen lieber.

»Sicher.« Ich nickte, meinte aber das Gegenteil. Es wirkte trotzdem. Sofort wandte man sich anderen Gesprächsthemen zu.

»Gut. Lexie, was war das Problem bei den Flyern?«

»Dad, wie sieht es mit meinen Stiften aus?«

»Mum, wenn ich heute früher nach Hause komme, darf ich dann am Wochenende bei Sophia übernachten?«

Das Chaos am Tisch nahm seinen Fortgang. Ich aß noch drei Bissen von meiner Reispampe, damit ich mich nicht daran beteiligen musste. Oft fühlte ich mich in meiner Familie wie ein unbeteiligter Zuschauer. Manchmal fragte ich mich, ob ich überhaupt noch dazugehörte. Oder ob ich das wollte.

Eine Viertelstunde später war ich endlich erlöst.

»Ich muss los, wir haben um acht Uhr Probe.« Ich stand auf

und trug meinen Teller zur Spüle. Natürlich hatten wir auch hier keine technische Unterstützung. Was fürchteten die Phobes eigentlich? Dass eine simple DishUnit eines Tages die Weltherrschaft übernahm?

»Ist das immer noch diese Theatergruppe?« Lexie sah auf. »Wann habt ihr eigentlich eine Aufführung? So oft, wie ihr probt, müsst ihr ja schon echte Profis sein.«

Ich ging zur Garderobe und griff nach meinen Stiefeln.

»Im Sommer findet eine statt.« Einmal im Jahr mussten wir ein Stück auf die Bühne bringen, um den Schein zu wahren. Alle ReVerse-Teams waren als Theater- und Sportgruppen getarnt. So konnten wir uns treffen und trainieren, ohne dass es verdächtig wirkte.

»Oh, wirklich? Das ist ja toll!« Lexie war sofort Feuer und Flamme. Sie war *immer* Feuer und Flamme, wenn jemand mit künstlerischer Betätigung drohte. »Was ist es denn?«

»*Ein Sommernachtstraum.*« Das hatten wir Code zu verdanken, einem unserer Hacker. Er hatte eine unnatürliche Schwäche für Shakespeare.

»Und was spielst du für eine Rolle?« Lexie schaute, als würde sie meine Maße für ein Kostüm abschätzen. Ich seufzte innerlich. Es gab Gründe, warum ich meiner Familie sonst nichts von den Aufführungen erzählte. Lexie, beim Schneidern so begabt wie beim Kochen, war einer davon.

»Die dritte Elfe von links oder so.« Ich hob die Schultern. »Ich bin nicht sonderlich begabt, was die Schauspielerei angeht«, sagte ich mit perfekt geschauspielerter Bescheidenheit. »Mir geht es mehr um das Training.«

»Ach, du bist bestimmt super. Sag dann rechtzeitig Bescheid, ja? Wir brauchen gute Karten für das Spektakel.« Lexie strahlte.

»Klar. Erste Reihe, versprochen.« Hoffentlich vergaß sie das wieder.

Ich schnappte mir meine Jacke und den Rucksack mit der Trainingskleidung. Dann drückte ich die Klinke herunter und ging hinaus. »Bis später.« Ich hob die Hand und zog die Haustür hinter mir zu.

Das nächste Terminal lag direkt neben dem Engineerium und blieb meist ungenutzt. Phobes benutzten die TransUnits nur selten und nahmen lieber mechanische Räder, die man mit bloßer Körperkraft antreiben musste.

Ich schob den Ärmel meiner Jacke hoch und legte mein linkes Handgelenk frei. Unter der Haut war nichts zu sehen, aber er war da: mein *Wrist InterLink*, kurz *WrInk*. Früher hatte man solche InterLinks an verschiedensten Stellen des Körpers getragen – auf der Netzhaut für die optische Bilderzeugung, hinter den Ohren für akustische Reize, an den Fingern zur Simulation von Berührung, am Handgelenk für die zentrale Steuerung. Virtuelle Inhalte, Kommunikation, Unterhaltung, alles hatte über InterLinks stattgefunden.

Nach der Abkehr war nur der WrInk übrig geblieben. Aber nun hatte er keinen Wert mehr für den Träger, sondern lediglich für diejenigen, die uns kontrollierten. Der WrInk war mit der DNA gekoppelt und diente zur Überwachung und Identifikation. Außerdem benötigte man ihn für den Gebrauch der noch gestatteten, staatlich reglementierten Technik. Über den WrInk wurde man von TransUnits geortet und von Lesepads und DishUnits getrackt. Man konnte nichts benutzen, ohne ihn zu aktivieren. Ich fand es reichlich inkonsequent, dass der König für *seine* Zwecke immer noch Technologie benutzte, aber das passte zu ihm. Wenn es *ihm* diente, war es erlaubt. Wenn es uns diente, war es verboten.

Ich hielt mein Handgelenk in die Nähe des Terminalscanners. Auf dem Display erschienen meine Kennung und mein Standort. *Ophelia Scale. ID OS-14873-1204. The Droveway.*

»Zielort?«, fragte eine kalte Stimme.

»Dir auch einen wunderschönen Abend«, murmelte ich. Früher hatten Geräte noch Persönlichkeit gehabt, sogar simple Alltagsbots waren mit sozialen Add-ons ausgerüstet gewesen. Heute war die Vermenschlichung von Maschinen verpönt.

»Der Zielort *DiraucheinenwunderschönenAbend* ist nicht bekannt.«

So viel dazu.

»Brighton Pier«, sagte ich geduldig.

»Zielort erkannt. Wartezeit: zwei Minuten. Voraussichtliche Fahrtzeit: zehn Minuten. Bitte bleiben Sie auf Ihrer Position.«

Das Display zeigte eine Karte mit der Strecke bis zum Pier an. Ich lehnte mich mit dem Rücken gegen das Terminal und wartete.

Es war Anfang Mai tagsüber schon warm, aber am Abend wurde es empfindlich kalt. Zum Glück hatte ich meine Jacke dabei, einen Parka aus festem, steifem Material, mit abgewetzten Ärmeln und ausgeleierten Taschen. Er war alt und zu groß, und jeder andere hätte ihn vermutlich entsorgt, aber das kam für mich nicht infrage. Diese Jacke hatte Knox gehört, und damit war sie das kostbarste Kleidungsstück, das ich besaß. Manchmal steckte ich die Nase in das Innenfutter und bildete mir ein, ihn zu riechen. Aber schon seit Monaten roch die Jacke nur noch nach mir und Lexies Kochversuchen.

Am Ende der Straße bogen Lichter um die Ecke und kamen auf mich zu. Kurz darauf hielt die graue TransUnit neben mir. Ich wartete, bis sich die Tür mit einem leisen Sirren öffnete, dann stieg ich ein.

Außer mir war nur ein älterer Mann an Bord. Als ich hereinkam, sah er auf und grüßte mich freundlich. Ich erwiderte den Gruß mit einem Lächeln und setzte mich hin.

Die TransUnit rollte lautlos an, wendete auf der Straße und fuhr in die Richtung, aus der sie gekommen war. Die Waggons waren eine der höchstentwickelten Technologien, mit der die Bevölkerung in Berührung kam. Sie hatten Anbindung an ein orbitales Netzwerk, einen schwachen Abklatsch des früheren OmniNets. Das sagte ihnen, wo sie sich gerade befanden und wo sie gebraucht wurden. *Kein Wunder, dass Julius die Daten wollte.* Wenn wir ein Programm entwickeln konnten, das die Routen überwachen oder sogar steuern konnte, wäre das ein riesiger Durchbruch für ReVerse.

Warum der König die TransUnits nicht auch verboten hatte, wusste ich nicht – aber sicher nicht aus Fürsorge, wie mein Vater behauptete. Vielleicht wollte der König sie behalten, um im Fall des Falles ein Druckmittel gegen uns in der Hand zu haben. Natürlich hätte er dazu auch die Nahrungsmittellieferungen einstellen können, wenn wir nicht spurten, aber so dumm war er nicht. Der Entzug von Nahrung machte Menschen unberechenbar. Der Entzug ihrer letzten Privilegien machte sie gefügig.

Die Fahrt war kurz und führte an den großen Hauptstraßen Brightons entlang. Wir passierten erst meine Schule, an der ich vor zwei Monaten meinen Abschluss gemacht hatte. Dann fuhren wir am Royal Pavilion vorbei, einem der Wahrzeichen der Stadt. Es war ein imposanter Bau, der mit seinen Kuppeln eher an den Fernen Osten erinnerte als an das Empire. Knox hatte mir erzählt, dass der Pavilion die Sommerresidenz eines jungen Fürsten gewesen war, der dann später König von England geworden war. Jetzt war das Gebäude wie das angrenzende *Royal Albion Hotel* ein Begegnungshaus, in dem man sich treffen und zusammen essen oder spielen konnte. Der König hatte die Einrichtung solcher Räume angeordnet, damit wieder »mehr Kommunikation und Menschlichkeit stattfinden konnte«, wie es offiziell hieß. *Menschlichkeit,* dachte ich bitter. *Als ob er wüsste, was das ist.*

Der alte Mann vor mir las auf einem königlichen Lesepad. Ich konnte nicht sehen, wie sein WrInk immer wieder Verbindung zu dem Gerät aufbaute, aber ich wusste, dass es so war. Es wurde überwacht, ob und was gelesen wurde. Auffälligkeiten meldeten die Geräte direkt an die königlichen Server.

Auf dem Pad war ein Zeitungsartikel zu erkennen, der mit einem großformatigen Bild des Königs versehen war. Graue Augen sahen mich aus einem kantigen Gesicht an, das von dunkelblonden, kurzen Haaren umrahmt wurde. Der schmale Bart um den Mund hatte die gleiche Farbe, konnte aber einen harten Zug nicht verbergen. Leopold de Marais war jung für sein Amt, noch nicht einmal vierzig. Aber man musste nicht alt sein, um schreckliche Dinge zu tun.

»Du magst ihn wohl nicht, was?« Der Alte sah mich gutmütig an. Offenbar hatte ich meine Mimik nicht unter Kontrolle gehabt.

»Den König?« Ich hob die Schultern. »Das kann man so nicht sagen. Ich weiß eigentlich nicht viel über ihn.« Eine glatte Lüge.

Ich kannte die Biografie von Leopold de Marais genau, denn ich hörte immer sehr aufmerksam zu, wenn jemand in der Supply-Station oder bei ReVerse etwas über ihn erzählte. Vor allem

Julius, unser Trainer und Anführer der ReVerse-Gruppe in Brighton, war sehr gut über den König informiert. Nicht, dass ich scharf darauf war, mich mit ihm zu befassen. Aber ich wollte meinen Feind so gut kennen wie nur möglich.

Leopold war aufgewachsen als ältestes der drei Kinder von Achill de Marais. Sein Vater hatte das weltweit größte Energietechnikunternehmen *AchillTechnologies* aufgebaut, eines der Big Ten, ungeschlagen innovativ und erfolgreich. Aber nachdem Marais senior alles dafür getan hatte, ein weltweites Monopol zu erschaffen, war er bei einem Brand seines Hauses ums Leben gekommen. Ein Jahr danach hatte Leopold sich gegen den Weg seines Vaters entschieden, die Abkehr ausgerufen und alles unter seine Kontrolle gebracht.

Geschafft hatte er das mit Konsequenz, Skrupellosigkeit und Intelligenz. Manche seiner Konkurrenten aus den Big Ten hatte er schon vor der Abkehr übernommen – wie den Nahrungsmittelproduzenten *CrossField,* den Textilgiganten *CommonFabric* und den Bauriesen *GeneralConstruction.* Manche Konzernchefs hatte er auch mit Posten in seinen Ressorts ködern können: Die frühere Chefin des Kommunikationsmonopolisten *AlphaCorp* führte jetzt das *Central Regulation Department* und war für die Überwachung der Bevölkerung und die Einhaltung der Beschränkungen durch die Abkehr zuständig.

Viele der Konkurrenten im Ausland hatte Leopold de Marais zu seinen Verbündeten gemacht, die nun in Asien, Amerika, Australien und Afrika die Abkehr in seinem Sinne umsetzten und so dafür sorgten, dass die ganze Welt seinem Vorbild folgte. Wo er in der Wirtschaft keine Allianzen hatte schmieden können, waren ihm Politiker als Partner auch genehm gewesen. Auf diese Weise war nun jeder auf der Erde lebende Mensch seiner

Ideologie unterworfen. Denn alle, die nicht mitspielen wollten – wie *MedSol*, *ValeVisualVirtuals* oder auch *ExonSolutions*, die auf dem Gebiet der künstlichen Intelligenz ungeschlagen gewesen waren –, hatte Leopold am ersten Tag der Abkehr einfach verstaatlicht, sich ihre Technologie unter den Nagel gerissen und sie für seine Zwecke angepasst.

Wie lange vorher er geplant haben musste, seine Armee wie eine Horde Heuschrecken über das Land ziehen zu lassen, um alle Technologie zu entfernen, wusste ich nicht. Aber da es schon länger keine staatlichen Streitkräfte mehr gegeben hatte, musste es von langer Hand geplant gewesen sein. Die Söldner aus den unzähligen Privatarmeen zu rekrutieren, muss aber höchstens ein logistisches Problem gewesen sein, denn beste Bezahlung konnte er mit Leichtigkeit aufbieten. Geld war nichts, an dem es der Familie de Marais gefehlt hatte, bevor Leopold es abgeschafft hatte.

»Es ist schon fast sechs Jahre her«, sagte der alte Mann nachdenklich. »Ich frage mich, ob es eine leichte Entscheidung war.«

»Für ihn bestimmt. Er hat schließlich alles erreicht, was er wollte.« Ich sah von dem Bild weg. »Nur die Bevölkerung wurde nicht gefragt. Und nun müssen alle sehen, wie sie damit zurechtkommen.«

Der Alte nickte. »Da hast du recht. Aber was sollten wir schon dagegen tun? Wer die Macht hat, der hat das Sagen. Das war immer so.«

Viele dachten wie er, und deswegen war es so schwer, etwas zu bewirken. Die meisten Leute hatten zu viel Angst vor dem König – vor dem, was er tun konnte, wenn man sich nicht an die Regeln hielt. Die wenigsten wollten ihr Leben für ihre Freiheit riskieren. Andere hatten sich mit der Situation abgefunden. Mir kam das Gespräch im Gewächshaus in den Sinn. Mein Vater hatte aufgegeben. Aber ich würde das nie tun. Ich würde nie aufhören, den König dafür zu hassen, was er den Menschen antat.

Ich sah, dass mich der Alte aufmerksam musterte.

»Du kommst mir bekannt vor«, sagte er. »Ich meine, dich schon mal bei den Odells gesehen zu haben.«

»Das kann sein«, nickte ich.

»Meine Frau und ich waren Nachbarn von ihnen. Schlimme Sache, was da passiert ist.«

»Ja … schlimme Sache.« Ich senkte den Blick.

»Meinen Sohn haben sie vor sechs Wochen geholt.«

Ich sah auf.

»Das tut mir schrecklich leid«, sagte ich ehrlich.

»Ja, mir auch.«

Ich fragte nicht, warum sein Sohn zum Clearing geschickt worden war, denn das tat man nicht. »Sind Sie nicht wütend auf den König deswegen?« Ich deutete mit dem Kinn auf das Pad.

»Ja. Und nein.« Der Alte sah traurig aus dem Fenster. »Die Gesetze sind eben so und man hat Rafe erwischt. Was bringt es mir, wütend zu sein? In meinem Alter weiß man, wenn man verloren hat.«

Ich nickte, weil ich ihn verstand, auch wenn es himmelschreiend ungerecht war. Dann schwiegen wir, beide in unseren eigenen Gedanken gefangen. Bald darauf erreichte die TransUnit den Pier.

»Ich wünsche Ihnen einen schönen Abend«, sagte ich. »Und wer weiß, eines Tages wird vielleicht doch jemand etwas tun.« Wenn es nach mir ginge, würde das nicht mehr lange dauern.

Der Mann wünschte mir ebenfalls einen schönen Abend, dann stieg ich aus und ging auf den Eingang des Piers zu. Die große Uhr am Turm zeigte fünf vor acht.

Ich lief nun nicht mehr länger über den gepflasterten Boden der Promenade, sondern spürte das sanfte Federn von Holzplanken unter meinen Füßen. Sobald das passierte, besserte sich meine Laune automatisch. Immer wenn ich das Meer roch und das knarrende Holz hörte, empfand ich etwas, das durch nichts auf der Welt zu ersetzen war: das Gefühl, nach Hause zu kommen.

6

Früher war der Pier eine Vergnügungsmeile gewesen, mit Imbissständen, Karussells und einem Riesenrad direkt am Meer. Als Gregory Vale sich in Brighton niedergelassen hatte, war alles zu technisch aufwendigen Spielwelten umfunktioniert worden, vollgestopft mit visuellen UpLinks. Man hatte darin virtuell durch die Wüste gehen oder auf dem Mond landen können, viel realistischer als je zuvor. Ich war zu jener Zeit noch nicht in Brighton, aber es musste fantastisch gewesen sein. Teuer, aber das Erlebnis allemal wert.

Nach der Abkehr hatte man den Pier stillgelegt. Die Fressbuden waren geschlossen, die Fahrgeschäfte stillgelegt, alle Indoor-Attraktionen leer geräumt und mit Brettern vernagelt worden. Ich ging an einem Stand vorbei, der früher asiatisches Essen verkauft hatte. Jetzt waren die Scheiben vom Salzwasser blind und an den Bänken vor der Tür blätterte die Farbe ab. Das Quietschen des Kettenkarussells klang gespenstisch zu mir herüber. Der Pier war verlassen – und vergessen. Kaum jemand verirrte sich noch hierher.

Kaum jemand hieß aber nicht niemand. Denn ein Gebäude war offen, und die Lichter über der Tür brannten: das ehemalige Theater, nun Heimat von ReVerse.

Ich ging zum Bühneneingang und stieß die Tür auf. Dann schlug ich den Weg zum Theatersaal ein. Die rauschende Stille von draußen wurde durch Gelächter und Geklirr ersetzt. Auf der Bühne kämpften zwei Jungs in meinem Alter mit Schwertern.

»Nimm das, Schurke!«

»Nenn mich noch einmal Schurke, du Wicht!«

»Nenn mich noch einmal Wicht, du Hund!«

Ich musste lachen. Sie hörten es und hielten inne.

»Ophelia, holde Maid.« Einer der beiden, ein dunkelhaariger Junge mit langen Haaren, verneigte sich tief vor mir. »Seid gegrüßt. Was verschafft uns die Ehre Eurer strahlenden Schönheit in diesen erhabenen Hallen?«

Ich lachte noch mehr und machte einen Knicks. »Ich komme nur, um dich in Aktion zu erleben, Code.«

»So spricht ein wahrer Fan.« Code, der eigentlich Reginald hieß, nickte und wischte sich mit dem Ärmel über die Stirn. »Aber es ist auch zu erwarten, dass du die Bühne zu schätzen weißt. Bei deinem Namen.«

Ich verdrehte die Augen und stieg die Stufen hinauf.

»Hör bloß auf. Meine Mutter wusste einfach früh, wen sie lieber mag.« Wie kam man sonst auf die Idee, Eneas nach dem Stammvater der Römer zu nennen und mich nach einer Figur aus *Hamlet*, die wahnsinnig wird und Selbstmord begeht?

»Ach, mach dir nichts draus.« Der zweite Duellant legte sein Schwert beiseite. »Es gibt schlimmere Namen als deinen. Nicht wahr, Reginald?« Er sah Code vielsagend an, dann umarmte er mich zur Begrüßung. »Hi, Phee. Ich habe gehört, du warst heute erfolgreich.«

»Gute Nachrichten verbreiten sich schnell.« Ich grinste.

Jye Eadon war Knox' bester Freund gewesen und dann auch zu meinem geworden. Mit seinen kurzen braunen Haaren, dem breiten Kreuz und der trainierten Gestalt wirkte er neben dem schlaksigen Code wie ein Elitesoldat. Seine Umarmung war jedoch sanft und ich erwiderte sie gerne.

»Ist alles glattgegangen?«, fragte er mich.

»Es war knapp.« Ich verzog das Gesicht. »Die Wachmannschaften sind schneller als früher.«

»Vielleicht rüsten sie auf. Nachdem die Radicals die Supply-Station im Süden abgefackelt haben, ist das kein Wunder.«

»Diese Vollidioten.« Ich schnalzte mit der Zunge. »Was wollen sie damit erreichen? Mengenrabatt beim Clearing?«

»Wenn es so ist, sind sie sehr erfolgreich.«

Ich grinste. Meistens freuten wir uns über die hirnlosen Aktionen der Radicals, denn je mehr sie in den Fokus rückten, desto weniger achtete man auf uns. Aber wenn sie die Wachsamkeit der Turncoats erhöhten, traf uns das auch.

»Wollt ihr heute noch trainieren oder nur quatschen?« Liora stand in der Tür, die Hände in die Hüften gestemmt. »Julius lässt bitten.«

Code griff sich ans Herz. »Diese engelsgleiche Gestalt und dazu der herrische Tonfall. Ich bin verliebt.«

»Du bist schon seit zwei Jahren in sie verknallt«, sagte ich trocken. »Jeder weiß das, nur sie nicht.«

»Vielleicht fröne ich lieber der Liebe aus der Ferne«, wehrte sich Code. »Die wird oft unterschätzt.«

»Na, woran das wohl liegt.« Jye hob eine Augenbraue, sammelte die Schwerter ein und ging zum Bühnenaufgang. Unter dem beleidigten Gemurmel von Code, dem ich die Worte »Banausen« und »wahre Gefühle« entnahm, folgte ich ihm.

Im Gegensatz zum Theatersaal mit den Reihen voll plüschiger roter Sitze war der Trainingsraum sehr nüchtern ausgestattet. Der Boden bestand aus grauem Kunststoff, die Wände waren weiß gestrichen, an einer von ihnen hing die königliche Lilie mit den beiden gekreuzten Pfeilen. Jemand hatte sich den Spaß gemacht und das Symbol auf den Kopf gestellt.

Nach einem schnellen Gruß verschwand ich im Nebenraum und zog mir Trainingssachen an, ein schlichtes blaues Shirt und eine schwarze Sporthose. Als ich in die Halle zurückkam, saß der Rest schon da, zwei Dutzend Leute von dreizehn bis Ende zwanzig. Ich suchte mir einen Platz zwischen Liora und Jye.

»Leute, wir haben heute einiges zu tun, also sollten wir anfangen.« Julius' tiefe Stimme hallte durch den Raum. Er war ein blonder Hüne mit halblangen Haaren, dessen blaue Augen ernst in die Runde sahen. »Zuerst – Ophelia hat heute die Daten einer defekten TransUnit beschafft. Das bringt uns ein großes Stück weiter.«

Die anderen applaudierten, Jye pfiff durch die Zähne, und Code rief: »Bravo, Phee!« Ich lächelte stolz. Der heutige Auftrag war zu schwierig gewesen, um bescheiden zu sein. Außerdem waren diese Gelegenheiten zur Freude selten und kurz. Bei ReVerse ruhte man sich nicht auf seinen Lorbeeren aus.

»Dann haben wir einige Aufträge für nächste Woche zu vergeben. Ein Kontrolleur kommt, um unsere Gruppe zu checken. Das haben uns die Radicals eingebrockt.«

Einige ließen Buhrufe hören. Julius sprach weiter.

»Wir brauchen ein paar Leute, die sich darum kümmern, dass hier am Donnerstag alles ordentlich und unauffällig ist. Gerade das Kampfsportequipment sollte weg sein. Am besten schafft ihr es in mein Haus, da sehen sie nicht nach.«

Ein paar Freiwillige meldeten sich und Julius notierte ihre Namen. Dann vergab er weitere Jobs, meist Observierungen von Wachmannschaften oder königlichen Abgesandten. Diesmal waren keine brisanten Aufträge dabei. Wenn der Besuch eines Kontrolleurs anstand, mussten wir uns zurückhalten.

Als Julius fertig war, zog er ein königliches Lesepad hervor. Ein Raunen ging durch die Gruppe. Niemand hatte unseren Anführer je mit so einem Gerät gesehen.

»Das letzte Thema, über das ich mit euch sprechen will, ist das hier.« Er hielt das Pad hoch.

»Wissen wir endlich, wie man die Pads von den WrInks abkoppelt?« Jye sah hoffnungsvoll aus.

»Idiot«, sagte Code, aber es klang liebevoll, »wenn wir das könnten, dann würdest du mich nackt Hula tanzen sehen.«

Jye verzog das Gesicht. »Ugh«, machte er und schüttelte sich, »dann hoffe ich, dass es niemals dazu kommt.«

Die meisten lachten, Julius jedoch nicht. Er war eigentlich ein lockerer Typ, aber in diesem Moment wirkte er sehr angespannt.

»Nein, das ist es nicht. Als Leiter einer der offiziellen Kulturgruppen für junge Menschen«, so nannten wir uns laut königlicher Klassifizierung, »wurde mir mitgeteilt, dass es eine Ausschreibung gibt.« Jye und ich sahen uns ratlos an. Ausschreibungen gab es nur, wenn neue Turncoats gesucht wurden. Allerdings kam die Mitteilung dann von der Ortsverwaltung, nicht vom König selbst.

»Im Namen seiner königlichen Hoheit Leopold de Marais«, Julius las von dem Pad ab, »sucht die königliche Garde junge Anwärter für eine dauerhafte Tätigkeit am Hof. Jeder, der zwischen 18 und 25 Jahren alt ist und die körperlichen und geistigen Grundvoraussetzungen erfüllt, kann an den regionalen Vorauswahlen teilnehmen.«

Als er ausgesprochen hatte, blieb es kurz totenstill. Dann brach der Tumult los.

Das oberste Ziel von ReVerse war der Sturz des Königs. Jeder in diesem Raum wusste das. Da seine Schwester Amelie laut unseren Quellen anders dachte als er, würde sie nach Leopolds Tod die Abkehr beenden. Ich hatte immer geglaubt, Samuel Ferro, unser oberster Boss, würde den König eines Tages töten. Aber plötzlich waren wir alle Kandidaten für diesen Job. *Ich* war eine Kandidatin für diesen Job. Ein aufgeregtes Flattern meldete sich in meinem Magen und mein Puls hämmerte zum Takt meiner Gedanken. *Du könntest es tun. Du könntest diejenige sein, die es beendet.* Wenn ich es in die Garde schaffte, kam ich dem König nahe genug, um ihm und damit der Abkehr ein Ende zu bereiten – und zu rächen, was er Knox und vielen anderen angetan hatte.

Ich war nicht die Einzige, die so dachte.

»Einer von uns …«, sagte jemand.

»Er würde es nicht kommen sehen …«

»Absolut genial …«

Ein Pfiff von Julius beendete unser Gerede. »Hey, Leute. Ich verstehe eure Aufregung. Es ist eine riesige Chance, kaum jemand kommt dem König so nahe wie die Mitglieder der Garde. Aber niemand sollte sich leichtfertig für diese Auswahl melden. Außerdem gibt es Bedingungen.«

Er las weiter, und schnell wurde klar, was er meinte. Körperliche Fitness und erbliche Gesundheit waren Voraussetzung für die Tests. Nach der genetischen Optimierung unserer Elterngeneration – einem Hype vor etwa vierzig Jahren, der nach vielen Komplikationen wieder aufgegeben worden war – hatte jeder Vierte in meinem Alter mit erblichen Defekten zu kämpfen. Manche vertrugen keine trockene Luft, andere kein direktes Sonnenlicht. Wieder andere durften nicht alles essen oder mit bestimmten Pflanzen in Berührung kommen. All das ließ sich behandeln, aber die Informationen waren im WrInk gespeichert. Man kam damit nicht durch eine königliche Kontrolle.

Bei mir war das anders. Zwar war meine Mutter genetisch optimiert worden, aber die Folgen waren bei mir nicht nachweisbar und deswegen nie registriert worden. Nur mein Vater und Bruder wussten davon – und natürlich meine Mutter, die mir regelmäßig ein selbst entwickeltes Gegenmittel aus Paris schickte. Die Symptome waren jedoch nichts, was mir bei einer solchen Auswahl Probleme bereitet hätte. Eher im Gegenteil.

»Weiterhin wird Königstreue erwartet, eine niedrige Bedenklichkeitsstufe des Bewerbers und seiner Familie …«

»Verdammt«, murmelte ich.

»Was denn?«, fragte Liora.

»Mein Dad ist Stufe sechs.« Das war die höchste und schlechteste Stufe, die es gab. Ich selbst hatte keine Einstufung. Wer bei der Abkehr noch keine vierzehn Jahre alt gewesen war, hatte keine bekommen.

»… oder gute Prognose bei hoher Stufe«, sagte Julius gerade.

Ich atmete auf. Mein Vater hatte technische Geräte in den letzten Jahren *nicht ein Mal* sehnsüchtig angesehen.

»Es gibt zwei Auswahlrunden. Die erste findet in drei Tagen in Brighton statt, die zweite in einem Monat in London. Danach werden die erfolgreichen Bewerber an den Hof geladen und ausgebildet.«

»Was passiert, wenn man dort ist?«, fragte Liora. »Sperren die uns ein und lassen uns nie wieder raus?«

Julius sah sie an. »Die Sicherheitsvorkehrungen am Hof sind extrem hoch. Ich denke nicht, dass man oft Urlaub hat oder seine Familie einladen darf.« Ein Schatten huschte über sein Gesicht. Er hatte seine Schwester wegen der Abkehr verloren – wie genau, wusste niemand. »Ihr müsst euch gut überlegen, ob ihr mitmachen wollt. Die Ausbildung allein ist sicher hart genug, aber wenn ihr nicht nur für sie, sondern gleichzeitig auch für uns arbeitet, wird es euch alles abverlangen.«

»Na, wenn man es nicht schafft, kann man doch wieder nach Hause fahren, oder?« Code lümmelte auf einer Weichbodenmatte herum. Ich war mir sicher, dass er sich nicht melden würde.

»Das glaube ich kaum. Ich denke, wir wissen alle genug über die Methoden des Königs, um vom Schlimmsten auszugehen. Und wenn ihr erwischt werdet …« Der Rest des Satzes blieb in der Luft hängen. Julius stand auf. »Ich muss am Ende der heutigen Einheit wissen, ob ihr euch für die erste Vorauswahl melden wollt. Die Liste muss so bald wie möglich zurück.« Er klatschte in die Hände. »Wir fangen mit dem Aufwärmen an. Zehn Runden sollten genügen.«

»Du willst jetzt nicht im Ernst trainieren? Wir sind noch gar nicht fertig!« Delta, eine impulsive Rothaarige, blieb sitzen.

»Doch, das sind wir.« Julius hielt ihr die Hand hin und zog sie hoch. »Wenn wir nicht trainieren, wird es keiner von euch an den Hof schaffen. Also, hopp, hopp, auf geht's.«

Wir erhoben uns murrend und setzten uns in Bewegung. Natürlich gab es dabei nur ein Thema.

»Ich bin auf jeden Fall dabei«, sagte Jye, »das ist eine großartige Gelegenheit, dem König in die Suppe zu spucken.«

»Ja, oder eine großartige Gelegenheit zum Sterben«, merkte Code an.

»Ich glaube kaum, dass sie die ausgeschiedenen Anwärter umbringen.« Liora ließ im Laufen die Arme kreisen.

»Selbst wenn nicht – als Mitglied der Garde gibt es genug Möglichkeiten, draufzugehen. Da reicht es, wenn ein paar Radicals vorbeikommen. Dann musst du dich in die Schusslinie werfen und zack, tot.« Code hielt sich zwei Finger an den Kopf.

»Wer sagt, dass man sich in die Schusslinie werfen muss?«, fragte ich zurück und hob eine Augenbraue.

»Du bist manchmal echt knallhart, Phee«, sagte Liora.

»Nein, nur pragmatisch.« Ich hob ungerührt die Schultern und fing einen Blick von Code auf.

»Du meinst, du könntest ihn sterben lassen? Oder gar selber töten? Einfach so?«

»Natürlich«, gab ich zurück, »das ist nur eine Frage der Motivation.«

Die Wahrheit war: Ich hatte vorher nie darüber nachgedacht, den König zu töten. Aber das war auch nicht notwendig. Ich musste nur an Knox denken, dann meldete sich der Zorn. Ohnmächtiger, rasender Zorn auf den Mann, der uns das angetan hatte.

Nein, ich *könnte* den König nicht nur töten.

Ich würde keine Sekunde zögern, es zu tun.

7

Nach dem Aufwärmen verteilten wir uns. Code und Liora steuerten den Geschicklichkeitsparcours an, Jye und ich gingen zur Kampfsportstation. Dort hingen mehrere Boxsäcke von der Decke und es gab Matten für das Nahkampftraining.

Jye gab mir ein Paar Handschuhe und stellte sich hinter einen Boxsack, damit ich mich daran auslassen konnte. Normalerweise machte mir das Spaß, aber heute war ich zu kaputt. Meine Schläge waren schwach und meine Tritte kaum erwähnenswert. Schon nach fünf Minuten hatte ich das Gefühl, eine Pause zu brauchen.

»Ich übernehme das hier.« Julius tauchte neben uns auf. »Jye, kannst du dich um Delta kümmern? Wenn du es schaffst, ihr den Hook Kick beizubringen, mache ich dich eines Tages zu meinem Nachfolger.« Er wackelte mit den Augenbrauen.

Jye lachte. »Du stellst mir eine unlösbare Aufgabe und köderst mich dann mit leeren Versprechungen. Das ist echt nicht cool, Mann.«

Julius setzte eine väterliche Miene auf und legte Jye einen Arm um die Schultern. »Eines Tages könnte das alles dir gehören, Sohn.«

Jyes Ausdruck wurde schwärmerisch. »Auch die Weichbodenmatten und die Springseile?«

»Ich möchte nicht, dass du so über deine Kollegen sprichst.«

»Würde ich nie tun.« Jye lächelte mir zu, dann marschierte er zu Delta. »Also, Madame«, hörte ich ihn sagen, »was willst du sein, Frau oder Weichbodenmatte?«

»Dafür fängt er sich eine«, murmelte Julius und schien mich erst jetzt wieder zu bemerken. Früher hatte es solche witzigen Schlagabtausche auch zwischen ihm und Knox gegeben. Aber das schien Julius längst vergessen zu haben.

»Gab es heute Probleme?«, fragte er mich.

»Die Wachmannschaft war früher da als erwartet«, antwortete ich wie schon bei Jye. Dann hieb ich wieder auf den Sack ein. »Aber ich habe sie im Viertel abgehängt.«

»Okay, das ist gut.« Er packte den Sack fester. »Sag mal, Phee … wirst du dich für die Vorauswahl der Garde melden?«

»Natürlich.« Ich hob das Kinn. »Hast du etwas dagegen?«

»Das kommt darauf an.« Julius ließ den Boxsack los. »Rache ist keine gute Motivation für so etwas.«

Ich stöhnte genervt auf. »Oh bitte, spar dir deine Kalenderweisheiten, okay? Ich bin nicht in Stimmung.«

Julius griff um den Sack herum und hielt meine Hände fest.

»Das ist mir egal. Wenn du *seinetwegen* dort hinwillst, dann ist das eine echt miese Idee.«

Ich funkelte ihn an.

»Ach ja, und warum? Weil man vergessen sollte, dass wir Menschen verloren haben? Dass wir *ihn* verloren haben? Wenn du das kannst, herzlichen Glückwunsch. Ich bin weniger abgebrüht als du.« Ich machte meine Hände los und verpasste dem Boxsack einen harten Schlag.

»Ophelia, bitte.« Julius benutzte meinen vollen Namen nur selten. »Ich weiß, dass du wütend bist. Aber das geht jetzt schon seit Monaten so und du kannst nicht –«

»Ich kann nicht *was?*«, unterbrach ich ihn. »Wütend sein? Ich habe Neuigkeiten für dich: Ich kann und ich werde für den Rest meines Lebens wütend sein! Und du wirst mich nicht daran hindern!« Einige drehten sich zu uns um.

»Glaubst du, mir ist das egal?«, fragte Julius mich. »Er war auch mein Freund!«

»Ja, aber ich habe ihn geliebt!«, rief ich. »Offensichtlich ist das ein Unterschied!«

Ich riss mir die Handschuhe herunter, warf sie ihm vor die Füße und stürmte zum Ausgang. Eilig lief ich durch den Gang, fand die Tür zum Pier und stieß sie auf. Kalte Luft schlug mir entgegen, aber ich spürte es kaum. Wut und Schmerz kämpften in mir einen Kampf ohne Verlierer. Schwer atmend stützte ich mich auf die Brüstung.

Knox war der beste Dieb von uns allen gewesen und deswegen immer erste Wahl, wenn es um die Beschaffung von Gegenständen oder Daten gegangen war. Im Dezember, zwei Wochen vor Weihnachten, hatte er einen Auftrag bekommen – das Abfangen von Steuereinheiten für das Wasserwerk an der Stadtgrenze. Kurz davor hatte er sich mit einem langen Kuss und einem Lächeln von mir verabschiedet. Er hatte versprochen, in ein paar Stunden zurück zu sein.

Dieses Versprechen hatte er gebrochen. Als ich von seiner Festnahme erfahren hatte, war er längst dem Clearing-Team übergeben worden.

Das war also alles, was ich noch hatte: sein Lächeln an diesem Tag und die Erinnerungen an die zwei Jahre davor. An unseren ersten Kuss, unsere erste Nacht, unsere Streits und Versöhnungen, die Diskussionen und unzähligen glücklichen Momente. Knox hatte alles einfacher gemacht, klarer und richtiger. Mit ihm an meiner Seite war die Welt und sogar die Abkehr besser zu ertragen gewesen. Wir hatten uns auf eine Weise verstanden, die man nicht beschreiben konnte. Und jetzt war er fort.

Nach einer Weile hörte ich Schritte, vermutlich die von Jye. Nur er traute sich, in so einem Moment in meine Nähe zu kommen.

»Kann man hier nie seine Ruhe haben?«, fragte ich und starrte auf das dunkle Meer hinaus. Unter dem Pier schlugen die Wellen gegen die Stützen.

»Nope.« Jye kam näher und lehnte sich neben mir an das Geländer. »Ich hatte schon lange damit gerechnet, dass du das tun würdest.«

»Was, Julius anschreien?«

»Ihm sagen, was du denkst. Dass du dabei schreien würdest, war nicht sicher. Aber die Chancen standen fifty-fifty.«

Ich lachte leise und zitterte dabei vor Kälte. Plötzlich spürte ich Wärme auf meinen Schultern. Jye hatte mir seine Kapuzenjacke umgelegt.

»Du elendiger Ritter«, murrte ich.

»Ich nehme das als Kompliment.« Er schwieg einen Moment. Ich hörte der Stille an, dass er über die richtigen Worte nachdachte. »Wir haben Knox nicht vergessen, weißt du. Auch Julius nicht.«

»Bist du sicher?«, fragte ich. »Niemand spricht über ihn, niemand erwähnt seinen Namen oder sagt ›Es tut mir leid, dass er weg ist‹. Alle sind einfach zur Tagesordnung übergegangen. Das macht mich krank.«

»Er war nicht der Erste von uns, der zum Clearing geschickt wurde«, sagte Jye. »Wir leben alle mit diesem Risiko, du genauso wie ich. Knox wusste, worauf er sich einlässt.«

»Ich vermisse ihn, Jye.« Mein Herz tat so weh, als wäre es tatsächlich zerbrochen. Für einen Moment drohte ich, den Kampf gegen den Schmerz zu verlieren. »Ich vermisse ihn so sehr.«

»Ich auch, Phee, glaub mir.« Jye legte den Arm um mich und ich lehnte meinen Kopf an seine Schulter. »Aber wir können ihn nicht zurückholen. Wir können nur dafür sorgen, dass es nicht umsonst war, was er getan hat.«

»Dann sollten wir wohl bei dieser Auswahl mitmachen, oder?« Nur langsam zog sich der Schmerz wieder zurück. Schweigend standen wir eine Weile an der Brüstung, dann gab ich mir einen Ruck. »Lass uns reingehen. Da wartet noch ein Geschicklichkeitsparcours auf dich. Glaub nicht, dass du dich drücken kannst.« Mit dem Ellenbogen knuffte ich ihn in die Seite und hielt die Tür auf.

Jye folgte mir. Als wir in dem dunklen Gang waren, murmelte ich leise ein »Danke«.

Er antwortete nicht. Aber ich wusste, dass er mich gehört hatte.

Das Training zog an mir vorbei und Julius hielt sich von mir fern. Einige standen bereits in der Schlange, um sich für die Vorauswahl der Garde einzutragen, als ich vom Umziehen zurückkam. Liora war auch dabei.

»Code ist schon weg«, sagte sie.

»Warum, hatte er Angst, es würde ihn jemand zwangsverpflichten?« Ich zog Knox' Jacke über.

»Vielleicht.« Sie grinste.

Die Schlange wurde schnell kürzer. Julius ließ Jye unterschreiben und schickte zwei Mädchen weg, ohne ihnen die Liste zu geben. Die eine sah verärgert aus, die andere erleichtert.

»Zu jung«, raunte Liora.

»Zu schwach«, sagte ich. Wir lachten leise.

Dann waren wir an der Reihe. Liora setzte zuerst ihren Namen und ihre Kennung in die entsprechenden Felder, bevor sie Stift und Papier zurückgab. Julius zögerte, es an mich weiterzugeben.

»Ich könnte mich weigern, dich auf die Liste zu setzen«, sagte er.

»Du könntest.« Ich nickte. »Aber das wirst du nicht.«

»Warum nicht?«

»Weil du dir das nicht leisten kannst. Du weißt, dass ich gute Chancen habe, genommen zu werden.«

»Das ist richtig«, gab Julius zu. »Aber nur, wenn du deine Gefühle raushalten kannst. Die werden dich mehrfach überprüfen. Wahrscheinlich werden sie dich sogar zu Knox befragen, während du an einem CerebralAnalyzer hängst. Das sind fiese Dinger, die direkt auf deine Hirnströme zugreifen und dich bei jeder Lüge ertappen.«.

Ich presste die Zähne aufeinander.

»Und? Offiziell ist er ein Radical. Ich muss nicht lügen, wenn ich ihnen sage, dass ich die Typen hasse.«

»Du weißt, dass ich keine Wahl hatte, was das angeht.« Julius sah sich um, aber alle anderen waren längst verschwunden. »Ich musste denen sagen, dass Knox ein Radical ist. Sonst hätten sie jeden hier durchleuchtet.« Der König wusste, dass es Widerstand gegen die Abkehr gab – aber nichts von ReVerse. Damit das so blieb, hängten wir es immer den Radicals an, wenn einer von uns erwischt wurde.

»Ja, ich weiß.« Meine Wut war längst verraucht. »Ich will nur nicht, dass er vergessen wird.«

»Das wird er nicht. Du hast mein Wort.«

Wir wechselten einen Blick, und ich wusste, dass er es ehrlich meinte. Dann streckte ich die Hand nach der Liste aus.

»Nun gib schon her.«

Er reichte mir den Stift, und ich drückte besonders stark auf, als ich meinen Namen schrieb. Dann gab ich Julius die Liste zurück. Er nickte, ich nickte, damit war ich entlassen.

Draußen vor dem Pier nahm Liora eine Beförderungseinheit in den Außenbezirk und ich schlug die andere Richtung ein. An der Straße wartete Jye auf mich.

»Du willst laufen?«, fragte er.

»Zumindest ein Stück.« Es war mittlerweile zehn Uhr und stockdunkel. Aber je länger ich mich bewegte, desto später würde mein Muskelkater mich umbringen.

»Was dagegen, wenn ich mitkomme?«

»Du musst doch nach Fields.« Das Wohnviertel lag im Norden von Brighton, während ich im Westen wohnte.

»Ja, aber ich nehme dann eine TransUnit vom Engineerium.«

Ich nickte, obwohl ich müde war und keine Lust auf eine Unterhaltung hatte. Jye tat so etwas für Knox, also wollte ich es ihm nicht abschlagen.

Wir gingen schweigend an der Promenade entlang. Die Straßenbeleuchtung hüllte uns in sanftes Licht, das Meer war ein tiefschwarzer Teppich, der leise an die Mauer gurgelte. Eine Gruppe von Leuten kam uns entgegen, fünf Jungs in unserem

Alter. Als wir an ihnen vorbeigingen, rempelte einer von ihnen Jye hart an. Mein Freund wollte es ignorieren und weitergehen, aber dann hielt ihn ein anderer auf. Ein dritter stellte sich mir in den Weg. Ich wechselte einen schnellen Blick mit Jye. Meine Sinne schärften sich augenblicklich.

»Hey, sieh an, die Spinner aus der Theatergruppe.« Der Tonfall des Typen war aggressiv. An seiner Jacke sah ich das königliche Symbol, bei dem die Pfeile rot nachgemalt worden waren und somit ein X bildeten, das die Lilie durchkreuzte. *Radicals.* Sie gingen mit ihrer Abneigung gegen den König idiotisch offen um, trugen sogar Schmuck und Tattoos mit der durchgestrichenen Lilie. Manchmal gab es Verhaftungen und die Turncoats zogen einige aus dem Verkehr. Aber Radicals wuchsen nach wie Unkraut.

»Ich will keinen Ärger, okay?« Jye hob abwehrend die Hände.

»Nicht? Aber vielleicht will deine hübsche Freundin ja welchen.« Der Radical grinste mich an. »Du bist doch aus dem Phobe-Lager im Droveway, oder?«

»Warum, willst du dort unterkommen?« Mein Tonfall war spöttisch. »Vielleicht kann ich das für dich arrangieren. Mit unseren Rindern würdest du dich prächtig verstehen.«

Der Typ pfiff durch die Zähne. »Oh, du bist frech, was? Mal sehen, ob du das immer noch bist, wenn wir mit dir fertig sind.« Er zog ein Messer aus dem Hosenbund.

»Ein Wunder, dass du dir damit noch keine wichtigen Kleinteile abgetrennt hast«, kommentierte ich trocken. Normalerweise ging ich Ärger aus dem Weg, weil ReVerse es verlangte. Aber heute hatte ich große Lust, meine Wut an ein paar Radicals auszulassen. »Oder hast du?«

Der Radical starrte mich hasserfüllt an. »Schmeißt den Kerl

ins Wasser«, ordnete er an. »Die Kleine nehmen wir mit. Ich wette, mit der kann man eine Menge Spaß haben.«

Ich warf meinen Rucksack zu Boden, Jye tat das Gleiche. Mein Gehirn analysierte die Situation in einem Wimpernschlag. Gut, dass ich vorhin nur eine halbe Dosis meines Medikaments genommen hatte.

Typ Nummer 1 – hängende rechte Schulter, also Linkshänder. Dünne Beine.

Typ Nummer 2 – klein, leicht, drahtig, zappelt herum. Ein guter Schlag genügt.

Typ Nummer 3 – schont rechten Arm, wurde wahrscheinlich gerade erst tätowiert.

Typ Nummer 4 – groß und bullig. Den soll Jye nehmen.

Typ Nummer 5 – oh, bitte. Das soll wohl ein Witz sein.

Der Typ mit dem Messer griff mich an, den Arm erhoben, auf dem Gesicht einen manischen Ausdruck. Ich duckte mich, ging in die Hocke und trat ihm mit voller Wucht die Beine weg. Er stürzte, fiel zu Boden, ließ das Messer fallen. Schnell kickte ich danach. Es rutschte klirrend über die Steine und fiel ins Wasser.

Während Eins noch am Boden lag und ächzte, kamen Zwei und Drei auf mich zu.

»Jetzt bist du fällig, Phobe-Schlampe!«

Der hatte tatsächlich die Frechheit, mich als Phobe zu bezeichnen? Dafür war *er* fällig.

Mein Schlag traf Drei dort, wo ich sein frisches Tattoo vermutete. Er heulte auf und griff sich an den Arm. Ich nutzte den Moment und rammte ihm meinen Ellenbogen ins Gesicht, um ihn loszuwerden. Zwei, der kleine leichte Kerl, hatte ein bisschen mehr auf Lager. Er wieselte flink um mich herum, probierte ein paar Kombinationen aus, erwischte mich an der Hüfte, direkt an meinem Bluterguss. Verflucht, tat das weh. *Das kriegst du zurück.*

Wutentbrannt verpasste ich Zwei einen linken Haken und wollte ihn mit einem Tritt von den Füßen hauen. Er war schneller. Hastig hielt er meinen Fuß fest und drehte ihn mit einem Ruck, um mich zu Boden zu werfen. In dem Moment griff ich nach Jyes Schulter, zog meinen freien Fuß hoch und traf Zwei mitten im Gesicht. Blut spritzte aus seinem Mund, er brüllte vor Schmerzen, taumelte rückwärts. Ein Schritt, ein zweiter, dann stürzte er ins Meer.

An der Kante lag Fünf mit nach oben verdrehten Augen und einem unnatürlich abgespreizten Arm. Drei war vor Schmerzen zusammengesackt, außer einem kläglichen Wimmern gab er nichts mehr von sich. Ich hörte den Kiefer von Vier unter einem Schlag von Jye knacken. *Ugh.* Da war etwas richtig böse zertrümmert worden.

Eins hatte die Strategie geändert. Da sein Messer weg war, nahm er nun die Faust, um die er seine massive Halskette gewickelt hatte. Die Lilie mit dem X flog nur Zentimeter an meinem Gesicht vorbei. Unter dem nächsten Schlag tauchte ich weg und erwischte mit meinem Stiefel seine Kniescheibe. Es knirschte übel und Eins brach mit einem lauten Schrei zusammen. Ein Schlag ins Gesicht setzte ihn endgültig außer Gefecht. In der gleichen Sekunde knallte Vier zu Boden.

»Die ›Kleine‹ nehmt ihr wohl doch nicht mit, Arschloch«, sagte ich und trat auf den Anhänger der Kette. Knirschend verbog er sich.

Jye hielt mir die Hand hin und ich schlug ein.

»Gute Arbeit, Miss Scale.« Er keuchte.

»Du warst aber auch nicht schlecht, Mister Eadon.« Ich

keuchte mit. »Es geht doch nichts über Training in der freien Wildbahn.«

Wir waren nicht so abgebrüht, wie wir taten. Aber es half über den Schreck hinweg. Streitereien mit den Radicals hatte es schon früher gegeben. Dass sie jedoch wahllos Leute angriffen, war neu. Der Wind im Land drehte und wurde rauer. Irgendwann würde die Lage eskalieren.

»Glaubst du, sie werden verraten, wer sie fertiggemacht hat?«, fragte ich und wühlte in meiner Tasche.

»Ein Phobe-Mädchen und ein Typ aus der Theatergruppe? Niemals.« Jye lachte. »Was machst du da?«

»Ich suche etwas … ah, hier.« Ganz unten in meinen Sachen hatte ich von meinem vorletzten Auftrag noch ein paar Taserprojektile. Eilig schob ich sie einem der Typen in die Jackentasche. Dafür wurde man normalerweise nicht zum Clearing geschickt, aber zusammen mit den Radicals-Zeichen würde es reichen.

»Komm, wir hauen ab. Ich hab keine Lust, den Turncoats das hilflose Mädchen vorzuspielen.« In einiger Entfernung sah ich einige dunkel gekleidete Wachleute am Pier. Es würde nicht lange dauern, bis sie die fünf Typen entdeckten.

Jye grinste. »Hilfloses Mädchen? Du musst mich nicht zum Helden machen. Ich bin Manns genug, um mich von dir retten zu lassen.«

»Das ehrt dich sehr. Aber ich denke nicht, dass sie es glauben würden.«

Die Lust auf einen Spaziergang war uns beiden vergangen, also verließen wir die Promenade über eine Seitenstraße. An der Ecke stand ein Terminal. Jye gab unsere Kennungen und Zielorte ein.

»Das war großes Kino, Phee«, sagte er, während wir warteten.

»Ich habe nichts anderes gemacht als du«, widersprach ich.

»Oh doch, hast du. Ich habe zugeschlagen und gehofft, etwas zu treffen. Du dagegen wusstest genau, worauf du zielen musst.«

»Na, ich bin einfach eine gute Beobachterin.« Ich hob die Schultern. Es war nicht die ganze Wahrheit, aber auch nicht gelogen. Ich besaß keine Superkräfte. Ich hatte nur die Kapazität meines Gehirns, meines sehr leistungsfähigen und meist in Ketten gelegten Gehirns. Aber selbst wenn ich Jye das hätte sagen dürfen – jetzt wäre ich zu müde dafür gewesen.

»Ich habe mich noch nie so auf mein Bett gefreut«, seufzte ich. In drei Tagen war die Vorauswahl. Wahrscheinlich würde ich bis dahin einfach durchschlafen.

8

»Sie haben noch zehn Minuten. Bitte beachten Sie, dass wir nur vollständig bearbeitete Tests akzeptieren.«

Das Pad vor mir auf dem Tisch vibrierte leicht, als wollte es die Worte der Aufsicht unterstreichen. Ein Counter in der oberen rechten Ecke des Displays zählte herunter.

<9:45>

<9:44>

<9:43>

<9:42>

Die Vorauswahl für die Garderekruten fand im Bankettsaal des Royal Pavilion statt. Es war ein feudal ausgestatteter Raum mit dunklem Holzboden und roten Vorhängen. Wenn man den Kopf in den Nacken legte, konnte man das Innere des Kuppeldachs sehen, wo ein gemalter Drache vor einem Kreis aus Palmwedeln den Kronleuchter hielt. Aber dafür hatte niemand einen Blick – alle hundert Köpfe im Raum beugten sich über ihre SmartPads. Ich sah Jyes breiten Rücken ganz vorne, in der Fensterreihe saßen Liora und die anderen Leute von ReVerse.

Die Prüfung war so leicht wie vorhersehbar. Es gab einen Intelligenztest mit Logikreihen und Aufgaben zur Allgemeinbildung. Danach kamen Fragen zu persönlichen Interessen und schließlich der Teil, bei dem man herausfinden wollte, ob unsere Gesinnung mit der des Königs übereinstimmte.

Das Gute an einem SmartPad war, dass es Lügen nicht erkennen konnte. Also hatte ich gelogen, was das Zeug hielt. Ob ich in der Lage war, mein eigenes Wohl hinter das des Königs zu stellen? *Na, aber hallo.* Was für mich das Wichtigste im Leben war? *Auf jeden Fall, für Sicherheit und Frieden zu sorgen.* Was ich von der Abkehr hielt? *Das Beste, was mir je passiert war.*

Der Timer zeigte fünf Minuten Restzeit an. Ich hatte noch eine Frage zu beantworten. *Welche Ihrer Stärken zeichnet Sie besonders für die Arbeit bei der königlichen Garde aus?* Das war einfach. Ich setzte den AccessPen auf das Pad und begann, zu schreiben.

Plötzlich flog hinter mir die Tür mit einem Krachen auf. Ich sprang erschrocken von meinem Platz hoch und drehte mich um. Ein Mann schritt herein, groß, mit eleganter Kleidung und durchdringenden grauen Augen. Er kam direkt auf mich zu.

»Warum, Ophelia?«

Er packte mich an den Schultern und sah mich an. Auf seinem weißen Hemd breitete sich mit rasender Geschwindigkeit ein dunkler Fleck aus. *Blut.*

»Warum?«, wiederholte er panisch. Dabei ging er fast in die Knie.

»Ich war das nicht«, stammelte ich und versuchte, ihn auf den Beinen zu halten. Der Stoff des Hemdes war nass vor Blut. »Ich weiß nicht, wie …«

»Sag es mir.« Die Stimme wurde sanfter, flehend. Die schwarzen Pupillen fraßen das Grau seiner Augen langsam auf. »Ich will es verstehen. Ophelia, bitte …«

Etwas in seiner Stimme berührte mich, aber ich hatte keine Antwort für ihn. Also wollte ich nach Hilfe rufen, die Hand auf die Wunde drücken, irgendetwas tun. Aber er entglitt mir und stürzte zu Boden. Rasselnd holte er ein letztes Mal Atem. Dann verdrehten sich seine Augen und er wurde starr.

Plötzlich kam Leben in den Raum. Die Leute standen auf und traten näher. Ich wusste, was sie sahen: den Toten auf dem Boden und mich daneben, mit Blut an den Händen und ohne einen Schimmer, was passiert sein mochte. Ich war starr vor Schock, unfähig, mich zu bewegen.

»Sie hat den König getötet!«, rief ein blondes Mädchen.

»Mörderin!« Es war ausgerechnet Jye, der das Wort rief. Es flog sofort wie ein Echo im Raum umher. *Mörderin, Mörderin, Mörderin!*

»Nein!«, schrie ich. Ich wich vor der Meute zurück. »Ich habe nichts getan!«

»Das ist eine Lüge!« Sie sprachen alle mit einer Stimme, dunkel und unheimlich.

»Es ist die Wahrheit!«, hielt ich dagegen.

»Warum hast du dann das da?« Liora zeigte auf mich.

Ich sah an mir herunter und keuchte entsetzt auf. Meine Hand, die gerade noch leer gewesen war, hielt jetzt eine Waffe.

Ich schreckte hoch und riss die Augen auf. Es dauerte einen Moment, aber dann stöhnte ich vor Erleichterung. Ich war in meinem Zimmer. Da waren mein Schreibtisch, mein blauer Teppich, das abgewetzte Sofa neben der Tür. Es war nur ein Traum gewesen. Der Test lag drei Wochen zurück.

Mein Atem beruhigte sich, aber mein Herz hämmerte weiterhin gegen die Rippen. Ich schlug die Decke zurück, stand auf und ging zum Fenster.

Es war so echt gewesen. Ich hatte keine Sekunde daran gezweifelt, dass der König in den Prüfungsraum gestürmt war. Das Gefühl von teurem Stoff unter meinen Fingern war noch da, so wie alles andere. Sein Blick, das Flehen in seiner Stimme ... mir lief ein Schauer über den Rücken. Kurzerhand öffnete ich das Fenster, um die Geister zu vertreiben.

Draußen regnete es Bindfäden und ein paar Tropfen erreichten mein Gesicht. Ich sog die frische Luft ein – und kam mir bald lächerlich vor. In dem Traum war es mir gelungen, den König zu töten. Hätte mich das nicht freuen müssen, statt mich zu schockieren?

Du bist immer noch ein Mensch, sagte Knox' Stimme leise in meinem Kopf. *Der Tod des Königs ist eine Notwendigkeit, kein persönliches Vergnügen.*

Ich atmete noch einmal tief ein. Er hatte recht.

Mein Kopf schmerzte auf vertraute Weise, also ging ich zu meinem Nachttisch und nahm einen schmalen Edelstahlzylinder heraus. Ein Ende hielt ich an meinen Hals, dann drückte ich den Knopf auf der anderen Seite. Es zischte leise, als die Dosis in meine Adern gepresst wurde.

Binnen Sekunden änderte sich die Welt. Sie wurde dumpfer und eindimensionaler, als ob sich eine dicke, durchsichtige Folie über die Wirklichkeit zog. Mein Kopf nahm die Entspannung dankend an, aber ich spürte vor allem Resignation. Das Leben in der Folien-Welt war etwas, an das ich mich nie ganz gewöhnen würde.

Ich legte den SubDerm-Injektor zurück in die Schublade und

schloss sie. Der Wecker auf dem Tischchen zeigte zehn Uhr an. Ich war spät dran mit der Einnahme. Vielleicht hatte ich deswegen diesen Traum gehabt.

Eneas saß allein am Esstisch, als ich nach der Dusche hinunterging. Er hatte einen Block neben sich liegen und skizzierte etwas. Als ich zu ihm kam, sah er auf.

»Gut geschlafen, Schwesterchen?«

»Eher nicht, nein.«

»Das sieht man«, kommentierte er trocken.

»Es ist so schade, dass *ich* den ganzen Charme geerbt habe, findest du nicht?« Im Vorbeigehen wuschelte ich ihm durch die Haare. Dann öffnete ich den Schrank und suchte nach meinen synthetischen Frühstücksflakes. Vor Lexie musste man so etwas besser verstecken als Technologie vor den Turncoats. Wenn man es nicht tat, warf sie die Flakes in den Müll und ersetzte sie durch Chia-Samen und Haferflocken. Mir kam es schon hoch, wenn ich nur daran dachte.

»Gib dir keine Mühe.« Mein Bruder kam zur Küchenzeile. »Fleur hat sie heute Morgen mitgenommen.«

Ich fuhr empört hoch. »Meine Flakes? Spinnt die?«

»Sie wird erwachsen, Phee. Da entwickelt man eine eigene Persönlichkeit.«

»Das ist ja schön, aber muss sie deswegen auch einen eigenen Geschmack entwickeln?«, maulte ich. Jetzt konnte ich hungern oder musste aus dem Haus, um mir etwas zu besorgen.

»Hier«, Eneas griff hinter Lexies Phobe-Mischungen. »Du kannst mein Müsli nehmen.«

»Du bist meine Rettung, Brüderchen.« Ich nahm die Packung entgegen und drückte ihm einen Kuss auf die Wange. »Ich wusste gar nicht, dass du Geheimvorräte hast.«

»Dann wären sie ja auch nicht mehr geheim.« Eneas grinste. »Allerdings hättest du dir denken können, dass ich mich nicht von Lexies Kram ernähre. Das Zeug ist die reinste Folter.«

»Was ist Folter?« Lexie kam durch die Terrassentür.

»Ach, dieser Bewerbungskram«, sagte ich schnell und versteckte die Müslipackung hinter meinem Rücken. Es war überflüssig, denn Lexie war damit beschäftigt, ihre Gummistiefel von den Füßen zu schütteln. Einer flog zwei Meter weit in den Matsch. Sie hüpfte auf einem Bein hinaus, um ihn zurückzuholen.

»Morgen ist das Treffen wegen der Planung für den großen Gemüsegarten.« Sie war schon beim nächsten Thema, als sie wieder hereinkam. Den Stiefel hielt sie in der Hand. Schlamm tropfte auf den Boden. »Es wäre nett, wenn ihr bis dahin aufräumen könntet.«

Ein Klopfen rettete Eneas und mich davor, antworten zu müssen.

»Ah, das wird Scotty sein.« Meine Stiefmutter eilte zur Tür.

»Müssen wir nun aufräumen oder nicht?«, raunte mein Bruder mir zu.

»Wir könnten so tun, als hätten wir es nicht gehört«, schlug ich vor.

»Phee, es ist für dich«, unterbrach uns Lexie quer durch den Raum. »Ich bin jetzt mal bei Scotty, bestimmt hat er verschlafen. Einmal mit Profis …« Sie winkte, zog sich etwas über und war verschwunden.

Ich hatte heute auf meinen Morgenmantel verzichtet und mir gleich einen dunkelgrauen Kapuzenpullover und eine schwarze Hose angezogen. Prüfend warf ich einen Blick auf mein Outfit und entschied, dass es präsentabel war. Ich stellte mein Müsli ab und ging zur Tür. Auf den nassen Stufen warteten Julius und Jye.

»Hi«, sagte ich überrascht. Meine Freunde besuchten mich wegen der Phobe-Plage nur selten zu Hause. Ich warf einen Blick über die Schulter, wo Eneas wieder am Esstisch saß. Dann trat ich nach draußen und zog die Tür hinter mir zu. »Mein Bruder ist da.«

Die beiden nickten, und wir gingen einige Meter unter ein Vordach, das wir mit einer Schubkarre und zwei Regenfässern teilen mussten. Jye schüttelte das Wasser aus seinen Haaren. Julius holte ein Pad hervor.

»Sind das ...?«

»Die Ergebnisse, ja.«

»Ich dachte, die sollten erst in einer Woche kommen?« Sofort meldete sich ein Grummeln in meinem Magen. War es Zufall, dass ich ausgerechnet heute Nacht von dem Test geträumt hatte?

»Man hat den Zeitplan nach vorne verlegt. Die nächste Runde in London startet schon morgen.« Julius lehnte sich an einen Pfeiler. Das Holz ächzte bedenklich. »Sie haben euch beide dafür ausgewählt«, sagte er.

Freude war das erste Gefühl, das ich spürte. Aber dann mischte sich etwas anderes hinein ... Angst. Schock. Die grauen Augen, die mich verzweifelt ansahen und sich dann nach oben verdrehten. Das Blut auf dem weißen Hemd.

»Ist alles in Ordnung mit dir?« Jye berührte mich an der Schulter. »Du bist ein bisschen blass.«

»Was, ich?« Ich rang mir ein Lächeln ab. »Nee. Alles bestens. Bin nur überrascht. Zweite Runde in London, wow. Wer hätte das gedacht?« Es klang lahm. Die Bilder des sterbenden Königs ließen sich kaum vertreiben, aber noch weniger seine Stimme. Der sonore Klang hallte durch meinen Kopf.

Warum, Ophelia?

Ich will es verstehen.

Mühsam verdrängte ich die Stimme aus meinen Gedanken.

»Wer noch?«, fragte ich.

»Niemand«, sagte Jye. »Wir sind die Einzigen aus Brighton, die genommen wurden.«

»Nur wir?«, fragte ich ungläubig. Bei dem Test waren über hundert Leute aus der Gegend angetreten.

»Nur ihr«, wiederholte Julius. »Der König sucht keine Armee, sondern eine Elitegarde. Deswegen legt er hohe Maßstäbe an.«

Das ungute Gefühl in meinem Magen wurde stärker. Jye schien es zu spüren.

»Vergiss nicht, dass sie nur einen Bruchteil der Anwärter dieser Runde überhaupt nehmen«, beruhigte er mich. »Wahrscheinlich schaffen wir es eh nicht.«

»Ja, du hast recht«, sagte ich, »einen Test auszufüllen ist eine Sache, aber London? Ich wette, das wird ein kurzer Ausflug.« Mein Bauchgefühl sagte etwas anderes.

»Eines ist sehr wichtig.« Julius sah uns an. Der Regen trommelte auf das Blech des Daches. »Bevor ihr auffliegt, brecht ab. Wenn ihr merkt, dass ihr euch in Gefahr bringt, gebt auf. Wir können uns keine weiteren umfassenden Clearings leisten.«

»Aber was, wenn es funktioniert?«, fragte ich. »Was, wenn wir es doch schaffen?« Darüber hatte bisher niemand ein Wort verloren.

»Ferro wird mit euch Kontakt aufnehmen, wenn es so weit ist.« Julius schob das Pad in seine Tasche. »Genaueres weiß ich auch nicht. Wenn es um die Details seiner Pläne geht, ist Ferro ähnlich verschwiegen wie der König.«

Mein Zimmer sah aus wie ein Schlachtfeld. Auf dem Bett lag Alltagskleidung, auf dem Sofa Sportsachen, Unterwäsche und Socken. Der Schreibtisch diente als Zwischenlager für Kleinkram, auf dem Teppich stapelten sich Bücher.

Julius hatte uns gesagt, dass wir nicht viel mitnehmen sollten – Sportklamotten, normale Kleidung, etwas für die Wartezeiten. Was die Menge anging, hatte er recht. Aber nach dem Aufenthalt in London ging es vielleicht weiter nach Maraisville, in die königliche Stadt südlich der Alpen, nahe der nicht mehr existenten Grenze zwischen den ehemaligen Staatsgebieten Italiens und der Schweiz. Also musste ich sorgfältig auswählen.

In die Reisetasche, ein unförmiges Ding mit Lilie, wanderten nach und nach ein paar T-Shirts, die Jacke von Knox, meine zwei Lieblingspullover und ein paar ungelesene Bücher. Gerade dachte ich darüber nach, ob man uns im Winter warme Kleidung stellen würde, als die Tür aufging.

»Bist du eigentlich total bescheuert?!« Eneas stürmte ins Zimmer.

»Ich habe keine Ahnung, was du meinst«, gab ich unbeeindruckt zurück.

»Ach nein? Lexie hat mir gerade gesagt, dass du nach London fährst. Glaubst du, ich bin ein Idiot? Denkst du, ich weiß nicht, was du vorhast?«

Ich setzte mich aufs Bett. »Klär mich auf, Neas. Was habe ich denn vor?« Ich hatte meiner Familie schon vor dem ersten Test erzählt, dass ich mich für die königliche Garde bewerben wollte.

»Du willst …« Er senkte seine Stimme. »Du willst etwas gegen den König unternehmen. Du willst dich dort einschleusen, auf eine gute Gelegenheit warten und dann …« Er fuhr sich mit dem Finger über den Hals.

»Was für ein Quatsch«, wehrte ich ab. »Ich brauche einen Job, und das ist ein Job. Nicht jeder von uns will nackte Mädels zeichnen.«

Eneas funkelte mich aus seinen grünen Augen an. »Verkauf mich nicht für dumm, Ophelia. Dad kannst du vielleicht erzählen, dass du bei einer Theatergruppe bist, aber mir nicht!«

Ich verschränkte die Arme. »Was weißt du denn schon davon?«

»Genug. Ich weiß, dass ihr gegen die Abkehr seid. Und dass ihr alles tut, um sie rückgängig zu machen.« Mein Bruder starrte mich wütend an. »Verdammt, Phee. Das ist eine Selbstmordmission!«

»Und wenn schon.«

»*Und wenn schon?* Hast du sie noch alle? Mal abgesehen von deinem Leben, das du riskierst, hast du auch mal an uns gedacht? Was mit uns passiert, wenn du auffliegst?«

»Ich fliege aber nicht auf. Ich bin gut in dem, was ich tue.«

»Gut in dem, was du tust? Hörst du dich eigentlich selbst reden?« Eneas starrte mich an. »Du bist keine Killerin oder Spionin! Was soll ich Dad sagen, wenn dir etwas passiert? Oder Mum?«

»Gar nichts.« Ich presste die Lippen aufeinander. »Mum wird so etwas erwartet haben und Dad … er kann mir ja einen hübschen Grabstein töpfern.«

Eneas schnaubte. »Du bist schrecklich verbittert geworden.«

»Und du bist schrecklich blind!« Ich stand auf. »Ich kann in dieser Welt nicht leben, okay? Ich kann mich diesem Regime nicht unterordnen! Ich will kein sinnloses Leben führen! Aber vor allem kann ich sie nicht damit davonkommen lassen, was sie mit uns machen, was sie Knox angetan haben. Sonst werde ich wahnsinnig!«

Eneas atmete aus und sank dann auf mein Bett. Plötzlich sah er sehr erwachsen aus. Und besorgt.

»Ich habe Angst um dich«, sagte er leise. »Ich weiß, dass die Sache mit Knox schlimm für dich war. Aber –«

»Genau deswegen muss ich etwas tun.« Seine Sorge nahm mir meine Wut. Ich setzte mich neben ihn. »Und ich will meine Freiheit zurückhaben, meinen Kopf und meine Gedanken. Mein Leben. Unser aller Leben.«

Er seufzte tief. »Ich hoffe nur, du verlierst deines dabei nicht.«

Einige Momente saßen wir schweigend da. Draußen prasselte der Regen an die Scheibe. Irgendwann hielt ich die Stille nicht mehr aus.

»Egal, was passiert – bitte sag Dad nichts, okay?« Mein Vater würde das nicht gut verkraften.

Eneas nickte und gab nach.

»Okay. Unter einer Bedingung.«

»Die wäre?«

»Du kommst heil zu uns zurück.«

»Versprochen.« Ich lächelte und umarmte ihn fest.

Das mit dem Lügen konnte ich wirklich verdammt gut.

Nachdem Eneas gegangen war, beendete ich das Packen meiner Sachen und räumte alles andere zurück in die Schränke. Die Worte meines Bruders ließen sich jedoch nicht so leicht verstauen. *Hast du auch mal an uns gedacht? Was mit uns passiert, wenn du auffliegst?*

Ich wusste nicht, was sie dann erwartete. Ich wusste ja nicht einmal, was mich dann erwartete. Nur Clearing oder doch Schlimmeres? Gab es etwas Schlimmeres als das?

Noch konnte ich aussteigen. Niemand würde von mir enttäuscht sein, wenn ich nicht nach London fuhr. Aber spätestens seit Knox' Clearing wusste ich ganz genau, warum ich bei Re-Verse war – das konnten mein Bruder und der Albtraum von einem toten König nicht ändern. Wenn es möglich war, würde ich bis zum Äußersten gehen. Das war ich meinen Mitstreitern, Knox und zuletzt mir selbst schuldig.

Der Verschluss der Reisetasche klemmte, aber mit etwas Gewalt ging er zu. Ich ließ die Tasche stehen, öffnete eine Tür hinter meinem Bett und beugte mich in den Abstellraum dahinter. In einer staubigen Kiste fand ich ein altes Buch. Es war in dunkelrotes Leder eingeschlagen und hatte goldene Buchstaben auf dem Einband. Ich hatte es aufbewahrt, falls eines Tages die Gelegenheit kam, es zurückzugeben. Heute war es so weit.

Bevor ich nach London aufbrechen konnte, hatte ich noch etwas Wichtiges zu erledigen.

Nach einer halben Stunde Fahrt mit der TransUnit erreichte ich mein Ziel. Horsham war eine kleine Stadt im Landesinneren und nie bedeutend genug gewesen, um einen anderen Namen zu bekommen. Firmen hatten sich hier nicht angesiedelt, deshalb war es ein echter Magnet für Phobes und andere Königstreue. Schon das Ortseingangsschild war mit einer riesigen Lilie und dem Konterfei von Leopold de Marais versehen, darunter hieß die Stadt »Alle Freunde seiner Majestät« willkommen. Ich hätte gern etwas danach geworfen, aber natürlich ging das nicht. Also blieb es bei einem bösen Blick, bevor ich in die nächste Seitenstraße einbog.

Eine Reihe Häuser erstreckte sich vor mir, ordentlich und gepflegt, aber dennoch deprimierend eintönig. Graue Fassaden, graue Treppen, graue Steinplatten vor den Häusern. Im Vorbeigehen sah ich ein paar spielende Kinder und einen Mann, der den Gehsteig fegte. Keiner beachtete mich. Die Leute in dieser Ecke von Horsham wollten mit niemandem reden. Ich nahm ihnen das nicht übel.

Mein Ziel lag ganz am Ende der Straße. Neben einer grauen Holzbank stoppte ich und ging die Stufen zur Haustür hinauf. Nach meinem Klopfen dauerte es nicht lange, bis jemand öffnete.

»Ophelia, hallo. Mit dir hatte ich heute nicht gerechnet.« Eine kleine Frau stand in der Tür, dunkel gekleidet und mit grauen Strähnen in den schwarzen Haaren. Ihre braunen Augen hatten einen traurigen Ausdruck, aber das lag nicht an mir.

»Hallo, Eva. Ich komme unangemeldet, ich weiß.« Ich lächelte entschuldigend. Normalerweise schickte ich eine Woche vorher einen Brief. »Es hat sich kurzfristig etwas ergeben. Aber wenn ich störe …«

»Du störst niemals, das weißt du doch.« Eva trat zur Seite und ließ mich hinein.

Der Eingang des kleinen Hauses war schmal und dunkel. Eine steile Treppe schwang sich zum oberen Stockwerk hoch, am Geländer hingen ordentlich aufgereiht Mäntel und Jacken. Auf der Kommode entdeckte ich einen Stapel Bücher. Ich dachte an das Mitbringsel in meiner Tasche.

»Trinkst du einen Tee mit mir?« Ein hoffnungsvoller Ausdruck stahl sich auf Evas müdes Gesicht.

»Ich habe leider nur wenig Zeit. Um sechs geht mein TransRail nach London.«

»Nach London? Was hast du denn dort zu tun?« Sie nahm

mir meine Jacke ab. Ich sah, wie sie über den Stoff strich. Mein Herz schmerzte dumpf.

»Das ist nur so eine Berufsberatungssache«, log ich und hoffte auf eine Gelegenheit zum Themenwechsel. Durch die offene Tür zum Wohnzimmer erhaschte ich einen Blick auf eine altmodische Nähmaschine.

»Du nähst wieder?«

»Wir müssen alle weitermachen, nicht wahr?« Sie zeigte ein bekümmertes Lächeln, aber immerhin ein Lächeln. Ich hatte seit Monaten keines von ihr gesehen.

»Ja, wahrscheinlich hast du recht.« Ich nickte. Dann zeigte ich zur Treppe. »Ist er oben?«

»Schon den ganzen Vormittag. Ein Nachbar hat neue Comics vorbeigebracht, dann höre ich oft stundenlang nichts. Geh ruhig hoch. Du kennst den Weg ja.«

Der Treppenaufgang war ebenso eng und dunkel wie der Flur, außerdem roch es staubig. Meine Schritte verursachten ein dumpfes Klopfen auf dem Teppich, passend zu meinem Herzschlag.

Auf halber Höhe hing in einem Rahmen das gezeichnete Bild eines kleinen Jungen. Er war dunkelhaarig und saß auf dem Schoß eines Mannes, der verblüffende Ähnlichkeit mit ihm hatte. Beide lächelten strahlend.

Ich schluckte und wandte mich ab, ging weiter, wenn auch zögernd. Das Ende der Treppe schien unendlich weit entfernt und gleichzeitig drohend nahe. Mit jeder Stufe wurden meine Schritte schwerer. Trotzdem blieb ich nicht stehen.

Drei Türen gingen im ersten Stock vom Flur ab, eine war nur angelehnt. Ich wappnete mich innerlich. Dann schob ich die Tür etwas weiter auf.

Ein kleines Zimmer lag dahinter, vollgestellt mit Bücherregalen, einem einfachen Bett aus Holz und einem kleinen Schreibtisch. Auf dem Teppich in der Mitte saß ein junger Mann, der sich mit konzentriertem Gesicht über ein Comicheft beugte. Seine Brauen waren dunkel, seine tiefbraunen Haare fielen ihm in die Stirn. Der Schmerz in meinem Herzen breitete sich in meinen ganzen Körper aus.

Kurz hatte ich den Impuls, wieder zu gehen und von hier zu flüchten – so schnell ich konnte. Aber dann knarrte eine Diele und der Junge sah erschrocken auf.

»Ophelia!« Der Schreck wich Freude, als er mich erkannte.

Meine Stimme klang wie Schmirgelpapier, als ich etwas sagte. Es war ein Name, ebenso vertraut wie fremd.

»Hi, Nicholas.«

9

Es gibt nichts Schlimmeres als den Tod.

Das ist es, was die Menschen glauben. Das Ende des Lebens ist für sie das Schrecklichste, was sie sich vorstellen können. Es bedeutet, nie wieder Familie und Freunde zu sehen. Nie wieder etwas zu tun. Nie wieder etwas zu sagen. Nie wieder etwas zu sein.

Aber es gibt etwas, das schlimmer ist: wenn man jemandem alles nimmt, was ihn ausmacht. Erinnerungen an geliebte Menschen. Erinnerungen an Erlebnisse und Erfahrungen. Erinnerungen an Gefühle. Erinnerungen an sich selbst.

Das war es, was beim Clearing passierte. Die Prozedur beendete nicht das Leben, sie tötete nicht körperlich. Das Clearing tat etwas viel Grausameres: Es beseitigte die *Essenz* einer Person.

Ein Clearing löschte einen Menschen aus.

Der junge Mann in diesem Zimmer hieß Nicholas Odell und war zwanzig Jahre alt. Er hatte die Statur, das Gesicht, auch die Stimme eines 20-Jährigen. Aber in seinem Kopf sah es anders aus.

Nicholas fehlten die Erinnerungen an alles, das nach seinem zehnten Geburtstag passiert war. Er wusste nicht, dass man ihn *Knox* genannt hatte oder dass er bei ReVerse gewesen war. Er hatte keine Ahnung, warum sein Vater gestorben war oder wann er angefangen hatte, sich für Geschichte zu begeistern. Er wusste auch nicht mehr, dass er sich vor über zwei Jahren in ein Mädchen namens Ophelia verliebt hatte. Unsere erste Begegnung, das erste Date, unsere gesamte Beziehung – für ihn war nichts davon je passiert.

Aber er hatte nicht nur die Erinnerungen eines Zehnjährigen, er *war* ein Zehnjähriger. Knox lebte, fühlte und handelte wie ein Kind. Er aß am liebsten Spaghetti mit Tomatensoße und interessierte sich für Comics. Er fand Mädchen seines Alters doof und spielte gerne Fußball im Park. Wenn er mich anschaute, sah er eine Bekannte, die ihn in den letzten Monaten regelmäßig besucht hatte.

Ich sah in ihm alles, was ich verloren hatte.

»Du warst ziemlich lange nicht mehr hier.« Knox zog die Augenbrauen zusammen. Es war eine Geste, die ich gut kannte. Trotzdem wirkte sie fremd.

»Das stimmt und es tut mir leid.« Meine Stimme war immer noch kratzig. Die Besuche bei Knox waren eine Tortur, aber ich kam trotzdem immer wieder. Ich war wie eine Süchtige, die ihre nächste Dosis wollte, obwohl sie wusste, dass es sie irgendwann umbrachte.

»Wie läuft es in der Schule?« Ich setzte mich zu Knox auf den Boden.

»Ach, Schule ist blöd.« Er zog eine Grimasse. »Wir machen gerade Geometrie, und ich habe das Gefühl, ich weiß das schon alles. Aber Mum sagt, das kommt mir nur so vor.«

»Du bist eben ein kluger Junge. Wahrscheinlich lernst du schneller als die anderen.« Ich lächelte – dabei hätte ich mich am liebsten an seine Schulter gelehnt und geweint.

»Oh, ich muss dir etwas zeigen. Warte kurz.« Er sprang auf, schwankte einen Moment und lief aus dem Zimmer. Ich blieb allein.

Die Odells hatten nicht immer in Horsham gewohnt, sie waren erst nach dem Clearing hierhergezogen. Die Stadt war das regionale Auffanglager für Leute wie Knox. Hier gab es spezielle Schulen und Einrichtungen, so konnte man die sogenannten *Clearthroughs* besser überwachen – auch medizinisch. Knox dachte und bewegte sich wie ein Zehnjähriger, aber seine Muskulatur passte nicht dazu. Dieses Ungleichgewicht musste mit Medikamenten ausgeglichen werden, die seinem Hirn vormachten, er sei ein Kind. Deshalb schwankte er manchmal, wenn er aufstand und seine Kraft unterschätzte.

»Hier, schau mal. Das habe ich heute gemalt.« Knox kam wieder herein, einen Zeichenblock in den Händen. Darauf war mit vielen Buntstiften und wenig Talent ein Haus gezeichnet worden, neben dem ein Dinosaurier stand. In der Ecke war in schräger Schrift »Nicholas« zu lesen.

Knox setzte sich wieder neben mich und streifte dabei meinen Arm. Ich bekam eine Gänsehaut. Im Gegensatz zu ihm erinnerte ich mich an seine Berührungen von früher.

»Das ist echt klasse«, heuchelte ich und zog den Arm unauffällig weg. »Vor allem der Dinosaurier ist super.«

»Das ist ein Pferd!« Knox sah mich empört an. »Das sieht man doch. Guck, hier sind die Beine und der Kopf – und da ist der Schweif.«

Ich schaute noch einmal hin. Es sah immer noch aus wie ein

Dinosaurier. »Klar, ein Pferd«, nickte ich trotzdem, »das sieht man sofort. Mein Fehler.«

»Du hast bestimmt schon lange keins mehr gesehen.« Knox legte das Bild beiseite und schlang die Arme um die Knie. »Wir haben letzte Woche einen Ausflug zu einem Hof gemacht. Da gab es Pferde und Kühe und kleine Ferkel.«

»Und, war es schön?«

»Es war toll!« Knox strahlte. »Wir haben gesehen, wie man aus Wolle Pullover macht und wie man die Milch aus den Kühen holt. Wenn ich groß bin, will ich das auch machen.«

»Was, Kühe melken?«

»Nein, natürlich nicht.« Knox verdrehte die Augen. »Einen Hof haben. Mit Tieren und so etwas.«

Ich starrte ihn an. Die ehemals größte Hoffnung des Widerstandes wollte ein Phobe werden. Welch Ironie.

»Bist du sicher?« Ich räusperte mich. »Das klingt nach viel Arbeit.«

»Aber es klingt auch nach viel Spaß. Die kleinen Ferkel waren so süß, Ophelia. Außerdem kann man alles selbst machen, mit den eigenen Händen.«

Er sah ganz verzückt aus, während er sich seine Zukunft ausmalte. Genau das war es, was das Clearing bewirken sollte – man wurde an den Punkt zurückversetzt, als man noch »ungefährlich« gewesen war. Bei manchen brauchte es dafür drei Jahre Löschung, bei anderen fünf, sehr selten zehn oder mehr. Heraus kamen Menschen, die so beeinflussbar waren, dass sie nie wieder auf rebellische Gedanken kamen. Für die Clearthroughs gab es Schulausflüge zu den Phobes und Vorträge zum Thema Abkehr, dazu eine spezielle Förderung aller Fähigkeiten, die nichts mit Technologie zu tun hatten. Es war die totale Gehirnwäsche.

»Ich weiß nicht, ob *ich* das wollen würde«, sagte ich skeptisch. »Vielleicht gibt es noch etwas anderes, das du machen möchtest. Was magst du denn in der Schule am liebsten?«

»Sport«, sagte Knox wie aus der Pistole geschossen. »Und Literatur ist auch in Ordnung.«

Mein Blick fiel auf das Regal, in dem Knox' geliebte Geschichtsbücher verstaubten. Seine Mutter hatte es nicht übers Herz gebracht, sie wegzuwerfen.

»Was ist mit Geschichte?«

»Geschichte?« Er rümpfte angewidert die Nase.

»Ja, du weißt schon, das Römische Reich und die Weltkriege, der europäische Zusammenschluss …« Die Abkehr erwähnte ich nicht.

»Ach, das. Nee.« Knox schüttelte den Kopf. »Voll lahm. Wen interessiert schon, was vor Tausenden von Jahren passiert ist?«

Schon als kleiner Junge hatte Knox seine Leidenschaft für Geschichte entdeckt. Entfacht worden war sie von seinem Vater, einem Anlagentechniker, der lieber Historiker gewesen wäre. Er würde seinen Sohn jedoch nicht erneut dafür begeistern können, denn er war kurz nach der Abkehr gestorben. Hector Odell hatte eine seltene Lungenkrankheit gehabt, die ohne eine Weiterentwicklung der Medizintechnik nicht zu heilen gewesen war. Sein Tod hatte Knox zu ReVerse gebracht.

»Das ist total spannend«, widersprach ich. »Da gab es Drama, Abenteuer, Gefühle – alles, was eine gute Story ausmacht.« Ich nahm meine Tasche und zog das rote Buch heraus. »Hier, da geht es um den römischen Kaiser Augustus. Ich bin sicher, das würde dir gefallen.« Es war jenes Buch gewesen, das er *mir* zu lesen gegeben hatte, um mich für Geschichte zu interessieren. Vorher hatte ich dergleichen auch lahm gefunden.

»Glaubst du wirklich?«, fragte Knox und sah mich zweifelnd an. Es waren dieselben Augen, die mir früher Magenflirren verursacht hatten. Doch nun zeigten sie den Blick eines Kindes.

»Ganz sicher«, sagte ich tapfer und gab ihm das Buch.

»Da sind nur Wörter drin«, maulte Knox, als er es vor sich auf den Boden legte und aufschlug.

»Nein, da sind auch Bilder, siehst du.« Ich blätterte zu einem Kapitel über das Prinzipat. Eine blasse einfarbige Fotografie zeigte den Kaiser als Statue.

»Mhm. Ich weiß nicht.«

»Du solltest es lesen. Dann wirst du deine Meinung sicher ändern.« Ich war nicht sicher, warum ich ihn so drängte – vielleicht wollte ich, dass er sich genauso entwickelte wie vorher. Dabei wusste mein Verstand, dass Knox für mich verloren war. Wenn er in das Alter kam, in dem er sich wieder in mich verlieben könnte, würde ich in seinen Augen uralt sein. Ich hätte gewartet, das hätte ich wirklich, aber es war zwecklos. Ich würde nie wieder etwas anderes als eine Art ältere Schwester für ihn sein. Für den Rest unserer beider Leben.

Knox zeigte mir seine anderen Bilder, dann spielten wir *Flip-Flap* – ein Kartenspiel, das bei den Kids zurzeit sehr beliebt war. Nach zwei Runden sagte mir ein Blick auf die Uhr, dass ich mich verabschieden sollte.

»Ich muss nach Hause«. Es tat immer weh, wenn ich hier war. Aber es schmerzte am meisten, wenn ich wieder ging. Wie automatisch hob ich die Hand, um ihm über den Rücken zu streichen. Im letzten Moment zog ich sie zurück.

»Schon? Das ist aber doof.« Knox schob den Kartenstapel zusammen. »Wann kommst du denn wieder?« Ein fragender Blick traf mich.

»Das weiß ich noch nicht. Vielleicht wird es eine Weile dauern.«

»Musst du verreisen?«

»Ja, so etwas in der Art.« Ich griff nach meiner Tasche und hob den Gurt auf. Dabei rutschte mein Ärmel nach oben.

»Was ist das?« Knox nahm mein Handgelenk und strich über mein Tattoo, eine liegende Acht direkt am Übergang zum Handballen. Ich sog die Luft ein.

»Gar nichts.« Hastig entzog ich ihm den Arm. Die Stelle prickelte.

»Ich kenne das Zeichen«, sagte Knox leise. »Es bedeutet Unendlichkeit.« Er schob beide seiner Ärmel hoch. An einem Handgelenk trug er ein breites Armband aus Leder, das ihn als Clearthrough auswies. Am anderen war nichts zu sehen. »Es war hier«, murmelte er. Angst stieg in mir hoch. Clearthroughs hatten manchmal Streiflichter von Erinnerungen, das kam vor. Aber in meiner Gegenwart war es noch nie passiert.

»Du irrst dich«, sagte ich.

»Nein, ich bin sicher. Es war da.«

»Deine Mutter würde dir niemals ein Tattoo erlauben.« Knox hatte tatsächlich die gleiche Tätowierung gehabt wie ich, aber beim Clearing hatte man sie entfernt. »Ich muss jetzt wirklich gehen.« Ich wollte an ihm vorbei zur Tür. Knox stellte sich mir in den Weg.

»Du lügst.«

»Ich würde dich nie anlügen, Nicholas. Das weißt du.«

»Ich glaube dir nicht.«

»Lass mich vorbei, Knox«, sagte ich mit fester Stimme.

»*Knox?* Wer ist das?« Irritation zeigte sich auf seinem Gesicht. Er trat noch einen Schritt näher auf mich zu.

Mein Fehler schnürte mir die Luft ab. Es war unter Strafe verboten, mit einem Clearthrough über die Vergangenheit zu sprechen. Wenn ich dagegen verstieß, wurde er noch einmal der Prozedur unterzogen – und ich gleich mit.

»Wer ist Knox?«, wiederholte er. Die Falte auf seiner Stirn war steil und tief.

»Knox ist …« Mir kam eine wahnwitzige Idee. Ich könnte es tun. Ich könnte ihm die Wahrheit sagen, ein paar Sachen packen und mit ihm verschwinden. Unterwegs würde ich ihm alles über sich und uns erzählen, sodass er wieder der Alte werden würde. Wir wären für alle Zeiten auf der Flucht, aber immerhin zusammen.

Mehrere Momente stand die Chance dazu im Raum, strahlend schön und verheißungsvoll. Dann sah ich Knox in die Augen und sie zerfiel zu Asche. Er war nicht mehr da. Vor mir stand ein Junge, der darauf drängte, ein Geheimnis zu erfahren. Er war nicht *mein* Knox, der sich an mich erinnerte. Ich trat einen Schritt zurück.

»Knox ist niemand.«

Es gab Notfallsets, die bei einem Clearthrough das Kurzzeitgedächtnis löschten, falls jemand eine Erinnerung triggerte. Ich sah mich um und entdeckte eins oben auf dem Regal. Schnell griff ich danach und nahm einen SubDerm-Injektor mit dem ClearSerum heraus.

»Was machst du da?«, fragte Knox.

»Ich bringe dich in Ordnung.« Der Kloß in meinem Hals dehnte sich aus. Mit zitternden Händen hob ich den Injektor an Knox' Hals.

»Ophelia …« Er sah mich ängstlich an, schob meine Hand aber nicht weg.

»Ich liebe dich«, sagte ich leise und strich ihm über die Wange. »Daran wird sich nie etwas ändern.«

Ein Druck auf den Knopf und der Injektor gab einen Stoß in Knox' Hals ab. Ich sah, wie sein Blick verwaschen wurde. Aber ich wartete nicht darauf, dass er sich wieder scharf stellte.

Schnell griff ich meine Tasche, lief die Treppe hinunter, knallte mit dem Knie gegen das Geländer und verschwand, ohne mich von Eva zu verabschieden. Dann rannte ich zum Ende der Straße und weiter, immer weiter. Erst als ich weit genug gerannt war, um von niemandem gehört zu werden, sank ich auf die Knie und schrie mir meinen Schmerz von der Seele.

10

Als wir am Abend in London ankamen, war ich heiser, aber wieder in der Spur. Irgendwie hatte ich die Kraft gefunden aufzustehen, eine TransUnit zurück nach Brighton zu nehmen, mich von meiner Familie zu verabschieden und in den TransRail nach London zu steigen. Ich hatte Jye nicht viel von Horsham erzählt, aber er wusste trotzdem Bescheid. Nur wenige seiner alten Freunde besuchten Knox, denn die meisten hatten Angst vor der Begegnung. Jye allerdings fuhr regelmäßig zu den Odells, spielte mit Knox und reparierte das eine oder andere am Haus. Zurück kam er immer ähnlich zerstört wie ich. Dann legten wir eine extra Einheit an den Boxsäcken ein, lästerten über Phobes und aßen etwas Fettiges aus der Packung. Es war unsere Form von Trauerbewältigung.

Von der TransRail-Station nahmen wir eine TransUnit in den Norden von London, das bis zur Abkehr fest in der Hand von *HorizonTechnologies* gewesen war. Der Name hatte sich für die Stadt nie durchgesetzt, aber für das dortige Stadion schon: Der *HorizonDome* war ein Austragungsort für Virtual-Soccer-Spiele gewesen. Nach der Abkehr hatte er eine Weile leer gestanden, seit einem Jahr wurde er für reale Sportveranstaltungen genutzt. In den nächsten zwei Tagen würden hier die Auswahltests für die königliche Garde stattfinden.

»Warst du schon einmal dort?«, fragte ich Jye, der neben mir saß und aus dem Fenster sah.

»Im Dome? Ja, als Kind zu einem Spiel. Wir haben auf der Haupttribüne gesessen. Die Atmosphäre war unglaublich.« Dabei waren die Mannschaften gar nicht vor Ort gewesen, sondern hatten in einem speziellen Studio gespielt. Das Match war dann in alle Stadien Europas übertragen worden. »Du hast nie eines gesehen, oder?«

»Nein, meine Eltern haben sich für so etwas nicht interessiert.« Ich hatte aber auch nicht darum gebettelt. »Als ich das letzte Mal in London war, habe ich den Dome nur aus der Ferne gesehen. Man sagt, er sei ganz schön heruntergekommen, nachdem eine Horde Idles dort gehaust hat.«

»Offensichtlich ist der Laden noch gut genug in Schuss, um uns dort ein Wochenende lang durch die Mangel zu drehen.« Jye grinste.

»Wahrscheinlich ist das der Test«, sagte ich. »Zwei Tage in dem maroden Ding zu verbringen, ohne von Gebäudeteilen erschlagen zu werden.«

Wir lachten. Dabei fuhren wir um die nächste Ecke und hielten auf den Dome zu.

Das Stadion sah nicht so schlimm aus wie erwartet. Gut, die sechzig Meter hohe Stahlkonstruktion hätte einen neuen Anstrich vertragen können, und der Beton war mehr schwarz als grau. Trotzdem wirkte alles stabil und keineswegs abbruchreif.

Mehrere TransUnits hielten vor dem Eingang und spuckten

junge Menschen mit Rucksäcken und Taschen aus. Unser Gefährt reihte sich in die Schlange ein. So hatte ich Gelegenheit, die anderen zu mustern.

Manche von ihnen waren so jung wie ich, andere eindeutig älter. Es waren sehr zierliche Mädchen dabei, aber auch viele athletische Exemplare. Die Jungs dagegen waren beinahe alle groß und kräftig, nur ein oder zwei schlaksige Typen mischten sich darunter. Ich fragte mich plötzlich, ob es eine dumme Idee gewesen war, herzukommen. Waren Jye und ich wirklich so gut, dass wir mithalten *und* die Verantwortlichen täuschen konnten? Und was passierte, wenn nicht?

Wir kamen an die Reihe und stiegen aus. Jye wollte mir mein Gepäck abnehmen, aber ich winkte ab. Vielleicht war es paranoid, aber ich war sicher, dass man uns von der ersten Sekunde an beobachtete. Es machte sicher keinen guten Eindruck, wenn man sich seine Tasche tragen ließ.

Dabei hätte ich Jyes Angebot liebend gern angenommen. Ich war erschöpft von der Auseinandersetzung mit Eneas und der Begegnung mit Knox. Mein Knie tat an der Stelle weh, wo ich es mir im Haus der Odells gestoßen hatte, meine Bauchmuskeln schmerzten vom Schreien. Gut, dass es erst morgen losging.

»Willkommen im Dome.« Ein Dutzend Männer und Frauen in grünen Lilien-Jacken stand bereit, als wir das Stadion durch den Haupteingang betraten. Jye und ich nannten unsere Namen und wurden einem Zimmer zugewiesen. Dazu bekamen wir den Zeitplan der nächsten zwei Tage und die Regeln für die Prüfungen.

Wir nahmen unsere Sachen und folgten dem Hauptstrom. Jye sah auf den Zettel in seiner Hand und dirigierte mich mit einem sanften Rempler in den richtigen Korridor. Graue Wände, kaltes

Licht und der Geruch nach Putzmitteln säumten unseren Weg. Während wir gingen, studierten wir das Programm.

Tag 1:
07:30 Informationsappell
08:30 Ausdauer I
10:00 Vertikalkraft
12:00 Reaktion
13:00 Mittagspause
14:00 MedTest
16:00 Ausdauer II
17:30 Toleranz
19:00 Abendessen
danach: Veröffentlichung der Ergebnisse
evtl. Abreise

Tag 2:
08:30 Intelligenz
09:30 Gruppenphase
13:00 Mittagspause
14:00-19:00 Abschlussprüfung
danach: Abreise

»Okay, offenbar wollen sie uns umbringen«, sagte Jye trocken.

»Vor allem wollen sie uns dumm sterben lassen«, antwortete ich. »Vertikalkraft, Toleranz, Reaktion? Was soll das sein? Und dann eine Abschlussprüfung, die den halben Tag dauert?« Ich erinnerte mich an Julius' Erwähnung eines CerebralAnalyzers. Wenn man so etwas fünf Stunden lang belügen musste, grillte es einem mit Sicherheit das Gehirn.

»Du weißt, wie die Sicherheitsvorkehrungen für Maraisville sind. Wen sie dorthin bringen, müssen sie vorher genau checken.« Jye sah besorgt aus. Wahrscheinlich ging ihm das Gleiche durch den Kopf wie mir. *Je genauer die Überprüfung, desto schlechter unsere Chancen.*

»Wird schon werden«, sagte ich mit allem Optimismus, den ich aufbringen konnte. Jye nickte halbherzig und wechselte das Thema.

»Wie war die Verabschiedung von deiner Familie?«

»Es war okay. Fleur hat geweint, aber dann habe ich ihr mein Zimmer angeboten, solange ich weg bin.«

»Jetzt hofft sie bestimmt, dass du nie mehr zurückkommst.«

Ich grinste. »Ja, oder Lion und sie bringen einander um, weil sie sich jetzt ein Bad teilen müssen.«

»Dann hättest du drei Zimmer, wenn du zurückkommst.«

»Oh Himmel, drei Zimmer, in denen Ordnung herrscht!« Ich sah ihn schockiert an. »Wenn das passiert, implodiert das Raum-Zeit-Kontinuum.«

Jye lachte und blieb stehen, um eine Gruppe von Mädchen durchzulassen. Als sie ihn sahen, fingen sie an zu tuscheln. Als sie mich sahen, wich das Tuscheln giftigen Blicken.

»Soll ich ihnen sagen, dass du nicht mein Freund bist?«, fragte ich laut.

»Oh ja«, nickte Jye und zog mich weiter. »Ich wollte das hier unbedingt als Singleparty nutzen.«

»Du bist so sarkastisch, Jye. Langsam mache ich mir Sorgen.«

»Du färbst eben ab.« Er grinste. »Wie hat dein Dad reagiert?«

»Er war wie immer, hat mir gesagt, ich soll auf mich aufpassen, und Ende.« Immerhin hatte er darauf verzichtet, mich wieder einmal davon überzeugen zu wollen, dass die Abkehr eine tolle Idee war. »Was ich denke, interessiert ihn doch schon seit Jahren nicht mehr.«

»Macht dich das nicht wütend?«

»Doch, jedes Mal. Aber was soll ich machen? Man hat nur eine Familie.«

»Manche von uns haben auch gar keine.«

Oh verdammt. Ich stoppte und sah Jye bestürzt an.

»Scheiße, tut mir leid. Ich habe nicht nachgedacht.«

Er hob die Schultern.

»Ist schon in Ordnung, Phee. Ich weiß, dass du es nicht so gemeint hast.«

»Trotzdem. Das war blöd von mir.« Ich strich ihm über den Arm.

Jye war mit 8 Jahren zur Waise geworden, als seine Eltern bei einem Unfall gestorben waren. Aber deswegen hatte er bis vor 6 Jahren nicht ohne Familie aufwachsen müssen. Waisenkinder waren vor der Abkehr von künstlichen Intelligenzen aufgezogen worden, bei denen es ihnen an nichts gefehlt hatte. Als das verboten wurde, hatte man Jye direkt in die Hölle geschickt – ein heruntergekommenes Heim mit überforderten Erziehern, da in den letzten vierzig Jahren niemand in diesem Beruf gearbeitet hatte. Weil diese Waisen nie zuvor hatten teilen müssen, waren die Konkurrenz groß und die Kämpfe brutal gewesen. Jye hatte nicht deswegen breite Schultern, weil es gut aussah. Es war seine einzige Chance gewesen, zu überleben.

Bis wir unser Zimmer fanden, sprachen wir nicht mehr. Es war die Sorte Schweigen, bei der man nicht über das letzte Thema reden mag, aber auch kein neues anschneiden will. Ich war froh, als die richtige Nummer an der Wand auftauchte. Die Tür stand offen. Es war niemand da.

»Nicht gerade das *Royal Albion Hotel*«, kommentierte Jye und setzte seinen Rucksack ab.

Der Raum war ebenso zweckmäßig wie schmucklos. Er war nicht größer als mein Zimmer, mit quadratischem Grundriss und einem einzelnen Fenster. Zwei schlichte Etagenbetten standen in gegenüberliegenden Ecken, vier abschließbare Truhen aus Metall daneben. Der Boden aus grauem Kunststoff hatte schon bessere Tage gesehen, der Putz der Wände war mit Rissen durchsetzt, und an der Decke hingen Spinnweben. Der King-George-Park, benannt nach dem letzten Monarchen Englands, hatte durch das schmutzige Fenster einen grauen Schleier.

»Ich hoffe, die Unterkünfte werden besser, wenn man für den König arbeitet«, meinte ich und warf einen Blick in das kleine Bad. Es wirkte zwar sauber, aber das Waschbecken hatte einen Sprung, und der Spiegel war so stumpf, dass man nichts erkennen konnte. »Falls nicht, wundert es mich kaum, dass er Leute sucht.«

»Ich denke, in Maraisville ist es etwas luxuriöser.« Jye stellte seinen Rucksack neben das Bett am Fenster. »Willst du oben oder unten schlafen?«

»Oben«, sagte ich schnell. »Das Bett sieht nicht sehr stabil aus. Wenn es in der Nacht zusammenbricht und du liegst da oben …« Ich schüttelte den Kopf. »In einem Etagenbett im HorizonDome zerquetscht zu werden steht nicht auf der Liste meiner liebsten Todesarten.«

Jye grinste. »Will ich wissen, *was* auf dieser Liste steht?«

»Keine Ahnung, willst du?« Ich reckte das Kinn.

Wir kabbelten uns noch, als unsere Mitbewohner auftauchten, ein humorbefreites Mädchen namens Alice und ein drahtiger Mittzwanziger namens Reck. Er war im Gegensatz zu ihr mehr als gesprächig. Als die Durchsage für das Abendessen kam, war er bei seiner Lebensgeschichte erst in seiner frühen Jugend angekommen. Den Rest versprach er uns für den Abend.

»Au ja, unbedingt«, murmelte ich Jye zu, während wir durch die vollen Gänge liefen. »Ich kann es kaum erwarten, mehr von seinen vier Brüdern und ihrem Phobe-Imperium zu hören.«

»Ach, komm schon, es gibt Schlimmere als ihn«, meinte Jye.

»Oh, bestimmt. Es gibt aber keinen schlimmeren Gutmenschen als dich.« Ich knuffte ihn in die Seite.

»Du solltest deine Kräfte lieber sparen«, sagte er mit erhobenem Zeigefinger. »Ich erinnere mich dunkel, dass wir nicht zum Vergnügen hier sind.«

»Was du nicht sagst.«

Trotzdem knuffte ich ihn noch einmal.

»Der Informationsappell beginnt in zehn Minuten. Bitte begeben Sie sich zur Stadionfläche. Die grünen Pfeile weisen Ihnen den Weg dorthin.«

Es war früher Morgen und wir seit einer Stunde auf den Beinen. Meine Nacht war nicht sonderlich erholsam gewesen: Jye schnarchte wie eine Horde Biber, und Reck murmelte sogar im Schlaf noch vor sich hin. Nur Alice hatte keinen Mucks von sich gegeben.

Der künstliche Rasen der Stadionfläche war übersät mit Menschen. Es mussten an die 500 Anwärter sein, die man bei den lokalen Vorausscheidungen herausgefiltert hatte. Alle standen um ein Podium herum, das in der Mitte aufgebaut war. Viele trugen wie ich bereits ihre Trainingsmontur und froren ohne Jacke in der kalten Morgenluft.

Sämtliche Bewerber hatten am Vorabend eine Nummer bekommen, die jederzeit sichtbar an der Kleidung getragen werden musste. Die Grünjacken machten Stichproben und kontrollierten mit ihren ID-Trackern die Übereinstimmung von Nummer und Identität. Als jemand auf das Podium stieg, hörten sie damit auf.

»Herzlich willkommen zur zweiten Runde der Auswahlprüfungen.« Der Typ auf dem Podium trug keine grüne Jacke, sondern einen eleganten Blazer zu auffällig eng geschnittenen Hosen. Wahrscheinlich war er eine Art offizieller Sprecher.

»Wie Sie Ihren Informationsunterlagen entnehmen können, starten wir heute Vormittag mit den körperlichen Belastungstests. Sie werden für den ersten Tag in Gruppen von je zehn Personen eingeteilt. Bitte merken Sie sich, in welcher Gruppe Sie sind, damit es keine Verwechslungen gibt. Bitte tragen Sie während der gesamten Zeit Ihre Kennziffern und weisen Sie andere Teilnehmer darauf hin. Und –«

Ich schaltete ab, als ich bemerkte, dass der Typ nur herunterbetete, was auch auf unseren Zetteln stand. Ich wusste die Regeln auswendig.

Stattdessen ließ ich den Blick schweifen. Nicht, um meine Konkurrenz zu beobachten – bei der Menge war es sinnlos, sich die eigenen Chancen ausrechnen zu wollen.

»Was tust du da?« Jye folgte meinem Blick.

»Ich will wissen, wo die wichtigen Leute sind. Wenn sie hier auswählen, wer an den Hof kommt, überlassen sie das sicher nicht ein paar Grünjacken und einem Typen in zu engen Hosen.«

»Wahrscheinlich wird das alles komplett zum König übertragen.« Jye deutete auf eine der Kameras, die im Stadion verteilt waren.

»Ja, vielleicht. Aber er hat bestimmt trotzdem jemanden hier, dem er vertraut.« Es passte zu meinem Bild von Leopold de Marais, die Fäden in der Hand zu behalten.

Der Verantwortliche war immer noch dabei, uns mit den Regeln vertraut zu machen. »Sie erfahren die Ergebnisse am Abend des heutigen Tages. Im vierten Stock auf Höhe der VIP-Logen befinden sich Screens, die Ihre Kennziffern und Ihre Resultate zeigen …«

Hinter ihm auf dem Podium standen mehrere Personen in schlichten Anzügen, die SmartPads in der Hand hielten. Ich musterte ihre Gesichter, aber sie wirkten nicht wichtig. Die Reihe von Grünjacken vor dem Podium sah noch weniger wichtig aus. Keiner davon … *Moment.* Mein Blick glitt zurück.

Der Mann war um die dreißig, trug wie die anderen ein Cap, hatte es aber tiefer in die Stirn gezogen als seine Kollegen. Darunter sah ich wache Augen und ein außergewöhnlich gut aussehendes Gesicht. Das war es allerdings nicht, was mir aufgefallen war. Es war vielmehr die völlige Reglosigkeit seiner Züge – er hatte seine Mimik extrem gut unter Kontrolle. Dazu kamen die Ruhe seines Körpers und seine messerscharfe Aufmerksamkeit: Ich konnte ihn keine zwei Sekunden mustern, da hatte er meinen Blick bereits bemerkt. Eilig sah ich zu Boden. *Treffer.* Ob ich das zu meinem Vorteil nutzen könnte?

»Ich spüre Muskeln, die ich noch gar nicht kannte.«

»Pffft, Anfänger. Ich spüre überhaupt nichts mehr.«

Das Abendessen fand vor der Veröffentlichung der Ergebnisse statt. Anspannung lag in der Luft. Trotzdem schaufelten wir in uns hinein, was die Theken hergaben. Der Tag hatte so viel Energie verschlungen, dass wir das kaum ersetzen konnten.

Angefangen hatte der Spaß mit einem Zehn-Kilometer-Lauf. Danach hatte man uns mit Gewichten an den Füßen eine Wand hochklettern lassen und unser Reaktionsvermögen mit einer Maschine getestet, die verdammt harte Kunststoffbälle mit hoher Geschwindigkeit auf uns abfeuerte. Mein Körper sah aus wie ein impressionistisches Gemälde. Monet hätte für mich seine Seerosen sofort links liegen lassen.

Anschließend hatte man mir beim medizinischen Check ungefähr zwei Liter Blut abgenommen und mich auf einem Simulator strampeln lassen. Zu guter Letzt war ich dann in einem speziell präparierten Container gelandet, um zu zeigen, wie mein Körper auf Wärme, Kälte, Trockenheit und wechselnde Luftfeuchtigkeit reagierte. Die halbe Stunde, die ich dort verbracht hatte, war mir vorgekommen wie Jahre.

»Wie ist deine Gruppe?«, fragte mich Jye und sah von seinem synthetischen Steak auf. Es war bereits der Nachschlag. Die erste Portion hatten wir während der Diskussion um die größte Folter des Tages verputzt. Ich war für die Klimakammer, Jye für die Ballmaschine.

»Die Leute sind in Ordnung.« Ich hatte sowohl nette als auch ehrgeizige Mitstreiter. Aber wir hatten uns irgendwann alle eine Welt gewünscht, in der Sport statt Technologie verboten wäre. Das verband. »Und bei dir?«

»Auch. Ein paar Angeber, aber die sind harmlos.« Jye schielte auf meinen Teller. Ich warf ihm einen warnenden Blick zu.

»Vergiss es.« Bei Essen verstand ich keinen Spaß.

Er grinste. »Du bist futterneidischer als ein Phobe vor einem Sack Quinoa.«

Ich lachte. »Sehr richtig. Wenn du mit drei gefräßigen Geschwistern zusammenlebst, lernst du das.« Ich schnitt trotzdem ein Stück von meinem Fleisch ab und legte es auf seinen Teller. »Da, bevor du mir verhungerst.«

Jye strahlte wie ein kleines Kind und schob sich den großen Bissen auf einmal in den Mund.

Ich beugte mich vor. »Hast du andere von uns gesehen?«

Er schüttelte den Kopf.

»Nein. Aber damit geht man ja nicht hausieren. Und wenn –« Er wurde unterbrochen. Die Lautsprecher gingen mit einem lauten Piepton in Betrieb.

»Die Ergebnisse werden nun veröffentlicht. Bitte begeben Sie sich in den vierten Stock.«

Tabletts klapperten, Stühle scharrten, und ungefähr tausend Sohlen quietschten auf dem Boden. Die Eifrigsten hetzten zur Tür, wir folgten etwas gemächlicher. Jye sah den Leuten nach.

»Du machst dir Sorgen«, stellte ich fest.

»Natürlich mache ich mir Sorgen. Jeder hier sollte das. Wir ganz besonders.« Seine Augen suchten nach der nächsten Kamera.

»Es ist zu laut hier«, beruhigte ich ihn. »Die können uns nicht hören.«

Jye schüttelte trotzdem den Kopf und ging weiter. Ich legte meine Hand auf seinen Rücken und strich sanft darüber. Wann würden wir noch mal Gelegenheit haben, offen zu reden? Wenn es nur einer von uns schaffte, würden wir uns sehr lange nicht wiedersehen.

Wir kamen mit dem letzten Schwung im vierten Stock an und konnten die riesigen Screens vor der VIP-Loge erkennen. Sie waren schwarz.

»Was lernen wir daraus?«, ertönte eine fremde Stimme neben mir. »Hektik lohnt sich nicht.«

Ich drehte mich um, als Jye antwortete.

»Das sah heute Morgen beim Lauf aber ganz anders aus«, meinte er. »Phee, das ist Troy, er ist in meiner Gruppe. Troy, das ist Ophelia, wir kommen beide aus Brighton.«

Als ich Troy die Hand schüttelte, sah ich in rehbraune Augen, die perfekt zu seinen karamellfarbenen Haaren passten. Wenn er lächelte, bildeten sich zwei vollkommen symmetrische Grübchen. Er war groß, trainiert und gut aussehend – und wusste das auch.

»Hocherfreut.« Er sah zwischen Jye und mir hin und her.

»Wir sind kein Paar«, sagte ich. »Du kannst dein Glück bei Jye gern versuchen.«

Troy sah einen Moment verdutzt aus, dann lachte er.

»Das klingt nach einer guten Idee. Aber ich bin sicher, du und ich wären eine bessere.« Er sah mir tief in die Augen.

»Eine beeindruckende Prognose, wo wir uns doch erst zwei Sekunden kennen.« Mein Tonfall war locker, aber ich wusste jetzt schon, dass ich Troy nicht mochte. Obwohl er so perfekt zu sein schien, war etwas an ihm falsch.

»Vielleicht habe ich ja ein Gespür für diese Dinge.«

»Ja, ganz sicher«, sagte ich mit leiser Ironie.

Jemand rief Troys Namen und er winkte. Dann verneigte er sich in meine Richtung. »Mein Typ wird verlangt. Hat mich sehr gefreut, Ophelia. Ich bin sicher, wir sehen uns wieder.«

Auch das noch. »Morgen beim Essen? Könnte voll werden. Kein Ahnung, ob ich dich da finde.«

Seine Augen funkelten.

»Nein, in Maraisville. Ich weiß, dass ich es dorthin schaffe. Aber dass du dort sicher auch dabei sein wirst, motiviert mich.«

Jetzt musste ich lachen. »Wir werden sehen.« *Was für ein Idiot.*

»Werden wir.« Troy grüßte Jye, dann verschwand er in der Menge. Ich spürte den Blick meines Freundes auf mir.

»Was?«

»Nichts. Ich glaube nur nicht, dass er verstanden hat, wie wenig er dein Typ ist.«

Ich dachte an Knox und spürte die Sehnsucht an meinem Herzen ziehen. »Keine Sorge. Sollte es nötig sein, werde ich ihm das schon klarmachen.«

»Davon bin ich überzeugt.« Jye grinste.

In dem Moment tauchten die Ergebnisse auf.

11

234 – Die Umrisse von Crocket Island
235 – Lexies Rankentattoo am Knöchel
236 – Das Muster an Fleurs Wand

Seit einer Stunde betrachtete ich die Risse in der Zimmerdecke über mir. Im Licht der Laternen des King-George-Parks sahen sie aus wie Tinte, von einer unsichtbaren Hand auf den Putz gemalt. Ich suchte nach Mustern und gab ihnen Nummern, um sie zuzuordnen. Es war eine Ablenkung. *Bloß nicht an morgen denken.*

Viele unserer Mitstreiter, darunter auch Alice und Reck, waren nach der Veröffentlichung der Ergebnisse nach Hause geschickt worden. Ich lag im oberen Drittel des Bewerberfeldes, Jye war deutlich vor mir. Er prahlte nicht damit. Wir wussten, dass seine Stärke der physische Part war, während ich am zweiten Tag punkten konnte. Am Ende reichte es vielleicht für uns beide.

Im Kopf ging ich den Terminplan durch. Der Intelligenztest und die Gruppenphase waren kein Problem – ich hatte gehört, dass es darum ging, in Rollen zu schlüpfen und als Team zu funktionieren. Aber über die Abschlussprüfung war bisher nichts durchgesickert. Das gefiel mir nicht.

Ich drehte mich auf die eine Seite, dann auf die andere, schließlich wieder auf den Rücken. Irgendwann entschied ich, dass ich nicht müder wurde, wenn ich die Decke anstarrte. Vorsichtig schwang ich meine Beine über die Kante des Bettes und sprang hinunter. Jye grunzte im Schlaf. Ich zog mich leise an, band meine Haare zusammen, löste die Nummer vom Ärmel und schob mir die Kapuze über den Kopf. Nachts blieb ich lieber inkognito.

Es war still auf den Gängen, dunkel und kalt. Ich schlug keinen besonderen Weg ein, sondern lief einfach in irgendeine Richtung. Außer mir war niemand unterwegs, und es brannten nur wenige Lampen, die den Flur spärlich ausleuchteten. Ich mochte die Atmosphäre. Sie gab mir das Gefühl, vollkommen allein im Stadion zu sein.

Bald sagte mir der Geruch nach kaltem Fett und Gebratenem, dass ich in der Nähe des Speisesaals gelandet war. Die leeren Tische und Stühle bildeten im Halbdunkel ein groteskes Muster, die Flächen der Ausgabestellen glänzten matt. Von hier war es nicht mehr weit bis zur VIP-Loge. Wenn man deren Screens nicht abgeschaltet hatte, könnte ich mir ein paar Namen und Ergebnisse einprägen. Vielleicht wäre das morgen nützlich.

Ich war gerade dort angekommen, als ich ein Brummen hörte, das bald zu einem Röhren anschwoll. Es klang fast wie … eine *FlightUnit?* Ungläubig runzelte ich die Stirn. Die durften nur noch vom Militär und den engsten Vertrauten des Königs benutzt werden. Was konnte sie hier wollen?

Ich lief ans Fenster und spähte in das Innere des Stadions. Die FlightUnit war bereits gelandet, eine große schwarze Masse auf dem grauen Rasen. Die Aggregate liefen noch, ihre Scheinwerfer beleuchteten grell den Rasen und blendeten mich, sodass die Unit selbst für mich im Schatten lag. Doch dann schalteten sie die Lichter aus und ich konnte mehrere Personen erkennen. Sie kamen die Rampe der FlightUnit herunter, liefen über den Rasen, in ihrer Mitte einen Behälter, groß genug, dass sie ihn zu viert schleppen mussten. Das war aber nicht das Seltsamste daran.

Die Männer und Frauen dort unten trugen weder Uniformen oder militärische Schutzkleidung noch hatten sie Waffen im Anschlag. Stattdessen waren sie so gekleidet wie Kandidaten, mit unterschiedlicher Trainingskleidung und farbigen Schuhen, bis hin zu den Nummern an ihrer Kleidung. Aber die Art, wie sie den Behälter in einer perfekten Formation abschirmten, sagte mir, dass es keine Bewerber waren. Sie bewegten sich anders, sehr viel kontrollierter und präziser, es gab keinen unbedachten Schritt, keine Bewegung zu viel, keinen Blick zu wenig. Als einer von ihnen hochsah, duckte ich mich blitzschnell unter das Fenster. Ein unangenehmes Prickeln kroch mir den Rücken hinauf. Das waren keine Turncoats oder Grünjacken, sondern irgendetwas anderes. Wer so harmlos aussehen wollte, war es auf keinen Fall. *Die sind sicher nicht hier, um bei der Essensausgabe zu helfen.*

Erst als ich hörte, dass die FlightUnit abhob, wagte ich es, wieder aufzutauchen. Unten lag das Stadion nun verlassen und dunkel da, niemand war mehr dort. Kurz überlegte ich, ob ich besser wieder ins Bett gehen und das alles vergessen sollte. Dann siegte die Neugier – und der Ehrgeiz. Was immer mit der FlightUnit angekommen war, hatte mit unseren Tests zu tun. Vielleicht konnte ich Jye und mir einen Vorteil verschaffen, indem ich einen Blick riskierte.

Ich hatte keine Ahnung, wohin die Gruppe mit dem Behälter gegangen war, aber sie würden kaum dorthin unterwegs sein, wo gerade zweihundert Kandidaten schliefen. Also folgte ich dem Hauptkorridor, der das Oval einmal umrundete. Bald kam ich in den ungenutzten Teil der Stadionräume. Hier war die Beleuchtung ganz ausgeschaltet, nur das Mondlicht warf einen schwachen Schein durch die Tribünenfenster.

Auf meinem Stockwerk war nichts zu sehen, also ging ich vorsichtig eine Treppe hinunter, dann die zweite. Nach der dritten hörte ich auf zu zählen. Es gab immer noch kein Licht und nun auch keine Fenster mehr, also tastete ich mich halb blind vorwärts. Das Gute war, dass *mich* so niemand sah. Das Schlechte war, dass ich nicht erkennen konnte, ob mir jemand begegnete.

Lange gab es jedoch keinen Hinweis darauf. Es war still, eigenartig still. Sie konnten doch nicht einfach verschwunden sein. Hatten sie das Stadion schon wieder verlassen?

Meine dünne Trainingsjacke hielt die Kälte nicht ab, aber ich zog zumindest den Reißverschluss bis zum Hals hoch. Da hörte ich etwas. Es war ein tiefes, dumpfes Pochen, das hallte wie der Schlag eines riesigen Herzens. Ein unheimlicher Puls, der durch die Eingeweide des Stadions hämmerte wie ein Erdbeben. Es waren Schritte – viele Schritte in der gleichen Frequenz und Intensität. Das mussten mindestens hundert Soldaten sein, die anscheinend gerade durch das Gebäude marschierten.

Der Rhythmus der Schritte vibrierte in meiner Magengrube und mir wurde übel. Trotzdem setzte ich mich wieder in Bewegung. Ich lief immer weiter in die Dunkelheit hinein, eine Hand an der Wand, die andere schützend vor mir. Ich glaubte nicht, dass ich mich gegen diese Leute verteidigen könnte. Einen von ihnen umzurennen, wäre aber auch keine gute Idee.

Bald wurde es heller, schwaches Licht tauchte die Gänge in unnatürliches Blau. Es war anders als die Notbeleuchtung, diffuser und kälter. Ich fühlte mich, als wäre ich in einem Tiefsee-U-Boot mit Unmengen Wasser über mir. Ein Geruch nach Chemikalien und Feuchtigkeit stach mir in die Nase.

Das pochende Geräusch war nun näher, beinahe greifbar. Eine Kreuzung tauchte vor mir auf, beliebig grau wie alle anderen davor. Gänge zweigten nach rechts und halb links ab. *Ene, mene, muh.* Ich zählte aus, dann schlug ich den linken Weg ein.

Ich ging schneller, um die nächste Ecke, dann um eine zweite. Der Gang wurde breiter, auf dem Boden waren Markierungen hinterlassen worden. Striche, Buchstaben und Zahlen schimmerten im blauen Licht. Ich bildete mir ein, Schatten zu sehen, begann zu rennen, atmete schwer in der trockenen Luft. Alle Wände sahen gleich aus, es kamen keine Abzweigungen mehr, aber ich lief weiter. Zu spät erkannte ich, dass ich mich an der letzten Kreuzung falsch entschieden hatte.

Das Pochen war noch da, laut und unnachgiebig in meinem Rücken. Aber neben, über und vor mir war nichts als grauer Beton. Ich saß in der Falle.

Es gab drei Möglichkeiten: *Fliehen, verstecken oder lügen.*

Lügen – vergiss es. Egal, was du sagst, sie schmeißen dich achtkantig raus.

Fliehen – wenn du so schnell laufen kannst, dass du vor ihnen die Abzweigung erreichst, bitte.

Verstecken – in einem Gang ohne Fenster oder Türen? Viel Glück.

Fazit: Ich bin geliefert.

Ich sah mich dennoch um, scannte Wände, Boden und Decke. Aber es gab keine Nischen oder Lüftungsschächte, keine abgehenden Türen oder Notausgänge. Ich sah auch keine Klinken, Griffe oder Schaltpanels. Die einzige Unebenheit in dem glatten, perfekten Wandmaterial war eine senkrechte, fingerbreite Spalte, die bis zur Decke führte. Ich legte die Hand darauf und spürte einen Luftzug. Probeweise drückte ich gegen den Beton. *Nichts.* Ich dachte an das Fenster in der Lagerhalle und versuchte es mit einem Schlag. *Nichts* – außer einer schmerzenden Hand. Wäre ja auch zu schön gewesen.

Hinter mir schwoll das Geräusch der Schritte an, mein Herz hämmerte doppelt so schnell. Ich sah Schatten im blauen Licht. Drei Sekunden und man würde mich entdecken.

Zwei Sekunden.

Eine Sekunde.

Plötzlich spürte ich eine Bewegung hinter mir, aber ich schaffte es nicht schnell genug, mich umzudrehen. Ein Arm packte mich und umschloss meinen Körper wie ein Schraubstock, eine Hand hielt mir Mund und Augen zu. Am Rücken spürte ich einen muskulösen Oberkörper.

»Halt still und sei ruhig.« Es war ein Flüstern, männlich, eher jung. Ich wurde ein Stück über den Boden gezerrt, es raschelte, etwas Schweres wurde auf dem Beton entlanggeschoben. Die fremden Hände verschwanden, jemand entfernte sich mit leisen Schritten. Als ich die Augen öffnete, war ich allein.

Ich stand in einer Kammer, kaum größer als eine halbe Trans-Unit. Es roch nach Plastik und steriler Luft, Licht fiel nur durch den Türspalt herein. Ich konnte weiße Behälter erkennen, wie man sie zum Verpacken von technischem Equipment verwendete. Ich hatte so etwas seit sechs Jahren nicht mehr gesehen.

Man hatte mich nicht eingesperrt, auch nicht gefesselt oder geknebelt. Außerdem hatte die Stimme gesagt, ich solle mich ruhig verhalten. Aber das bedeutete, jemand wollte mich retten. Nur, wer hätte das tun sollen – und warum? Außer Jye hatte ich hier keine Verbündeten.

Vorsichtig bahnte ich mir einen Weg um die Behälter herum und sah durch den Türspalt. Der Raum nebenan war groß und hatte hohe Decken, die bis in das Stockwerk darüber reichen mussten. In seiner Mitte stand ein Raum im Raum, als wäre es eine Theaterkulisse. Die äußere Hülle war massiv wie bei einem Tresor, durchbrochen nur durch eine breite Türöffnung. Aber innen sah es anders aus.

Inmitten der sterilen Umgebung war ein gemütliches Zimmer aufgebaut. Ich sah einen roten flauschigen Teppich und einen alten Schreibtisch aus dunklem Holz. An den Wänden standen passende Bücherregale mit Lampen, die sanftes Licht abgaben. Fast erwartete ich einen englischen Adeligen im Morgenmantel, der die Pantoffeln abstreifte und es sich gemütlich machte.

Soldaten konnte ich keine entdecken, offenbar hatten sie keinen Zutritt zu diesem Bereich, sondern waren vor der Tür geblieben. Um das aufgebaute Zimmer herum waren nur noch zwei der Leute zu sehen, die ich im Innenraum des Stadions beobachtet hatte. Sie hatten die Jacken ausgezogen und liefen jetzt in schwarzen Funktionsshirts herum, die ihre körperliche Fitness sehr deutlich erkennen ließen. Einer von ihnen hob gerade einen schwarz schimmernden würfelförmigen Gegenstand aus dem Behälter und setzte ihn in eine Vorrichtung, die sich hinter dem Jane-Austen-Gedächtniszimmer befand und über unzählige Anschlüsse damit verbunden war. Der andere installierte eine Konsole und überprüfte dann etwas in dem gemütlichen Raum. Sie redeten kaum miteinander während der Arbeit, wie versierte Techniker. Aber dazu waren sie definitiv zu gut in Form – und als einem von ihnen das Shirt hochrutschte, sah ich ein Holster mit einer Waffe. Meine Verwirrung wuchs. *Wer zur Hölle seid ihr?*

Mein Blick fiel auf den Würfel, von dem mich die beiden

Männer der Spezialeinheit – ich war mir sicher, dass sie zu einer gehörten – abgelenkt hatten. Er war groß, wirkte massiv und nicht unbedingt technisch, aber die Anschlüsse zeigten, dass er das war. Der Anblick ließ in meinem Gedächtnis für Millisekunden einen Funken aufleuchten. Ich hatte so etwas schon einmal gesehen, konnte mich aber nicht erinnern, wann und wo. Die Erinnerung musste sich irgendwo im dunklen Teil meines Gehirns vor mir verstecken.

Nachdem das Duo seine Arbeit beendet hatte, schlossen sie den heimeligen Raum, und die massive Tür rastete mit einem endgültigen Schnalzen ein. Als einer der beiden direkt an meinem Versteck vorbeilief, trat ich eilig einen Schritt zurück. In meinem Kopf arbeitete es.

Der Raum sah nicht nur aus wie ein Tresor. Das *war* ein Tresor. Aber wofür brauchte man hier so etwas? Was konnte dieser schwarze Würfel sein? Und wer hatte dafür gesorgt, dass ich das alles sehen konnte?

»Dreh dich um«, hörte ich die gleiche flüsternde Stimme wie vorhin. Einen Moment war ich versucht die Tür aufzureißen, um zu sehen, wer es war. Aber dann gehorchte ich. Licht drang in den Raum und jemand hielt einen SubDerm-Injektor an meinen Hals. Es zischte und alles schrumpfte zu einem winzigen Viereck. Arme fingen mich auf, bevor ich zu Boden fiel.

»Dahamsimirabadasgutezeuggebn …« Ein unverständliches Brabbeln kam aus meinem Mund, als ich wieder wach wurde.

»Was hast du gesagt?« Ich erkannte Jye vor mir. Draußen schien die Sonne, er war bereits angezogen.

»Nichts«, nuschelte ich und rieb mir den Kopf. »Wann … wann bin ich zurückgekommen?« Und wer hatte dafür gesorgt?

»Zurückgekommen? Warst du weg?« Jye warf mir meine Sachen zu und stellte einen Muffin auf meine Bettdecke. »Komm, beeil dich. In zehn Minuten fangen die Intelligenztests an.«

Schlagartig war ich hellwach. »In zehn Minuten? Wieso hast du mich nicht eher geweckt?«

»Ich habe es versucht. Aber du hast geantwortet, dass du dein Frühstück ausfallen lässt und lieber länger schläfst.«

»Das habe ich gesagt? Daran erinnere ich mich gar nicht.« Allerdings erinnerte ich mich sehr gut an den Teil der Nacht, bevor ich betäubt worden war. An das blaue Licht, die Soldaten, den Tresor, den schwarzen Würfel und meinen Retter. Nichts davon ergab Sinn.

»Ja, du warst ziemlich durcheinander. Ist alles in Ordnung mit dir?« Jye musterte mich besorgt.

»Natürlich. Alles super.« Ich bemühte mich um einen hellwachen Gesichtsausdruck. »Ich habe geträumt, dass ich nachts durch das Stadion gelaufen bin, deswegen war ich verwirrt. Danke fürs Wecken. Wir sehen uns später.«

Ein letzter beunruhigter Blick, dann nickte Jye und verließ das Zimmer.

Ich stand auf, zog mich an, schaufelte mir einen Schwung Wasser ins Gesicht und bändigte meine Haare. Dann verpasste ich mir eine reduzierte Dosis und legte den Injektor wieder unten in meine Tasche. Wie immer spürte ich Bedauern, als das Serum durch meinen Blutkreislauf jagte und meine Welt etwas weniger farbig machte. Für den IQ-Check wäre es besser gewesen, ich hätte es gar nicht genommen. Allerdings wäre ich dann noch vor dem Mittagessen zusammengebrochen.

Meine Prüfung war in einem Raum im dritten Stock und ich rannte dorthin. Durch meinen Kopf wirbelten die Bilder der letzten Nacht. Ich wusste immer noch nicht, wo ich einen solchen Würfel schon einmal gesehen hatte. Wahrscheinlich war es lange vor der Abkehr gewesen.

»Hey du! Wo ist deine Nummer?«

Ich bremste ab und sah in das Gesicht eines Grünjackenträgers mit spärlichem roten Bart. Vorwurfsvoll deutete er auf meinen Ärmel.

»Oh, das –«, setzte ich zu einer Erklärung an, wurde aber rüde unterbrochen.

»Name und Kennung?«

Ich seufzte und legte mein Handgelenk frei. »Ophelia Scale, OS-14873-1204.«

Er hielt mir den ID-Tracker an den Arm und suchte auf seinem Pad nach meinem Eintrag.

Und suchte.

Und suchte.

»Hören Sie, ich muss wirklich dringend zu meinem nächsten Test«, sagte ich mit einem angestrengten Lächeln. »Ich hole meine Nummer danach, okay?«

»Nein, nicht okay.« Er schüttelte den Kopf. »Niemand darf ohne Nummer herumlaufen. Das ist gegen die Vorschrift.« Er suchte weiter.

»Fitzpatrick?« Ein Kollege rief nach meinem Bewacher. »Ich brauche dich im vierten Stock. Da haben zwei angefangen, sich zu prügeln.«

»Ich habe hier zu tun«, widersprach Fitzpatrick. »Sie trägt keine Nummer.«

»Ich kümmere mich darum. Geh, sofort.«

Die Stimme klang autoritär. Fitzpatrick drückte seinem Kollegen das SmartPad in die Hand und ging zur Treppe.

»Ophelia, richtig?«, fragte die andere Grünjacke. »Warum fehlt deine Nummer?«

Ich hob den Blick und erkannte den viel zu gut aussehenden Mann vom Appell, diesmal ohne Kappe auf seinen sandfarbenen Haaren. Ausgerechnet ein Gesandter des Königs musste mitbekommen, dass ich mich nicht an die Vorschriften hielt? Ich unterdrückte ein weiteres Seufzen.

»Sie ist in meinem Zimmer. Ich habe gestern eine andere Jacke getragen und vergessen, die Nummer an dieser hier zu befestigen.«

Er maß mich mit einem Blick, der mich bis auf den Grund meiner Seele zu durchleuchten schien. Dann nickte er. »In Ordnung. Geh zum Test. Ich regle das.«

Lautlos stieß ich die Luft aus, die ich angehalten hatte. »Danke.« Ich wollte schon loslaufen, aber er hielt mich auf.

»Eine Sache noch, Ophelia.«

»Ja?«

»Bitte halte dich in Zukunft an die Vorschriften, ja? Keine Extratouren mehr.« Er wartete meine Antwort nicht ab, sondern ging und ließ mich stehen.

Ich hatte so eine Ahnung, dass es im vierten Stock keine Prügelei gab und mit den Extratouren nicht meine fehlende Nummer gemeint war. Aber wieso war ich dann noch hier? Im Keller herumzuschleichen, war sicher ein Grund, um aussortiert zu werden. Streng geheime Operationen irgendwelcher Spezialeinheiten zu beobachten erst recht.

Als ich mich endlich in Bewegung setzte, war ich verwirrter denn je.

12

Der Intelligenztest zog an mir vorbei, ebenfalls die Gruppenphase. Wir machten verschiedene Rollenspiele und entwickelten am Ende eine Strategie, um den König in bestimmten Situationen zu schützen. Man beobachtete uns, schrieb eifrig Kommentare auf Listen und entließ uns schließlich. Die Begegnung mit dem Vertreter des Königs schien mir nicht geschadet zu haben: Die Wertung nach dem Mittagessen zeigte mich unter den ersten zehn. Als wir auf die Abschlussprüfung warteten, machte ich mir keine Sorgen mehr, dass mein nächtlicher Ausflug zum Problem werden würde.

Man hatte uns eine Loge im oberen Teil des Stadions zugewiesen und um Geduld gebeten. In unregelmäßigen Abständen wurde jemand abgeholt, manchmal nach zehn Minuten, manchmal erst nach einer halben Stunde. Wir waren noch etwa dreißig Leute, alle angespannt und nervös. Eines der Mädchen ging bereits zum vierten Mal zur Toilette, Troy lief am Fenster auf und ab. Jye saß neben mir, blass und in sich gekehrt. Als er aufsah, lächelte ich ihm zu. Er erwiderte es nur schwach.

Ich war absolut sicher, dass die Abschlussprüfung etwas mit dem schwarzen Würfel zu tun hatte. Aber ich wusste immer noch nicht, was sich darin befand. Deswegen hatte ich Jye auch nichts gesagt. »Ich habe einen Würfel in einem Raum aus der Zeit des Britischen Empire gesehen« würde ihm kaum weiterhelfen.

Ich hatte wieder damit angefangen, mir das Hirn zu zermartern, als man Geschrei hörte. Jemand rief »Da unten!« und zeigte aus dem Fenster. Ich sprang auf und lief mit den anderen hinüber.

Unten im Stadion bot sich ein kurioses Bild. Fünf Grünjacken und ein Anzugträger verfolgten ein rothaariges Mädchen durch die Sitzreihen der Tribüne. Es rannte wie der Teufel.

»Dad!«, brüllte es, »Dad, wo bist du! Sie haben gesagt, dass dir nichts passiert!« Es sprang über die Reihen hinunter Richtung Stadionmitte, stolperte über die Balustrade und fiel. Die Grünjacken holten es ein, packten es, aber das Mädchen schrie und riss sich los. Es kam bis zur Mitte des Rasens, dann blieb es stehen, und ich konnte sein Gesicht sehen. Es war verzweifelt und panisch, so als hätte das Mädchen etwas Fürchterliches gesehen. Noch einmal rief es nach seinem Vater. Dann brach es zusammen.

»Bitte gehen Sie von den Fenstern weg«, ermahnte uns die Stimme der Aufsicht.

»Was ist mit ihr passiert?«, fragte jemand.

»Das wissen wir nicht. Die Abschlussprüfung ist sehr anspruchsvoll. Vielleicht war es zu viel für sie.«

»Aber Sibyls Vater lebt gar nicht mehr«, sagte ein Mädchen neben mir. »Sie hat mir erzählt, dass er vor einigen Jahren gestorben ist.«

Alle redeten durcheinander, aber ich wechselte einen stummen

Blick mit Jye. In seinen Augen stand die blanke Angst. Seine Eltern waren auch tot. Wenn dieses Mädchen den Tod ihres Vaters wieder hatte durchleben müssen, was bedeutete das für ihn?

»Das muss nichts heißen«, sagte ich leise, und er nickte, obwohl er mir bestimmt kein Wort glaubte. Ich tat es ja selbst nicht. Aber das Verhalten von Sibyl hatte die Zahnräder in meinem Kopf in Gang gebracht.

Der Raum unter dem Stadion.

Die Sicherheitsvorkehrungen.

Die Soldaten.

Die leeren Schutzbehälter für technisches Equipment.

Der schwarze Würfel.

Endlich lieferte mein Gehirn einen Gedanken – so klar, als hätte ich meine Dosis nie genommen. Für einen Moment vergaß ich das Atmen.

Heilige Scheiße.

Als ich hochsah und Jye suchte, ging er gerade zusammen mit einem Anzugträger aus der Tür. Ich stürzte hinterher. Zum Glück hatte unsere Aufsicht alle Hände voll zu tun und achtete nicht auf mich.

»Jye!«

Er war schon auf halbem Weg zur Treppe und drehte sich um. Sofort traten der Anzugträger und eine Grünjacke zwischen uns.

»Keine Unterhaltungen mehr vor der Abschlussprüfung.«

»Ich will ihm nur Glück wünschen«, sagte ich und lächelte. Die Grünjacke verdrehte die Augen und machte einen Schritt zurück.

»Wenn es sein muss.«

Schnell umarmte ich Jye.

»Du musst aussteigen«, flüsterte ich in sein Ohr.

»Was? Aber –«

»Nichts aber. Geh mit nach unten und sag ihnen dann, du hast es dir anders überlegt. Bitte, ich flehe dich an. Die benutzen eine … etwas, gegen das du keine Chance hast.«

Er ließ mich los und starrte mich an. Ich sah, dass er mir glaubte.

»Was ist mit dir?« Seine Stimme war dünn.

»Ich komme nach.«

»Versprich es mir.«

»Ich –«

»Jetzt ist aber Schluss mit dem Gesäusel. Wir haben straffe Zeitpläne.« Die Grünjacke kam näher und ich drückte Jyes Hand ein letztes Mal. Dann ließ ich ihn gehen. Als er mit seiner Eskorte um die Ecke verschwand, drehte ich mich um und sprintete los.

Mein Zimmer war zwei Stockwerke unter den Logen, und ich wusste, dass man mich bald vermissen würde. Ich rannte, rutschte auf dem glatten Boden aus, schlug schmerzhaft gegen die Wand, rannte weiter. Ich hatte zwei Möglichkeiten. Entweder ging ich den gleichen Weg wie Jye und gab auf – oder ich trat gegen den schwarzen Würfel an. Unter allen Mitgliedern von ReVerse war ich die Einzige, die dieses Ding vielleicht überlisten konnte.

Meine gepackte Tasche stand vor dem Bett. Ich fiel auf die Knie, wühlte in meiner Kleidung und fand schließlich eine kleine Dose aus Metall. Darin lagen zehn gelbe Kapseln. Ich nahm eine heraus, schob sie mir hinten auf die Zunge und schluckte sie hinunter. Hoffentlich war noch genug Zeit. Es würde eine Weile dauern, bis sie wirkte.

Als ich zu den Logen zurückkam und wieder in den Raum schlüpfte, beruhigte sich die Gruppe gerade. Niemand kommentierte mein Verschwinden. Ich setzte mich auf einen Stuhl nahe der Tür, schloss die Augen und dachte an Jye. Seine Sachen hatten noch im Zimmer gestanden, aber bald würde er sie holen und heimfahren. Das war gut. Er war in Sicherheit.

Meine Mitstreiter wurden nach und nach abgeholt, der Raum leerte sich. Ich schloss die Augen und wartete. Als ich aufgerufen wurde, öffnete ich sie wieder und entdeckte Fussel auf dem Sakko des Anzugträgers. Viele Fussel. 162 Fussel in 34 Farben und unterschiedlicher Größe, dazu 12 Haare und 23 Krümel. Ich atmete auf.

Die Kapsel wirkte. Mein Gehirn hatte sich von seinen Ketten befreit.

Es hatte begonnen, als ich drei Jahre alt gewesen war. Ich war immer lebhaft und aufmerksam gewesen, aber irgendwann hatten meine Eltern erkannt, wie detailliert ich beobachtete – und wie scharf ich schlussfolgern konnte. Ich löste mit drei Jahren logische Aufgaben für Erwachsene, erkannte Strukturen, die nicht einmal mein Vater sah. Ich konnte mir alles merken, mich an alles erinnern, alles analysieren.

Aber es gab eine Kehrseite. Ich erinnere mich an ein Gespräch meiner Eltern, als sie geglaubt hatten, ich wäre im Bett.

»Andrew, das ist nicht normal. Kein Kind in ihrem Alter ist derart weit.«

»Ich sehe das Problem nicht, Cécile. Bisher gibt es keine Anzeichen dafür, dass es sie beeinträchtigt.«

»Nein? Wie soll sie denn je in eine reguläre Schule gehen oder mit normalen Kindern umgehen? Ophelia ist vier Jahre alt und hilft dir bei deiner Forschung! Eneas wirkt neben ihr wie ein Höhlenmensch.«

Mein Vater hatte sich entspannt zurückgelehnt. »Sie hat nun einmal diese Fähigkeiten. Sollen wir sie ihr wegnehmen?«

»Diese Fähigkeiten sind nur eine Folge meiner genetischen Optimierung – keine Gabe, die vom Himmel gefallen ist. Und irgendwann wird es sich gegen sie wenden.«

»Das wissen wir nicht genau. Sie könnte auch ein Genie werden. Eine von den ganz Großen.«

»Sei nicht so verflucht naiv, Andrew! Wir müssen das untersuchen. Sie kriegt in drei Wochen ihre ersten InterLinks, vorher muss das geklärt sein. Wenn du es nicht tust, mache ich es.«

Meine Mutter hatte recht behalten. Bald nach diesem Gespräch fingen meine Kopfschmerzen an, kurz darauf die Sehstörungen. Kein verfügbares Modell der InterLinks hielt der Kapazität meines Gehirns stand, also ließ man sie weg. Aber auch ohne sie konnte ich bald nichts mehr tun, weil die Reize mein Nervensystem überwältigten. Ich übergab mich bei Familienausflügen, brach beim Zähneputzen zusammen, hatte immer öfter Schmerzattacken und Ausfälle. Die Ärzte waren ratlos, so etwas hatten sie noch nicht erlebt und verkannten, dass es die Folge der genetischen Optimierung meiner Mutter war. Gängige Medikamente halfen mir nicht und bei einem Kind wollte man nicht mit Stoffen für Erwachsene experimentieren. Deswegen musste ich mit den Attacken leben.

Mein Vater aber wollte sich nicht damit abfinden, also hatte er angefangen, an speziellen InterLinks zu arbeiten, neben seiner Arbeit, meistens nachts. Er hatte an seinem Holodesk gesessen, geflucht und neu angefangen, immer und immer wieder. Nach über einem Jahr und unzähligen Fehlschlägen war er erfolgreich.

Der Tag, als er mir die Links einsetzte, war der schönste in meinem Leben. Nicht nur, dass sie die Belastung aushielten, sie taten noch mehr: Über eine neuronale Schnittstelle kanalisierten sie meine Gedanken und ließen mein Gehirn so gut funktionieren wie noch nie. Ich konnte das Beste aller Leben führen – gleichzeitig hochbegabt und vollkommen normal.

Bis zur Abkehr.

Es war eine der beschämendsten Erinnerungen meines Lebens: mein großartiger, hochintelligenter Dad, der einen grobschlächtigen Niemand in blauer Jacke anflehte, seiner Tochter die InterLinks nicht wegzunehmen. Die Antwort war eindeutig gewesen: »Keine Ausnahmen.« Kein Mitgefühl, kein Verständnis, keine Ausnahmen. Das ungeschriebene Motto der Abkehr.

Ich hatte wie alle anderen in eine von hundert aufgereihten weißen Kabinen mit dem Zeichen der Lilie gehen müssen. Dort hatte eine Ärztin mir meine InterLinks und das neuronale Implantat entfernt. Sie war grob gewesen, dafür hatte ich ihr auf den Kittel gekotzt. Ausgleichende Gerechtigkeit.

Wie die Medikamente ins Spiel gekommen waren, wusste ich nicht mehr. Die meiste Zeit hatte ich im abgedunkelten Zimmer gelegen und prähistorische Tabletten bekommen, die meine Schmerzen ein bisschen dämpften. Eines Tages kam meine Mutter mit einem SubDerm-Injektor zu mir und sagte, dass sie mithilfe eines Kollegen etwas gefunden hatte, das mir helfen würde. Es war ein Medikament, das sie *HeadEase* taufte, damit wir es als Migränemittel tarnen konnten. Ich nannte es *HeadLock*, weil es nichts anderes als ein Gefängnis war.

Das Mittel dämpfte meine Intelligenz auf ein halbwegs normales Maß und sorgte dafür, dass ich ohne Probleme leben und denken konnte. Manchmal senkte ich die Dosis für meine ReVerse-Aufträge oder hatte Glück wie beim Kampf gegen die Radicals, als ich vorher weniger genommen hatte. Aber ich brauchte es regelmäßig. Ohne kam ich innerhalb von Stunden vor Reizüberflutung beinahe um. Der König hatte mir also nicht nur meine Zukunft und Knox weggenommen, sondern auch mich selbst. Ohne meine InterLinks war ich beschränkt, war mein Gehirn beschränkt. Ich konnte nur mit halber Kraft denken, fühlen und begreifen. Immer.

Außer jetzt.

Meine beiden Begleiter schwiegen, während sie mich durch das Gebäude führten. Ich war dankbar dafür, denn es stürmten unzählige Informationen auf mich ein. Ich bemerkte jeden Fleck auf dem Boden, jede Änderung im Hall unserer Schritte, jede Abzweigung, jede Lichtänderung, jedes Knirschen, Räuspern oder Schlucken meiner Eskorte. In meinem Kopf bildete sich ein Plan des Stadions, während wir hindurchgingen. Wo ich mich in der letzten Nacht noch verlaufen hatte, besaß ich nun die absolute Orientierung.

Ich konnte dieses Gefühl jedoch nicht genießen, denn ich wusste, worauf es hinauslief: Die Kapsel hob die Wirkung des HeadLock vollständig auf und startete damit einen Countdown für den Overkill meines Gehirns. Der Zusammenbruch kam mit jeder Minute näher. Wenn ich Glück hatte, war der Test vorbei, bevor es so weit war.

Je tiefer wir in die Katakomben vordrangen, desto mehr Soldaten säumten den Gang. Wussten sie, was sie da bewachten? War ihnen klar, was für eine Ungeheuerlichkeit es war, dass ausgerechnet der König so etwas besaß? Mit Sicherheit nicht. Sein Sturz wäre zweifelsohne die Folge gewesen. Deswegen waren auch nur zwei der Spezialkräfte in dem Raum gewesen und sonst niemand, keine Soldaten, keine Techniker. Weil niemand wissen durfte, was dort war. Aber *ich* wusste es nun. Ich war nicht zu hundert Prozent sicher gewesen, hatte nicht sicher sein *können* – bis ich die Kapsel genommen hatte. Jetzt erinnerte ich mich genau.

Ein schwarzer Würfel wie dieser war mir ein einziges Mal, kurz vor der Abkehr, begegnet. Ich hatte meine Mutter bei der Arbeit besucht und war neugierig gewesen, was da von allen verfügbaren Sicherheitskräften bewacht wurde. Sie hatte es mir nicht sagen wollen, aber ihr Chef Exon Costard war weniger verschwiegen gewesen – wahrscheinlich, weil er es zu dem Zeitpunkt am liebsten in die Welt hinausgeschrien hätte, was er entwickelt hatte: eine *Omnificial Intelligence*, die fortschrittlichste künstliche Intelligenz aller Zeiten. Gegen sie wirkten normale KI-Systeme wie die stümperhaften Versuche eines Kindes, das in der Schule zum ersten Mal Technikbauteile zusammensteckt. Die *OmnI* konnte jedes Problem lösen, Konzerne steuern, Militäreinsätze leiten, für Gerechtigkeit sorgen. Sie war in der Lage, sich selbst weiterzuentwickeln, und machte niemals Fehler. Die OmnI war einzigartige und grenzenlose Technologie der Extraklasse. Unglaublich leistungsfähig. Unglaublich überlegen. Kein lebender Mensch konnte erfassen, wozu sie fähig war, hatte mir Costard damals mit glänzenden Augen versichert.

Schon damals hatte ich geahnt, dass sie die Welt verändern würde. Aber dann hatte die Abkehr Costard einen Strich durch die Rechnung gemacht.

Ich hätte erwartet, dass der König die OmnI zerstört hatte, aber der Meister der Doppelmoral hatte sich offensichtlich anders entschieden. *Dieser miese Heuchler.*

Kein Wunder, dass scheinbar jeder Soldat des Landes hier war und Geheimhaltung oberstes Gebot. Allein das Flüstern über ein

Weiterexistieren der OmnI hätte mit Sicherheit eine internationale Krise ausgelöst.

»Hier entlang.«

Wir gingen auf das Portal zu, hinter dem sich der Tresor befand. Eine Frau mit weißem Kittel wartete davor. Sie wirkte angespannt. Ihre Kiefer mahlten unruhig und ihre Augen zuckten zu oft.

»Ich muss dich durchsuchen«, sagte sie, und ich breitete die Arme aus. Gut, dass ich die Dose mit den Kapseln nicht mitgenommen hatte. Die Frau tastete mich ab, dann nickte sie. »Alles in Ordnung. Du kannst rein.«

Die Tür schwang auf und gab den Blick auf den Tresor frei. Er war verschlossen. Im Raum waren keine Soldaten, dafür einige Kittelträger. Vertraute man ihnen etwa genug? *Nein*, dachte ich. *Die Vorrichtung mit dem OmnI-Zylinder ist jetzt hinter weiteren Tresorwänden verborgen, genau wie die Konsole.* Ich war sicher, dass dort nur die beiden Spezialkräfte saßen und alles beobachteten.

»Nimm Platz.« Einer der Weißkittel deutete auf einen Stuhl. Ein Zittern durchfuhr mich, aber nicht vor Angst, sondern vor Euphorie. Auf einem sterilen Tablett, ordentlich nebeneinander aufgereiht, lagen mehrere InterLinks.

Der Weißkittel setzte sich mir gegenüber und sah auf sein SmartPad.

»Ophelia, nicht wahr?« Ich nickte. Er hatte ein freundliches Lächeln, aber auch er wirkte angespannt. Seine Finger machten immer wieder die gleiche dehnende Bewegung, minimal, aber jetzt für mich erkennbar.

»Wir werden dir für diesen Test InterLinks für Ohren und Augen einsetzen. Ich nehme an, du bist an das Tragen solcher Links gewöhnt?«

Ich nickte wieder.

Die herkömmlichen InterLinks hielten mich zwar nicht lange aus, aber für eine kurze Zeit würde es gehen.

»Gut.« Er nahm die EarLinks und platzierte sie hinter meinen Ohren. Dann bekam ich EyeLinks für die Augen, spezielle Linsen, hauchdünn. Die früheren InterLinks waren unter die Haut gesetzt und auf die Netzhaut gedampft worden. Diese Versionen wirkten im Vergleich plump und unbequem. Trotzdem fühlte es sich an, als wären Weihnachten und mein Geburtstag auf den gleichen Tag gefallen.

»Die Links aktivieren sich erst, wenn du drin bist«, sagte der Weißkittel. Er nahm sein SmartPad wieder zur Hand. »Diese Prüfung beinhaltet die Interaktion mit einem Simulationsprogramm, das dir nach bestimmten Parametern Aufgaben stellt.«

So konnte man die Begegnung mit der höchsten künstlichen Intelligenz der Welt natürlich auch beschreiben. Aber der Weißkittel glaubte tatsächlich, dass es sich um ein gängiges Trainingsprogramm handelte – denn ich sah keine Anzeichen dafür, dass er mich belog. Mein Gehirn hätte das an seiner Mikromimik sofort erkannt.

»Die Regeln sind einfach: Du wirst in diesen Raum gehen und dort bleiben, bis man dich entlässt. Solltest du vorzeitig abbrechen wollen, ist das in Ordnung. Wenn du freiwillig aussteigst, ist die Prüfung sofort für dich beendet, ebenso bei Abbruch durch das System, wenn du durchfällst. Solltest du allerdings bestehen, wird man es dir direkt im Raum mitteilen. In jedem Fall werden wir dein Gedächtnis jedoch einer Kurzzeitkorrektur unterziehen, wenn du den Raum verlassen hast. Du wirst dich dann *an diese Prüfung* nicht erinnern. Hast du das verstanden?«

»Ja.« *Besser, als du dir vorstellen kannst.* Natürlich wollte der König keine Mitwisser für die Existenz der OmnI, also löschte er die Erinnerung an die Begegnung mit ihr direkt aus unseren Köpfen. Das passte zu diesem Heuchler.

»Bitte reagiere auf alle Situationen so natürlich wie möglich. Es geht nicht darum, dich bestmöglich darzustellen, sondern um authentische Reaktionen.«

Ich nickte, um zu zeigen, dass ich verstanden hatte.

»Es sind Kameras im Raum angebracht, über die man dich beobachtet. Wenn du aussteigen möchtest, reicht ein kurzer Hinweis, dann schalten wir das System ab. Noch Fragen?«

»Ja, eine«, sagte ich und lächelte schief. »Was ist aus dem guten alten CerebralAnalyzer geworden?«

13

Zwei der Weißkittel öffneten mir die Tür, einen von ihnen erkannte ich von letzter Nacht wieder. Die Spezialkräfte waren offenbar überall. Aber das war jetzt mein geringstes Problem. Ich straffte meine Schultern, dann setzte ich einen Fuß über die Schwelle und betrat das leere Zimmer.

So zu tun, als hätte ich den Raum noch nie gesehen, war nicht schwierig. Unter dem Einfluss der Kapsel leuchteten die Farben der in Leder gebundenen Bücher, das Holz der Regale schimmerte in hundert verschiedenen Nuancen. Die Fasern des Teppichs waren so akkurat aufgerichtet, als würde man das Zimmer nach jedem Test reinigen.

»Bist du bereit?«, hörte ich die Stimme des Weißkittels über meine EarLinks.

»Ja, bin ich.« Das war eine Lüge.

»Dann starten wir jetzt die Simulation. Viel Erfolg.« Die Verbindung brach ab.

Ich spürte eine leichte Wärme in meinen Augen, als sich die EyeLinks aktivierten. Gitterlinien zur Kalibrierung zogen sich über mein Sichtfeld. Als sie verschwanden, stand hinter dem Schreibtisch ein Mann.

»Hallo, Ophelia.« Er trug einen weißen Kittel, hatte dunkle Haare und eine hagere Gestalt. Sein Lächeln war ehrlich freundlich und erreichte seine Augen. Ich ließ mich davon nicht täuschen. Er war nur ein Avatar, eine menschliche Hülle für die am höchsten entwickelte künstliche Intelligenz der Welt.

»Hallo ... wie immer du heißt.« Noch wusste ich nicht, wie ich die OmnI besiegen konnte. Ich musste vorerst mitspielen.

»Ich habe keinen Namen. Man gibt mir keinen.« Er sah ein wenig betrübt aus. Dann verschwand er für den Bruchteil einer Sekunde und tauchte wieder auf.

»Wir müssen ein paar Fragen klären, bevor wir anfangen«, sagte er, als hätte ich nie nach seinem Namen gefragt. »Ist das in Ordnung für dich?«

»Habe ich denn eine Wahl?« Ich setzte mich auf den einzigen Sessel im Raum.

»Nein. Aber wenn du das Gefühl hast, dass es deine Entscheidung ist, erhöht das deine Kooperationsbereitschaft.« Er zwinkerte. »Wie ist dein Name?«

»Ophelia Scale.«

»Dein voller Name.«

»Ophelia Maxine Scale.«

»ID-Nummer?«

»OS-14873-1104.«

»Nicht eher 1204?«

»Wenn du es weißt, wieso fragst du mich dann?«

Der Weißkittel lachte. »Du bist klug. Und frech. Gefällt mir.«

Das würde mir kaum darüber hinweghelfen, dass ich keinen Plan hatte.

»Hast du genetische Anomalien? Irgendwelche Defekte oder Folgen einer Aufwertung deiner Eltern?« Ein scharfer Blick traf mich.

»Nein.« Die erste Lüge.

Die OmnI schluckte sie nicht. »Bist du sicher?«

»Sehe ich zu gut aus, um nicht aufgewertet zu sein?«, wich ich aus.

»Das weiß man nie so genau. Aber deine Haar- und Augenfarbe und die Struktur deiner Haut sind unauffällig.«

»Ich sagte ja, ich bin nicht unnormal.«

Der Blick wurde genauer. »Hast du vielleicht eine psychische Störung? Schizophrenie, multiple Persönlichkeiten?«

»Nein. Warum fragst du mich das?«

»Ach, reine Routine.«

Reine Routine? Niemals. Es gab einen Grund, mich das vorab zu fragen. Um sicherzustellen, dass die OmnI mich richtig beurteilen konnte. Was wohl voraussetzte, dass meine Persönlichkeit in sich geschlossen war. Und das bedeutete … In meinem Kopf rastete etwas ein. Gerade hatte mir diese brillante Intelligenz einen Wink gegeben, wie ich sie überlisten konnte.

Es reichte nicht, wenn ich ihr eine andere Person vorspielte. Ich musste eine andere Person *sein.* Ophelia Scale, Kennung OS-14873-1104, nicht 1204. Eine Version von mir, die nicht beim Widerstand war. Die sich an das Leben nach der Abkehr gewöhnt hatte. Die nicht vorhatte, den König zu töten. Ein Schub Adrenalin wallte in mir hoch. Die OmnI merkte es.

»Du bist angespannt?« Ein neugieriger Blick traf mich.

»Wie kommst du darauf?«

»Dein Auge hat in den letzten zehn Sekunden viermal außerhalb des normalen Turnus gezuckt, deine Unterlippe zittert leicht, genau wie deine Handmuskeln. Dein Herzschlag hat einen Moment ausgesetzt und ist nun um 1,4 Prozent erhöht.«

»Okay, ja.« Ich hätte lügen können, aber das musste ich nicht. »Ich bin angespannt. Wundert dich das? Das hier ist eine Prüfung, die über meine Zukunft entscheidet.«

»Das ist allerdings wahr.« Wieder verschwand der Avatar für einen Wimpernschlag. »Reden wir über deine Eltern«, sagte er, als er wieder auftauchte. »Deine Mutter ist Cécile Victoire, Kennung CV-14567-0302. Sie ist nicht mehr bei euch?«

»Sie lebt in der Nähe von Paris. Meine Eltern sind getrennt.«

»Das muss schwierig sein.«

»Ist es nicht. Meine Mutter und ich standen uns nie sehr nahe.«

»Aber dein Vater und du, ihr steht euch nahe?«

»Ja.« Ich unterbrach den Blickkontakt nicht.

Der Avatar der OmnI verschwand erneut. Diesmal dauerte es einen Moment, bis er wieder erschien.

»Hallo, Schatz.«

Vor mir stand mein Vater. Also, natürlich war es *nicht* mein Vater. Aber es waren sein Gesicht und seine Stimme. Er trug sogar diese hässliche Strickjacke, die er von Lexie bekommen hatte. *Woher wissen die so was?*

Bitte reagiere auf alle Situationen so authentisch wie möglich.

»Hi, Dad.«

»Was machst du hier?«, fragte er mich.

Ich schaltete schnell. Die andere Ophelia war nicht sauer auf ihren Vater, weil er sich mit der Abkehr abgefunden hatte. Sie fand die Pläne des Königs richtig und wollte ihn dabei unterstützen. Mir wurde bei dem Gedanken übel. Aber mein Gehirn schaffte es, sich selbst zu überlisten.

»Ich möchte mich der königlichen Garde anschließen«, sagte ich.

»Früher wolltest du aber doch Ingenieurin werden.«

»Das war früher. Aber heute geht das nicht mehr, also orientiere ich mich neu.« Ich klammerte mich an die andere Kennung wie an ein Mantra. *OS-14873-1104. OS-14873-1104.*

»Wie schade.« Mein Vater sah mich betrübt an. »Ich hatte so gehofft, du würdest in meine Fußstapfen treten.«

Ich wusste, was sie versuchten. Sie wollten prüfen, ob ich schwankte, wenn es um meine Schwachstellen ging. OS-14873-1204 tat das. OS-14873-1104 nicht.

»Ja, das hatte ich auch gehofft.« Ich lächelte traurig. »Aber wir müssen alle andere Wege finden, nicht wahr? Es ist besser so.« Vielleicht war das etwas zu dick aufgetragen.

»Inwiefern?«, kam da auch schon die Quittung.

»Die Menschen hatten aufgehört, miteinander zu reden, und wurden aggressiv.« Mein Kopf begann zu schmerzen, weil ich ständig Tatsachen verwerfen und ersetzen musste. »Das hätte eines Tages im Desaster geendet.«

»Vielleicht, ja.« Die OmnI mit dem Gesicht meines Vaters legte den Kopf schief. »Vielleicht auch nicht.« Der Avatar flackerte erneut. »Aber musst du denn weggehen? Du könntest auch in Brighton bleiben. Etwas studieren, einen netten Kerl kennenlernen, eine Familie gründen.«

»Nein, das…« Ich brach ab. *Sag nichts über Knox.* »Ich muss einfach mal raus, Dad. Etwas von der Welt sehen.«

»Interessant.« Mein Vater sah mich fasziniert an, aber es war nicht mehr sein Blick. »Ich hätte gedacht, dass es funktioniert. Versuchen wir etwas anderes.« Er verschwand. Kurz darauf war er in neuer Form zurück.

»Jye?« *Warum er?*

»Hallo, Phee.« Er setzte sich auf den Schreibtisch und ließ die langen Beine baumeln.

»Was machst du hier?«

»Die haben mich erwischt.«

Mir wurde kalt.

»Erwischt? Was meinst du damit?« Ich hatte ihn weggeschickt und gesagt, er solle aufgeben! Wie zur Hölle konnten sie ihn erwischt haben?

OS-14873-1104 wackelte, wackelte sogar bedenklich. Zu spät ging mir auf, dass die OmnI genau das beabsichtigt hatte.

»Ich war hier, so wie du jetzt. Man hat mir Fragen gestellt und ich habe sie wohl nicht richtig beantwortet.« Jye schaute auf seine Hand, als würde er sie zum ersten Mal sehen.

»Was soll das heißen? Was hast du falsch beantwortet?« Meine Finger krampften sich in die Armlehnen des Sessels. *OS-14873-1104. OS-14873-1104.*

Jye lächelte verlegen. »Na ja, da war meine Mum, du weißt schon, meine KI-Mum. Dann kam der König dazu. Er hat mich provoziert, also habe ich gesagt, dass er schuld an ihrem Tod sei. Und dass ich ihn dafür umbringen werde.« Er sagte es, als wollte er ein paar Kekse von der Nachbarin klauen.

»Nein …«, murmelte ich fassungslos, »das ist nicht wahr.« Tränen sammelten sich in meinen Augen. Das hier war das übelste Psychospiel aller Zeiten, vielleicht war es tatsächlich gelogen. Aber vielleicht auch nicht. Ich sah Jye vor mir, wie er ausflippte. Wie er dem König ins Gesicht schrie, was er vorhatte.

»Er verdient es, Phee.« Jye stand auf und kam näher, beugte sich zu mir. »Tu nicht so schockiert. Du wusstest es die ganze Zeit. Woran ich glaube. Was ich vorhabe.«

Jetzt galt es. Die Mauer musste halten. Ich sah hoch.

»Nein, ich wusste es nicht.«

»Das ist eine Lüge«, sagte er.

»Es ist die Wahrheit«, hielt ich dagegen. »Wenn es anders wäre, hätte ich dich davon abgehalten, dein Leben wegzuwerfen.« Ich schluckte und sah weg. Der Kloß in meinem Hals pulsierte.

Die OmnI wechselte in die Gestalt des Weißkittels zurück. Ich war erleichtert. Mein Kopf tat höllisch weh, aber ich musste Jye nicht mehr ins Gesicht sehen. Die Mauer hatte gehalten.

»Brauchst du eine Pause?«, erkundigte sich die OmnI mitfühlend.

»Nein.« Ich musste es hinter mich bringen. Wie lange war ich schon hier, zehn Minuten, eine Stunde? »Wir können weitermachen.«

»Gut.«

Ich schloss die Augen, um mich zu wappnen. Ich wusste, was jetzt kam.

»Hey, Phee.« Ich hatte die Stimme vor zwei Tagen zuletzt gehört, aber nicht so. Sie war weich wie eine Brise, liebevoll und vertraut. *Und nicht echt*, redete ich mir ein. *Er* war nicht echt. »Hey, willst du mich nicht ansehen?«

Ich schüttelte den Kopf.

»Vermisst du mich denn gar nicht?«

Damit hatte er mich. Ich öffnete die Augen. Knox lehnte in einem schwarzen Shirt und Jeans am Schreibtisch, hatte die Arme verschränkt und den Mund zu einem schiefen Lächeln verzogen. Seine dunklen Augen sahen mich an, als gäbe es niemand anderen auf der Welt. Mein Herz wurde zu einem Klumpen aus Sehnsucht und Kummer. Die Mauer zerpulverte zu Staub.

»Doch.« Tränen verschleierten meinen Blick. Ich wischte sie nicht weg. »Jeden Tag, seit du weg bist.«

»Ich dich auch.« Tiefe Traurigkeit zeigte sich in Knox' Gesicht. »Du hast keine Ahnung, wie sehr ich mir wünsche, es wäre anders gekommen.«

»Nein, tust du nicht.« Ich versuchte krampfhaft, mich zu verschließen. »Du kannst dich nicht an mich erinnern. Du kannst dich nicht einmal an dich selbst erinnern.« Ich holte mir die Bilder von meinem letzten Besuch ins Gedächtnis. *Es gibt ihn nicht mehr. Es gibt ihn nicht mehr.*

»An *dich* erinnere ich mich. Unsere erste Begegnung am Pier, als ich dich gefragt habe, warum du uns folgst. Du bist weggelaufen.« Knox lächelte, als würde er wirklich daran denken. »Ich war so froh, als du wieder aufgetaucht bist.«

Ich stand auf und ging in die andere Ecke des Raumes, weg von ihm, die Arme um mich geschlungen. Er sprach weiter.

»Es hat ewig gedauert, bis ich mich getraut habe, dich zu fragen, ob wir uns allein treffen. Dabei war ich längst in dich verliebt.«

Das konnten sie nicht wissen. Das war nur geraten. Ich krallte mich in meinen Pullover, sah weg und versuchte, die Kontrolle zu behalten. Wenn ich ihn ignorierte, würde man es vielleicht mit jemand anderem versuchen.

»Phee.« Ich hörte keine Schritte, aber ich wusste, dass er näher gekommen war. »Bedeutet dir das alles nichts mehr?«

Das Schluchzen in meiner Kehle brach heraus und ich presste die Hand auf den Mund. Stummes Weinen schüttelte mich. Ich vermisste Knox so sehr, dass mich sogar eine künstliche Version von ihm in einen zitternden, heulenden Haufen Schmerz verwandelte. Wenn die Leute des Königs meine Grenzen testen wollten, hatten sie es geschafft.

Aber noch war ich nicht besiegt.

»Das ist Vergangenheit«, würgte ich hervor. »Es sind Erinnerungen, sonst nichts.« Die Tränen tropften auf meinen Pullover und bildeten unförmige Kreise. Knox stand direkt hinter mir. Ich spürte seine Präsenz, obwohl ich wusste, dass ich ihn nicht berühren konnte.

»Bitte, geh weg«, flehte ich.

»Aber ich liebe dich«, sagte er.

Seine Worte drangen in mich ein wie ein Messer, das man dann noch genüsslich umdreht. Jetzt hatte ich die Wahl. Ich konnte zusammenbrechen und wäre wehrlos gegenüber jeder Frage nach ReVerse. Oder ich verriet meine große Liebe, um das zu retten, wofür der echte Knox sich geopfert hatte.

Ich straffte die Schultern und drehte mich um.

»Das ist nicht wahr!«, schrie ich ihn erstickt an. »Du bist gegangen! Du hast mich verlassen! Wenn du mich wirklich geliebt hättest, wäre ich dir wichtiger gewesen als dein sinnloser Kampf gegen den König!«

Knox wich erschrocken zurück.

»Wir wussten beide, worauf wir uns einlassen«, sagte er dann. »Du genauso wie ich.«

»Nein«, antwortete ich. *Diese eine riesige Lüge noch.* Vielleicht war es dann vorbei. »Ich habe dich geliebt, Knox.« Ich sah ihm in die Augen. »Aber das hätte ich nicht, wenn ich gewusst hätte, woran du glaubst.«

Knox starrte mich an, fassungslos, enttäuscht und verletzt. Dann löste er sich in Luft auf.

Ich wusste nicht, ob es vorbei war, also widerstand ich dem Drang, auf den Boden zu sinken. Stattdessen machte ich einige wacklige Schritte zum Sessel, setzte mich hin und verbarg mein

Gesicht in den Händen. Andere Leute brauchten nach so einer Begegnung drei Jahre Therapie. Ich hatte nicht einmal eine Minute.

»Das war sehr interessant.«

Eine kultivierte, sonore Stimme mit einem weichen Einschlag, den ich nach der nächsten Ladung HeadLock nicht mehr hören würde. Ich sah auf. Aufmerksame graue Augen, kurze, dunkelblonde Haare mit der Andeutung von Wellen. Ein weißes Hemd, eine dunkle Hose. Er war größer, als ich gedacht hatte.

»Freut mich, wenn ich dich unterhalten konnte«, sagte ich erschöpft und wischte mir die Tränen weg. Mein Kopf war kurz vor dem Platzen.

»Normalerweise sagt man Sie oder Euch, aber da ich es nicht tatsächlich bin, will ich mal großzügig sein.« Der König wedelte generös mit der Hand. Dann schwieg er.

Ich hatte Wut erwartet, grenzenlose Wut, gerade nach Jye und Knox. Aber in mir befand sich nichts außer Leere, die langsam zu Klarheit wurde. Wenn ich Leopold töten wollte, durfte ich nicht ausflippen. Ich musste durchhalten und OS-14873-1104 bleiben, solange ich in diesem Raum war.

»Bist du nicht wütend?«, brach der König das Schweigen.

Die andere Ophelia übernahm. »Auf wen, dich? Nein.«

»Das ist merkwürdig. Ich bin dafür verantwortlich, dass dein Freund Nicholas nicht mehr da ist. Und auch dafür, dass dein Freund Jye ihm folgen wird. Trotzdem bist du nicht wütend?«

»Ich bin sehr wütend«, sagte ich kühl. »Aber auf die beiden, nicht auf dich.«

»Du willst sagen, dass du keine Ahnung hattest, woran sie geglaubt haben? Oder davon, dass sie Radicals waren?« Der König musterte mich mit höflichem Interesse. Ob der echte Leopold de Marais wohl auch so kontrolliert war?

»Ich hatte keine Ahnung«, beharrte ich.

»Du warst mit dem einen mehrere Jahre zusammen und mit dem anderen ebenso lange befreundet.«

»Offenbar haben sie es nicht für nötig gehalten, mich einzuweihen.«

»Tatsächlich? Beleidige nicht meine Intelligenz.«

Die grauen Augen waren voller Arroganz. Sicher hatte die OmnI genug Gelegenheit gehabt, sich diesen Ausdruck einzuprägen.

»Du weißt doch, wenn ich lüge. Sag du es mir.«

»Das ist allerdings richtig.« Er klang so, als würde ihm das erst jetzt auffallen. Still betrachtete er mich.

»Ich hatte keine Ahnung, dass sie für die Radicals arbeiten«, wiederholte ich. »Mich haben neulich erst einige von denen angegriffen und ich habe mit Jye zusammen gegen sie gekämpft. Wie hätte ich denn darauf kommen sollen, dass er einer von ihnen ist?«

Punkte tanzten vor meinen Augen und mir war schwindelig. Lange hielt ich nicht mehr durch.

»Also gut.« Der König stand auf und ging um den Schreibtisch herum. »Eine letzte Frage habe ich noch.« Er sah mich an, als wollte er sich keine meiner Regungen entgehen lassen. »Bist du bereit, mein Leben mit deinem eigenen zu verteidigen?«

Ich stand auf, ignorierte den Schwindel und kratzte die letzten Reste meiner Kraft zusammen.

»Es wäre mir eine Ehre«, log ich ihm, ohne zu zögern, mitten ins Gesicht.

Er nickte, wartete einen Moment und lächelte schließlich.

»Wir werden uns wiedersehen, Ophelia.«

Dann verschwand er.

Jemand kam in den Raum und führte mich hinaus. Man entfernte meine InterLinks, redete mit mir, gab mir etwas zu trinken, drückte einen SubDerm-Injektor an meinen Hals, was ich kaum registrierte. Ich wurde über den weiteren Ablauf informiert, aber ich hörte nichts außer einem lauter werdenden Brausen in meinen Ohren. Als man mich mit einer Eskorte entließ, hielt ich nur bis zur nächsten Toilette durch. Ich bat um einen Moment alleine, ging hinein und übergab mich, bis alles raus war, sowohl das Mittagessen als auch meine Selbstbeherrschung. Dann sank ich auf den Boden und lehnte den Kopf gegen die Wand.

Ich hatte mich noch nie im Leben beschissener gefühlt, einsamer oder schuldiger. Aber ich hatte gewonnen. Morgen würde ich in Maraisville sein, dem König so nahe wie nie. Und dann würde ich ihnen Ehre machen: ReVerse, Knox, Jye und mir selbst. Der König hatte mir alles genommen, jetzt war die Zeit gekommen, ihn dafür zu bestrafen. Ich erinnerte mich an einen Satz aus einer Nacherzählung griechischer Heldensagen, den Knox öfter zitiert hatte.

Troja wird brennen.

Dafür würde ich sorgen.

14

Ich bin müde. So verdammt müde.

Dabei hätte ich so viel fühlen müssen. Angst. Wut. Trauer. Aber als ich in die TransUnit stieg, die uns zur SuperRail-Station bringen würde, war ich eigenartig leer. Meine Erschöpfung schien alles wegzuspülen.

Die letzte Stunde war wie ein wirrer Film. Der Dome, mein Gepäck, grüne Jacken, dann ein dunkler Bahnsteig. Gebellte Befehle und jemand, der mich in die Transportkapsel eines SuperRails schob. Informationen und Bilder verschwammen ineinander. Erst seit das HeadLock wirkte, konnte ich wieder klar denken.

Wir rauschten lautlos mit über 1000 Stundenkilometern durch ein Netz aus Vakuumröhren, das alle großen Städte Europas miteinander verband. Die Route führte über Paris, dann immer weiter nach Südosten. Maraisville lag hinter den ehemals Schweizer Alpen, nicht mehr weit von Mailand entfernt. Es würde mitten in der Nacht sein, wenn wir dort ankamen.

SuperRail zu fahren fand ich nie toll, aber heute war es besonders unangenehm. Die starke Beschleunigung presste mich in meinen Sitz, der Gurt schnürte mir die Luft ab. Trotz HeadLock-Dosis schmerzte mein Kopf und jeder Muskel tat mir weh. Dazu kam der Lärm. Die Transportkapsel war eng, zehn Leute hatten darin Platz. Wir waren zwar nur zu sechst, und ich saß ganz hinten, aber dem Gelächter meiner Mitstreiter entkam ich trotzdem nicht. Troy, der es wie angekündigt geschafft hatte, feierte seinen Sieg am lautesten. Wie konnten sie nach einem solchen Tag noch rumalbern? *Weil sie es nicht mehr wissen*, gab ich mir selbst die Antwort. Sie hatten vergessen, dass sie der OmnI begegnet waren. Ich nicht. Bei meinem Gedächtnis hatte die Kurzzeitkorrektur nicht gewirkt.

Wahrscheinlich lag es daran, dass ich die Kapsel genommen hatte, anders konnte ich es mir nicht erklären. Das Serum für kurzfristige Korrekturen griff nur auf einfache Gedächtnisstrukturen zurück, anders als beim Clearing. Mein entfesseltes Gehirn hatte sich davon nicht beeindrucken lassen. Dabei wäre es mir lieber gewesen, das Serum hätte Wirkung gezeigt.

Die letzten Stunden liefen als Dauerschleife in meinem Kopf. Jye, der mir versprach, dass er aussteigen würde. Knox, der mir sagte, dass er mich liebte. Das eine war real gewesen, aber nicht wahr, das andere wahr, aber nicht real. Und mit beiden – mit der Version von ihnen, die mir vertraut war – würde ich nie wieder sprechen.

Plötzlich wurde ich nach vorne gegen den Gurt gedrückt. Der SuperRail bremste ab.

»Wir müssen an einem Wartungspunkt anhalten«, vermeldete eine Stimme aus dem Lautsprecher. »Bitte bleiben Sie angeschnallt sitzen, bis wir weitere Informationen erhalten.«

Wartungspunkte, klar. Früher hatte es das nicht gegeben. Das Prinzip war einfach gewesen: bezahlen, einsteigen, ankommen, fertig. Heute durfte man den SuperRail nur nach vorheriger Anmeldung und einem kompletten Sicherheitscheck benutzen. Die Fahrten pro Person waren auf zwei im Monat begrenzt. Und gesteuert wurde manuell. *Manuell!*

Der SuperRail hielt nun endgültig an. Ich schätzte, dass wir etwa zwei Drittel der Strecke nach Paris zurückgelegt hatten. Ich kannte sie von Besuchen bei meiner Mutter.

»Was ist denn los?«

»Wieso halten wir an?«

»Ob etwas passiert ist?«

Ich verdrehte die Augen. *Ihr Hühner werdet wirklich großartige Gardisten.*

»Bitte verlassen Sie die Transportkapsel«, sagte die Stimme.

Der Gurt löste sich, und ich erhob mich, etwas wacklig auf den Beinen. Nach allen anderen ging ich hinaus. Ich wollte niemanden in meinem Rücken haben.

Warme, stickige Luft schlug uns entgegen, als wir durch die Schleuse gingen. Ein Lilienjackenträger, diesmal in Lila, empfing uns. Er war groß, übergewichtig und hatte einen hochroten Kopf. Wahrscheinlich wusste er, dass viel Ärger auf ihn wartete, wenn unser Transport nicht reibungslos verlief.

»Es gibt einen Fehler in der Magnetfeldsteuerung. Wir bringen Sie in einen Warteraum und sagen Ihnen Bescheid, sobald wir das Problem gelöst haben.«

»Wie lange wird es dauern?«, fragte einer der Jungs.

»Wir wissen es nicht genau. Bitte haben Sie Geduld.« Er ging voran durch einen weiß gestrichenen Gang und alle folgten wie eine Herde Schafe. Nach wenigen Minuten kamen wir ins Wartungszentrum.

Als das Transportsystem noch vollautomatisch funktioniert

hatte, waren nur ein paar Wartungsroboter und eine künstliche Intelligenz im Rechenzentrum nötig gewesen. Jetzt erledigten diese Arbeit wieder Menschen. In einer großen Halle, Cafeteria und Aufenthaltsraum zugleich, tummelten sich etwa hundert Männer und Frauen in lilafarbenen Jacken und Overalls, holten sich etwas zu essen oder studierten Dienstpläne an der Wand. Die Essensausgabe bot reichlich Gemüse, synthetisches Fleisch und Nachtisch. Mein Magen knurrte.

Statt uns jedoch einen Tisch zuzuweisen, ging der Lilafarbene weiter, einmal quer durch die Halle. Dort öffnete er eine Tür und hielt sie für uns auf.

Dahinter befand sich ein schmaler Raum. Er war bestückt mit abgenutzten Plastikstühlen, von denen einige übereinandergestapelt waren. An der Wand war ein altes Terminal montiert, dessen Kabel lose herabhing, in der Ecke stand ein Wasserspender. Die Luft roch muffig und abgestanden. Offenbar hatte hier schon länger niemand mehr gewartet.

»Bitte bleiben Sie hier. Wir werden Sie holen, sobald der Fehler behoben ist.«

»Wieso können wir nicht rübergehen und etwas essen?«, fragte einer meiner Mitstreiter.

»Es ist Ihnen nicht erlaubt, Kontakt zu Außenstehenden aufzunehmen«, referierte der Lilafarbene. »Sie bekommen etwas zu essen, wenn Sie an Ihrem Bestimmungsort ankommen.« Damit ging er.

Die anderen setzten sich und diskutierten die Lage. Ich hatte darauf keine Lust und ging zum Wasserspender. Ein müdes »Hier drücken« blinkte in roten Buchstaben unter einer Schicht aus Staub. Ich nahm einen Becher und betätigte den Knopf. Das Wasser spritzte trüb aus der Öffnung, auf der Oberfläche schwammen Schmutz und eine tote Fliege. Angeekelt stellte ich es weg. Da blinkte an der Anzeige plötzlich etwas anderes auf. *Geh hinten raus. Zweite Tür links.*

Okay, jetzt hatte ich endgültig den Verstand verloren. Noch einmal sah ich auf die Anzeige. »Hier drücken« forderte das Display nun wieder. Keine geheime Nachricht, kein Treffpunkt. Unauffällig prüfte ich, ob mich jemand beobachtete. Aber die anderen waren mit Spekulationen beschäftigt.

»Diese Sache hier ist sicher der erste Test«, sagte Troy, als wüsste er über alles Bescheid.

»Du meinst, es kommt gleich eine Horde Leute rein, die uns angreift?« Das brünette Mädchen neben ihm riss die Augen auf.

»Genau«, sagte ich sarkastisch. »Es wäre ja so sinnvoll, die mühsam ausgewählten Kandidaten gleich wieder umzubringen.« Das Mädchen starrte mich wütend an. Troys Gesichtsausdruck war schwer zu deuten. »Ich suche mal die Toilette«, fügte ich hinzu und zeigte zu der hinteren Tür.

»Du darfst nicht rausgehen«, sagte ein dunkelhaariger Junge.

»Wenn du möchtest, kannst du mich gerne melden. Ich bin sicher, bei der Garde schätzt man Petzerei.« Ich lächelte liebenswürdig und verließ den Raum.

Der Gang war wie ausgestorben und ich zählte die Türen. Kälte kroch mir den Nacken hoch, obwohl es brühwarm war. Woher sollte ich wissen, dass die Nachricht für mich bestimmt war? Jeder hätte als Erstes an diesen Wasserspender gehen können – oder keiner von uns.

Ich hatte nichts, was als Waffe taugte, also ballte ich die Faust, bevor ich die Klinke herunterdrückte. Mit einem Schubs öffnete ich die Tür und sah … *niemanden.* Der Raum war leer.

Dafür hörte ich Schritte und die Stimme der Lilajacke auf

dem Gang. Eilig huschte ich in den Raum und schloss die Tür hinter mir.

»Gut. Du bist da.«

Ich fuhr herum, zu Tode erschrocken.

»Geh zur Seite.« Die Stimme kam von oben. Jemand fiel an mir vorbei und landete leise auf dem Boden. Geschmeidig richtete er sich auf, dann packte er blitzschnell meine Kehle.

»Ophelia?«

Ich wagte ein Nicken.

»Was ist der Code?«

»Es gibt keine Codes«, röchelte ich. »Wir sind nicht die Radicals.«

Er ließ mich los. »Entschuldige. Man kann nicht vorsichtig genug sein.« Licht fiel auf sein Gesicht, als er die Kapuze vom Kopf zog. »Freut mich, dass wir uns kennenlernen. Ich bin Sam.«

Mein Gehirn, gerade mehr Dampflok als SuperRail, schaltete mit Verzögerung. Das musste Samuel Ferro sein, der Chef von ReVerse. Julius hatte erwähnt, er würde Kontakt aufnehmen, wenn es an der Zeit war.

Ich hatte einmal ein Bild von Ferro gesehen, aber das war ihm nicht gerecht geworden. Er war für einen Mann nicht groß, eher schlank und sehnig. Ein Dreitagebart zierte seine schmalen Wangen, die Gesichtszüge waren hart, der Mund schmal. Er hatte lange dunkle Haare, die offen über seine Schultern fielen, dazu durchdringend hellblaue Augen. Sein Aussehen passte zu den dynamischen, aber kontrollierten Bewegungen – Ferro wirkte wie ein Panther auf dem Sprung. Ich war nicht der Typ für Heldenverehrung, aber ich spürte Ehrfurcht. Die Anstrengungen der letzten Jahre, die schmerzhaften Verluste, all das hatten wir in Kauf genommen, weil wir an die Vision dieses Mannes glaubten.

»Komm, wir müssen anfangen. Die brauchen für den Defekt höchstens fünfzehn Minuten.« Er stapelte ein paar Kisten um und stellte zwei Metallbehälter mit der Aufschrift »Nicht öffnen« auf den Boden. Ich nahm Platz. Er setzte sich mir gegenüber.

»Du hast für diese Panne gesorgt?«, fragte ich.

»Natürlich. Magnetsteuereinheiten sind zickig und fallen gern aus. Es ist einfach, sie zu manipulieren. Und du musst dir auch keine Gedanken machen, dass man mich zu dir zurückverfolgt, ich trage natürlich keinen WrInk.« Ferro sah mich an. »Ich würde gern ausführlicher plaudern, aber uns fehlt die Zeit. Wir müssen dich vorbereiten.«

Abwartend sah ich ihn an.

»Du kommst jetzt in eine Welt mit anderen Regeln«, sagte Ferro und aktivierte ein Pad an seinem Unterarm. Es war flach, schmal und glänzte matt. Ich hatte eine solche Version noch nie gesehen. Er musste wirklich überallhin Verbindungen haben, wenn er an Technologie dieser Größenordnung kam. »Maraisville ist ein abgeschotteter Ort, man kommt nicht einfach rein oder raus. Sobald sich die Tore schließen, bist du auf dich gestellt. Deswegen musst du wissen, wer dort auf dich wartet.« Ferro zog einen Pen aus dem Pad und begann, etwas an die Wand zu zeichnen. Striche und Kürzel erschienen, als schwebten sie in der Luft. Es war eine Projektion.

»Leopold ist das Zentrum.« Ferro sagte den Vornamen des Königs, als wäre er ihm vertraut. »Das Ziel ist klar: Er muss sterben. Wenn er tot ist, wird Amelie Königin und macht die Abkehr rückgängig.«

»Wie kannst du da so sicher sein?« Das hatte ich mich immer gefragt.

»Amelie und ich stehen in Kontakt«, antwortete Ferro.

Ich sah ihn überrascht an. »Amelie de Marais macht gemeinsame Sache mit ReVerse? Warum bringt sie ihn dann nicht selbst um?« Die Geschichten großer Dynastien waren voll von Geschwistermorden. Und Amelie kam ohne Probleme an Leopold heran.

»Es ist nicht so einfach«, sagte Ferro. »Amelie macht keine gemeinsame Sache mit uns, wie du es nennst. Sie ist den Zielen von ReVerse nicht abgeneigt, aber sie würde nicht selbst gegen ihren Bruder vorgehen. Wenn sie unter Verdacht gerät, kommt sie niemals an die Macht.«

»Wer könnte sie daran hindern? Sie ist die Nächste in der Thronfolge.«

»Das stimmt, aber du vergisst den Rest der Familie.« Ferro zeigte auf die Wand. »Wir haben Leopold. Wir haben Amelie.« Er fügte der Zeichnung ein weiteres Kürzel hinzu und verband sie zu einem Dreieck. »Und dann gibt es noch Lucien.« Er sprach den Namen ungewöhnlich aus, eine Kombination aus dem englischen *Lou* und dem französischen *Cien.*

»Der kleine Bruder? Was hat er damit zu tun?« Alles, was ich über den Jüngsten der Marais-Geschwister wusste, war sein Hang zum Leichtsinn. Die Geschichten reichten von Klippenspringen über Basejumps bis zum Abseilen von Gletschern, typisch für Kinder reicher, mächtiger Leute, die sich in einem normalen Leben langweilten. Aber in der offiziellen Berichterstattung war er praktisch nicht existent. Das einzige Foto von Lucien de Marais hatte ich in einem Zeitungsartikel gesehen – eine Aufnahme als Kind, zusammen mit seiner Familie, lange bevor die Eltern gestorben waren. Nach Leopolds Machtübernahme tauchte er in den offiziellen Meldungen nie mehr auf.

»Mehr, als du denkst. Die Geschwister sind eng verbunden,

vor allem die beiden Brüder. Sollte Lucien Amelie verdächtigen, könnte er verhindern, dass sie Königin wird. Es gibt eine Veto-Klausel in den königlichen Statuten. Wenn Leopold stirbt, kann Lucien Amelies Ernennung widersprechen.«

»Und selbst König werden?«

»Genau. Das darf auf keinen Fall passieren.«

»Warum nicht?«

»Ist jetzt nicht so wichtig. Lucien wird für dich kein Thema sein. Andere schon.« Ferro deutete auf seine Zeichnung und ergänzte sie um ein Kürzel. »Cohen T. Phoenix.« Er sagte den Namen mit großer Abneigung. »Er ist der Kopf der Schakale. Ihn musst du überzeugen.«

»Schakale?« Ich verengte die Augen. »Nie gehört.«

»Kein Wunder. Es ist ihr Job, dass niemand etwas von ihnen weiß.«

»Du meinst, sie sind …?«

»Der Geheimdienst des Königs, genau.«

Meine Kopfschmerzen pulsierten gegen meine Schläfen. Nach meinem Tête-à-Tête mit der OmnI lief alles etwas langsamer. »Aber wieso soll ich *ihn* überzeugen? Ich dachte, es geht um die Garde.« Und nicht um irgendeinen ominösen Geheimdienst.

»Die Garde«, schnaubte Ferro abfällig. »Vergiss die Garde. Austauschbare und gesichtslose Affen. Leopold hat diese ganze Show nicht veranstaltet, um ein paar Leute zu rekrutieren, die bei öffentlichen Veranstaltungen herumstehen und für ihn den Babysitter spielen. Außerdem würde es uns nichts bringen. Ein Gardist ist niemals mit Leopold allein, Schakale dagegen gehören zum inneren Kreis.«

Jetzt verstand ich gar nichts mehr. Oder vielleicht doch? »Das heißt, er sucht eigentlich neue Agenten?«

»So ist es. Bisher haben sie frei rekrutiert, aber weil die Lage im Land immer brenzliger wird, brauchen sie dringend Leute. Also haben sie ein Ausbildungsprogramm ins Leben gerufen. Die Garde ist nur vorgeschoben, damit geheim bleibt, was sich geheim nennt.«

Ich dachte an meinen nächtlichen Ausflug im Dome. »Gestern Nacht kamen Leute ins Stadion, angezogen wie Kandidaten, aber sie waren eindeutig keine. Dann müssen das Schakale gewesen sein?«

Ferro nickte. »Das ist sehr wahrscheinlich. Schakale haben keine Uniform oder ein Erkennungszeichen. Ihr Job ist es, sich an jede Situation anzupassen und sie so schnell wie möglich zu beherrschen. Ein Schakal muss hundert Sachen gleichzeitig bedenken und trotzdem blitzschnell handeln können.«

Nicht nur das. Zwei davon hatten sogar die OmnI installiert, in Betrieb genommen und überwacht. Ich wusste, dass beides hochkomplexe Aufgaben waren, für die es normalerweise speziell ausgebildete Ingenieure brauchte. Außerdem setzte diese Tätigkeit hochexplosives Geheimwissen voraus, zu dem die zwei Männer in dem Raum demnach Zugang haben mussten.

»Die Anforderungen an Rekruten sind extrem hoch, die Ausbildung ist enorm anspruchsvoll.« Ferro schien meine Gedanken zu lesen. »Deswegen war die OmnI überhaupt dort. Leopold schickt sie nur ins Rennen, wenn es wirklich wichtig ist.«

Ich starrte ihn an. »Du weißt von der OmnI?«

»Natürlich.« Ferro verdrehte die Augen. »Leopold kann ihre Existenz vielleicht vor der Bevölkerung und anderen Ländern verbergen, aber sicher nicht vor mir. Ich verfolge ihren Aufenthaltsort *immer*, wenn sie Maraisville verlässt – wie jetzt bei der Auswahl.«

»Woher weißt du davon, dass er sie behalten hat?« Ich verengte die Augen.

»Ich habe ganz gute Kontakte in die entsprechenden Kreise«, antwortete er, und es klang endgültig.

»Und warum verrätst du dann nicht einfach, dass sie noch existiert? Er wäre erledigt, wenn das rauskommt.« Wenn bekannt wurde, dass der König die OmnI nicht zerstört hatte, würden die Leute sicher auf die Barrikaden gehen.

»Das ist zu gefährlich. Sollte jemand Wind davon bekommen, würde er sie garantiert zerstören – und damit das fortschrittlichste Stück Technologie, das es auf der Welt noch gibt. Mir ist es lieber, sie ist bei ihm als gar nicht mehr da. Sie könnte unserer Sache noch sehr nützlich sein.«

Ich fragte nicht weiter nach, denn mir war ein anderer Gedanke gekommen. Ein unangenehmes Kribbeln schlich sich an meinem Nacken empor.

»Das bedeutet, du hast zugelassen, dass mein Freund Jye und alle anderen ReVerse-Leute ihr Leben aufs Spiel setzen? Sie hatten *keine Chance*, diesen Test zu bestehen!« Fassungslos starrte ich Ferro an. Nie hätte ich gedacht, dass er so skrupellos sein könnte.

»Ich wusste es nicht sicher«, beschwichtigte er mich. »Zum Glück lief trotzdem alles nach Plan.«

»Nach Plan? Nach welchem Plan?«

Ferro seufzte. »Der Plan war, dass *du* es nach Maraisville schaffen sollst, Ophelia. Es ging von Anfang an um dich.«

Um mich?

»Warum hat mir das niemand gesagt?«, fragte ich aufgebracht. »Was bin ich für ReVerse, nur eine Marionette?«

»Du bist keine Marionette«, antwortete Ferro. »Du bist eine

Soldatin in einem Krieg, den wir gemeinsam gewinnen müssen. Aber *ich* muss die Entscheidungen darüber treffen, wie. Das habe ich getan.«

»Indem du uns alle im Dunkeln gelassen hast?«, fauchte ich. »Wieso war ich nicht die Einzige, die es versucht? Warum all die anderen?«

»Sie wären ein Bonus gewesen.«

»Na, das ist ja super gelaufen, jetzt landen sie im Clearing!« Plötzlich war mir der Raum zu eng und Ferro zu nah. Ich rückte von ihm ab. Er bemerkte es.

»Ophelia, sieh mich an«, bat er. Nur widerwillig kam ich der Aufforderung nach. »Es geht hier nicht um dich oder um mich, sondern um die Sache. Was wir tun, ist überlebenswichtig für die Menschheit. Du musst meine Entscheidungen nicht mögen. Du musst ihnen aber vertrauen.«

Ich kam mir mit einem Mal naiv und sentimental vor. Ferro hatte recht. Der Widerstand hatte klare Ziele: den Tod des Königs, das Ende der Abkehr. Wir wussten alle, worauf wir uns eingelassen hatten.

»Warum ich?«, fragte ich. Meine Stimme klang dünn.

»Du bist motiviert. Ich weiß, was mit Nicholas Odell passiert ist.«

»Das kann nicht alles sein.«

»Nein, das ist nicht alles.« Er lehnte sich vor und tippte an meine Schläfe. Seine Finger waren kühl. »Ich weiß auch davon.«

Woher …?

»Ich habe Julius nie davon erzählt.«

»Ich bitte dich. Glaubst du, meine einzigen Quellen sind eure Teamleiter?«

Offensichtlich nicht. Ich fühlte mich immer mehr wie eine

Figur in einem Spiel, dessen Regeln ich nicht kannte. Aber deswegen war mein Ziel immer noch das gleiche. Daran musste ich mich festhalten.

»Können wir weitermachen?«, fragte Ferro. Ich nickte. Er nahm den Stift. »Phoenix ist ein Geist. Er wird nicht offen auftreten, sondern sich im Hintergrund halten. Geh davon aus, dass er trotzdem jede Übung, jedes Mittagessen und jedes Gespräch beobachtet.«

»Woher kennst du ihn?«, fragte ich.

»Ich war selbst ein Schakal«, antwortete Ferro.

»Du?« Davon hatte ich nichts gewusst. »Wann?«

»Ist eine Weile her.« Er nickte. »Es gab die Schakale schon, bevor die Abkehr ausgerufen wurde. Ich habe vor der Abkehr fünf Jahre in Phoenix' Sicherheitsabteilung bei *AchillTechnologies* gearbeitet. Das Unternehmen der Familie Marais war damals eines der Big Ten und damit angreifbar. Leopolds Vater brauchte Spione, um zu wissen, was die anderen planen. Exzellent ausgebildete Spione.« Das erklärte, warum er so gut über den Geheimdienst Bescheid wusste.

»Heute sind die Schakale wichtiger denn je«, sagte Ferro. »Alles, was nicht offiziell stattfindet und trotzdem erledigt werden muss, machen sie. Kriminelle ausschalten, Informationen besorgen, Sicherheit schaffen oder Aufklärung in anderen Ländern betreiben. Sie spüren jeden auf, der nur daran *denkt,* Technologie zu entwickeln und zu verkaufen – und sie halten sich weder mit Fragen auf noch mit einem Clearing. Schakale erscheinen wie aus dem Nichts, erledigen ihren Job und verschwinden wieder, ohne dass jemand etwas merkt. Sie sind lautlos, effizient und absolut tödlich.«

Mein Hals zog sich zusammen. Ich war davon ausgegangen, dass ich bei der Garde anheuern würde, nicht bei einer streng geheimen Organisation, die vor nichts zurückschreckte. Wie sah die Ausbildung für einen Schakal aus? Was würden sie von mir verlangen? Ich fragte lieber nicht danach.

»Am wichtigsten aber ist«, sprach Ferro weiter, »dass man als Schakal zu den engsten Vertrauten Leopolds gehört. Das war früher schon so und hat sich nicht geändert.«

»Dann kennst du den König gut?«, fragte ich.

Ferro presste die Lippen aufeinander. »Nicht so gut, wie ich dachte.« Er nahm wieder seinen Stift und kam zurück zum Thema. »Am wichtigsten sind für dich deine Ausbilder in Maraisville. Sie sind alle Profis auf mehr als einem Gebiet, aber sie sind auch Menschen. Wenn du kannst, zieh sie auf deine Seite. Je mehr sie dich mögen, desto weniger genau sehen sie hin.« Die Projektion zeigte mir das Bild eines südländisch aussehenden Mannes mit Bart und vielen Lachfältchen. Es war das erste Mal, dass ich ein Gesicht zu einem Namen bekam. »Henri Fiore, Waffen und Taktik. Er ist ein Söldner, arbeitet aber seit acht Jahren für die Marais-Familie.«

Wie zur Hölle sollte ich einen Söldner für mich gewinnen? Ich hatte keine Kriegseinsätze hinter mir, über die wir fachsimpeln konnten.

»Hat er irgendwelche Hobbys?«, fragte ich vage. »Oder vielleicht Familie?«

»Von Hobbys weiß ich nichts. Aber er hat eine Frau und zwei kleine Töchter, die in der Stadt leben.«

Das war ein Ansatzpunkt. Wenn ich Fiore um Rat fragte und an der richtigen Stelle ein bisschen Schwäche zeigte, meldete sich vielleicht sein Vaterinstinkt.

Ferro ging weiter. »Für eure Bildung in Sachen Politik, Geschichte und Sprachen ist Majore Vesely zuständig.«

Ich betrachtete das Bild. Die Augen von Vesely waren beinahe schwarz, das von dunklen Haaren umrahmte Gesicht kantig. Mit meiner Vorstellung einer Lehrerin hatte sie so viel gemeinsam wie die OmnI mit einem WrInk.

»Sie ist zwar keine Schakalin, aber sie ist nach Leopold der intelligenteste Mensch, den es in Maraisville gibt«, sagte Ferro. »Sie spielt regelmäßig Schach mit ihm und ist eine seiner engsten Vertrauten. Wenn sie dich für faul oder untalentiert hält, bist du draußen.«

»Okay, also Fleiß und Interesse.« Ich rieb mir die Augen. Mein Adrenalin war im Keller, die Kiste unbequem, und der Hunger tat sein Übriges. Ich streckte meinen Rücken und lehnte mich an die Wand.

Ferro rief das nächste Bild auf. Die Frau mit den rotblonden Haaren hatte Gesichtszüge wie ein kybernetisches Model. Ihr Blick war stechend und todernst.

»Das ist Echo Claesson. Sie war Leistungssportlerin, hat Extremcrossing und Oktathlon gemacht. Leopold hat sie vor vier Jahren bei einem Zieleinlauf in der Sahara rekrutiert, da war sie gerade 22. Seitdem ist sie aktive Agentin.«

»Kennst du sie persönlich?«

Ferro schüttelte den Kopf. »Ich war bereits weg, als sie kam. Aber schonen wird sie euch garantiert nicht.«

»Also keine Tricks?«

»Nein, nur harte Fakten. Wie gut warst du bei den Fitnesstests in London?«

»Es war okay. Laufen kann ich gut, bei der Kraft hapert es.« Ich hob die Schultern.

»Hol das besser auf.« Er runzelte die Stirn. »Bei Claesson musst du alles geben und trainieren, so viel du kannst. Wenn du

Biss zeigst, wird sie das honorieren. Sie gilt als geradlinig, nicht so wie Dufort.«

»Dufort?«

»Caspar Dufort.« Ferro tippte auf die letzte Markierung an der Wand.

»Er war in London!«, rief ich, als das Bild auftauchte. Dufort war der gut aussehende Typ vom Appell, der mir am zweiten Morgen mit der Nummer geholfen hatte. »Er war als Grünjacke getarnt.«

»Ja, er war dort. Man hat sie auf die Prüfungsstandorte aufgeteilt. Claesson war in Paris, Fiore in Rom, Dufort in London.« Ferro warf dem Bild einen hasserfüllten Blick zu. Dufort und er schienen *besonders* gute Freunde zu sein.

»Womit muss ich bei ihm rechnen?«

»Mit allem.«

»So schlimm?«

»Schlimmer«, sagte Ferro. »Dufort ist einer der besten Schakale, die es je gegeben hat. Er liest Menschen wie Bücher und analysiert Situationen in Sekunden. Er ist extrem intelligent, hochanalytisch und absolut loyal. Er würde seine Großmutter umbringen, wenn sie eine Gefahr für Leopold wäre.«

Ich erinnerte mich an die Begegnung im Korridor. »Ich habe mit ihm gesprochen. Er war freundlich und hat mir geholfen.«

Ferro schnaubte. »Ja, so ist er. Dufort geht nicht mit dem Kopf durch die Wand – er bringt die Leute dazu, ihm die Tür zu öffnen. Er ist Experte für alles, was mit Täuschung und fremden Identitäten zu tun hat. Wenn du dich vor jemandem in Acht nehmen musst, dann vor ihm.«

»Bisher hat er mich nicht durchschaut.« Ich saß schließlich hier, *obwohl* ich mit Dufort gesprochen hatte.

»Wahrscheinlich wollte er das gar nicht.« Ferro zeigte mit dem Pen auf mich. »Das ist dein großes Plus: Du bist sein Typ.«

»Bin ich nicht etwas zu jung für ihn?«, scherzte ich.

»Nicht sein Typ Frau.« Ferro blieb ernst. Wir hatten die gleichen Ziele, aber offenbar nicht den gleichen Humor. »Sein Typ Agent. Wie hast du gemerkt, dass er keine Grünjacke ist?«

Ich überlegte kurz. »Er passte nicht ins Bild«, sagte ich dann. »Zu gut aussehend, zu kontrolliert, zu aufmerksam.«

Jetzt nickte Ferro. »Das ist die Art, wie er selbst denkt. Aber dass du ihn bemerkt hast, lag daran, dass er es so wollte. Normalerweise hättest du keine Chance gehabt.«

Das waren ja tolle Aussichten. »Wie schaffe ich es dann, dass er weiterhin nichts merkt?«

Ferro neigte nachdenklich den Kopf. »Er weiß, dass du ähnlich tickst wie er. Zeig ihm das, sooft du kannst. Solange er dich für eine jüngere Version seiner selbst hält, wird er nachlässig sein. Aber bleib wachsam und mach ihn niemals misstrauisch. Wenn er dich enttarnt, war es das für dich. Du wärst nicht die Erste, der er ein Messer in den Rücken rammt.« Es klang bitter.

»Warum hasst du ihn so?«, fragte ich.

»Wir waren im gleichen Team, aber Dufort ist kein Teamplayer«, sagte Ferro knapp. »Du musst wirklich höllisch aufpassen, wenn du mit ihm zu tun hast.«

In dem Moment wurde mir etwas klar: Ich war kein Wolf unter Schafen mehr. Jetzt war ich ein Wolf unter Schakalen. Ein kleiner flauschiger Wolf unter großen, blutrünstigen Schakalen. Die Nahrungskette hatte gerade ein Upgrade erhalten.

»Das waren die wichtigsten.« Ferro tippte auf sein Pad und die Zeichnung verschwand. »Das oberste Ziel kennst du. Aber um Leopold zu töten, musst du zum inneren Kreis gehören, sonst lässt man dich nicht mit ihm allein. Also solltest du diese Ausbildung so schnell wie möglich durchlaufen. Wenn sich vorher eine Gelegenheit bietet, kannst du auch eher zuschlagen. Aber es darf nichts auf dich zurückfallen. Verstanden?«

»Ja.« Ich fragte nicht, was sonst passieren würde.

»Bis du so weit bist, sammle Informationen. Mach dich mit der Stadt vertraut, mit den Sicherheitsparametern und der Technologie, die der König für sich reserviert hat. Sieh dir die Außengrenzen an – natürlich, ohne deine Tarnung zu riskieren. Und halte die Augen und Ohren offen. Wenn du etwas erfährst, von Auslandsreisen des Königs oder Treffen mit wichtigen Leuten, kann uns das helfen.«

»Was ist mit Einsätzen der Schakale?«

»Sollte dir etwas in die Hände fallen, auch das. Aber such nicht aktiv danach. Du hast die OmnI überzeugt, und das heißt, du bist wirklich gut. Wir dürfen dennoch kein Risiko eingehen. Phoenix hat seine Augen überall.«

Dieser Cohen Phoenix schien der Einzige zu sein, vor dem Ferro wirklich Respekt hatte. Das bedeutete wohl, dass ich mit blanker Angst vor dem Kerl gut beraten war.

»Wenn ich etwas habe … wie nehme ich Kontakt zu ReVerse auf?«

»Wir werden uns bei dir melden, wenn du drin bist. Dann vereinbaren wir ein Treffen an der Grenze. Meine Kontakte werden dir eine Nachricht zukommen lassen.«

»Können deine Kontakte auch etwas in die Stadt schmuggeln? Ich brauche bald einen neuen SubDerm-Injektor von meiner Mutter. Für das hier.« Ich machte die gleiche Geste an meiner Schläfe wie Ferro vorhin. Mein jetziges HeadLock hielt noch sechs Wochen, bei reduzierter Dosis vielleicht acht.

»Ich werde mich darum kümmern.«

»Danke.« Eine Sorge weniger. Eine von ungefähr viertausend.

Ferro sah auf seine Uhr und stand auf.

»Du musst los. Man wird dich vermissen.« Das Pad verschwand unter seinem Ärmel und er zog die Kapuze über den Kopf. Dann ging Ferro zur Tür und legte die Hand auf die Klinke. »ReVerse zählt auf dich, Ophelia. Viel Erfolg.« Er nickte mir zu, dann glitt er hinaus. Als ich ihm zwei Sekunden später folgte, war er bereits verschwunden.

Ich sah mich prüfend um und ging dann zurück zum Warteraum. Auf dem Weg fiel mir auf, dass ich Ferro gar nicht gefragt hatte, warum er ReVerse ins Leben gerufen hatte – warum er gegen den König und die Abkehr kämpfte, wo er doch früher für die Familie gearbeitet hatte. Aber möglicherweise war es besser so. Jeder von uns hatte seine eigenen Gründe.

Vielleicht hätten mir seine gar nicht gefallen.

15

Ich verschlief die Ankunft in Maraisville. Nachdem wir irgendwo im Nichts in eine TransUnit umgestiegen waren, schloss ich meine Augen. Als ich wieder aufwachte, standen wir vor einem würfelförmigen Gebäude ohne Fenster.

Wir wurden von Männern in dunklen Uniformen hineinbegleitet und ich kniff die Augen zusammen. Nach der Dunkelheit draußen war das Gebäude wie eine Supernova. Weiße Wände, weißes Licht, weiß gekleidete Menschen.

»Sie bekommen neue Wrist InterLinks mit anderen IDs«, informierte uns eine Frau, deren Kluft mich blendete. »Ihre alte Kennung ist damit hinfällig. Sie erhalten sie nur zurück, wenn Sie aus dem Programm ausscheiden.«

Wir wurden auf Behandlungsstühle gesetzt, die mit grauen Trennwänden abgeteilt waren. Überall um mich herum standen medizinische Gerätschaften.

»Sind Sie bereit?« Ich nickte und streckte gehorsam den Arm aus. Die Frau in Weiß legte mein Handgelenk in eine Vorrichtung aus Metall und fixierte es. Eine Manschette zog sich um meine Haut zusammen, entfernte meinen WrInk und setzte einen anderen ein. Der Vorgang dauerte nur wenige Sekunden und ich spürte nichts davon.

»Was ist an dem WrInk anders?«, fragte ich die Frau. Neben mir auf dem Tisch wanderte *OS-14873-1204* in einen Schredder. Das Geräusch tat in den Ohren weh.

»Ich bin nicht befugt, darüber zu sprechen«, gab sie zurück. »Sie werden alles von der Ausbildungsleitung erfahren.« Dann ging sie und ließ mich allein.

Meine neue Kennung war *OS-88651-XX*, das sah ich auf dem schmalen Papierstreifen, den man mir in die Hand drückte. Wofür die beiden X standen, wusste ich nicht. Vielleicht war es die Kennzeichnung für einen Bewohner von Maraisville oder einen Agenten.

»Bitte gehen Sie hinaus. Man wird Sie nun in die Stadt bringen.«

Wir stiegen erneut in die TransUnit, und bald kam ein riesiges Tor in Sicht, das von zwei gewaltigen Strahlern beleuchtet wurde. Als wir näher kamen, öffnete es sich wie das Maul eines Wals und ließ uns hineingleiten, als seien wir ein Haufen Futter. Eine seltsame Mischung aus Aufregung und Ruhe machte sich in mir breit. Wir waren da.

Jetzt war es real.

»Es ist 6 Uhr 30. Sie wollten geweckt werden.«

Die Stimme war so emotionslos und kalt wie die meiner Mathelehrerin Louise Fletcher vor ihrem ersten Kaffee. Müde quälte ich mich aus dem Bett, brachte das Terminal mit einem »Alarm deaktivieren« zum Schweigen, befahl das Hochfahren der Jalousien vor dem Fenster und ging ins Bad. Als ich zurückkam, war es hell im Zimmer. Ich gähnte, band mir die Haare zum Zopf und griff nach meiner Trainingskleidung.

Seit 23 Tagen waren zehn Quadratmeter im dritten und obersten Stock von Wohneinheit *X7* mein Zuhause. Das Zimmer war nicht groß, aber es passte alles hinein: ein Bett an der Fensterseite und ein Schreibtisch gegenüber, ein Schrank neben der Tür und ein Terminal, das mit der Wand verschmolz. Mein Bad war winzig, aber gehörte nur mir, eine Küche gab es nicht. Wir aßen in den Versorgungshäusern oder dem Gemeinschaftsraum unten im Erdgeschoss.

Die Wände meines Zimmers waren weiß, die Möbel grau, es war die Standardausstattung der Quartiere. Das Gleiche galt für die Kleidung: Alles, was wir zum Training und als offizielle Mitglieder des königlichen Hofes tragen durften, war grau, weiß oder schwarz. Privat waren unsere eigenen Sachen erlaubt, aber so etwas wie »privat« gab es kaum. Wenn ich nicht beim Training war, lernte oder schlief ich.

»Tagesplan aufrufen«, sagte ich zur Wand. Man konnte nicht behaupten, dass der König uns viel Technik gönnte. In den Wohnquartieren gab es nur das Terminal, beim Training die üblichen Pads und manchmal einen Holoerzeuger, der bei Bedarf zur Verdeutlichung eine Projektion in den Raum warf. Die offizielle Erklärung war, dass auch in Maraisville die Abkehr herrschte. Ich hätte jedoch mein Frühstück verwettet, dass sie für Leopold nicht galt.

Er hatte mit Sicherheit ein Heer von künstlichen Intelligenzen und ganze Technologie-Arsenale zur Verfügung. Garantiert wurde er netter geweckt als ich.

Während ich meine Schuhe schloss, betete das Terminal mir den heutigen Stundenplan vor:

08:00 – Sprachen – Vesely – Gebäude B-34, Raum 127

10:30 – Täuschung und Identitäten – Dufort – Gebäude B-34, Raum 231

13:30 – Verteidigung – Fiore – Trainingszentrum G, Halle II

16:00 – Fitness – Claesson – Trainingszentrum G, Halle Ia

»Gibt es Einträge für andere Termine?« Ich fragte das jeden Morgen, um Überraschungen zu vermeiden.

»Keine Einträge vorhanden.«

»Wie spät ist es jetzt?«, fragte ich.

»6 Uhr und 42 Minuten.«

»Na, dann wird es ja mal Zeit.« Ich öffnete die Tür.

»Ich habe Sie nicht verstanden«, informierte mich die Stimme.

Ich seufzte. »Das hatte ich auch nicht erwartet.«

Die Sonne hatte es bereits über die östlichen Berge des Tals geschafft, die Gassen von Maraisville lagen aber noch im Schatten. Ich fröstelte in meinen kurzen warmen Sportsachen, als ich über das Kopfsteinpflaster joggte.

Die Altstadt, auch *Zone B* genannt, war wie ein bewohntes Museum. Ich hatte auch vorher schon historische Städte gesehen, aber dort hatten moderne Möbel und silbrige TransUnits die Illusion zerstört. Hier nicht. Ganz Maraisville war die Stadt des Königs, aber Zone B war Leopolds ganz persönliches Zentrum der Abkehr – und gleichzeitig eine Attraktion für Staatsbesucher. Es waren keine TransUnits erlaubt, nur zur Warenanlieferung am frühen Morgen. Außer elektrischem Licht gab es keine Technik. Wenn man durch die Straßen ging, hatte man einen Eindruck, wie das Leben vor 150 Jahren gewesen sein musste: kleine Geschäfte, dazu Cafés mit Tischen auf dem Gehweg. Auch Restaurants mit Spezialitäten aus anderen Regionen gab es und ein Geschäft nur für Brot und Kuchen. Die Betreiber der Läden trugen altmodische Kleidung und sprachen ihren einheimischen Dialekt. Beinahe hätte ich es idyllisch gefunden.

Die Altstadt war jedoch nicht jedem zugänglich. Nur Bewohner der Sicherheitszonen B und C durften jederzeit hinein und hinaus, alle anderen mussten sich anmelden. Ich fand das paranoid. Maraisville war ohnehin komplett abgeriegelt. Die Stadt wurde umgeben von meterhohen Mauern und Zäunen und überwacht von Kameras, Bioscannern sowie ID-Trackern. Mein neuer WrInk ermöglichte die Aufzeichnung eines vollständigen Bewegungsprofils, außerdem konnte man meinen Vitalstatus prüfen und mich im Zweifelsfall sogar bewusstlos werden lassen. Das hatte man uns bei der Ankunft gesagt.

Viele Worte hatten sie in dieser Nacht nicht mehr verschwendet. Man hatte uns lediglich begrüßt, die Wohnquartiere zugewiesen und ein Pad mit Zeitplänen und Informationen in die Hand gedrückt. Ich war in mein Zimmer gestolpert und komagleich ins Bett gefallen. Erst zwölf Stunden später war ich wieder aufgewacht, gerade noch rechtzeitig für meine erste Begegnung mit den Ausbildern.

Mittlerweile hatte mich die tägliche Routine eingeholt. Morgens vor dem ersten Training stand ich auf und verabreichte mir eine reduzierte Dosis HeadLock, ging eine Stunde joggen und anschließend zum Frühstück. Danach stand Unterricht an, von Montag bis Samstag. Abends aßen wir Anwärter meist zusammen, danach mussten wir Theorie pauken oder noch mehr für unsere Fitness tun. Wenn meine Kopfschmerzen mich nicht schlafen ließen, gönnte ich mir einen weiteren Stoß HeadLock, denn nachts war die einzige Zeit, wo ich meinen Kopf nicht brauchte. Der Sonntag war frei, aber nur offiziell. Bisher hatte ich ihn damit verbracht, etwas Schlaf aufzuholen und noch mehr zu trainieren. Ich konnte mir keine Schwächen erlauben.

Bereits nach einer Woche war ein Viertel der Anwärter nach Hause geschickt worden, übrig waren noch vierzig von uns. Dass wir für die Schakale statt für die Garde vorgesehen waren, hatte man uns bei der Ankunft ohne Umschweife gesagt. Nach Ferros Eröffnung hatte ich damit gerechnet, man würde uns das viel spektakulärer verkünden, aber Pustekuchen. *So ist es, macht mit oder lasst es sein.* Warum hätte man auch Werbung für den Job machen sollen? Sie gingen ja eh davon aus, dass wir für den König bereitwillig unser Leben opfern würden.

Die Regeln waren denkbar einfach: Alle Verantwortlichen hatten jederzeit das Recht, uns ohne Angabe von Gründen aus dem Programm zu werfen. In diesem Fall oder bei freiwilligem Ausstieg würden drei Jahre unserer Erinnerungen gelöscht werden. »Gedächtniskorrektur aus Sicherheitsgründen« nannten sie das. Natürlich war es nur ein anderes Etikett für ein Clearing – und ein Grund mehr, nicht zu versagen. Egal, wie weh der Gedanke an Knox tat, ich wollte die Erinnerungen an ihn nicht verlieren.

Ich kam am Überwachungsposten an. Die Zonen waren ringförmig angelegt: Zone A war die Festung des Königs, Zone B der Stadtkern, in der westlichen Zone C wohnte ich. Warum man beim Übertritt in eine andere Zone jedes Mal einen Posten passieren musste, wusste ich nicht.

»Kennung?« Der schwarz gekleidete Wachmann sah mich an.

»OS-88651-XX«, sagte ich geduldig. Ich kam seit drei Wochen jeden Morgen hier vorbei. Was dachte der Typ? Dass jemand anders Besitz von meinem Körper ergriffen hatte?

»Ophelia Scale?«

Nein, die Prinzessin von Großasien. »Japp.«

Der Wachmann nickte. »Du darfst durch.«

»Danke«, murmelte ich und trat durch die torähnliche Öffnung neben dem Posten. Es surrte leicht, als der Bioscanner mich erfasste, dann wurde ich freigegeben. Mit ein paar langsameren Schritten setzte ich mich wieder in Bewegung, dann zog ich das Tempo an und durchquerte die östliche Zone C.

Der Kontrast zur Altstadt hätte kaum größer sein können, denn Zone C war hochmodern. Kleinere TransUnits für Personen und größere Versionen für Güter schnellten über den tiefschwarzen Straßenbelag. Die Gebäude waren weiße Würfel, die in einem komplizierten geometrischen Muster aufeinandergeschichtet waren – nie höher als drei Stockwerke, um die Festung nicht zu überragen. Es gab einheitlich begrünte Balkone und Dachterrassen, dazu Parks und Spielzonen zwischen den Gebäuden. Alles war genormt und gleichförmig.

Ich kam an einer Supply-Station vorbei. Davor drängelten sich Kinder, die gefrühstückt hatten und nun auf dem Weg in die Schule waren. Ein kleiner Junge mit hellen Locken schob sich den Rest seines Brötchens in den Mund und grinste mich an. Ich grinste zurück.

Ein weiterer Wachposten, das Sirren des Bioscanners, noch zwei Querstraßen, dann verließ ich das bebaute Gebiet. Der Weg unter meinen Schuhen bestand erst aus Schotter, dann aus festgetrampelter Erde. Schließlich schluckte weicher Waldboden das Geräusch meiner Schritte.

Meine Route schlängelte sich zwischen den Bäumen langsam aufwärts und mit jedem Atemzug rückte mein Auftrag in den Hintergrund. Ich sprang über das Rinnsal eines kleinen Baches, wich Wurzeln aus und horchte auf meinen Atem. Für diese halbe Stunde konnte ich zulassen, dass es Knox gab, Jye gab, meine Familie zu Hause. In dieser Zeit durfte ich an Eneas denken, der mittlerweile seine Bewerbung für die Kunsthochschule fertig haben müsste, oder an meinen Vater, dem ich wünschte, er würde irgendwann ein erfüllenderes Hobby als Tomatenzüchten finden. Ich konnte ich selbst sein, bevor ich die echte Ophelia wieder verstecken musste. Meine Anspannung strömte bei jedem Schritt aus mir heraus wie Dampf aus einem Kessel. Als ich einer Kehre folgte und auf eine Ruine zusteuerte, fühlte ich mich besser.

Die verfallene Burg hieß *Castello della paura*, Festung der Angst. Sie war von Gestrüpp und Efeu überwuchert und musste bereits vor Jahrhunderten einige Schläge abbekommen haben. Die in den Fels gehauenen Grundmauern standen nur noch zu zwei Dritteln, der einzige Turm ragte wie ein abgebrochener Zahn in den Himmel. Bei Majore Vesely hatten wir gelernt, dass vor Hunderten von Jahren dort Gefangene gefoltert worden waren, aber davon war jetzt nichts mehr zu spüren. Deswegen hatte ich die Ruine in *Castello della libertà* umgetauft, Festung der Freiheit. Sie war nämlich der einzige Ort in der Stadt, an dem ich mir nicht wie eine Gefangene vorkam.

Ich zog mich an der Mauer hoch und stemmte mich auf einen schmalen Vorsprung. Eng an den Felsen gepresst kam ich seitwärts voran, bis zu einer Spalte. Ich erspürte mit den Fingerspitzen die andere Seite und zog mich hinüber. Nun ging es senkrecht hinauf weiter. Meine Füße suchten in den schartigen Löchern der Mauer Halt, meine Hände fanden die sicheren Stellen wie im Schlaf. Seit meiner Ankunft kam ich fast jeden Tag her. Nicht nur wegen der Ruhe: Von oben konnte ich mir unauffällig ein Bild von den Sicherheitsvorkehrungen machen.

Der Turm kam in Sicht, als ich um die Ecke kletterte. Jetzt musste ich nur noch eine schmale Bruchkante überwinden, die sich fünf Meter über einen Abgrund zog. Ich breitete die Arme aus und setzte die Füße voreinander wie einer der Seiltänzer, von denen Bilder im Theater am Pier hingen. Ein paar Farne wiegten sich zehn Meter unter mir im Wind. Zum Glück war ich schwindelfrei.

Bevor ich jedoch den letzten Schritt machte, sah ich hoch – und stoppte abrupt. Mitten über dem Abgrund geriet ich gefährlich ins Wanken.

Was soll das denn?

Mein Aussichtsplatz war nicht verlassen wie sonst.

Auf der Mauer saß jemand mit dem Rücken zu mir und sah auf die Stadt.

16

Wer kam außer mir hierher? Woher wusste er von diesem Platz? Und was zur Hölle sollte ich jetzt machen? Hallo sagen? Nein, auf keinen Fall. Ich würde einfach wieder verschwinden.

Ich drehte mich schnell, zu schnell, schwankte und verlor das Gleichgewicht. Instinktiv schloss ich die Augen, bevor ich fiel.

Aber nichts passierte. Kein Absturz, kein Aufprall. Stattdessen spürte ich einen Ruck und zwei fremde Hände, die mich an den Armen festhielten. Als ich die Augen öffnete, traf mich ein schockierter Blick. Nein, nicht schockiert. Eher amüsiert. *Amüsiert?!*

»Was sollte das denn werden?«, fragte der Fremde mit tiefer Stimme und zog mich mit sanftem Druck zu sich. Ich brachte sicheren Fels unter meine Füße. »Übst du für irgendeine Show? *Tod im Urwald* oder so?«

»Äh ...« Ich war zu perplex für eine schlagfertige Antwort. Stattdessen starrte ich ihn an.

Er war ein Stück größer und auch älter als ich, vielleicht drei oder vier Jahre – und hatte die schmale und trainierte Statur eines Menschen, der sich viel bewegte. Seine blaugrauen Augen funkelten immer noch belustigt. Die Haare hatten die Farbe von dunklem Honig, mit ein paar goldbraunen Strähnen, als wären sie von der Sonne ausgeblichen. Man konnte sehen, dass sie sich lockten, aber sie waren zu einem kurzen Zopf gebunden, der nachlässig einmal umgeschlagen war.

»Soll ich mich mal drehen, damit du besser gucken kannst?«, fragte der Fremde.

»Nein, danke«, antwortete ich, »das reicht schon.« Immerhin mehr als »äh«.

»Wenn ich gewusst hätte, dass ich dich so aus dem Konzept bringe, hätte ich dich abstürzen lassen«, beteuerte er.

»Haha. Brennst du immer so ein Feuerwerk an Gags ab?«

»Nur, wenn ich witzig sein will.« Er zuckte entspannt mit den Schultern. Ich beschloss, ihn bis auf Weiteres *Robin Hood* zu nennen. Es passte zu dem roten Kapuzenpullover, den er zu einer dunklen Hose trug. »Und du?«, fragte er. »Bist du immer so leicht mit männlicher Anwesenheit zu beeindrucken?«

»Nur, wenn sie unerwartet irgendwo auftaucht«, antwortete ich.

»Verdammt. Und ich dachte, es läge an meiner beeindruckenden Ausstrahlung.« Er grinste und setzte sich wieder auf die Mauer. »Was machst du hier oben?« Mir fiel auf, dass er keine Blätter in den Haaren oder Schmutz an seiner Kleidung hatte. Unauffällig wischte ich mir die Spuren meiner Klettertour von der Jacke.

»Na, ich trainiere für meine Show«, gab ich zurück und setzte mich neben ihn. Plötzlich hatte ich keine Lust mehr, sofort wieder zu verschwinden.

»Dann würde ich beim nächsten Mal aber ein Netz spannen«, riet er mir. »Oder etwas anderes, das dich vor dem sicheren Tod bewahrt.«

»Danke für den Tipp.« Ich ließ die Beine über die Kante hängen. Vor mir erstreckte sich das gesamte Tal, unter mir der Wald. Vögel zwitscherten, es roch nach Tannennadeln und feuchtem Holz. »Ich komme her, weil es der einzige Ort ist, an dem man wirklich allein sein kann.«

»Tut mir leid. Ich wollte dir das nicht versauen.« In Robins Stimme war keine Spur von Spott zu hören. Ich hob die Schultern und grinste schief.

»Das macht nichts. Du warst bestimmt auch nicht hier, um mich zu treffen.«

»Wer weiß?« Wieder war da dieses Funkeln in seinem Blick. »Vielleicht wusste ich, dass du öfter hier bist, und habe meine Chance genutzt.«

»Hm«, machte ich. »Du kommst mir nicht wie jemand vor, der Mädchen im Wald abfangen muss, weil er sich sonst nicht traut, sie anzusprechen.«

»Touché.« Er sagte es, als wäre Französisch ihm vertraut. Aber sein Englisch war ebenso makellos. »Du bist eine von den Musterschülern, oder?«

»Musterschüler?«

»Die neuen Gardisten. Deine Kleidung verrät dich.«

Ich sah an mir herunter, als wüsste ich nicht, was ich am Morgen angezogen hatte. Zum Training trugen wir hellgraue Hosen und Shirts mit einem breiten dunkelgrauen Streifen, dazu weiße Trainingsschuhe, alles mit dem Zeichen der Garde, die übliche Lilie, aber mit einem Schwert darunter. Selbst in Maraisville verheimlichte man, wozu wir wirklich hier waren.

»Messerscharf erkannt«, nickte ich. »Und du? Deine Kleidung verrät dich überhaupt nicht.«

»Ich? Ich bin funktionslos.«

»Niemand in dieser Stadt ist funktionslos.«

Er lachte. »Wie lange bist du schon hier, Stunt-Girl?«

»23 Tage, Sir«, antwortete ich in militärischem Ton.

»Und schon weißt du, dass es hier niemanden ohne Funktion gibt?«

»Abgesehen von den Kindern«, witzelte ich, »aber wenn du nicht immer *sehr* gut gefrühstückt hast, bist du wohl keines.«

»Es gibt Leute, die würden dir da widersprechen.« Wieder lachte er. In Verbindung mit seiner rauen Stimme klang das ziemlich sexy.

»Also, was ist nun deine Aufgabe?«, fragte ich. »Ruinenbeauftragter? Stunt-Koordinator? Retter abstürzender Damen?«

»Klingt alles gut«, sagte er, »aber das sind mehr ehrenamtliche Nebenjobs. Meine Familie gehört zu denen, die unten in der Altstadt ein bisschen was zu sagen haben.«

»Dann ist einer aus deiner Familie ein hohes Tier?«, fragte ich. In Zone B lebten vor allem Funktionäre und Ressortleiter des Königs.

»So könnte man das sagen.«

»Hast du deswegen diese Sachen?« Neidisch deutete ich auf seinen roten Pullover, der aus weichem, feinem Material zu sein schien und völlig lilienfrei war. So etwas gab es nicht im normalen Sortiment.

»Nein, die besorge ich mir selbst.« Er schob die Ärmel hoch. »Ich habe ein paar Kontakte, über die ich an Klamotten komme, die nicht jeder trägt.«

»Du Glücklicher«, sagte ich. »Wir bekommen nur schwarze und graue Sachen, solange wir Anwärter sind.«

»Ich könnte dir etwas besorgen«, sagte Robin leichthin, »du musst mir nur deine Größe sagen.«

»Oh, ich bin sicher, als erfahrener Kenner des weiblichen Geschlechts kannst du die schätzen«, grinste ich.

»Hey, ich habe nie gesagt, dass ich Kenner *irgendeines* Geschlechts bin«, wehrte er lachend ab. »Du hast gesagt, dass ich keine einsamen Mädchen abfangen müsse. Ich habe zugestimmt. Mehr nicht.«

»Und ich habe nie gesagt, dass ich einsam bin«, gab ich zurück.

»Das habe ich auch nicht vermutet.« Er sah mich auf eine Weise an, die meine scherzhafte Haltung sofort ins Wanken brachte. Es war verwirrend, wie schnell er das schaffte.

Ich wich seinem Blick aus und sah ins Tal. Direkt vor uns lag die Festung des Königs. Es war eine moderne Konstruktion aus wabenförmigem Stahl und Glas, umschlossen von einem Ring alter Gebäude aus irgendeinem früheren Jahrhundert. Dann kamen die Sicherheitszonen, dahinter die Wohngebiete. An beiden Enden des Tals lagen die königlichen Produktionsstätten, eine Masse dunkelgrauer Quader mit großen Eingangstoren. Am See war schließlich das Militärgebiet. Wer in die Stadt wollte, musste daran vorbei.

»Was machst du eigentlich hier oben?«, fragte ich, um das Schweigen zu beenden.

»Das fragst du noch? In meiner Funktion als Retter abstürzender Damen bin ich immer zur Stelle, wenn ich gebraucht werde.« Er deutete eine Verbeugung an.

»Du antwortest nicht gerne auf Fragen, oder?«

Seine blaugrauen Augen erwiderten meinen Blick.

»Mache ich diesen Eindruck?«

»Da, schon wieder«, sagte ich.

»Du bist ziemlich scharfsinnig. Hat man dir das schon gesagt?« Sein Lächeln war entwaffnend. Wahrscheinlich konnte er damit jeden zu allem überreden.

»Nein, noch nie.« Ich schüttelte den Kopf. Das Spiel konnte man auch zu zweit spielen. »Wunderschön, liebreizend, witzig, ja. Aber scharfsinnig? Nein.«

»Eine Schande. Dabei ist das sicher deine Superkraft.«

»So wie es deine ist, Fragen auszuweichen?«

»Das ist keine Superkraft, sondern eine Berufskrankheit«, parierte er. »Ich bin in diplomatischen Angelegenheiten unterwegs. Da lernt man, über jede Antwort genau nachzudenken.«

»Diplomatische Angelegenheiten?« Er sah nicht aus wie ein Diplomat. Es sei denn, seine Aufgabe bestand darin, mit australischen Surfern zu verhandeln. »Bist du viel unterwegs?«

»Sehr viel. Ich bin nur zwei bis drei Monate im Jahr hier.«

»Also muss ich meinen Aussichtsplatz nicht oft mit dir teilen.«

»Du scheinst es nicht zu bedauern. Das trifft mich. Spürst du denn nicht diese ganz besondere Verbindung zwischen uns?« Er griff sich ans Herz.

»Doch, natürlich«, beteuerte ich ernst. »Aber wenn ich zwischen der Aussicht und dir wählen muss, dann –«

»Nein, sag nichts. Du verletzt mich nur.« Robin gab seine schwülstige Haltung auf. »Aber freu dich nicht zu früh, Stunt-Girl. Du wirst selbst bald nicht mehr viel von dieser Aussicht haben.«

»Ja, vielleicht.« Das klang fast, als wüsste er, dass die Anwärter in Wahrheit nichts mit der Garde zu tun hatten. Ich suchte unauffällig in seinem Gesicht nach Hinweisen, aber er sah ins Tal zur königlichen Festung.

»Warst du schon drin?«, fragte er mich und nickte zu der funkelnden Glaskonstruktion, die sich als Teil der alten Festung darüber erhob. Das neue Bauwerk ragte wie ein spitzer Edelstein aus dem alten Mauerring heraus. Man nannte es nicht umsonst *Juwel.*

Ich schüttelte den Kopf. »Nein, leider nicht.« Den König hatte ich auch noch nicht gesehen. Wir durften die Festung nicht ohne Begleitung betreten und er schien sie kaum zu verlassen.

»Du hast nicht viel verpasst«, sagte Robin. »Das halbe Ding besteht aus Büros und Konferenzräumen. Es ist gähnend langweilig.«

»Immerhin sind die Räumlichkeiten des Königs dort«, sagte ich. »Da würde ich schon gerne einen Blick hineinwerfen.«

»Wieso? Willst du wissen, ob er sein Zimmer aufräumt?«

»Zeig mir, wie du wohnst, und ich sage dir, wer du bist«, erwiderte ich altklug. »Chinesische Weisheit.«

»Eher die Weisheit von dem Typen mit seinem Möbelimperium, der mit Regalen reich geworden ist, bevor die gute alte Abkehr ihn arbeitslos gemacht hat.«

Die gute alte Abkehr? Es klang nicht so, als hätte Robin ein Problem damit. Wie auch, er arbeitete für den König, da würde er kaum gegen ihn sein. Aber es war auch völlig egal, was er dachte. Ich vergaß meine Mission nicht, nur weil jemand schöne Augen und ein hübsches Lächeln hatte. *Du hast die Stimme vergessen.*

»Bist du schon dort gewesen?«, fragte ich.

»In den Räumen des Königs?«

»Japp.«

»Man kommt nur in die Räume des Königs, wenn man einen Grund dazu hat. Aber ich bin sicher, dass er regelmäßig aufräumt.« Robin setzte sich seitwärts und lehnte sich an die Mauer. Sonnenlicht fiel auf seine gerade Nase und die hohen Wangenknochen. »Kann ich dich was fragen?«

»Kommt darauf an«, sagte ich.

»Warum willst du zur Garde?«

Ich hätte antworten können, dass es ihn nichts anging. Aber so etwas kam mir nicht einmal in den Sinn.

»Ich habe im Frühjahr meinen Abschluss gemacht und hatte keine Pläne für danach.« Das war nicht gelogen. »Außerdem ist meine Beziehung zu Ende gegangen und … na ja. Ich musste mal raus.«

»Verstehe«, sagte Robin. »Aber warum dann ausgerechnet das hier? Stören dich die ganzen Regeln nicht?«

»Du meinst, dass ich immer um zehn zu Hause sein muss?«

»Musst du?« Er hob belustigt eine Augenbraue.

»Nein. Aber wenn ich nicht genug Schlaf kriege, bin ich nicht fit. Wenn ich nicht fit bin, lässt man mich Zusatzrunden laufen. Und wenn ich davon müde bin, versage ich bei allem anderen.«

»Der Kreislauf des Lebens«, sagte Robin weise.

»Eher ein Teufelskreis«, sagte ich. »Aber weil ich im Gegensatz zu dir auf Fragen antworte: Nein, die Regeln stören mich nicht. Nur die drei Jahre Clearing, die mir beim Ausscheiden winken. Oh, Entschuldigung, *Gedächtniskorrektur* nennen sie das ja.« Ich verdrehte die Augen.

»Ich bin sicher, du wirst das zu verhindern wissen.«

»Dein Wort in des Königs Ohr«, sagte ich. »Du hast da nicht zufällig etwas zu sagen?«

»Nein, leider nicht«, grinste er. »Wenn mich allerdings jemand nach meiner Meinung fragen sollte, werde ich auf jeden Fall deine Stunt-Qualitäten erwähnen.«

»Untersteh dich.« Ich lachte schon wieder.

»Das ist keine meiner Stärken. Aber nur zur Sicherheit: Wo könnte ich dich finden, wenn man dich rauswirft und du dich nicht mehr an mich erinnerst?« Sein Blick wurde ernst. So ernst, dass ich ihm für eine Sekunde glaubte, er würde im Fall der Fälle vor meiner Tür auftauchen. Ich räusperte mich.

»In Brighton«, sagte ich eine Sekunde zu spät.

»Ah, Vale City«, seufzte Robin sehnsüchtig, und der Moment war vorbei. »Ich mochte den Pier. Da gab es dieses eine Kuppelding, dort konnte man auf dem Mond spazieren gehen.«

»Du warst in Brighton?« Was für ein Zufall.

»Es ist eine Weile her, zuletzt ein Jahr vor der Abkehr. Hat es sich verändert?«

»Das weiß ich nicht, wir sind erst danach dorthin gezogen. Zu der Zeit war alles am Pier schon mit Brettern vernagelt.«

»Echt? Was für ein unwürdiges Ende.«

»Du sagst es.«

Er schloss die Augen und hielt das Gesicht in die Sonne. Ich merkte, dass ich ihn anstarrte, und sah woanders hin.

»Kann ich dich was fragen?«, wiederholte ich seinen Satz von vorhin.

»Klar.« Er ließ die Augen zu.

»Wieso wird jemand wie du Diplomat?«

»Das war nicht meine Entscheidung. Eher so eine Art familiäre Verpflichtung.«

»Das bedeutet, du würdest lieber etwas anderes machen?«

»Die Frage hat sich nie gestellt.« Er zuckte nonchalant mit den Schultern.

»Ja, aber –« Ich brach ab.

»Was aber?« Er öffnete die Augen und lächelte. »Ich wirke nicht wie jemand, der für den König arbeitet?«

Ich fühlte mich ertappt. »Na ja, du bist ziemlich jung, vielleicht 20 … 21 Jahre?«

»22, um genau zu sein. Aber danke für das Kompliment. Ich habe mich wohl gut gehalten.«

»Du wirkst jedenfalls eher locker, nicht wie ein Diplomat«, sagte ich. »Das sind doch Leute, die immer buckeln und tun müssen, was man ihnen sagt.«

Ein langer und unergründlicher Blick traf mich.

»Aber das ist nur so ein Eindruck«, schob ich schnell nach. »Du weißt schon, wegen deiner Kleidung und der Haare ... Du siehst ... ich meine, es sieht gut aus, das will ich damit nicht sagen, aber ... das mit der Lockerheit war nur so dahingesagt, ich kenne dich ja gar nicht ...« Ich schwafelte. Ich hatte seit Jahren nicht mehr geschwafelt.

Robin hob die Schultern. »Freiheit ist ein Luxus, den sich nicht jeder leisten kann.«

»Tut mir leid, ich wollte nicht ...« Was? Ihm wehtun? Hatte ich das? Flog ich jetzt achtkantig aus dem Programm, weil ich einen Diplomaten beleidigt hatte? Hätte ich doch nur den Mund gehalten.

»Hast du nicht«, antwortete er auf das, was ich gar nicht ausgesprochen hatte. Er lächelte auf eine Weise, die mich gleichzeitig beruhigte und traurig stimmte. »Aber wenn du so auf Freiheit stehst, dann bist du hier falsch.«

»Wer sagt, dass ich darauf stehe?«

»Du würdest mich nicht danach fragen, wenn es anders wäre.«

Ich sah nach unten und schabte mit der Ferse am Felsen herum. »Freiheit kann vieles sein. Manchmal reicht es auch, etwas hinter sich zu lassen.«

»Wie diese alte Beziehung?«

»So alt ist sie noch gar nicht.« Ich schabte heftiger.

»Warum hat sie geendet?«

Ich spürte den altbekannten Kloß im Hals und antwortete nicht sofort.

»Du musst es mir nicht erzählen«, sagte Robin sanft.

»Doch, ich … es ist nur …« Ich schluckte. »Mein Freund ist beim Clearing gelandet.«

»Oha. Das ist scheiße.« Es klang ernsthaft bestürzt.

»Du sagst es.«

Er berührte mich flüchtig am Arm. »Tut mir leid, dass ich gefragt habe. Ich dachte, es wäre etwas Harmloses. Zum Beispiel, dass du ihn mit deinen akrobatischen Selbstmordaktionen vertrieben hast.«

Gegen meinen Willen musste ich lächeln.

»Nein, das hat ihn nie gestört.«

»Das ist gut. Es ist nicht einfach, jemanden zu finden, der einen versteht.« Robin lächelte schief. »Und, hat es geholfen, Brighton zu verlassen? Fühlst du dich jetzt freier?«

»Keine Ahnung.« Ich erinnerte mich an seine Worte. »Vielleicht kann sich heutzutage *niemand* mehr den Luxus von Freiheit leisten.«

»Du meinst, wegen der Abkehr?« Sein Tonfall war harmlos, aber ich war sofort auf der Hut. Robin war keiner meiner Freunde von ReVerse. Ich musste aufpassen, was ich sagte.

»So habe ich das nicht gemeint«, wiegelte ich ab. »Ich meinte eher, dass man seine Ziele nicht mehr frei wählen kann. Sehr viel früher wollten die Menschen einfach nur überleben, später ging es dann um Geld, Macht oder Erfolg. Aber wonach soll man jetzt noch streben, wo wir doch alles haben?« *Gar nicht schlecht*, lobte ich mich selbst.

»Ich weiß es nicht«, gab Robin zu und legte den Kopf schief. »Zufriedenheit? Glück? Etwas bewirken zu können?«

Ich nahm seine Vorlage dankbar an.

»Vielleicht, ja«, sagte ich, »deswegen war es eine gute Entscheidung herzukommen. Hier kann ich etwas für das Land tun, in dem ich lebe.« Das war nicht einmal gelogen.

»Schön gesagt, du Patriotin«, witzelte Robin. »Sicher, dass du nicht in die Diplomatie wechseln willst?«

»Eher nicht. Etwas schönzureden ist nicht so mein Ding.«

»Ja, meins auch nicht«, seufzte er, und wir lachten beide.

Dann fiel mir meine Uhr ins Auge.

»Oh, scheiße!« Ich sprang auf.

»Aber, aber, redet *so* eine Dame?«

»Das ist nicht witzig! Mein Unterricht fängt in zwanzig Minuten an!« Der Unterricht bei Majore. Ich kannte wirklich niemanden, der so wenig Spaß verstand wie Majore Vesely. Das hatte Ferro bei seiner kleinen Vorstellungsrunde vergessen zu erwähnen. Oder er hatte es schlicht nicht gewusst. Oder er hatte es gewusst, aber gar nicht so empfunden. Er war schließlich auch nicht gerade ein Entertainer.

Robin erhob sich ebenfalls und klopfte sich den Staub von der Hose. »Dann solltest du dich beeilen. Aber bitte, stürz nicht ab. Das würde meine heldenhafte Rettung von vorhin schrecklich sinnlos machen.«

»Das kann ich nicht versprechen.« Ich grinste.

»Wenn das so ist, komme ich lieber mit. Ich muss ohnehin wieder an die Arbeit.« Er folgte mir bis zu dem schmalen Sims und ließ mir den Vortritt.

Ich balancierte diesmal deutlich geschickter über den Vorsprung und landete ohne Zwischenfälle auf der breiten Kante gegenüber. Robin kam mir nach. Mit Leichtigkeit überwand er den Abgrund, als ginge er auf einer breiten Straße entlang. Er war fast da, machte den letzten Schritt – und rutschte plötzlich mit dem rechten Fuß ab. Ich griff nach seinem Arm und zog ihn mit einem Ruck zu mir. Dabei riss mich sein Gewicht fast um. Nur weil er mich umschlang und an die Mauer drückte, konnte er uns beide am Fallen hindern.

»Jetzt sind wir quitt«, sagte er leise. Ich sah auf.

Es war, als hätte ich kein HeadLock genommen – alles war in diesem Moment überdeutlich. Der unergründliche Blick in seinen rauchblauen Augen. Sein durchtrainierter Körper an meinem. Die Mauer hinter mir. Meine Hände auf seinen Armen. Die Welt wurde kleiner, bis es nur noch den Fleck gab, auf dem wir standen. Ich spürte seinen Atem auf meinem Gesicht, seine Hand an meinem Rücken …

Knack. Ein Geräusch im Geäst schreckte uns auf. Ich nahm die Hände herunter. Robin machte einen Schritt zur Seite.

»Das war doch Absicht«, sagte ich atemlos.

»Du glaubst, ich würde riskieren, dass wir uns beide das Genick brechen, nur um dir nahezukommen?« Er hatte wieder dieses Funkeln in den Augen. »So etwas würde ich nie tun. Ich bin ein vollkommener Gentleman.«

Ich hob eine Augenbraue. »Gentlemen gibt es nicht mehr.«

»Oh, du wärst überrascht.« Er reichte mir die Hand und half mir auf die nächsttiefere Stufe. Dann kletterten wir schweigend die Mauer hinunter. Als wir am Fuß des Felsens standen, hatte ich meinen Atem wiedergefunden.

»Also, Retter abstürzender Damen, es war mir eine Ehre.« Ich deutete einen Knicks an und lächelte. »Vielleicht sehen wir uns ja wieder.«

Er grinste. »Das hoffe ich, Stunt-Girl.«

Ein weiterer Blick auf die Uhr ließ mich lossprinten.

17

»Buenos días, Ophelia«, begrüßte mich Majore Vesely, als ich zehn Minuten zu spät in ihren Unterrichtsraum kam. »¿Hay alguna razón para tu demora?«

»Ninguna. Disculpe, Señora, no … volverá a pesar.« Ich versuchte, nicht zu auffällig zu keuchen. Es machte mein Spanisch nicht besser.

»Das will ich hoffen.« Der Blick aus Majores schwarzen Augen bohrte sich in meine. »Außerdem hast du gesagt ›Es wird nicht wieder wiegen‹. Richtig wäre ›Es kommt nicht wieder vor‹, also ›No volverá a pasar‹. Setz dich. Die Aufgaben findest du auf deinem Pad.«

Ich nickte und ging zu meinem Platz. Begleitet wurde ich von schadenfrohen Blicken. Das hatte aber nichts mit Majores Berichtigung zu tun. Wir waren nicht in der Schule, hier bekam man keine Strafarbeiten, sondern Minuspunkte. Gleich nach der Stunde würde ein Eintrag über die Verspätung in meiner Akte landen. Im Moment war das kein Problem, aber es konnte eins werden. Die Konkurrenz wusste das.

»Hey, wo warst du denn?«, fragte Gaia Prideaux. Ihr Blick war neugierig. Die kleine Iberopäerin mit der dunklen Haut war eine der wenigen netten Leute. Sie war nicht nur sehr klug, sie hatte auch eine lebhafte Fantasie. Wenn sie die nicht einsetzte, um im Unterricht zu glänzen, interessierte sie sich vor allem für Geheimnisse. So wie jetzt.

»Nirgendwo.« Ich grinste und zog das Pad mit den Aufgaben zu mir heran. »Ich habe nach dem Aufstehen einfach ein bisschen getrödelt, das ist alles.«

»Getrödelt. Du. Aber sicher.« Gaia verdrehte die Augen, um mir zu zeigen, was sie von dieser Antwort hielt. Dann begann sie damit, sich demonstrativ zu langweilen. Als Sprachengenie, das sie war, hatte sie ihre Aufgaben längst fertig.

»Denk dir doch einfach ein paar Theorien dazu aus, solange ich das hier mache«, schlug ich vor, nahm den SmartPen und begann, spanische Verbformen einzufügen.

»Eine fantastische Idee.« Gaias schwarze Augen leuchteten bei dem Vorschlag. Ich grinste.

Bald verging mir die gute Laune. Die Übungen waren schwierig und manchmal musste ich raten. In Maraisville hatte ich Demut gelernt. Zu Hause war ich mit vier gesprochenen Sprachen oberste Liga gewesen, hier nur noch Mittelfeld. Gaia konnte Unmengen von Sprachen und dazu diverse Dialekte, andere Anwärter waren ihr dicht auf den Fersen. Und so war es bei jeder Disziplin, ob Kondition, Nahkampf, Geschichte oder dämliche Benimmregeln: Niemand war wirklich schlecht. Das machte es schwierig, hervorzustechen.

Nach den schriftlichen Aufgaben ließ Majore uns Konversation üben. Seit Europa ein Land geworden war, hatte sich Englisch als Universalsprache durchgesetzt. Als Agent konnte man jedoch auch in abgelegenen Gebieten landen. Da kam man ohne Sprachkenntnisse nicht weiter.

»Du bist schon viel besser«, sagte Gaia. »Letzte Woche hast du noch von *blauen Bananen* geredet.«

»Immerhin ein Fortschritt.« Ich lernte sonst schnell, aber Spanisch machte mir Probleme.

»Keine Sorge«, meinte Gaia. »Ich bin sicher, das Training bei Dufort baut dich wieder auf.«

Ich hob die Schultern. »Warten wir es ab.«

»Am wichtigsten ist immer die Geschichte. Ihr dürft nicht einfach nur eine Rolle spielen, ihr müsst zu dieser Person *werden.*«

Caspar Dufort sah ernst in den Halbkreis, den wir vor ihm gebildet hatten. Er hatte jeden von uns im Blick, also war es totenstill.

»Ihr müsst alles über die Person wissen. Was sie zum Frühstück isst. Ob sie lieber warm oder kalt duscht. Das erste Virtual Game, das sie gespielt hat. Ob sie ihre Mutter mag. So macht ihr den Charakter plastisch. Nichts ist wichtiger als das. Wenn ihr unglaubwürdig seid, fliegt ihr auf.«

Ich wollte schlucken, aber da traf mich sein Blick. Ich ignorierte das Ziehen in meinem Hals und nickte.

»Gibt es Fragen?« Niemand meldete sich. »Gut.« Dufort schob die Hände in die Taschen seiner dunkelblauen Lilienjacke. Er trug grundsätzlich Königskleidung aus dem stinknormalen Sortiment. Es war, als wollte er unterstreichen, wie wenig die eigene Persönlichkeit zählte, wenn man jede andere annehmen konnte. »Widmen wir uns dem heutigen Fall. Wir nehmen an, dass ich einen Auftrag in Großasien habe. Es geht um Informationen über Notfallprotokolle bei einem Angriff von außen. Die Asiaten haben ein diktatorisches System und setzen die Abkehr äußerst strikt um.« Das wussten wir auch schon aus Majores Unterricht. »Trotzdem sind die politischen Bündnisse nicht sehr belastbar. Sollte ich also entdeckt werden, könnte das eine Krise auslösen. Ich brauche eine lückenlose Tarnung. Vorschläge?«

Auf der rechten Seite meldete sich ein Anwärter namens Francis.

»Ich würde den Weg als Diplomat vorschlagen.«

Der Ausdruck zündete einen Nerv in meinem Magen. Ich dachte an Robin Hood.

»Das ist eine Möglichkeit«, nickte Dufort. »Was ist das Problem daran? Mika?«

Jetzt ging das Dauerfeuer los. So nannten wir hinter Duforts Rücken sein Frage-Antwort-Spiel. Der Ausdruck war keine Übertreibung. Die Vorstellung, tatsächlich mit etwas beschossen zu werden, war für viele angenehmer.

»Der eingeschränkte Bewegungsradius.«

»Auch, ja. Was noch? Stipe?« Er sah einen Jungen in der hinteren Reihe an.

»Du musst zu irgendwelchen Empfängen gehen.«

Duforts Augen verengten sich. »Und das ist ein Problem, weil …?«

Stipe verspannte sich, ich sah seine geballten Fäuste. »Keine Ahnung«, seufzte er dann.

»Du solltest dich konzentrieren. Jemand anders. Emile?«

»Man würde dich nicht aus den Augen lassen.«

»Richtig.« Dufort schnipste mit den Fingern und zeigte auf den Jungen, der neben mir stand. »Das ist das größte Problem. Andere Ideen? Gaia?«

»Vielleicht als Sportler? In Asien ist das sehr angesagt, seit es keine virtuellen Übertragungen mehr gibt.«

Dufort lächelte anerkennend, das erste Mal. »Eine gute Idee, allerdings ein hoher bürokratischer Aufwand. Wir behalten es im Kopf.«

Es ging weiter.

»Als Künstler?«

»Zu auffällig.«

»Vielleicht als Spezialist für Energiefragen.«

»Brauchen die Asiaten Spezialisten für Energiefragen?«

»Ähm … nein?«

»Nein. Noch jemand?«

Ich überlegte, mich zu melden, entschied mich aber dagegen. Ich war ohnehin schon als seine Favoritin verschrien.

»Was ist mit dir, Ophelia?«

So viel dazu. Bestimmt hatte er meine Hand zucken sehen.

»Ich würde es abseits der offiziellen Wege versuchen.«

»Gut. Weiter.« Er blieb vor mir stehen.

»Man müsste unter falschem Namen einreisen und in der Menge verschwinden. Einen belebten Ort wählen, einen großen Wohnblock vielleicht.«

Duforts helle Augen funkelten, aber es war weniger Freude als … ja, was? Das Erkennen eines Gleichgesinnten, wie Ferro es gesagt hatte? Oder das Warten auf einen Fehler? Ich hatte keine Ahnung. Caspar Dufort zu durchschauen war vollkommen unmöglich.

»Wie reise ich ein?« Er machte sich keine Mühe mehr, die anderen einzubeziehen.

»Über zwei andere Regionen in der Nähe des Zielortes, damit sie nicht denken, du kommst aus dem Ausland.«

»Wie vermeide ich es, aufzufallen?«

»Kannst du nicht.« Das Erbgut der Welt hatte sich in den letzten Jahrzehnten durchmischt, aber ein blonder Europäer fiel in Großasien trotzdem auf.

»Was soll ich dann tun?« Spätestens jetzt war es kein Training mehr. Es war ein Test.

»Tagsüber drinbleiben, nachts operieren«, sagte ich wie aus der Pistole geschossen. »Im Dunkeln werden Gesichter anders wahrgenommen und du wirst nicht so leicht erkannt. Außerdem vergisst man dich schneller wieder.«

»Streber«, murmelte Gaia neben mir. Aber Dufort war noch nicht fertig.

»Was, wenn sie doch aufmerksam werden?«

»Dann erfindest du eine Geschichte.«

»Welche?«

»Die eines Aussteigers, der die Nase voll von Europa hat und es woanders versuchen will. Ein Kleinkrimineller auf der Suche nach Einnahmequellen. Das ist sympathisch, aber keine Bedrohung für die dicken Fische im Teich.«

»Was für eine Art von Kriminalität schwebt dir vor?«

Okay, jetzt war es wirklich besser, ich hielt den Mund. Gut zu sein war das eine. Ihm zu zeigen, *wie* gut ich sein konnte, war gefährlich.

»Keine Ahnung«, log ich. »Ich bin sicher, dir fällt etwas ein.« Es klang frech und nach fauler Ausrede. Als Dufort mich musterte, hielt ich die Luft an. Schließlich nickte er knapp.

»Ja, das denke ich auch. Sehr gut, Ophelia.« Er entließ mich aus seinem Blick. Ich atmete aus.

Hinter mir meldete sich jemand. Mein Gesicht verzog sich beinahe automatisch.

Schon seit London ging Troy Rankin mir auf den Geist. Aber nachdem ich ihm vor zwei Wochen klargemacht hatte, dass zwischen uns niemals etwas laufen würde, war unsere Feindschaft amtlich. Wann immer er konnte, versuchte er mich auszustechen.

»Ich würde ja eher als Händler von schwarz gehandelter Technologie auftreten, wie etwa von WrInks ohne feste ID«, sagte er jetzt und warf mir einen Blick zu. Seine Augen leuchteten vor Triumph.

»WrInks ohne ID?« Dufort hob eine Augenbraue. Er war zu meinem Glück kein Fan von Troy. »Damit ich direkt auf der schwarzen Liste lande, sobald ich ein Wort darüber sage? Die Japaner haben Aufspürtechnik für so etwas.«

Mein Grinsen bescherte mir einen Ellenbogen in den Rippen.

»Guck nicht so«, zischte Gaia.

»Warum nicht?«, flüsterte ich. »Er ist ein Idiot.«

»Ja, aber so kann jeder sehen, dass du das denkst.«

»Und? Wen kümmert es?«

Das Dauerfeuer ging weiter, bis die Tarnung brauchbar war, die ich vorgeschlagen hatte. Dann bat Dufort uns, ihn mit Fragen zu löchern. Es war das erste Mal, dass er so etwas tat.

Francis fing an. »Wie heißt du?«, fragte er.

»Steven Kieran Carr. Mit C.« Duforts akzentfreies Englisch ließ jetzt einen Hauch schottische Färbung durch.

»Wo kommst du her?«

»Aus der ehemals schottischen Provinz North Lanarkshire.«

»Ist es schön dort?« Das war Gaia.

Dufort hob die Schultern. »Na ja, das kommt darauf an. Es regnet oft, aber es wohnen viele irische Anglopäer dort. Die wissen, wie man schlechtes Wetter vergisst.«

»Womit verdienst du dein Geld?«, fragte jemand anders.

»Dies und das. Wenn ihr was braucht, das man woanders nicht bekommt, bin ich euer Mann.«

»Liest du gern?«

Er stockte einen Moment und verengte die Augen. »Was, Bücher und so?«

Die Fragestellerin, eine große Brünette mit der Statur einer Ballerina, nickte.

Dufort lachte, laut und ein bisschen dreckig.

»Nee, lass mal lieber. Die Realität ist doch schon scheiße genug.«

Er wurde weiter mit Fragen beschossen, jede beantwortete er ohne spürbares Zögern. Irgendwann beschloss ich, dass es Zeit für die interessanten Themen war.

»Hey, Steve«, sagte ich. »Wie stehst du zu unserem König?«

Dufort fixierte mich mit einem aggressiven, ungezähmten Blick – dem Blick von Steven Carr. »Wie ich zu Leopold de Marais stehe?«

»Genau.« Ich hob das Kinn.

»Was für ein Arschloch!«, rief er aus. Einige zuckten zusammen. »Der hockt in seinem Palast auf einem seidenen Kissen und verbietet uns alles, was Spaß macht. *König*, dass ich nicht lache! Ein elendiger *mac na galla* ist das.« Das war sicher kein netter Ausdruck auf Gälisch. »Den würde ich gerne mal treffen und ihm meine Meinung sagen. Mit einem Messer. Oder einer Axt. Hauptsache, es tut weh.« Er schnaubte voller Abscheu.

Es wurde still. Niemand rührte sich. Niemand stellte eine weitere Frage.

»Genau das ist es, worauf es ankommt«, sagte Dufort und klang wieder wie er selbst. Seine Körperhaltung wurde entspannt, das aggressive Glimmen verschwand. »Ihr müsst euch anpassen.

Von den meisten Kriminellen wird der König gehasst. Je mehr ihr ihn beschimpft, je bildhafter ihr euch seinen Tod ausmalen könnt, umso besser.«

Er erklärte uns, worauf es unter Kriminellen ankam, aber ich hörte nicht richtig zu. Der Auftritt als Schotte hatte mich tief beeindruckt und mir gezeigt, was Ferro bereits behauptet hatte: Caspar Dufort war der Beste, den die Reihen der Schakale zu bieten hatten. Das bedeutete, ich durfte nicht auf seinem Radar landen. Niemals.

Zur Mittagszeit saßen wir in der Supply-Station – ich und die anderen drei Anwärter, die nicht egomanisch oder von Ehrgeiz zerfressen waren. Wir hatten einen Tisch am Rand ergattert und aßen im Sonnenschein, der durch die weit geöffneten Fenster hineinfiel.

»Krass, wie Dufort das gemacht hat, oder? Ich habe ihm jedes Wort geglaubt.« Emile Bayarri schaufelte mit so großem Appetit einen Teller Auflauf in sich hinein, dass seine dunklen Locken wippten. Dann imitierte er Duforts Stimme. »Ich kann euch alles vorspielen, Männer, Frauen, Kinder, Tiere. Erst letzte Woche war ich ein Känguru. Darum geht es: Seid diese Rolle! Seid das Känguru!« Er hüpfte auf seinem Stuhl auf und ab. Wir lachten.

Emile, der aus der Nähe von Lyon kam und eine Italopäerin als Mutter hatte, war einen halben Kopf größer als ich, und sein ganzer Körper bestand aus sehnigen Muskeln, Adrenalin und Blödsinn. Man hätte nicht gedacht, dass er aus einer bedeutenden Familie kam: Seine Eltern hatten die Aufspürtechnik für illegale Komponenten entwickelt, seine Großmutter war Teil der letzten europäischen Regierung gewesen. Emile fand das alles lahm. Deswegen waren ihm auch leider keine Informationen über die Aufspürgeräte zu entlocken.

»Am besten war es, als Justyna ihn gefragt hat, was er so liest.« Gaia grinste.

»Kommt schon, das war eine berechtigte Frage«, wehrte sich Justyna Cech. Sie war Mareapäerin aus dem ehemaligen Kroatien und eine echte Patriotin. Da ihre Phobe-Eltern Schauspieler an einem Theater in Rijeka waren, hatte der König ihnen mit der Abkehr die Existenz gerettet. Justyna glaubte nun, Leopold einen Gegendienst erweisen zu müssen. Davon abgesehen war sie jedoch sehr nett. »Außerdem meinte er, wir könnten ihn alles fragen.«

»Na, Ophelia hat ja die Frage des Tages gestellt«, sagte Gaia zwischen zwei Löffeln ihres Nachtischs. »Immer direkt auf den Punkt, nicht wahr?«

Ich hob die Schultern und schob die Reste meiner Gemüselasagne auf dem Teller herum. »Ich dachte, das ist eine Frage, die man ihm unter Kriminellen stellen würde. Im Gegensatz dazu, ob es *schön* ist, wo er herkommt.« Ich grinste.

»Das ist wichtig!«, wehrte sich Gaia.

»Ja, unbedingt. Das ist das Topthema beim Schwarzhandeln. Und danach tauscht man Kochrezepte aus.« Ich knuffte sie in die Seite und sie knuffte unter Protest zurück.

»Du hast uns noch gar nicht erzählt, wieso du heute Morgen zu spät warst. *Ich* hätte da ein paar Theorien parat.«

Ich grinste schief. »Na, da bin ich gespannt.« War ich nicht. Wir spielten dieses Spiel regelmäßig, aber heute war es mir unangenehm. Ich wollte nichts von Robin Hood erzählen. Das Gespräch mit ihm war der beste Moment der letzten drei Wochen gewesen. Es gehörte mir. Mir allein.

»Okay, Nummer eins: Man hat dich für eine Spezialmission angeworben. Du bist längst im Einsatz, aber niemand von uns weiß das. Da du Duforts Liebling bist –«

»Bin ich überhaupt nicht!«

»Bist du doch.«

»Gaia hat recht, bist du«, half Emile.

»Et tu, Emile?«, fragte ich. Er zeigte die Andeutung eines Lächelns bei der Anspielung auf Brutus und Cäsar.

»Das ist doch keine Schande. Dafür hast du miese Karten bei Echo.«

Das stimmte. Sportskanone Echo Claesson verhätschelte niemanden, aber mich ließ sie besonders gern leiden.

»Also«, fuhr Gaia fort, »da Ophelia Duforts Liebling ist, wäre es naheliegend, dass er sie dazu einsetzt, die Anwärter zu beobachten.«

»Brillante Theorie«, sagte ich und hielt meine Hand so, als wäre es ein Pad. »Tag 23, Mittagessen. Prideaux isst Gemüselasagne und Pudding zum Nachtisch. Cech hat Salat, Bayarri zwei Portionen Auflauf. Bin nicht sicher, ob er sein Bett gemacht hat.« Ich klappte die Hand zu. »So ungefähr?«

Gaia lachte. »Okay, okay, dann nicht. Nummer zwei: Während wir alle schlafen, hast du einen Weg gefunden, wach zu bleiben, mit Medikamenten oder so etwas. Auf die Art kannst du nachts auch noch lernen und bist uns damit drei Schritte voraus. Dummerweise hast du es heute Nacht aber übertrieben und deswegen verschlafen.«

Ich hob eine Augenbraue. »Wenn das wahr wäre, müsste ich in Majores Unterricht dann nicht besser sein?«

»Zugegeben. Dann bleibt nur noch eine Möglichkeit: Du hast jemanden getroffen.« Gaia grinste breit.

Ich hatte das erwartet und winkte so lässig wie möglich ab. »Komm schon, das ist echt albern. Wir müssen auch langsam los.«

»Also *hast* du jemanden getroffen!« Gaia grinste jetzt einmal um ihren Kopf herum. »Aber es kann niemand von uns gewesen sein, weil alle im Unterricht waren. Wer dann? Jemand, den wir kennen?«

Okay, jetzt musste ich mir etwas Besseres einfallen lassen. Irgendwas, das dieses Thema ein für alle Mal begraben würde. Ich dachte kurz nach und wurde fündig.

»Ist das dein Ernst?« Ich setzte einen verletzten Blick auf, der Dufort stolz gemacht hätte. »Glaubst du echt, ich würde so etwas tun? Nach allem, was mit Knox war? Du müsstest es besser wissen.« Ruckartig nahm ich mein Tablett und ging zur Abgabestation. In meinem Rücken hörte ich die anderen reden.

»Das war total unsensibel, Gaia«, sagte Emile.

»Du weißt doch, was mit ihrem Freund passiert ist«, pflichtete Justyna ihm bei.

Gaias Antwort hörte ich nicht mehr. Ich war damit beschäftigt, gemeinsam mit meiner kummervollen Miene aus dem Raum zu gehen.

18

Den ganzen Weg, den die TransUnit von Zone C bis zum Arsenal zurücklegte, entschuldigte sich Gaia bei mir. Es täte ihr leid, manchmal würde ihre Fantasie mit ihr durchgehen, es wäre nicht böse gemeint gewesen. Ich machte eine Weile auf verletzte Seele und ließ mir sogar ein paar Tränen in die Augen steigen. Erst als wir ankamen, verzieh ich ihr großzügig.

Jeder hatte seine Geschichte, warum er in Maraisville war. Die Motivation der meisten war Patriotismus, Abenteuerlust oder ein übergroßes Ego. Meine war, auch ganz offiziell, Knox. Der Junge, den ich geliebt und der mich angeblich verraten hatte, indem er sich den Radicals angeschlossen hatte. Es tat jedes Mal weh, wenn ich diese Lüge erzählte, aber es war die beste Geschichte, die ich bieten konnte – vor allem nach dem OmnI-Test.

Das Arsenal lag auf dem Gelände des Militärs und wir wurden mit der TransUnit direkt vor die Tür gebracht. Als wir ausstiegen, schlug uns frühsommerliche Luft entgegen. Hinter dem Gebäude glitzerte der See in der Sonne und verlockte zu einem Badetag. Leider waren wir nicht zum Vergnügen hier.

Bisher hatten die Stunden bei Henri Fiore in der Waffenkammer oder im Unterrichtsraum des Arsenals stattgefunden. Er hatte uns die verschiedenen Kategorien von Munition erklärt und an einem Holoscreen gezeigt, wie man Bereiche strategisch sicherte. Nahkampf übten wir zweimal die Woche im Trainingszentrum. Manchmal war auch Dufort dabei.

Heute war jedoch etwas anders. Statt ins Arsenal winkte Fiore uns in eine kleine Halle nebenan. Uns empfing grauer Kunststoffboden mit Markierungen, eine schmale Tribüne, dazu mehrere Tische. Im Raum waren offene Kabinen aufgebaut.

»Bitte gruppiert euch um die Tische herum.« Fiore, kleiner als ich, aber dafür mit doppelter Muskelmasse ausgestattet, schleppte zwei Koffer herein. Gaia und ich landeten gemeinsam an einem Tisch, ausgerechnet zusammen mit …

»Troy«, murmelte ich und nickte knapp.

»Scale. Prideaux.« Er grüßte unterkühlt und schloss dann den Mund. *Gut so.* Jeder Moment ohne sein Gelaber war ein Geschenk.

Fiore kam zu uns und lächelte uns durch seinen dichten Bart an. Dann stellte er drei schwarze Behälter auf den Tisch. »Hier, für euch. Bitte nicht anfassen, bis ich etwas anderes sage.«

Ich legte die Hände auf den Rücken und schwieg.

»Das war eine gute Idee heute Morgen«, begann Troy dann doch zu reden.

»Danke«, sagte ich kühl.

»Natürlich war sie nicht *so* gut, wie Dufort uns glauben machen wollte.« Er lächelte selbstgefällig.

»Vielleicht nicht.« Ich hob die Schultern. »Aber besser als deine. Das war zwar nicht schwer, aber hey, ich bin ein bescheidener Mensch.«

In Troys Gesicht flammte Zorn auf, aber Fiore begann zu sprechen, bevor mein persönlicher Lieblingsfeind etwas erwidern konnte.

»Heute lassen wir die Theorie hinter uns und widmen uns der Praxis. Bitte öffnet die Kästen vor euch auf dem Tisch.«

Dutzende von Verschlüssen schnappten auf. Ein Raunen folgte. Ich öffnete mein Kästchen und wusste, wieso.

Wir hatten bisher verschiedene Arten von Waffen kennengelernt: Neuroimpulskanonen, die mehrere Gegner auf einmal töten oder bewusstlos machen konnten. Nanopartikelwaffen, die in Sekunden Mauern zu Staub zerfallen ließen. Großkalibrige Raketenwerfer des Militärs, die ganze Städte dem Erdboden gleichmachten. Alles sehr effektiv. Aber nichts davon konnten Agenten im normalen Einsatz benutzen.

Anders war es mit dem Inhalt des Kästchens. Es war eine Waffe aus mattschwarzem Material, mit grauem Griff und seitlichen Kühlschlitzen. Das Magazin hatte drei Kammern mit Projektilen in verschiedenen Farben – Rot, Blau und Lila. Ich nahm die Waffe heraus und drehte sie in der Hand. Sie war leichter als gedacht.

»Was ihr da vor euch habt, ist eine *TLP-X*, die Standardbewaffnung der Schakale.« Fiore hielt sein eigenes Exemplar hoch. »Es ist eine Laser-Plasma-Expansions-Waffe mit verschiedenen Patronen. Die TLP-X lädt das entsprechende Projektil erst kurz vor dem Abschuss in den Lauf und bringt es dann mithilfe eines Laserimpulses auf über 6000 Meter pro Sekunde.«

Er nahm aus einem weiteren Koffer kleine blaue Schatullen und warf sie uns zu.

»Das sind temporäre EyeLinks. Setzt sie ein.«

Es waren die gleichen Linsen, die wir vor dem Test mit der

OmnI bekommen hatten. Ich brauchte nur ein paar Sekunden, um sie einzusetzen.

»Und jetzt geht bitte an den Schießstand.«

Wir nahmen unsere Waffen und liefen zu den Kabinen. Fiore schritt einmal die Reihe ab, um die EyeLinks zu checken. Dann schaltete er die zentrale Kalibrierung ein. Feine Gitternetzlinien zogen sich über den Raum, dann tauchten Figuren auf. Es waren Menschen unterschiedlichen Alters und Geschlechts. Sie bewegten sich, als wären sie real. Ich jubilierte innerlich. *Endlich wieder Technologie.*

»Funktioniert bei dir alles, Ophelia?« Fiore tauchte neben mir auf.

»Ja, ich denke schon. Soll ich jetzt entscheiden, wer von den Typen das Ziel ist?«

»Na, nicht so schnell.« Er grinste. »Erst einmal musst du die Schaltfläche drücken, damit die Sensoren aktiviert werden.«

»Die hier?« Natürlich hatte ich das längst entdeckt. Aber wenn ich mit Fiore zu tun hatte, gab ich mich immer ein bisschen unsicher – gerade so viel, dass er mich mochte.

»Perfekt.« Fiore zeigte mir das Daumen-hoch-Zeichen. »Alle anderen bitte auch«, wies er den Rest der Gruppe an. »Nun nehmt die TLP-X hoch und seht, was passiert.«

Ich richtete die Waffe auf die virtuellen Gestalten vor mir. Sofort tauchten Buchstaben und Zahlen auf. Meine EyeLinks benannten jede Person und legten den Gefahrenindex fest. Die Spanne ging von 1 bis 10, mit zwei Stellen nach dem Komma, die sich ständig veränderten.

»Mit einem leichten Kopfnicken bestätigt ihr euer Ziel. Und keine Sorge, dass ihr einen Verbündeten trefft. Die TLP-X erkennt über eure WrInks genau, wer zum Team gehört.«

Ich nahm einen großen zombiehaften Kerl mit einer 8,74 ins Visier und nickte. Ein rotes Netz erschien als Markierung und spannte sich über ihn. Als er sich zur Seite bewegte, blieb es haften. In meiner Waffe spürte ich ein Ziehen.

»Die TLP-X hat einen stabilisierten Lauf, der sich mit dem Ziel bis zu fünf Grad mitbewegen kann. So wird es schwieriger, danebenzuschießen. Dazu gibt es verschiedene Projektile. Solche, die töten, andere, die den Gegner außer Gefecht setzen. Und jene, die einen Verfolgungstracker aus Nanopartikeln setzen. Ich muss euch nicht sagen, dass es sehr wichtig ist, schnell über die Art des Projektils zu entscheiden.«

Zunächst bekamen wir jedoch harmlose Holomunition und mussten jemanden anvisieren, markieren und treffen. Es war ungewohnt, aber ich hatte den Dreh bald raus. Die Waffe lag gut in der Hand, sie schien mit meinen Gedanken verbunden zu sein und ließ die Gegner nicht aus dem Visier. Wie einfach es sein musste, damit jemanden auf Distanz zu töten ... ein Ziel, das gut bewacht wurde. Ab wann wir wohl eine tragen durften?

Oben auf der Tribüne ging eine Tür auf, unbemerkt von Fiore und den meisten anderen. Ich sah es nur, weil meine Kabine direkt darunter lag.

Als drei Personen hereinkamen und in der obersten Reihe Platz nahmen, markierten meine EyeLinks Caspar Dufort und Nahor Haslock, den Chef der königlichen Garde. Die dritte Person blieb ohne Informationen – allerdings nur, was die EyeLinks betraf.

»Was macht *der* denn hier?«, entfuhr es mir. Neben Dufort saß, mit Zopf und im Kapuzenpullover, Robin Hood. Als er mich erkannte, lächelte er mir unauffällig zu. Ich brachte es nicht fertig, die Geste zu erwidern.

»Von wem redest du?« Gaia tauchte aus der Kabine neben mir auf und folgte meinem Blick.

»Von niemandem«, sagte ich und wollte etwas von einer Verwechslung murmeln. Gaia kam mir zuvor.

»Meine Güte«, hauchte sie.

»So gut sieht Dufort nun auch nicht aus«, scherzte ich, um sie abzulenken. Gaia ignorierte es.

»Du weißt nicht, wer das ist?«, fragte sie ungläubig. Sie tat so, als säße der König höchstpersönlich auf der Tribüne.

»Irgendein Diplomat«, nuschelte ich und ahnte, dass ich meilenweit danebenlag. Die EyeLinks zeigten nur einen grauen Kreis mit den Worten »Unbekannte Person« an. Ich sah zu Robin Hood, bemühte mein Gehirn, fügte langsam alle Puzzleteile zusammen.

Und da dämmerte mir, dass ich ihn doch schon einmal gesehen hatte. Auf einer alten Aufnahme in der Zeitung. Zusammen mit seiner Familie.

»Das ist –« fing Gaia an.

»Lucien de Marais«, sagte ich tonlos.

Kälte ergriff meinen Körper.

Lucien de Marais.

Alles wurde taub.

Der Bruder des Königs.

Wie durch einen Tunnel sah ich ihn dort oben auf der Tribüne sitzen. Sein Blick hielt meinen fest, aber das Lächeln wich langsam aus seinem Gesicht. Gaia redete weiter auf mich ein, aber ich hörte nur ein Rauschen in den Ohren, das im Takt meines Herzschlags pulsierte. War er nur in der Ruine gewesen, um mich zu überprüfen? Um meine Loyalität auf die Probe zu stellen?

Mein Hirn durchforstete panisch alles, was ich gesagt hatte.

Ich komme her, weil es der einzige Ort ist, an dem man wirklich allein sein kann.

Nur die drei Jahre Clearing, die mir beim Ausscheiden winken. Oh, Entschuldigung, Gedächtniskorrektur nennen sie das ja.

Aber genauso groß wie die Angst war meine Wut. Ich fühlte mich verraten und belogen. Was hatte mir dieser Blödmann für einen Schwachsinn erzählt?

Meine Familie gehört zu denen, die unten in der Altstadt ein bisschen was zu sagen haben. Ein bisschen! Das war die Untertreibung des Jahrhunderts. Und dann sein Gerede darüber, wie langweilig die Festung war. Er wohnte im obersten Stock des verdammten Gebäudes, der verdammte König war sein verdammter Bruder!

Er hatte auf keine Frage offen und direkt geantwortet, mich aber bis ins Detail ausgefragt. Der Kerl hatte längst gewusst, dass ich nicht für die Garde ausgebildet wurde, aber so getan, als hätte er keine Ahnung. Und dann diese Aktion mit seinem Beinahe-Absturz. Die perfekte Gelegenheit, um herauszufinden, ob ich mein Leben für jemanden riskieren würde.

Brennende Scham verdrängte die Kälte in mir. Wie hatte ich mich nur so um den Finger wickeln lassen können? Seit drei Wochen tat ich alles dafür, um mich hinter dieser anderen Version von mir zu verbergen. Und dann kam er, war nett zu mir, strahlte mich aus diesen rauchblauen Augen an und schon erzählte ich alles. Gut, nicht alles. Aber zu viel.

Ich hatte vor ihm über das Clearing hergezogen, den König, und dessen Entscheidungen infrage gestellt. Ich hatte ihm von Knox erzählt. Und er hatte mich bedauert, hatte Knox' Schicksal bedauert. Aber das Mitgefühl, der flirtende Unterton, diese Anziehung – das war eine einzige Farce gewesen.

Ein Test, sonst nichts. Vielleicht, nein, *wahrscheinlich* hatte er sogar mit permanenten EyeLinks meine Reaktionen gecheckt. Und ich hatte nichts bemerkt.

Jetzt war es, als hätte jemand den Vorhang weggezogen. Schon Luciens Augen hätten mich warnen müssen, denn sie waren denen seines Bruders sehr ähnlich. Wenn man es erst wusste, fielen noch mehr Gemeinsamkeiten auf: die hohen Wangenknochen und die gerade Nase. Die Art zu lächeln. Das unaufdringlich gute Aussehen, das die Familie gepachtet zu haben schien.

»Ophelia? Alles okay?« Gaia schnippte vor meinen Augen mit den Fingern. Justyna sah besorgt zu mir herüber.

»Ja. Alles okay.« Ich sah Bedauern in Luciens Blick. Tat es ihm leid, mich ausspioniert zu haben? *Als ob.*

Fiore stellte die Gäste auf der Tribüne vor, aber ich wandte mich ab und zwang meine Gedanken in eine andere Richtung. Ich war noch hier, also hatte das Gespräch nicht zum Ausschluss aus dem Programm geführt. Das war gut. Dieses Gefühl von Verrat und Enttäuschung hatte hier nichts verloren.

Mein Ziel war es, den König zu töten. Alles, was mich an Lucien de Marais interessieren sollte, war sein Vetorecht – und dass er ja nie auf die Idee kam, davon Gebrauch zu machen.

19

An den Tagen darauf ging ich weiterhin morgens joggen, aber ich mied die Ruine. Wenn mir jemand begegnete, der mich an Lucien erinnerte, stockte mir das Herz, allerdings nur kurz. Niemand aus der königlichen Familie lief in der Stadt herum. Warum sollte er es tun?

Ich hatte vor der nächsten Dosis HeadLock das Gespräch rekonstruiert und nichts eindeutig Königsfeindliches gefunden. Trotzdem kam es mir vor, als würde ich unter Beobachtung stehen. Vielleicht bildete ich mir das nur ein, aber die Unsicherheit war da. Die Enttäuschung ebenfalls. Egal, wie oft ich sie wegschob, sie kam immer wieder zurück. Dabei wusste ich, dass Lucien Gift für meine Pläne war. Mein Kopf wusste das. Aber ein anderer Teil von mir scherte sich nicht darum.

Ich beendete meine Laufrunde, die mich mit einem fiesen Wolkenbruch überrascht hatte, und stieg tropfend die Stufen zu meiner Wohneinheit hinauf. Es war Sonntag und ruhiger als sonst. Einige waren zum Seeufer gefahren und jetzt wahrscheinlich klitschnass. Für Emile und Gaia tat mir das leid, für Troy weniger. Schadenfroh dachte ich daran, wie seine perfekte Frisur vom Regen zerstört wurde.

Ich hielt vor meiner Tür und forderte sie zum Öffnen auf. Zitternd wartete ich, bis sie der Bitte nachkam. Dann beeilte ich mich, aus meinen nassen Sachen zu schlüpfen.

Als ich nach einer Dusche aus dem Bad kam, sah ich, dass auf meinem Schreibtisch eine Schachtel stand. Sie war groß und flach, glänzte weiß und hatte keine Beschriftung. Ich legte das Handtuch weg und klappte den Deckel auf.

In der Schachtel befand sich unter mehreren Lagen Papier ein zusammengefaltetes Kleidungsstück. Ich nahm es heraus und hielt es hoch. Es war eine Pulloverjacke aus dünnem und festem Material. Sie war blattgrün und hatte an keiner Stelle eine Lilienstickerei. Ich musste den beigelegten Zettel nicht lesen, um zu wissen, von wem sie war. Trotzdem tat ich es.

Eine bunte Jacke für das Mädchen, das nicht nur in Grau herumlaufen will, stand da in akkuraten Buchstaben. Und sehr klein darunter als PS: *Es tut mir leid. L.* Ich starrte auf die letzte Zeile. War das ernst gemeint? Oder war es nur eine neue Runde in dem Spiel, das Lucien spielte?

Die Jacke war unheimlich schön und ich hätte sie wahnsinnig gerne getragen. Für eine Sekunde war ich versucht, aber dann gewann die Vernunft. Schnell legte ich die Jacke mitsamt dem Zettel in die Schachtel zurück, stopfte sie so tief wie möglich in meinen Schrank und schlug die Tür zu. Wenn Lucien Spielchen spielen wollte, dann sollte er das tun. Aber nicht mit mir.

Ich hatte mich angezogen und gerade an meine Aufgaben gesetzt, als ein Signalton meldete, dass mich jemand über mein Terminal anrief. Eilig überprüfte ich mein Aussehen, bevor ich den Anruf entgegennahm. Auf dem Screen erschien Adrian Deverose, der Presse- und Kommunikationschef des Königs. Er war ein netter Mann im mittleren Alter, mit kurzen schwarzen Haaren und einem charmanten Lächeln. Neben ihm stand Dufort.

»Ophelia Scale?« Deverose sah von einem Pad hoch, das er in der Hand hielt.

»Ja?« Was bedeutete das? Hatte man mich erwischt? War Lucien zu seinem Bruder gegangen und hatte um meinen Rauswurf gebeten? Hatte sich das »Es tut mir leid« darauf bezogen, dass mir drei Jahre Clearing drohten? Meine Hände wurden feucht.

»Es sind jetzt vier Wochen vergangen, seit Sie in Maraisville sind.«

»Das ist richtig.« Ich schluckte, mein Hals war eng.

»Du musst dir keine Sorgen machen«, sagte Dufort.

»Nicht?« Wie sollte ich nicht besorgt sein?

»Nein. Es geht darum, dass ihr nach einem Monat mit euren Familien sprechen dürft. Wenn du Zeit hast, könntest du das heute Nachmittag tun.«

»Oh, ein Glück«, entfuhr es mir. Die beiden Männer wechselten einen irritierten Blick. Jetzt landete sicher der Eintrag »Paranoia« in meiner Akte. »Ich würde sehr gerne mit ihnen sprechen.«

»In Ordnung. Die Gespräche unterliegen gewissen Sicherheitsvorkehrungen, aber das erfährst du, wenn du hier bist.« Dufort nickte.

»Ich werde nicht von hier aus mit ihnen sprechen?«

»Nein. Wir haben spezielle Räumlichkeiten für so etwas.« Deverose lächelte. »15 Uhr am Sicherheitspunkt Alpha D. Wir werden dich dort abholen lassen.«

»Ich werde da sein. Danke.«

Beide nickten, dann schaltete das Terminal ab.

Ich überlegte eine Weile, was ich anziehen sollte. Die letzten Wochen war die Trainingskleidung mein tägliches Outfit gewesen, aber die wollte ich bei einem Gespräch mit meiner Familie nicht tragen. Ich sah die Sachen durch, die ich von zu Hause mitgenommen hatte, und entschied mich für mein graues Lieblingsshirt und Jeans. Meine Haare ließ ich zum ersten Mal seit meiner Ankunft offen. Als ich aus der Tür trat, fühlte ich mich fast wie ich selbst.

Der Regen hatte aufgehört, in den Pfützen spiegelte sich der bewölkte Himmel. Bis zum Sicherheitspunkt Alpha D waren es nur zehn Minuten, also ging ich zu Fuß. Es war schwül und mein Kopf schmerzte wie so oft. Aber eine höhere Dosis Head-Lock wäre vor diesem Gespräch keine Option gewesen.

In Zone C war es ruhig, wie immer am Sonntag. In Zone B war dafür eine Menge los. Trotz der Schauer saßen die Leute draußen vor den Cafés, spielten im Park mit ihren Kindern oder gingen spazieren. Ein paar Jungs warfen sich auf der Straße ihren Ball zu. Einer von ihnen sah so ähnlich aus wie Lion. Ob er da sein würde? Ob sie alle da sein würden?

Ich hatte diesem Termin zugestimmt, ohne darüber nachzudenken, worüber ich reden sollte. Meine Familie lebte seit vier Wochen ohne mich und irgendwelche Informationen darüber, was ich genau machte. Was sagte man in einem solchen Fall? *Hey, Leute, ich bin in einem ultrageheimen Programm, das Agenten für den Geheimdienst des Königs ausbildet. Das Essen ist gut, das Wetter auch. Ich vermisse euch.* So in etwa?

Der Sicherheitspunkt Alpha D lag am Fuß der Festung und kam viel zu schnell in Sicht. Als man meinen WrInk kontrollierte, wusste ich immer noch nicht, was ich sagen wollte.

Deverose kam auf mich zu. Er trug einen dreiteiligen Anzug,

die Weste in einem dunklen Grün, Jacke und Hose in Blau. Seine Krawatte passte zur Weste und hatte kleine Punkte. An jedem anderen hätte das Outfit lächerlich ausgesehen, aber bei ihm wirkte es schick. Er streckte mir die Hand hin.

»Herzlich willkommen in der Festung, Miss Scale.« Deverose war offenbar alte Schule. Miss, Mister oder Mrs sagte man heute kaum noch, meist nur im Scherz. »Sind Sie aufgeregt, dass Sie mit Ihrer Familie sprechen können? Ich wäre es.«

»Ein bisschen, ja.« Ich lächelte, weil ich das Gefühl hatte, er erwarte es von mir.

»Das kann ich verstehen. All die neuen Eindrücke, die auf Sie eingeprasselt sind, während Ihre Eltern keine Ahnung haben … es ist eine faszinierende Welt, in der wir leben, nicht wahr?«

»Meinen Sie die ganze Welt oder das hier?«

Er lachte. »Sie sind witzig. Das gefällt mir. Sie werden sich gut machen, davon bin ich überzeugt.«

Ich sparte mir die Frage, wobei ich mich gut machen würde. Sicher hätte er das wieder für einen Scherz gehalten.

»Wir müssen Ihnen nur eine kurze Einweisung geben, dann geht es auch schon los«, sagte Deverose, als er in einen kleinen Wagen stieg. Er sah aus wie die Miniversion einer TransUnit, nur ohne Dach. »Setzen Sie sich, wir fahren ein Stück.«

Ich nahm neben ihm Platz und das Gefährt setzte sich in Bewegung. Wir glitten durch hell erleuchtete Gänge ohne Fenster. Der Felsen, auf dem die alte Festung stand, beherbergte ein Labyrinth aus Fluren und Aufzügen, mit Sicherheitsleuten an jeder Ecke und WrInk-Scannern an jeder zweiten. Es war die Schaltzentrale der Stadt, der riesige Eisberg unter der königlichen Festung, die vom *Juwel* gekrönt wurde. Um alles zu sehen, hätte man stundenlang laufen müssen.

»Wir sind da.« Deverose stieg neben einer offenen Tür von seinem Sitz und hielt mir die Hand hin. Ich wollte nicht unhöflich sein und ließ mir aus dem Wagen helfen.

»Caspar, ich bringe unsere Anwärterin.«

»Danke, Adrian. Kommt rein.«

Dufort wartete hinter der offenen Tür, den Blick auf etwas gerichtet, das ich nicht sehen konnte. Ich wusste, was das bedeutete: Er trug EyeLinks. Mein Magen zog sich zusammen. Dufort war auch mit InterLinks keine OmnI, aber er kam nah ran.

»Nervös, Ophelia?« Es war keine Frage.

»Ein bisschen«, nahm ich die Vorlage auf. Er bemerkte zwar meine Nervosität, aber den Grund dafür konnte er mir nicht aus dem Gesicht ablesen.

»Warum? Hatten deine Eltern etwas dagegen, dass du dich für die Garde bewirbst?«

Ich hob die Schultern. »Das kann man so nicht sagen. Ich glaube nur, dass mein Vater nicht damit gerechnet hat … na ja. Dass ich es schaffen würde.«

»Ihr habt kein gutes Verhältnis?«

»Es könnte besser sein.«

Dufort lächelte leicht. »Das könnte es immer.« Er klopfte auf den Tisch, der gegenüber von einem großen Screen stand. »Bitte, setz dich. Wir müssen über die Regeln sprechen.« Er nahm auf einer Seite Platz, Deverose neben ihm. Ich setzte mich auf die andere Seite und verschränkte die Hände auf dem Tisch. Mein Bein wollte wippen. Ich presste den Fuß fest auf den Boden.

»Zuerst zum Offensichtlichen.« Dufort sah mich an. »Du darfst nichts über Maraisville oder die Inhalte der Ausbildung sagen. Außerdem kein Wort über die Sicherheitsstandards oder die anderen Anwärter.«

»Das wird ein ziemlich kurzes Gespräch«, merkte ich an. Deverose lachte erneut.

»Das Mädchen ist großartig.« Er sah mich begeistert an. Offenbar hatte ich einen Fan.

Dufort lachte nicht. »Du kannst darüber reden, wie es dir geht, auch über London – abgesehen vom Abschlusstest. Außerdem kannst du deine Familie alles fragen, was du von zu Hause wissen möchtest.«

»Alles?«

Sein Blick wurde wachsam. »Alles«, sagte er trotzdem.

»Wir müssen das Gespräch überwachen und werden es aufzeichnen.« Deverose lächelte bedauernd. Er konnte schlechte Nachrichten wirklich gut verkaufen. »Das ist Vorschrift.«

Ich nickte. »Okay.«

»Deine Familie ist an einem neutralen Ort«, sagte Dufort. »Sie werden von einem Team überwacht, das die erforderliche Technik nach Brighton gebracht hat. Auch sie wissen, worüber du nicht sprechen darfst. Sollten sie dennoch ein solches Thema anschneiden, darfst du nicht antworten, sonst brechen wir die Verbindung ab.«

Mir kam es vor, als würde das ein Gespräch wie bei einem Besuch im Gefängnis werden, mit mir als Häftling. »In Ordnung.«

»Gut. Dann legen wir los.« Beide Männer erhoben sich.

Ich blieb allein in dem fensterlosen Raum und starrte auf den Screen, auf dem sich die Lilie mit den beiden Pfeilen um die eigene Achse drehte. Linksherum? Rechtsherum? Es war schwer zu sagen.

»Sind wir schon … oh, hallo Schatz!«

Ich musste lächeln, als ich meinen Vater und Eneas sah. Sie

saßen nebeneinander auf einem plüschigen Sofa, im Hintergrund konnte ich die Tapete des *Royal Albion Hotels* erkennen.

»Hallo, ihr beiden«, sagte ich, »es ist schön, euch zu sehen.« Nach all den Lügen der letzten Zeit war es ungewohnt, die Wahrheit zu sagen.

»Hey, Phee, alles klar?« Eneas grinste und deutete ein Salut an.

»Klar ist alles klar«, sagte ich und merkte erst in diesem Moment, wie sehr ich meinen Zwillingsbruder vermisst hatte. »Wo sind die anderen?«

»Der Termin war sehr kurzfristig, deswegen sind sie nicht dabei. Lexie hat einen Workshop und Fleur und Lion sind mit der Schule in London. Aber sie lassen dich lieb grüßen.«

»Schade.« Ich hätte mich gefreut, meine Geschwister zu sehen. Sogar mit Lexie hätte ich gerne gesprochen. »Geht es allen gut?«

Mein Vater nickte. »Fleur wohnt jetzt in deinem Zimmer, wie du es ihr erlaubt hast. Sie gerät ständig mit deinen Brüdern aneinander, aber sie kann sich durchsetzen.« Er lächelte stolz.

»Ich habe sie ja auch gut erzogen«, grinste ich.

»Es ist allerdings unwahrscheinlich, dass sie je wieder auszieht.« Eneas hob die Schultern. »Du musst wohl ihr Zimmer nehmen, wenn du zurückkommst. Wann immer das sein wird.« Eine Frage schwang in seinen Worten mit.

»Ja, das …« Darüber durfte ich vermutlich auch nichts sagen. »Es wird wohl noch eine Weile dauern.«

»Aber du besuchst uns doch?« Mein Vater sah mich traurig an. »Wir vermissen dich, Phee. Du bist so plötzlich weg gewesen. Es fehlt etwas.«

»Du meinst, weil niemand aufräumt?« Ich grinste, weil ich

seinen Blick nicht ertragen konnte. »Ich sehe, was ich machen kann, okay? Immerhin können wir jetzt miteinander sprechen.«

»Ja, das stimmt.« Er nickte tapfer, und ich hatte das Gefühl, *ich* wäre *sein* Vater, der ihm sagte, dass ein aufgeschlagenes Knie wieder heilen würde.

»Wie geht es dir, Neas?« Ich sah meinen Bruder an. »Was macht die Aufnahmeprüfung für die Kunsthochschule?«

»Die Ergebnisse sind noch nicht da, aber meine Mappe ist ziemlich gut. Ich habe ein Bild von dir reingetan. Du weißt schon, dieses Porträt, das du so hasst.« Er grinste breit.

»Na, vielen Dank auch.« Ich verzog das Gesicht. »Ich hoffe, sie lehnen dich deswegen ab.«

»Wenn ja, bist du schuld«, sagte er immer noch grinsend.

»Geht es dir denn gut, Schatz?«, fiel mein Vater ein. »Triezen sie euch nicht zu sehr?«

»Es ist anspruchsvoll, aber ich komme zurecht. Mir geht es gut.« Diese Antwort hätte auch von Deverose stammen können.

»Du siehst schmaler aus. Und blass.« Mein Vater sah mich besorgt an.

»Das ist nur das Licht. Ich habe nicht abgenommen, nur mehr Sport gemacht. Es ist alles in Ordnung, Dad.«

»Hast du denn Freunde gefunden? Du weißt, Freunde machen alles leichter.«

»Ja, ich weiß.« Ich lächelte. Das hatte er mir schon gesagt, als ich noch ein kleines Mädchen gewesen war. »Keine Sorge, es gibt ein paar nette Leute hier.«

»Das ist schön. Ich treffe manchmal deine Freunde und sie fragen nach dir. Reginald und Liora habe ich erst gestern gesehen. Oh, und den großen blonden Kerl, wie heißt er noch?«

»Julius«, half Eneas aus und schoss einen aufmerksamen Blick auf mich ab.

Ich antwortete mit einem Schulterzucken.

»Genau, Julius.« Mein Vater merkte nichts von unserer wortlosen Kommunikation. »Ein sehr netter Mann, wirklich. Aber ich konnte ihm ja nichts sagen. Nur, dass du angenommen wurdest und erst nach ein paar Wochen mit uns sprechen darfst.«

»Grüß sie bitte von mir«, bat ich, »und sag ihnen, dass alles gut läuft.« Julius würde verstehen, wie das gemeint war.

Das war der Moment, wo ich eine Frage stellen konnte, die mir vielleicht das Genick brechen würde. Aber ich musste es wissen. Es quälte mich schon seit Wochen.

»Habt ihr etwas von Jye gehört?« Ich hatte überlegt, ob man nicht gleich wissen würde, wen ich meinte. Aber wem machte ich etwas vor? Dufort hatte mich in London beobachtet. Und Jye war wirklich schwer zu übersehen.

»Jye Eadon?« Mein Vater legte die Stirn in Falten. »Den habe ich schon länger nicht gesehen.«

»Ich auch nicht«, sagte Eneas und sah dann auf den Boden. *Vielen Dank, Familie. Da stelle ich* eine *wichtige Frage und muss euch alles aus der Nase ziehen.*

»Aber ihr *habt* ihn gesehen, seit ich weg bin?« Dünnes Eis. Sehr dünnes Eis.

»Nicht richtig.« Eneas spielte mit der Kordel seines Pullovers. »Man erzählt sich, er wäre weggezogen, aber ich glaube, es hat etwas mit –«

»Neas, nicht«, zischte mein Vater so leise, dass ich es von seinen Lippen ablesen musste. »Wir dürfen nichts darüber sagen.«

Jetzt war ich alarmiert. »Worüber dürft ihr nichts sagen?«

»Über Knox.« Eneas schien die Warnung egal zu sein.

»Was ist mit Knox?« Er saß doch hoffentlich in dem Reihenhaus in Horsham und malte Pferde, die wie Dinosaurier aussahen. Oder nicht? Ich ließ alle Vorsicht fallen. »Eneas, was ist mit Knox?!«

»Er ist verschwunden.« Mein Bruder sagte diese drei Worte, als wäre damit alles erklärt.

»Was soll das heißen, verschwunden? Wie –«

Ich stockte mitten im Satz. Der Screen war schwarz.

Sie hatten die Übertragung beendet.

20

Ich sprang auf und lief zur Tür. Dufort öffnete sie in dem Moment von außen, als ich die Klinke herunterdrückte.

»Was soll das?«, herrschte ich ihn an. »Das war keine sicherheitsrelevante Frage!« Ich war krank vor Sorge um Knox. *Verschwunden*, was sollte das bedeuten? War er weggelaufen, entführt worden, irgendwo eingesperrt?

»Wir haben technische Probleme«, sagte Dufort mit reglosem Gesicht. »Es tut mir leid.«

»Technische Probleme?« Ich verlor die Geduld. »Willst du mich verarschen?!«

Dufort reagierte prompt. Er fasste mich am Arm, zwang mich zurück auf meinen Stuhl und deaktivierte den Screen an der Wand. Dann stützte er die Hände auf den Tisch und sah mich finster an.

»Hör mir gut zu, denn ich werde es nur ein einziges Mal sagen.« Seine Stimme klang gefährlich dunkel. »Alleine wegen dieses Gesprächs könnte ich dich auf der Stelle rauswerfen. Dein Freund war ein Radical, ein Feind des Königs, persona non grata in diesem Land. Wenn du nicht große Lust hast, sein Schicksal zu teilen, dann erwähnst du nie wieder seinen Namen oder zeigst, dass du um ihn besorgt bist. *Nie. Wieder.* Denn wenn ich das noch einmal mitbekomme, sind drei Jahre Clearing dein kleinstes Problem.« Ich schluckte, aber er war noch nicht fertig. »Du willst ein Schakal werden? Schakale sorgen sich ausschließlich um die Sicherheit des Landes und des Königs. Wir sind kompromisslos und konsequent, das macht uns aus. Wenn du dazu nicht in der Lage bist, hast du hier nichts verloren. Ist das klar?« Der Blick seiner blauen Augen bohrte sich in meine.

Ich nickte. Meine Wut war vor Dufort in Deckung gegangen. Zurück blieb nur lähmende Sorge. Und Angst.

»Ich halte dich für außerordentlich talentiert, Ophelia.« Sein Blick blieb hart. »Aber deine früheren Kontakte sind ein Schandfleck auf deiner Weste. Bau also keinen Mist.«

Ich nickte wieder.

»Gut.« Er richtete sich auf. »Du kannst gehen.«

Dunkelheit und Stille um mich herum, kalte Luft und Sterne über mir. Weit nach Mitternacht waren die Lichter der Stadt längst ausgegangen. Ich saß auf dem Dach meines Zimmers und starrte ins Nichts.

Der Rest des Tages war an mir vorbeigezogen. Nachdem Dufort gegangen war, hatte mich Deverose vor der Festung abgesetzt. Eine Weile war ich ziellos durch die Straßen gelaufen, ohne einen vernünftigen Gedanken fassen zu können. Schließlich hatte ich Justyna getroffen, die mich zum Abendessen mitgeschleift hatte.

Am Tisch hatte ich auf die Fragen nach dem Gespräch mit meiner Familie gelogen und etwas Gemüse heruntergewürgt. So früh wie möglich war ich in mein Zimmer geflüchtet. Aber die Stille half nicht. Lernen war unmöglich, Schlafen ebenfalls. Alles war zu eng, zu viel, nicht auszuhalten. Ich wünschte mir, noch einmal mit meinem Bruder reden zu können. Nicht nur wegen Knox, sondern einfach, weil ich in seiner Nähe immer das Gefühl hatte, alles würde schon irgendwie gut werden. Aber er war nicht da. Niemand war da.

In einem Anfall packte ich meine Sachen, um abzuhauen – nur um anschließend alles wieder zurück in den Schrank zu räumen. Egal, was ich mir überlegte, es war sinnlos. Ich konnte nichts tun.

Schließlich war ich in Knox' Jacke geschlüpft und über die Feuerleiter aufs Dach geklettert. Dort holte ich Luft und atmete sie wieder aus, zehn-, zwanzig-, hundertmal. Dann ließ ich mich zurücksinken, bis mein Kopf den harten Boden berührte. Über mir war ein Muster am Nachthimmel, ein großes W aus fünf Sternen. Es erinnerte mich an etwas, das beinahe zwei Jahre zurücklag.

»Das da drüben ist Perseus und direkt darüber ist Kassiopeia. Das große W, siehst du?« Knox zeigte in den Himmel, aber ich sah ihn an. Nicht verliebt, obwohl ich das war. Eher ungläubig.

»Versuchst du gerade, mich mit Sternbildern rumzukriegen?«

»Kommt darauf an.« Er sah mich fragend an. »Klappt es?«

»Nicht direkt«, enttäuschte ich ihn. »Die gute alte Romantik und ich sind nicht die besten Freunde. Vielleicht versuchst du es das nächste Mal mit etwas anderem. Layer-Architektur zum Beispiel.«

Als ich Knox' Gesichtsausdruck sah, musste ich lachen. Er schaute wie ein Kind, dem man gerade gesagt hat, dass es den Weihnachtsmann nicht gibt. Ich beugte mich vor und küsste ihn. Er lächelte zufrieden.

»Dann ist es ja gut, dass ich dich gar nicht mehr rumkriegen muss«, meinte er und nahm mich enger in seine Arme. »Von Layer-Architektur habe ich nämlich keine Ahnung. Wenn du mir erzählst, was dein Dad und du früher gemacht haben, ist es, als würdest du chinesisch sprechen.«

»Ach, keine Sorge, ich mag dich trotzdem.« Grinsend kuschelte ich mich an ihn. Es war kühl, obwohl wir Spätsommer hatten. Ich zeigte aufs Meer. »Und, habe ich dir zu viel versprochen?«

»Absolut nicht. Die Aussicht ist unglaublich.« Er sah mich aus seinen unergründlich dunklen Augen an. In meinem Magen flirrte es so stark, dass ich sicher war, er müsste es spüren.

Wir befanden uns dreißig Meter über dem Wasser, an der äußersten Kante des Piers. Der 3V-Coaster war früher das Aushängeschild von Gregory Vale gewesen, eine Kombination aus Achterbahn und virtueller Multimediashow. Jetzt war es eine verwaiste Metallkonstruktion, die wie das Skelett eines Dinosauriers in den Abendhimmel ragte. Die kleinen Wagen, die früher darauf durch die Luft geglitten waren, steckten nun auf der obersten Ebene fest, als hätte die Abkehr ihre letzte Fahrt mitten im Betrieb beendet. Die Sitze waren zerfleddert, und alles roch nach Salzwasser, aber mit ein paar Decken und der richtigen Gesellschaft war es der perfekte Ort.

»Was machst du als Erstes, wenn die Abkehr vorbei ist?«, fragte Knox, während er nach der zweiten Decke angelte. Ich lag in seinen Armen, deshalb musste er sich verrenken, um an die Tasche zu kommen. Ihn deswegen loszulassen, kam jedoch nicht infrage.

»Ich glaube, ich würde erst ein paar… Nein, Moment. Als Allererstes würde ich den WrInk rausholen und ihn rituell verbrennen.«

Knox breitete die Decke aus, nahm meine Hand und schob seine Finger zwischen meine. »Und dann?«

»Dann müsste ich mir einen neuen besorgen. Und gleich noch ein paar andere Sachen. Stell dir vor, dass man einfach losgehen und Technologie kaufen könnte. Himmlisch.« Ich seufzte.

»Oh ja«, sagte er. »Und vergiss nicht all die Informationen, die dann nicht mehr verboten sind.«

»Ich könnte studieren«, begeisterte ich mich. »Nicht so etwas Blödes wie Literatur oder Geschichte …«

»Hey!«, empörte sich Knox.

»… sondern Nano-Robotik, Bio-Mechatronik oder KI-Wissenschaften.« Ich tat so, als hätte ich ihn nicht gehört. »Selbst du musst zugeben, dass das viel cooler ist als alte, verstaubte Bücher.«

Knox lächelte schief. »Ansichtssache«, sagte er und küsste mich auf die Stirn.

»Aber wir sollten auch feiern«, spann ich die Vorstellung weiter. »Wäre es übertrieben, eine große Lilie aus Holz zu bauen und sie mit den WrInks zu verbrennen?«

Knox lachte, aber nur schwach. Ich hob den Kopf.

»Was ist los?«

»Was soll los sein?«

»Du bist heute so ernst.«

Seine Mundwinkel zuckten. »Du hast mal gesagt, du magst das an mir.«

»Knox …«

Ich fühlte, wie er sich verkrampfte, also setzte ich mich auf, um ihn ansehen zu können.

»Julius gibt mir meinen ersten großen Job.« Die Falte zwischen seinen Augenbrauen grub sich tief ein. »Nächsten Monat kommen königliche Vertreter in die Stadt, um eine Bedarfsanalyse zu machen. TransUnits, Pads und Terminals für die Uni und Schulen, Bestückung für die Supply-Stationen und so weiter. Ich soll mich in das Betreuungsteam schleusen, um sie zu einer möglichst großen Bestellung zu bewegen. So können wir vielleicht etwas abzweigen.«

»Ist doch super.« Das war eine tolle Chance für jemanden von uns. »Machst du dir Sorgen deswegen?«

Er presste die Lippen aufeinander. »Natürlich mache ich mir Sorgen. Was, wenn nicht alles nach Plan läuft?«

»Wie sieht der Plan denn aus?«

»Na, du weißt schon: Man muss nett sein, höflich, unauffällig. Sie sollen das tun, was ich will, sich aber trotzdem nicht an mich erinnern.« Er seufzte. »Ich bin aber eher der Typ, der irgendwo einbricht und etwas klaut. Ich bin nicht gut darin, Menschen von mir zu überzeugen.«

»Das stimmt nicht. Mich hast du überzeugt.« Ich lächelte.

»Ja, aber es hat lange genug gedauert«, sagte er.

Eine Sache, die ich an Knox liebte, war seine Bescheidenheit. Er war nie laut, spielte sich nie in den Vordergrund und sprach nur, wenn er etwas zu sagen hatte. Genau deswegen mochte ich ihn. Knox war ein Fels für mich. Ich hatte mich niemals stärker gefühlt als an seiner Seite.

»Du schaffst das«, sagte ich voller Überzeugung und drückte seine Hand. »Niemand könnte das besser als du – außer Ferro vielleicht. Aber da wir ihn nicht kennen, ist das nur Spekulation.« Ich lächelte.

Knox sah mich einen langen Moment an, dann nahm er mein Gesicht in beide Hände und küsste mich.

»Ich liebe dich, Phee«, sagte er leise. Fast ging es im Brausen der Wellen unter.

»Ich liebe dich auch«, antwortete ich und lehnte mich zu ihm. Danach sagten wir beide eine Weile nichts mehr.

Ein Blitz zuckte über den Himmel und katapultierte mich zurück auf das Dach von Wohneinheit X7. Ich holte tief Luft und setzte mich auf. Als ich mir die Haare aus dem Gesicht strich, waren meine Wangen nass.

Ich hatte lange nicht an Knox gedacht – nicht auf diese Art, bei der man in der Vergangenheit versank und nicht in die Gegenwart zurückkehren wollte. Die Erinnerungen an ihn waren gut verschlossen und nur in kleinen Mengen zu ertragen. Gerade hatte ich mir eine Überdosis verpasst.

Ich wischte meine Tränen am Innenfutter der Jacke ab. Das Schlimmste war nicht, dass Knox verschwunden war. Das Schlimmste war, dass ich nichts tun konnte. Ich konnte nicht nach ihm suchen, mit seiner Mutter reden oder etwas über sein Verschwinden herausfinden. Schlimmer: Mit meinem Ausflug nach Maraisville hatte ich mich so weit ins Abseits befördert, dass ich nicht einmal nach ihm *fragen* durfte. Meine einzige Quelle für Informationen war Ferro, aber der hatte sich noch nicht gemeldet. Damit waren meine Optionen bei null.

Wenn man herausfand, dass ich etwas von Knox' Aktivitäten gewusst hatte – Clearing. Wenn man mich erwischte, wie ich versuchte, eine der Datenbanken zu hacken – Clearing oder Schlimmeres. Wenn herauskam, dass ich ebenfalls mit dem Widerstand in Verbindung stand – definitiv Schlimmeres. Ich saß also hier, mitten im Zentrum der Macht, war aber von jedem Wissen über meinen Freund abgeschnitten. Selbst wenn man Knox fand, würde ich es nicht erfahren.

Es gab mehrere Möglichkeiten, was passiert sein konnte, aber keine davon verhieß etwas Gutes. Vielleicht war er einfach weggelaufen – wenn man im Geiste zehn Jahre alt war, kam man auf blöde Ideen. Er könnte ein paar Sachen gepackt haben und verschwunden sein, ohne seiner Mutter etwas zu sagen. Aber als Clearthrough hatte man ihn jederzeit unter Beobachtung. Die Zentrale wusste, wo er hinging, wie lange er dort blieb und wann er zurückkam. Hätte er seinen WrInk noch gehabt, wäre man ihm längst auf die Spur gekommen. Er musste ihn also entfernt haben. Kein bockiges Kind kam auf eine solche Idee, wenn es weglief.

Ich schlang die Arme um meine angewinkelten Beine. Kurz hatte ich nach Eneas' Worten gehofft, dass Knox so klar im Kopf gewesen war, sein Verschwinden selbst zu planen. Schließlich hatte er mein Tattoo erkannt und sich erinnert. Das Problem war nur: Man wusste von keinem Fall, in dem ein Clearthrough seine Erinnerungen zurückbekommen hatte. Es gab Gerüchte, dass es im Untergrund Versuche dazu gab, aber sie waren alle gescheitert. Ein Clearing war endgültig.

Es blieb also nur, dass man Knox mitgenommen hatte. Aber warum? Der König hatte keinen Grund, ihn aus dem Verkehr zu ziehen, denn er verkaufte die Clearings als humane Lösung. Re-Verse hatte keine Verwendung für ihn, denn Knox war zwar wertvoll gewesen, aber jetzt auf dem Stand eines zehnjährigen Kindes. Was sollte Ferro mit jemandem anfangen, der revolutionäre Gedanken nur dann hatte, wenn er sein Mittagessen nicht mochte? Nicht einmal die Radicals hätten ihn gebrauchen können.

Egal, wie ich es drehte und wendete: Das Ganze ergab keinen Sinn. Also konnte ich nur mit meiner Mission weitermachen und hoffen, dass es ihm gut ging. Wenn ich vor Sorge durchdrehte, löschte man mir drei Jahre und damit auch Knox aus meinem Gedächtnis. Das war, als hätte es uns nie gegeben.

Erste Regentropfen fielen. Ich stand auf, steif vom Sitzen auf dem harten Boden. Die Stadt lag dunkel da, nachts gab es kaum Beleuchtung. Nur im Juwel brannte Licht. Es war eine Fensterfront im obersten Stock, jemand aus der königlichen Familie schien wach zu sein. Ob es Lucien war?

Ich verfluchte mich für diesen Gedanken und schob ihn brutal beiseite. Die Wahrheit war jedoch … in Momenten wie diesen, wenn ich mir mutterseelenallein vorkam, dachte ich eben nicht nur an meinen Bruder, sondern neuerdings auch an Lucien. Es war idiotisch und absurd, aber in den zwei Sekunden zwischen Wunsch und bitterer Erkenntnis wollte ich mit ihm reden, mit *ihm*, nicht mit dem Bruder des Königs. Energisch schüttelte ich den Kopf, als ich die Leiter nach unten kletterte. Es war Verrat an ReVerse und an Knox, so etwas auch nur zu denken.

»Wenn Echo uns heute wieder durch den Wald jagt, dann streike ich.«

»Streiken? Ich werfe meine Schuhe nach ihr!«

»Schuhe? Ich werfe dich nach ihr!«

Emile lachte über Gaias Ausruf, und selbst ich musste schmunzeln, während ich mit den anderen die Treppe in der Wohneinheit hinunterlief. Ich hatte seit dem Gespräch mit meiner Familie zwar eine schlimme Woche gehabt, aber ich war nicht in Trübsal versunken. Na gut, nicht völlig.

Der Vorsatz, mich von der Sorge um Knox nicht lähmen zu lassen, hatte nur bis zum nächsten Morgen gehalten. Seit ich wusste, dass er verschwunden war, hatte ich kaum geschlafen und brachte nur wenig Essen hinunter. Im Training war ich deswegen unkonzentriert und meine Leistungen entsprechend miserabel. Der einzige Lichtblick war das Treffen mit Ferro am heutigen Abend. Endlich hatte er sich gemeldet. Ich hoffte, dass ich von ihm ein paar Antworten bekommen würde.

»Hey, was…?« Jemand wollte an uns vorbei und rempelte mich an. Ich sparte mir einen passenden Spruch. Wie immer waren wir auf den letzten Drücker mit dem Frühstück fertig geworden und nun spät dran.

»Hast du deine EyeLinks schon drin?« Emile hielt mir die Tür auf. Seit einigen Tagen durften wir die EyeLinks beim Training tragen und mussten sie danach wieder entfernen.

Ich blieb stehen und wühlte in meinen Sachen. »Nein, ich wollte sie unterwegs einsetz… Ach, verdammt.« Meine Hosentasche war leer. Wahrscheinlich hatte ich vergessen, die blaue Schatulle einzustecken. Es war nicht das erste Mal in dieser Woche, dass so etwas passierte.

»Leute, ich muss noch mal zurück. Wenn es geht, haltet die TransUnit auf.«

Ich schlüpfte durch die Tür wieder ins Gebäude und rannte die Treppe hoch.

»Öffnen«, sagte ich laut und wartete ungeduldig, bis mein WrInk registriert wurde. Dann betrat ich mein leeres Zimmer.

Nur, dass es nicht leer war.

Am Fenster lehnte Lucien.

»Hi, Ophelia.«

Er sah gut aus – natürlich. Seine Haare waren erneut zusammengebunden, und er trug eine dunkle Hose zu einem grauen Langarmshirt, dessen Ärmel er hochgeschoben hatte. Es machte ihn älter als die farbigen Sachen bei unserer letzten Begegnung. Sein Blick war jedoch der gleiche. Ich sah weg.

»Wie bist du hier reingekommen?«, fragte ich ohne Begrüßung. Ich wollte ihm meine Wut nicht zeigen, aber freundlich konnte ich auch nicht sein. Eisige Distanz war ein guter Kompromiss.

»Ich habe einen Generalschlüssel.« Lucien deutete auf sein Handgelenk. »Keine Sorge, ich habe nicht rumgeschnüffelt. Ich konnte nur nicht draußen warten.«

»Was willst du? Ich habe es eilig.« Mit zwei Schritten war ich an meinem Schreibtisch und fahndete nach dem Behälter mit den EyeLinks.

»Suchst du das hier?« Lucien hielt das blaue Kästchen hoch. Natürlich war es *keine* Antwort auf meine Frage. Dagegen war er ja allergisch.

»Woher weißt du das?« Ich nahm es ihm aus der Hand und achtete darauf, ihn nicht zu berühren.

»Ich habe es dir vorhin auf der Treppe abgenommen«, antwortete er. »Der Trick ist, den Daumen nicht zu benutzen.«

Ich sah ihn überrascht an. *Er* hatte mich angerempelt?

»Also ein Einbrecher und ein Dieb«, stellte ich fest. Meine Wut fraß sich durch die Hülle der eisigen Distanz. »Vielversprechende Karriere für jemanden aus deiner Familie.«

»Auf die Schnelle ist mir nichts Besseres eingefallen.« Er trat zwei Schritte auf mich zu. Ich wich einen zurück.

»Was willst du, Lucien?«, wiederholte ich.

»Ich möchte mich entschuldigen.«

Prompt beging ich einen Fehler und sah ihm in die Augen. Sein Blick war bedauernd, sein Lächeln wirkte aufrichtig. Ich schnaubte leise. Noch einmal würde ich mich davon nicht einlullen lassen.

»Warum solltest du das wollen?« Ich verschränkte die Arme.

»Weil es so gewirkt haben könnte, als wollte ich dich aushorchen. Und weil ich gelogen habe.«

»Du hast deine Verwandtschaft verschwiegen«, sagte ich. »Das ist kein Verbrechen. Viele Leute tun das.« Langsam kam ich zurück in die Spur. Wenn ich ihn nicht zu oft ansah, kam ich vielleicht heil aus der Sache raus.

»Ich verstehe, dass du wütend bist –«

»Ich bin nicht wütend«, log ich und sah auf das Kästchen in meiner Hand. »Ich habe gedacht, du wärst ein normaler Mensch, und das war falsch. Es ist keine große Sache.«

»Nur, weil ich ein de Marais bin, kann ich trotzdem ein normaler Mensch sein.« Ich warf ihm einen Blick zu und er hob die Hände. »Okay, halbwegs normal.«

»So normal, dass du mir meine EyeLinks klauen und in mein Zimmer einbrechen musst, um mit mir zu sprechen?«

»Das hat nichts mit dir zu tun. Es provoziert Gerede, wenn man mich mit jemandem sieht.« Er verdrehte die Augen.

»Das Risiko hättest du dir sparen können. Wir haben uns auf dem Castello zehn Minuten unterhalten, sonst nichts. Du hast mir keinen Antrag gemacht.«

»Hätte ich das tun sollen?« Er grinste schief und seine Augen funkelten. Es verfehlte seine Wirkung nicht.

»Hör auf damit!«, fauchte ich.

»Dann gib mir eine Chance, mich zu entschuldigen!«

»Das hast du doch längst«, gab ich zurück und sah auf die Uhr. »Ich muss los, ich bin spät dran. Momentan sollte ich mir keine Fehltritte erlauben.«

Lucien kam einen Schritt näher. »Wenn du willst, könnte ich ein gutes Wo–«

»Denk nicht mal daran«, zischte ich. »Bevor ich Almosen von

dir annehme, lasse ich mir lieber drei Jahre löschen und fahre nach Hause.«

Er hob abwehrend die Hände. »Ich wollte nur –«

»Schon klar«, fuhr ich ihm über den Mund und öffnete die Tür. »Wenn das alles ist …?«

Lucien schien zu zögern, aber dann nickte er. Als er an mir vorbeiging, streifte sein Arm meinen, und mir stockte der Atem. Lucien hielt einen winzigen Moment inne, aber dann ging er zur Tür.

»Ach, eins noch.« Ich ging zum Schrank.

»Ja?« Er trat hinter mich. Etwas in mir reagierte auf seine Nähe. Ich straffte die Schultern und drehte mich um.

»Die Jacke. Das war sehr freundlich von dir, aber ich kann sie nicht annehmen.« Ich drückte ihm die Schachtel in die Arme und sah ihn fest an. »Wahrscheinlich ist es das Beste, wenn wir uns in Zukunft voneinander fernhalten.«

Lucien nickte. »Ich verstehe.« Sein Blick war enttäuscht, sogar verletzt. Es tat mir weh, obwohl ich wusste, dass es nicht echt war. Er war einfach nur ein guter Schauspieler.

»Also … mach's gut.« Ich hatte nichts mehr zu sagen, also schob ich den EyeLink-Behälter in meine Hosentasche und ging eilig hinaus. Wenn Lucien ohne Probleme in mein Zimmer gekommen war, konnte er die Tür bestimmt auch wieder verschließen.

Die TransUnit war längst weg, also orderte ich eine neue am Terminal. Während ich wartete, bemühte ich mich, nicht zum Ausgang des Hauses zu schauen. Als ich aus dem Augenwinkel eine grau-schwarze Silhouette erahnte, war der Vorsatz dahin. Aber kaum sah ich hoch, war niemand mehr da.

21

»Man hat deine Gebete erhört, Gaia«, sagte Emile düster.

»Na, immerhin sind wir nicht im Wald«, antwortete sie.

»Ja, stattdessen in der Hölle«, maulte Justyna.

»Sei das nächste Mal vorsichtig mit dem, was du dir wünschst«, schob ich nach. Das heutige Programm war nicht Gaias Schuld. Aber es half, so zu tun, als ob.

Echo musste an diesem Morgen aufgewacht sein und beschlossen haben, dass Sport im Schatten etwas für Verlierer war. Also waren wir im Freizeitareal am See, um zu lernen, wie man vom festen in den flüssigen Zustand überging. Die Nachmittagssonne knallte auf uns hinunter, es ging kein Lüftchen, und am Horizont türmten sich die ersten Gewitterwolken auf. Ich trug nur ein dünnes Shirt zu einer kurzen Sporthose und war trotzdem komplett durchgeschwitzt. Dabei hatten wir noch gar nicht angefangen.

Unsere Lieblings-Sadistin hatte ein Zirkeltraining aufgebaut, das jeden Elitesoldaten in den Selbstmord getrieben hätte. Wo andere am Ufer liegen oder im seichten Wasser schwimmen gehen durften, gab es für uns einen extra Abschnitt mit Kletterwänden, Sprintstrecken und dem erbarmungslosen Blick unserer Ausbilderin.

»Wer Agent sein will, muss leiden«, sagte Justyna scherzhaft und dehnte ihre Oberschenkel.

»Wahrscheinlich steckt etwas vollkommen anderes dahinter«, sagte Gaia, die sich die Schuhe neu schnürte.

»Was denn diesmal?« Ich zupfte an meinem Shirt, um etwas Luft an meine Haut zu bringen. »Eine Verschwörung der Androiden? Genetisch optimierte Monster?«

»Ja, lacht ihr nur. Ihr werdet schon sehen, dass ich recht habe.« Gaia straffte die Schultern und ging zum Startpunkt.

»Man sollte meinen, sie wäre mit dem ganzen Ausbildungskram ausgelastet«, murmelte Emile.

»Vielleicht ist das ihre Art, Druck abzubauen. Andere Leute machen Sport oder lesen ein Buch – Gaia erfindet Verschwörungstheorien.«

»Ja, aber müssen wir immer diejenigen sein, die sich das anhören?«

Ich lächelte. »Uns würde doch was fehlen, wenn nicht.«

»Leute, wir fangen an.« Echo setzte der Galgenfrist ein Ende. Groß, blond und amazonenhaft stand sie vor dem Gebäude, in dem die Ruderboote und Strandliegen untergebracht waren. Ihr schien die Sonne nichts auszumachen. Während keiner von uns noch eine trockene Faser am Leib hatte, schwitzte sie kein bisschen. »Ihr startet an der Wand, geht dann mit den Gewichten über die lange Distanz am Seeufer, schwimmt bis zur Plattform und kommt über die Seile zurück. Fünf Runden. Ich nehme eure Zeiten und erstelle eine Rangliste. Denkt daran, dass wir die Gruppe am Ende der Woche deutlich dezimieren. Viel Erfolg.«

»Aufmuntern kann sie«, sagte ich, als ich Emile zum Startpunkt folgte. Mein Timing war unschlagbar: Ausgerechnet in meiner schlechtesten Woche wollten sie ein Drittel der Leute aussieben. Vielleicht hätte ich Luciens Angebot, ein gutes Wort einzulegen, doch annehmen sollen. Aber dafür war es nun zu spät.

Die ersten zwei Runden liefen okay, trotz der Hitze. Die Kletterwand war nicht mein Freund, ebenso wie die Gewichte, die wir während der Sprints tragen sollten. Das Schwimmen kühlte mich jedoch ab und brachte mich nach vorne, weil ich genug Übung aus Brighton hatte. Erst ab der dritten Runde wurde auch das zur Tortur.

Ich watete gerade aus dem See, als mich eine merkwürdige Ahnung erfasste. Es war wie ein unguter Geschmack auf der Zunge. Während des Laufens sah ich mich um.

»Scale, nicht trödeln!«, brüllte mir Echo zu.

Sie stand immer noch vor dem Gebäude und beobachtete uns … meine Mitstreiter kämpften sich über den Parcours … und trotzdem war etwas anders. Es schien stiller zu sein und dunkler, obwohl die Sonne immer noch brannte. Drehte ich jetzt durch? Spielten mir Müdigkeit und Erschöpfung einen Streich?

Dann ertönte ein Schrei, der mir durch Mark und Bein ging. Es war nicht das Rufen eines spielenden Kindes oder das harmlose Johlen eines Erwachsenen. Es klang nach Todesangst.

Da begriff ich es.

»Runter!«, rief ich, als das Projektil bereits einschlug. Holz splitterte, die Kletterwand vibrierte dumpf. Ich hechtete dahinter, kopflos, blind. Schreie ertönten überall, Echo brüllte darüber hinweg. *Was zum Teufel ist hier los?!*

Am Ufer war Chaos ausgebrochen. Rekruten rannten über

den Rasen oder kamen aus dem Wasser gestürzt, Zivilisten riefen panisch um Hilfe. Der Grund waren mehrere schwarz vermummte Personen mit Waffen, die von der Landseite aus wild in die Menge feuerten. Am Ufer war jemand zu Boden gegangen, da war Blut, eine Menge Blut. Schockiert starrte ich auf die Stelle. Dann versuchte ich, die Situation zu erfassen.

Eins, zwei, drei … habe ich den Angreifer da vorne schon mitgezählt?

Fünf Zivilisten hinter uns, nein, sechs …?

Im See auch noch welche, Anwärter oder …?

Ich konnte nicht klar denken. Mein Gehirn versuchte es, war aber wie gelähmt, vor Schreck oder weil ich einfach zu fertig war.

Zwei Meter von mir entfernt duckte sich Emile unter einem Schuss hinweg. Das Projektil streifte ihn und versengte ihm das Shirt am Rücken. Hastig griff ich nach seiner Hand und zog ihn hinter die Wand.

»Was ist hier los?! Wer sind die?« In seinen Augen stand nackte Angst.

Ich hatte keine Antwort darauf. Die Sicherheitsvorkehrungen hier waren absurd hoch, niemand schaffte es einfach so in die Stadt. Vielleicht waren es ausländische Soldaten? Oder eine Spezialeinheit? Als einer der Angreifer in unsere Richtung kam, sah ich genauer hin.

Für eine Sekunde hatte ich vermutet, es wäre ReVerse, aber so gingen wir nicht vor. Was hätte es gebracht, mich einzuschleusen, wenn Ferro einen Weg gefunden hatte, Maraisville zu überrennen? Aber diese Leute wirkten auch nicht wie Militärs. Sie bewegten sich keineswegs exakt oder schienen eingespielt zu sein. Waren es etwa …?

»Radicals«, murmelte ich tonlos.

»Was?«, fragte Emile.

»Es sind Radicals«, wiederholte ich lauter. »Sieh dir ihre Klamotten an.« Am Saum, eine Handbreit über der Hüfte, war eine durchkreuzte Lilie zu sehen.

»Scheiße! Was machen wir jetzt?« Emile sah mich an.

Ich war noch nie in einem Gefecht gewesen, aber im Training hatte ich gelernt, worauf es ankam: Wir mussten uns formieren und die Gefahr ausschalten. Aber wie machte man das, mit vier Runden Zirkeltraining in den Knochen, ohne Waffen, gegen einen Haufen schießwütiger Radicals?

»Wir müssen die Zivilisten hier wegbringen«, rief ich Emile zu. In unserer Nähe kauerten mehrere Leute hinter den Büschen. Zwei von ihnen heulten so laut, dass wir es hören konnten.

»Aber wohin?«, fragte er.

»Zum Bootshaus.« Eine andere Möglichkeit gab es nicht.

»Geh du vor, ich gebe dir Deckung.«

»Womit denn?«

Er grinste schief und riss eine Holzlatte von der Kletterwand.

»Na, dann viel Glück.« Ich verließ die Deckung der Wand und lief los. Der Schmutz unter meiner nassen Kleidung rieb schmerzhaft an den Armen, meine Haut schien in der prallen Sonne zu verbrennen. Ich erreichte das Grüppchen am Ufer und ging neben ihnen in die Hocke.

»Seid ihr okay?«

Die zwei Jungs und ein Mädchen im Teenageralter waren blass und verschreckt, nickten aber.

»Passt auf. Wenn ich ›jetzt‹ sage, rennt ihr zu meinem Freund da drüben. Keine Angst, euch passiert nichts.« *Glaubt eigentlich irgendjemand den Scheiß, den Leute in solchen Situationen von sich geben?*

»Jetzt!«

Wir sprinteten in vollem Tempo los. Zu spät sah ich, dass einer der vermummten Kerle in unsere Richtung kam.

»Ophelia, zurück!«, brüllte Emile, aber der Radical hatte uns längst entdeckt. Ich legte noch einen Zahn zu, stieß die beiden Jungs hinter die Kletterwand und hechtete mit dem Mädchen hinterher. Mehrere Projektile schlugen donnernd in das Holz ein. Wir warteten nicht darauf, ob die Wand hielt.

»Da rüber!«

Das Bootslager war vierzig Meter entfernt, eine weite Strecke ohne Deckung. Emile rannte vorweg, das Holzbrett noch in der Hand. Ich hielt mich dicht bei den Teenagern.

Plötzlich wurde ich seitlich von den Füßen gerissen. *Was zur…?* Blitzschnell richtete ich mich auf. Wenn mein Gehirn schon nicht funktionierte, dann immerhin meine Reflexe.

»Hilf mir!« Ein fremdes Mädchen klammerte sich an mich. Ihre dunklen Augen waren aufgerissen, ihr Blick flehend.

»Bist du verletzt?« Ich konnte nichts erkennen.

»Ja, nein… ich weiß es nicht!« Sie heulte auf, als ich sie am Arm berührte.

»Wir müssen hier weg!« Mitten auf freier Fläche standen wir auf dem Präsentierteller des Jahrtausends. Projektile flogen, Rasenstücke spritzten auf, Holz und Ziegel regneten auf uns herunter. Es war ein Wunder, dass uns noch nichts getroffen ha–

Ein markerschütternder Schrei ließ mich taumeln. Ich umklammerte den Arm des Mädchens, rutschte aber ab. Meine Hand war rot vor Blut.

Plötzlich war Echo neben mir und stieß mich zur Seite.

»Ich kümmere mich um sie. Bring dich in Sicherheit!«

»Aber da sind noch mehr Leute!« Überall waren Anwärter

und Stadtbewohner schutzlos ausgeliefert, während die Front aus Radicals näher rückte. Niemand von uns war bewaffnet. Das würde eine einzige große Hinrichtung werden.

»Tot bringst du denen gar nichts! Die Soldaten werden gleich hier sein.«

»Was, wenn nicht?!«, rief ich.

»Das ist ein Befehl, Scale!« Sie packte das ohnmächtige Mädchen unter den Achseln und zog sie mit sich weg. Ich wollte ihr folgen, aber dann entdeckte ich etwas: schwarze Haare hinter einem Boot.

Gaia.

Sie kauerte am Ufer, hundert Meter von mir entfernt. Und sie konnte nicht sehen, dass einer der Radicals direkt auf sie angelegt hatte. Ich zögerte nur eine Sekunde. Dann rannte ich los.

Es war eine furchtbar dumme Idee, aber die einzige, die mir kam. Ich hielt auf den Typen zu, sprang ab und riss ihn aus vollem Lauf von den Füßen. Mit Wucht schlugen wir auf den Boden. Seine Waffe flog davon.

Ich war gut im Nahkampf, aber dieser Radical war nicht wie die Typen in Brighton. Er wehrte meinen ersten Schlag ab und erwischte mich so hart, dass mir schwindelig wurde. Eine Sekunde drehte sich alles, dann holte ich aus und trat ihm zwischen die Beine. Er keuchte auf und ging halb in die Knie. Mit einem Schlag ins Gesicht setzte ich nach, mitten auf die vermummte Nase. Er stöhnte und fiel zu Boden. Ich beugte mich vor und wollte ihm die Maske wegreißen. Da packte er meinen Arm und zog mich herunter.

Es ging rasend schnell. Der Kerl drückte mich auf den Rasen, nagelte mich mit seinen Knien fest, hielt meine Hände über meinen Kopf. Ich strampelte und keuchte, aber er wog sicher hundert Kilo und war komplett in Schutzkleidung. Eisern presste er mir die andere Hand auf Mund und Nase, meine Lunge brannte binnen Sekunden, verlangte nach Sauerstoff, bekam keinen. Mit letzter Kraft zog ich mein Knie nach oben …

Plötzlich war er weg. Jemand hatte ihn von mir heruntergerissen wie eine Puppe. Ich verlor keine Zeit. Schnell sprang ich auf die Füße, schwankte, Schwärze machte sich breit. Blind tastete ich nach der Waffe, die er verloren hatte. Ich fand sie auf dem Boden. Der Radical lag ein paar Meter weiter, reglos. Neben ihm stand Troy.

»Weg hier«, sagte er und packte mich am Arm. Ich wollte mich bedanken, aber es blieb mir im Hals stecken.

»Gaia«, brachte ich stattdessen hervor. »Sie ist da … da hinter …«

Ich suchte nach ihr, richtete die Waffe auf die Angreifer, drückte ab. Nichts passierte. Ich drückte wieder den Abzug. Nichts. Ohne gekoppelte EyeLinks war die Waffe wirkungslos.

»Echo hat Gaia geholt, sie ist in Sicherheit. Komm, wir müs–«

Ich erstarrte. Was Troy noch sagte, ging in dem Rauschen meiner Ohren unter.

Die Radicals hatten sich neu formiert und kamen von der Straße auf uns zu. Alle trugen immer noch ihre Masken, alle bis auf einen. Auf dem Weg zu uns drehte er sich ins Profil und ich konnte sein Gesicht erkennen. Stumm keuchte ich auf.

Es war Knox.

»Scale, komm jetzt!« Troy zerrte an meinem Arm. Ich schüttelte ihn ab.

»Nein, ich kann nicht«, sagte ich. »Das ist mein Freund …« Knox war hier. Was bedeutete das? War er zurück? Waren seine Erinnerungen zurück?

In meinem Kopf setzte etwas aus. Wie benebelt wankte ich auf die Gruppe zu, ignorierte die Waffen. Ich konnte nur Knox sehen – sein Gesicht, das jetzt wieder hinter der Maske verschwunden war. Aber er war es. Ich hätte ihn unter Hunderttausenden Menschen wiedererkannt.

Sie teilten sich auf, zwei kamen auf mich zu. Knox war nicht dabei. Ich änderte den Kurs, steuerte in seine Richtung. Er war hier, ich konnte mit ihm sprechen, ich konnte ihn berühren. Ich *musste* ihn berühren. Ich brauchte Gewissheit.

Die beiden anderen Typen waren mir im Weg und ich hatte keine Zeit zu verlieren. Mit brutaler Härte hieb ich dem einen meine Faust ins Gesicht, sodass er zurücktaumelte. Der andere griff mich an. Sein Fehler.

Ein harter Schlag mit der Handkante, ein gezielter Kick in den Unterleib – ich funktionierte wie auf Autopilot. Einer der Typen traf mich direkt im Gesicht, aber ich machte weiter, als wäre nichts. Ich spürte keinen Schmerz, keine Schwäche, nur rasende Entschlossenheit. Ich teilte aus, steckte ein, schlug, kämpfte, erledigte den Ersten. Der Zweite verdrehte mir die Arme auf dem Rücken, ich duckte mich heraus und trat ihm die Beine weg. Nachdem ich sie los war, lief ich Richtung Ufer. Drei von den Radicals waren auf dem Weg zum Wasser.

»Hey!«, rief ich mit letzter Kraft. Knox war nur wenige Meter vor mir, drehte sich um. Aber auf einmal war da ein brennender Schmerz, erst in meinem Arm, dann in meinem Bauch. Er war so heftig, dass mir die Luft zum Schreien fehlte. Dann erkannte ich, wieso.

Knox hielt eine Waffe, hatte sie auf mich gerichtet. Ich sah an mir herunter. Mein nasses Shirt war rot vom Blut anderer – doch jetzt kam meines dazu.

Ich war getroffen. Er hatte auf mich geschossen. *Knox* hatte auf mich geschossen.

Wieso?

Ich taumelte und fiel zu Boden. Dunkelheit fraß sich rasend schnell in mein Blickfeld. Jemand schrie etwas, die Stimme kam mir bekannt vor.

Dann verlor ich das Bewusstsein.

22

Ein monotones Brummen weckte mich, unterbrochen von einem leisen Fiepen. Mein Kopf war leer und fühlte sich wie Watte an. Ich hatte von irgendetwas Schönem geträumt, einer Party am Strand oder einem Ausflug in die Berge. Es roch nach Blumen und Sommer. Ich hätte ewig so daliegen und an nichts denken können.

»Sie ist wach.«

Mühsam zwang ich meine Augen auf.

Eine Frau stand neben mir. Sie trug weiße Kleidung und einen straff gebundenen Pferdeschwanz, dazu eine ernste Miene, die nicht zu ihrem hübschen Gesicht passte. Ich wollte ihr sagen, dass alles bestens war. Aber es kam nur undeutliches Gebrabbel aus meinem Mund.

»Wir fahren das Piksi runter«, sagte eine andere Stimme.

Piksi? Was soll das denn sein?

Eine Minute später wusste ich es. Das Licht wurde härter, die Konturen klarer. Der Geruch nach Sommer wurde durch kühle, sterile Luft ersetzt.

»Aua«, jammerte ich. Plötzlich schmerzte mein Bauch, genau wie mein Arm. Außerdem fühlte sich mein Kopf an, als wolle er explodieren.

»Ophelia, weißt du noch, was passiert ist?« Das war die Frau. Plötzlich sah sie nicht mehr so hübsch aus.

»Das will ich gar nicht wissen«, murmelte ich undeutlich und schloss die Augen wieder. *Nur noch fünf Minuten Ruhe …*

Die beiden redeten wieder miteinander und verwendeten weitere Buchstabenkombinationen. Dann packte mich jemand an der Schulter.

»Du musst aufwachen. Sofort.«

Mit einem Mal war ich wach. Keine Ahnung, was sie mir statt des Piksi gegeben hatten, aber es brachte alles zurück: die Radicals, den Überfall, Leute in Panik, Schreie. Meine eigene Angst. Und Knox. Er hatte auf mich geschossen. *Auf. Mich. Geschossen.* Ich keuchte.

Die Frau drückte mich zurück in die Kissen.

»Beruhige dich, es ist alles in Ordnung«, sagte sie. Wenn sie gewusst hätte, wie falsch sie damit lag. Panisch umfasste ich meine Kehle. Merkten die nicht, dass ich keine Luft bekam?

Jemand hielt mir einen SubDerm-Injektor an den Hals und die Panik verschwand. Der Schmerz verblasste zu einem dumpfen Pochen. Das Licht blieb jedoch kalt.

»Du wurdest getroffen«, informierte mich die andere Person, ein Mann. Er war dicklich und hatte ein freundliches Lächeln. »Aber wir haben dich behandelt und alles kommt wieder in Ordnung. Spätestens übermorgen bist du ganz die Alte.«

Übermorgen. Das hieß, ich würde mein Treffen mit Ferro verpassen. *Na ja, egal,* sagte mein benebeltes Hirn. *Vielleicht hätte der auch auf mich geschossen.*

»Du solltest jetzt schlafen«, sagte die Frau. »Wenn etwas ist, sag Bescheid. Das System registriert das.« Sie nickte, dann gingen beide aus dem Raum.

Das »System« war ein großes Display am Fußende meines Bettes. *Ophelia Scale* stand in einer Zeile ganz oben, darunter war das Schema eines Körpers zu sehen, mit roten Markierungen an Arm und Bauch, beschriftet mit Fachausdrücken, Zahlen und Buchstaben. Laien hätten nichts davon verstanden, aber mein Vater hatte Systeme wie dieses früher für *MedSol* mitentwickelt. Wenn ich das richtig sah, dann war das an meinem Bauch keine Schusswunde, sondern … *nein, das konnte nicht sein!*

Müde lehnte ich mich wieder zurück.

Die Tür öffnete sich erneut und ich sah hoch. Es war jedoch niemand vom medizinischen Personal.

Es war Lucien.

Er schlich vorsichtig ins Zimmer und schloss die Tür ohne ein Geräusch hinter sich. Dann drückte er ein paar Schaltflächen auf dem Panel daneben.

»Langsam fühle ich mich verfolgt«, murmelte ich träge.

»Das solltest du auch.« Er kam zu mir. »Schließlich kann man dich keine fünf Minuten allein lassen. Wie geht es dir?« Er sah ernsthaft besorgt aus. Ich stand ausreichend unter Drogen, um das gut zu finden.

»Mein Arm und mein Bauch tun weh. Mein Kopf dröhnt. Mit dem Piksi war alles besser. Jetzt ist es doof.« Ich schluckte. Mein Hals war total ausgetrocknet.

»Piksi?« Lucien nahm ein Glas von dem Tisch neben meinem Bett und gab es mir. »Du meinst wahrscheinlich *PXI.* Ja, das ist guter Stoff. Leider macht er einen auf Dauer ziemlich gaga.« Er grinste.

»Sprichst du aus Erfahrung?« Das Lächeln war anstrengend. Ich trank einen Schluck Wasser.

»Vielleicht?« Sein Grinsen verschwand. »Hör zu, wir müssen uns beeilen.«

»Beeilen? Was ist denn los?«

Lucien zog sich einen Stuhl heran. »Erinnerst du dich an das, was passiert ist?«

»Du meinst den Angriff? Jaaah.« Meine Aussprache war ein bisschen verwaschen. »Es war laut und chaotisch, außerdem hat man auf mich geschossen. Habe ich etwas vergessen?«

Lucien warf mir einen langen Blick zu, dann nahm er einen SubDerm-Injektor vom Tisch. Schnell tippte er eine Dosierung ein und hielt ihn mir an den Hals.

»Nein, was … was machst du denn da?« Ich wehrte mich halbherzig, aber er war stärker. Es zischte leise, als der Stoß durch meine Haut ging.

»Ich sorge dafür, dass du klar im Kopf wirst. Es ist wichtig, dass du verstehst, was ich dir sage.« Er wirkte sehr ernst. So mochte ich ihn gar nicht.

Moment, mochte ich ihn *überhaupt*?

»Ich verstehe alles, was du sagst«, beschwerte ich mich. »Ich bin doch nicht blöd. Und du bist kein Arzt, also darfst du gar nicht … oh.« Was immer es war, es wirkte. Es war weniger heftig als vorhin, aber die Ereignisse kamen zurück. Ich setzte mich auf. »Was ist mit den anderen, geht es ihnen gut?« Ich dachte an Gaia und Emile, sogar Troy kam mir in den Sinn. Und Knox …

»Keine Sorge, niemand wurde ernsthaft verletzt.«

»Wie sind diese Typen denn überhaupt in die Stadt gekommen?«

»Das sind sie gar nicht.«

»Nicht? Aber –«

»Stunt-Girl, ich werde dir jetzt etwas sagen, aber du musst mir versprechen, nicht durchzudrehen.« Lucien nahm meine Hand in seine eigene und drückte sie, beinahe zu fest. »Der Angriff war inszeniert. Die Radicals, die Bedrohung … nichts davon war echt.«

Ich starrte ihn an, eine Sekunde, zwei, drei. Abrupt zog ich meine Hand aus seiner. »Nein. Nein, das kann nicht sein.«

Er trat einen Schritt zurück und hob den Saum seines Shirts hoch. Auf dem Stoff war eine durchkreuzte Lilie zu sehen.

»Du? Du warst einer von denen? Aber warum …?«

»Das ist jetzt nicht wichtig. Wichtig ist, dass es ein Fake war.« Erst jetzt fiel mir auf, dass er ziemlich fertig aussah. Seine Haare klebten verschwitzt am Kopf und seine Augen wirkten müde und farblos.

»Aber … das Blut, dieses ganze Blut, ich wurde angeschossen, was …« Hektisch schob ich die Decke zurück und riss an dem Hemd, das ich trug, tastete meine Haut ab. Nichts. Eine schwach schimmernde Rötung am Bauch, aber keine Wunde. So schnell arbeitete NanoHealing nicht.

»Es war Übungsmunition«, erklärte Lucien. »Sie simuliert das Gefühl einer Schussverletzung, mit Schmerzen, Blut und allem Drum und Dran. Du bist nicht die Erste, die das ausknockt.«

Reflexartig griff ich nach meinem Arm. Auch da … nichts. Plötzlich fiel mir das medizinische Kürzel auf dem Bildschirm wieder ein. Es war das für ein Hämatom. Lucien sagte die Wahrheit. Ich sank zurück.

»Alles okay?« Er nahm die Decke und breitete sie wieder über mir aus.

»Es geht schon.« Die Tatsachen vertrieben die Panik.

»Gut, dann hör zu. Dufort will eure Gruppe um ein Drittel verkleinern und wollte sich nicht auf Trainingsresultate verlassen.« Er sprach leise und schnell. »Also musste ein Ernstfall her.«

Ich hatte keinen Schimmer, wieso Lucien darüber Bescheid wusste. Trotzdem glaubte ich ihm.

»Worauf haben sie geachtet?«

»Vor allem auf strategische Kenntnisse und ob ihr einen kühlen Kopf bewahrt.«

Ich lachte bitter auf. »Na toll. Scale, null Punkte.« Wahrscheinlich war das Clearing-Team schon auf dem Weg zu mir.

»Das ist nicht wahr. Du hast dich um die Leute gekümmert und dein Bestes getan. Du hast gut gekämpft.«

»Ja, bis zu dem Punkt, als ich jemanden gesehen habe, den ich kenne.« Was hatte das überhaupt zu bedeuten? Ich konnte mich doch nicht so sehr getäuscht haben. Allerdings war ich müde gewesen, unkonzentriert. Wenn es jemand mit ähnlichen Gesichtszügen gewesen war …

»Nicholas Odell«, sagte Lucien. Es war keine Frage.

»Woher weißt du das?« Ich starrte ihn an.

»Das war Teil des Ganzen. Zu testen, ob es euch aus dem Konzept bringt, wenn bekannte Gesichter auftauchen.«

Das war grausam. Und genial. »Wie haben sie das gemacht?«

»Ihr tragt EyeLinks. Es war nicht schwer, die Gesichter auszutauschen.«

»Aber die Links waren gar nicht aktiviert«, sagte ich. »Sie wurden auch nicht kalibriert.« Ich klammerte mich an die winzige Chance, dass Knox doch dort gewesen war.

»Das müssen sie nicht bei jedem Einsatz«, sagte Lucien.

»Er war also nicht da«, murmelte ich tonlos. Die Wahrheit fraß sich in meinen Verstand und setzte die Hoffnung schachmatt.

»Nein, war er nicht. Es tut mir ehrlich leid, Ophelia.«

Ich presste die Lippen aufeinander und nickte. Auch das glaubte ich ihm.

»Ist egal«, sagte ich bitter, »ich werde bald ohnehin nichts mehr davon wissen.«

»Ach, Unsinn.« Lucien nahm wieder meine Hand, seine Finger wärmten meine. Es beruhigte mich.

»Sie haben mich getestet und ich bin durchgefallen. Wie gut sind da wohl meine Chancen, hierzubleiben?«

»Die sind bestens. Weil du nicht durchfallen wirst.« Lucien lächelte. »Es gibt noch einen zweiten Teil bei dem ganzen Spaß. Gleich kommen Claesson und Dufort hierher und befragen dich zu dem Angriff. Wenn du ihnen beweist, dass du alles im Griff hattest, bleibst du im Rennen.«

»Und wie soll ich das machen? Ich liege mit einer Schein-Schussverletzung in einem Bett im … was ist das hier überhaupt?«

»Medical Department C«, informierte mich Lucien, als wäre er ein Auskunftsterminal.

»Genau«, sagte ich. »Nach einer miesen Woche und einem miesen Auftritt bei der heutigen Show. Ich kann rechnen, Lucien.«

»Es geht nicht darum, dass du in eine Kugel gelaufen bist«, beharrte er. »Es geht nur darum, *wie* abgelenkt du warst. Was du *trotzdem* gesehen hast.«

»Eben gar nichts!« Langsam bekam ich wieder Angst. Lucien drückte meine Hand.

»Ich weiß, dass du das glaubst«, sagte er, »deswegen bin ich hier.« Er ließ meine Hand los, schob seinen Ärmel hoch und schaltete ein Pad an seinem Arm ein, das so ähnlich aussah wie das von Ferro. Der Holo-Erzeuger ließ eine Zeichnung des Areals am See erscheinen. Einzelne Punkte leuchteten auf.

»Es waren zwölf Leute«, begann Lucien. »Acht Männer, vier Frauen. Sie hatten schwarze Kleidung an, aber es waren keine Uniformen. Die meisten von ihnen trugen Radicals-Abzeichen am rechten unteren Saum und –«

»Was machst du da?«, unterbrach ich ihn.

»Ich informiere dich.«

»Das darfst du nicht!« Ich schüttelte heftig den Kopf. »Wenn die rausfinden, dass du mir geholfen hast, dann –«

»Bist du auf deinen hübschen Schädel gefallen?« Er fragte es so freundlich, als würde er mit einer Geisteskranken sprechen.

»Nein? Aber du kannst nicht –«

»Natürlich kann ich«, unterbrach er mich erneut. »Ich weiß nicht, ob das PXI dir das Hirn vernebelt hat, aber ich war bei dem Briefing heute Morgen dabei. Du hattest eine schlechte Woche, und Dufort macht sich Sorgen, dass du dem Druck nicht gewachsen bist. Das bedeutet im Klartext: Wenn du denen keine Details nennen kannst, bist du draußen. Willst du das?«

»Nein, aber –«

»Dann sei still und pass auf.« Es war ein Befehl.

Ich klappte den Mund zu.

Lucien zeigte auf die Projektion. »Wir sind von dieser Seite auf euch zugekommen und haben das Feuer eröffnet. Die meisten Leute sind zu den Bäumen gelaufen, einige zum Bootshaus. Du warst hinter der Kletterwand und hast Bayarri davor bewahrt, erschossen zu werden.« Drei Punkte leuchteten auf. »Dann hast du die Kids vom Ufer weggeholt.« Die Punkte bewegten sich.

»Waren die alle eingeweiht?«, fragte ich. Die Angst der Leute war mir so real vorgekommen.

»Es ist die Schauspieltruppe vom Theater aus Zone B«, sagte Lucien. »Aber sie wussten nicht alles. Es sollte echt wirken.«

Das war ihnen gelungen.

»Wir haben uns neu formiert und sind in zwei Gruppen auf Bootshaus und Ufer zugekommen«, erklärte Lucien weiter. »Das war der Moment, als du Gaia entdeckt hast. Weißt du noch, wo die Radicals zu dem Zeitpunkt waren?«

Ich schilderte Lucien alles, was ich mitbekommen hatte. Einige Sachen wusste ich noch, aber vieles auch nicht. Meine Erinnerungen hatten sich mit Knox' Auftauchen zu einem wirren Knäuel verknotet. Lucien half mir, es wieder zu entwirren.

»Dann kam der Typ, der mich beinahe erwürgt hat.«

»Du hast ihn mit voller Breitseite umgerannt.« Lucien grinste anerkennend. »Das bringt dir auf jeden Fall Punkte ein.«

»Es war dumm.« Ich verzog das Gesicht.

»Es war mutig. Außerdem sollte der Idiot dich nicht so stark würgen. Wahrscheinlich hat er dir den Tritt in die Eier übel genommen. Ich musste ihn von dir runterziehen.«

»Du warst das?«

»Ich habe auf den EarLinks dafür sofort einen Anschiss von Dufort bekommen.« Lucien verdrehte die Augen. »Aber im Ernst, hätte ich darauf warten sollen, dass du erstickst?«

»Ich dachte, Troy hätte …«

»Rankin? Nein. Der stand nur daneben. Entweder hatte er keine Ahnung, was er tun soll – oder er mag dich nicht.«

»Eher Letzteres.« Da tat Troy so, als wäre er der Retter der Nation, und dann hatte er nur alibimäßig an meinem Arm gezogen. Was für ein Arsch. »Schmeißen sie ihn dafür raus?«

Lucien schüttelte den Kopf. »Nein, er ist ganz oben auf der Liste. Da muss schon mehr passieren.«

Verdammt.

»Jedenfalls hast du dann deinen Freund entdeckt.«

Ich verspannte mich. Lucien bemerkte es. »Keine Sorge. Es war sicher krass für dich, aber es hat nicht so ausgesehen.«

»Ich bin wie eine Wahnsinnige hinter ihm hergerannt.«

»Du bist zu einer Gruppe Radicals gelaufen, die versucht hat, Zivilisten umzubringen – und auf dem Weg hast du zwei von denen ordentlich vermöbelt. Außerdem weißt du eines nicht.« Er zeigte mir einen kleinen roten Punkt. »Da war ein Junge in ihrer Nähe, direkt an den Büschen. Du hast ihn nicht bemerkt, aber davon ahnt Dufort nichts.«

»Und was sage ich, wenn sie nach Kno… Nicholas fragen?«

»Das werden sie nicht. Falls doch, erzählst du ihnen, dass du irritiert warst, weil einer von den Angreifern so aussah. Aber dann wusstest du, dass die Zivilisten Vorrang haben, blabla. Dufort mag dich, also musst du gut darin sein, Leuten etwas vorzumachen. Du kriegst das schon hin.« Er lächelte und schaltete das Pad ab.

Ich griff nach seiner Hand, bevor er sich abwenden konnte.

»Wieso tust du das?«, fragte ich. »Es muss ein Risiko sein, mir zu helfen.«

»Das Risiko hält sich in Grenzen. Wobei, vielleicht gibt mir Leopold ja Hausarrest, oder ich muss ohne Essen ins Bett.« Er machte ein erschrockenes Gesicht.

»Lucien …« Ich wollte keine Witze hören.

Er senkte den Blick und strich flüchtig über meine Finger. Ein Kribbeln wanderte meinen Arm hinauf. »Ich fand es fair.«

»Fair?«

»Deine Kollegen haben *irgendjemanden* bei den Zivilisten erkannt – die Oma, den kleinen Bruder oder den besten Freund.

Aber keiner von ihnen hat unter den Angreifern jemanden gesehen, der ihre große Liebe war.« Er schob seine Finger unter meine. »Ich sorge nur für Gerechtigkeit.«

Ich sah auf die Bettdecke. »Trotzdem hättest du es nicht tun müssen.«

»Nun, für einen hässlichen Kerl hätte ich es wahrscheinlich auch nicht getan.« Er grinste. Ich erwiderte es und sah auf unsere verschränkten Hände.

»Es tut mir leid, dass ich heute Morgen so ätzend zu dir war.«

»Ist okay«, antwortete er leichthin. »Ich hatte das verdient.«

»Nein, hast du nicht.«

»Ich habe dir nicht gesagt, wer ich bin. Das war nicht in Ordnung. Ich hätte mir denken können, dass du das nicht gut aufnimmst.«

»Das ist die Untertreibung des Jahres.« Es hatte mir den Boden unter den Füßen weggezogen. Aber jetzt musste ich feststellen, dass es okay war. *Er* war okay. Mehr als das.

»Glaubst du mir, dass ich niemandem von diesem Treffen in der Ruine erzählt habe?« Lucien sah mich an.

Ich zögerte nicht. »Ja.«

»Gut. Denn das habe ich nicht. Ich glaube, ich wollte nur nicht, dass du mich so ansiehst.«

»Wie denn?«

Er hob die Schultern. »Der Blick vieler Leute verändert sich, wenn sie herausfinden, wer ich bin. Und die meisten werden unehrlich, weil sie mir wegen Leopold in den Hintern kriechen wollen.«

»Ach, echt? Kann ich mir gar nicht vorstellen.« Ich grinste. »Habe ich dir heute schon gesagt, wie umwerfend du aussiehst?«

Lucien lachte.

»Nein, Schätzchen, aber das ist nicht nötig. Ich weiß, dass ich ein heißer Typ bin.« Er nickte gönnerhaft und streckte die Hand aus. »Also, fangen wir noch mal von vorne an: Ich bin Lucien de Marais. Freunde sagen Luc.«

»Ophelia Scale, aber das wusstest du scho–«

Ein Signal an seinem Pad unterbrach mich. Sofort stand Lucien auf.

»Das ist der Annäherungsalarm. Ich muss gehen.« Er ließ meine Hand los. »Die Überwachung im Zimmer war aus, solange ich bei dir war. Es wird wie ein Defekt aussehen.« Er öffnete die Tür.

»Lucien?« Er drehte sich um. Ich lächelte. »Danke. Du hast mir das Leben gerettet.«

»Immer wieder gerne. Wir sehen uns, Stunt-Girl.« Die Tür schnappte hinter ihm zu. Nur eine halbe Minute später öffnete sie sich wieder für Echo und Dufort.

»Hi, Ophelia. Wie geht es dir?« Sie trugen beide nun normale Sachen, aber ich war sicher, dass auch Dufort unter den Angreifern gewesen war.

»Schon besser, danke.« Ich lächelte.

»Wärst du bereit, uns ein paar Fragen zu beantworten?«

»Ja, natürlich.«

Dank Lucien war ich bereit wie nie. Aber er selbst blieb ein Rätsel. Er war der Bruder des Königs, er war angeblich Diplomat, aber er war auch bei diesem Angriff dabei gewesen.

Wer war Lucien de Marais wirklich?

Und was bedeutete das für mich?

23

Die Lichtung lag still da, als ich ankam. Die Bäume standen an dieser Stelle des Waldes weit auseinander, Felsbrocken waren wie gefallene Würfel über den Boden verteilt. Ich setzte mich auf einen der Steine und tat so, als würde ich eine Pause einlegen.

Die Wärme des Tages kühlte sich langsam ab und Wind kam auf. Die Baumkronen raschelten leise über mir. Ich sah hoch. Seit ich die TransUnit am See verlassen hatte und in den Wald gelaufen war, fühlte ich mich beobachtet. Der Grenzzaun wurde mit Bio-Scannern und DNA-Trackern kontrolliert, aber auch mit altmodischer Kameratechnik. Nicht, dass es so etwas gebraucht hätte, um mich zu orten. Mein WrInk übertrug ein glasklares Signal, wo immer ich mich aufhielt.

Was die Schakale anging, lag ich gut im Rennen. Luciens Hilfe hatte mich unter die Top fünf gebracht und seitdem war ich besser denn je. Hatte ich wegen seiner Hilfe ein schlechtes Gewissen? Nein. Es war unfair gewesen, mir ausgerechnet Knox über die EyeLinks einzuspielen. Außerdem ging es um die Mission. Mein Durchhänger hätte mich fast drei Jahre Clearing und

ReVerse eine einmalige Chance gekostet. Das durfte nicht noch einmal passieren.

Ich hatte mich zurück auf Kurs gebracht: Zusatztraining, Erhöhung des Lernpensums, keine Rücksicht mehr auf Verluste. Ich machte mir immer noch Sorgen, aber sie lähmten mich nicht mehr. Wo immer Knox war, ich konnte ihm momentan nicht helfen.

Ein neues Treffen mit ReVerse zu vereinbaren, war einfacher gewesen als gedacht. Da wir jetzt an unsere Familien und Freunde schreiben durften, hatte ich Liora einen Brief mit einer codierten Nachricht zukommen lassen. Beim ersten Mal hatte Ferro diktiert, wann und wo es stattfinden sollte. Diesmal hatte ich darüber bestimmt. Die Stelle hoch am Hang, wo die Mauer nur ein Zaun war, schien ideal. Hoffentlich befolgte er auch die anderen Instruktionen.

Ein Ast knackte, dann noch einer. Schließlich hörte ich Schritte. Ich ging zum Zaun, aber nicht zu nah heran. Der Bio-Scanner setzte jeden außer Gefecht, der die Grenze übertreten wollte – egal, von welcher Seite.

Jemand von großer Statur schob sich durch die Bäume, eindeutig nicht Ferro. Es war ein bärtiger Mann in Phobe-Kleidung, dem eine Frau und zwei Kinder in gleichem Aufzug folgten. Der Junge schlug mit einem Ast gegen die Stämme der Bäume, das Mädchen klammerte sich an die Hand seiner Mutter. Keinen von ihnen kannte ich. Unwillkürlich machte ich einen Schritt zurück.

»Hallo«, sprach mich der Mann an. Als er näher kam, erkannte ich über dem struppigen Bart vertraute blaue Augen. Ich vergaß fast, der Kamera den Rücken zuzudrehen.

»Julius?« Er nickte kaum merklich. »Warum du?« Ich deutete im Schutz meines Oberkörpers in die Richtung der Überwachung. Er neigte den Kopf.

»Ferro wurde aufgehalten.« Also war Julius jetzt in die obere Riege aufgestiegen, wie es schien. »Da habe ich mich freiwillig gemeldet.«

»Seid ihr wahnsinnig?«, fragte ich. »Wenn die deinen WrInk tracken und die Verbindung zu mir herstellen ...«

»Ich trage nicht meinen eigenen WrInk.« Julius bewegte den Arm und ich sah eine Beule unter dem Ärmel. Mein Magen drehte sich um. Ich wusste, wie eine solche Transplantation ablief: Man verpflanzte das fremde Gewebe mit, um die DNA-Koppelung zu erhalten. Es war ekelhaft – und gefährlich. Da man damit nicht zu einer MedStation gehen konnte, entzündete sich oft der ganze Arm und starb ab.

»Wie lange haben wir?«, fragte Julius mich.

»Fünf Minuten, dann wird die Kavallerie losgeschickt.« Ich presste die Hand auf den Mund. »Julius, dein Arm –«

»Dafür haben wir keine Zeit. Ich komme klar.«

»Wer sind die?« Ich deutete in Richtung der Frau und ihrer Kinder, die ein paar Meter entfernt an einem Baum standen. Meine Idee war gewesen, dass Ferro sich als wanderfreudiger Phobe ausgab, den ich am Zaun traf und wegschickte. Von einer ganzen Familie im Gepäck war nicht die Rede gewesen.

»ReVerse-Anhänger. Sie machen das freiwillig. Wir dachten, es wäre authentischer.«

Da musste ich ihm widerwillig zustimmen. Das Sicherheitssystem war undurchdringlich. Die optische Überwachung deckte jeden Meter der Grenze ab, die Scanner verhinderten, dass etwas den Zaun überqueren konnte. Also blieb nur eine Show für die Kameras. Sie zeichneten keinen Ton auf und konnten nicht hören, was wir sagten.

Ich machte eine auffällige Geste in die Richtung, aus der

Julius gekommen war. »Das hier ist Sperrgebiet«, sagte ich so, dass die Kamera meine Lippenbewegungen erfassen konnte. »Sie müssen gehen.«

Julius spielte mit. »Wir wollten uns nur umsehen«, sagte er und nuschelte ein undeutliches »Wie ist dein Status?« hinterher. Keine Frage, wie es mir ging oder ob ich zurechtkam. Nur die nach meinem Status.

Ich drehte den Kameras den Rücken zu. »Ich bin momentan unter den besten fünf. Wir sind noch fünfundzwanzig Anwärter, letzte Woche haben sie ein Drittel nach Hause geschickt.«

»Wirst du es schaffen?«

»Das werden wir sehen«, gab ich zurück.

Julius' Gesicht verhärtete sich. »Das reicht nicht. Der König lässt mehr Kontrollen durchführen, die Turncoats wurden verdoppelt und besser ausgestattet. Leute, die zum Clearing geschickt werden, verschwinden spurlos. Wie lange dauert das denn noch?«

»Ich brauche Zeit, um an Leopold heranzukommen. Ferro hat gesagt, ich soll geplant vorgehen.« Ich hatte nicht gewusst, dass die Lage sich zugespitzt hatte. Aber deswegen konnte ich nicht zaubern.

»Ferro hat seine Meinung geändert«, sagte Julius hart. »Je schneller wir es durchziehen, desto besser.«

»Das soll er mir selbst sagen«, erwiderte ich stur.

»Ich spreche für ihn.« Julius' Augen funkelten fiebrig.

»Und ich spreche für mich! Ich kann wohl kaum in die Festung spazieren und Leopold den Hals umdrehen!«

»Es kann auch jemand anders tun, wenn wir eine Gelegenheit bekommen«, sagte Julius. Hinter ihm spielten die beiden Kinder Fangen. Die Frau sah mich an, als wäre ich der Feind.

Ich schwieg. Einerseits wollte ich mir diese Sache nicht aus der Hand nehmen lassen, schließlich hatte ich hart dafür gearbeitet. Aber manchmal war da eine Stimme, die mich fragte, ob ich es im entscheidenden Moment überhaupt fertigbringen würde. Vielleicht wäre es einfacher, den letzten Schritt nicht selbst tun zu müssen.

»In drei Wochen findet ein Besuch des südamerikanischen Präsidenten statt«, sagte ich zögernd. »Der König will sie nicht in die Stadt lassen, also empfängt er sie außerhalb in der Villa Mare. Es ist eine kleine Basis an der italopäischen Küste, gut gesichert, aber nicht so wie hier. Man könnte jemanden hineinbringen.« Während ich es sagte, bereute ich es schon. Was sollte das werden, ein Angriff ohne Planung und Verstand? Ich holte Luft. »Ich habe eine Menge riskiert, um hier zu sein, und nun soll ich alles über den Haufen werfen? Julius, sei ehrlich. Was ist wirklich das Problem?«

»Das sagte ich bereits«, antwortete er mit verkniffener Miene.

Meine Uhr piepte. Es war Zeit, noch einmal für die Kameras eine Show abzuziehen. »Als Mitglied der königlichen Sicherheit muss ich Sie des Ortes verweisen. Sie dürfen sich hier nicht aufhalten.«

Julius musterte mich, als würde er mich tatsächlich als Teil der Wachmannschaft sehen. Dann hob er die Hände und machte einen Schritt nach hinten.

»Du sagtest, es wird enger«, hakte ich nach. »Aber das ist nicht die ganze Wahrheit.« Ich war auch vor Maraisville gut darin gewesen, Menschen zu analysieren – sogar mit HeadLock. Aber nach acht Wochen mit Dufort konnte ich sie *lesen.*

Julius schien zu zögern.

»Du schuldest mir mehr als Ferro«, sagte ich bestimmt.

Er seufzte und gab nach. »Sie kommen ihm auf die Spur. Ferro war unvorsichtig und hat sich zu ein paar Racheaktionen hinreißen lassen.«

»Gegen wen?«

»Ehemalige Kollegen.«

»Hat er sie getötet?«

»Ja.«

»Wie viele?«

»Fünf oder sechs? Keine Ahnung.«

»Und weiter?«

»Sie haben angefangen, Jagd auf ihn zu machen. Sie wissen zwar nicht, wer er ist, aber es ist nur eine Frage der Zeit.«

Mein Mitleid hielt sich in Grenzen. Das Ziel von ReVerse war eine Welt ohne Abkehr. Dazu brauchte es genau einen Toten und das war der König. Wenn Ferro aus der Angelegenheit seinen persönlichen Rachefeldzug machte, war das sein Problem.

»Dann soll er eben untertauchen und es aussitzen.« Die Revolution würde ihn nicht an vorderster Front brauchen. »Wenn er eine Weile stillhält, geben sie die Suche nach ihm auf.«

»Das will er nicht«, erwiderte Julius. »Die ahnen, dass er mit jemandem in Maraisville Kontakt hat. Wenn das auffliegt, ist es vorbei, sagt er. Ich habe keine Ahnung, warum.«

»Ich schon.« Wenn herauskam, dass Ferro Kontakt zu Amelie hatte, bräche die Hölle los. Leopold würde seine Schwester von der Erbfolge ausschließen und wahrscheinlich auch verbannen. Dann wäre bei seinem Tod nur Lucien übrig. Bei dem Gedanken wurde mir unwohl.

»Was meinst du?«

»Nicht so wichtig.« Ich gestikulierte noch einmal für die Kamera. »Der Empfang ist eine Option. Aber wer immer es tut, wird dabei ziemlich sicher draufgehen. Die Garde wird vor Ort sein, wahrscheinlich auch der halbe Geheimdienst.« Ich kramte in meinem Kopf nach den Details der Villa Mare. Wir hatten in Fiores Unterricht darüber gesprochen. »Es gibt ein Tor im Norden, außerdem einen Eingang für Lieferanten und Sicherheitspersonal. Leopold wird am Vormittag dort eintreffen, aber die einzige Gelegenheit wäre während des Empfangs. Den Rest der Zeit ist er zu sehr abgeschirmt.«

»Gut, ich gebe es weiter.« Julius nickte. »Das mit deinem Medikament tut mir übrigens leid. Wir haben keine Möglichkeit gefunden, es hineinzuschmuggeln.« Er sah an dem Zaun hoch, der jeden Partikel sofort vaporisieren würde. »Aber wir versuchen es weiter.«

Ich blinzelte irritiert. »Mein Medikament? Ich habe längst einen neuen Injektor damit.« Er hatte nach meinem Besuch im Medical Department in meinem Zimmer gelegen. Ich war sicher gewesen, Ferro hätte jemanden bestochen, um ihn mir zu bringen.

»Hast du es schon benutzt? Vielleicht will dich jemand vergiften.« Julius sagte es sachlich und kühl.

»Ja, habe ich. Es ist vollkommen in Ordnung.« Sogar mehr als das. Die Kopfschmerzen, die ich wegen der verringerten Dosis bekam, waren schwächer als vorher. Aber wer konnte es mir gebracht haben, wenn nicht Ferro?

Meine Uhr piepte erneut. Noch eine Minute. Ich setzte Prioritäten.

»Weißt du etwas über Knox?«

»Nicht viel.« Julius' Blick war auch jetzt unbeteiligt. Ich hätte ihn am liebsten gewürgt. »Er ist eines Morgens weg gewesen, ohne etwas von seinen Sachen mitzunehmen. Sein WrInk lag im

Waschbecken im Bad, er wurde mit einer Bastelschere rausgeholt. Keine Ahnung, wer das getan hat. ReVerse war es nicht und die Radicals auch nicht.«

»Das heißt …?«

»Keine Ahnung. Vielleicht war er wirklich nur verwirrt und ist abgehauen.«

»Aber ihr sucht doch nach ihm?«

»Nein. Wir haben gerade andere Sorgen als Knox.«

Ich starrte ihn an. Ein Teil von mir hatte gehofft, dass ReVerse Knox' Erinnerungen zurückgeholt hatte, aber natürlich konnten sie das nicht. Dass sie jedoch nicht einmal nach ihm suchten, tat weh. Genau wie Julius' Gleichgültigkeit.

»Was ist mit dir passiert?«, fragte ich leise.

»Wir müssen alle Opfer bringen, Phee.« Er sah mich nicht an.

Ein erneutes Piepen meiner Uhr sagte mir, dass die Zeit um war. Ich hatte noch nach Jye fragen wollen. Aber wir konnten das nicht riskieren.

»Ich muss euch jetzt wegschicken, sonst ruft das System Verstärkung.« Ich machte wieder eine ausladende Bewegung, als wollte ich sie wegscheuchen. »Bitte gehen Sie jetzt, sonst muss ich den Sicherheitsdienst rufen!«

Julius gab der Frau und den Kindern einen Wink.

»Ist schon gut, wir hauen ja schon ab.« Er ging einige Schritte rückwärts und nickte mir zu.

Dann drehte er sich um und verschwand mit seiner Fake-Familie im Dickicht des Waldes.

Ich blieb so lange stehen, bis ich sie nicht mehr erkennen konnte. Dann zeigte ich der Kamera einen hochgereckten Daumen, um dem System Entwarnung zu geben, und wandte mich ab.

Während ich mich auf den Rückweg machte, spürte ich tiefe Enttäuschung. Als ich Julius erkannt hatte, war ich froh gewesen – froh über die Gelegenheit, offen mit jemandem reden zu können, der mich kannte und verstand. Aber stattdessen war es ein geschäftsmäßiges Treffen ohne emotionale Regung gewesen: kein Humor, keine Fürsorge, nichts von dem, was Julius früher ausgemacht hatte. Er hatte sich nur für das Attentat auf den König interessiert. Wie konnte er sich, wie konnte ReVerse sich in der kurzen Zeit derartig verändert haben? Hatte ich so viel verpasst?

Aber mit den Fragen kam mir ein anderer Gedanke: Vielleicht hatte ReVerse sich gar nicht verändert. Vielleicht hatte ich nur nie das ganze Bild gesehen.

24

Hast du schon etwas gegessen?

Die Nachricht wartete auf dem Terminal in meinem Zimmer, als ich von dem Treffen mit Julius zurückkam. Unterschrieben war sie mit »Retter abstürzender Damen«. Ein Lächeln stahl sich auf mein Gesicht. Ich hatte Lucien seit dem Medical Department nicht mehr gesehen, aber mich öfter bei Gedanken an ihn erwischt.

»Nein, habe ich nicht«, murmelte ich in Richtung des Terminals. Lucien schien diese Antwort geahnt zu haben, denn eine zweite Nachricht öffnete sich, als ich die erste schloss.

Das dachte ich mir. Wenn du genug von dem Zeug aus der Supply-Station hast, hätte ich einen Vorschlag: Abendessen bei mir.

Darunter war eine Karte von Zone A mit einer Markierung.

Ich überlegte nicht lange. Natürlich war es eine dumme Idee, dorthin zu gehen – die Liste der Gründe reichte von Maraisville bis nach Brighton. Aber egal, was Ferro und Julius dachten: Ich war keine verdammte Maschine. Ich brauchte dringend jemanden, der mich wie einen Menschen behandelte.

»Antwort eingeben«, sagte ich, und ein Fenster öffnete sich. »Bin dabei«, sagte ich. »Wann?« Ich schickte die Nachricht ab. Es dauerte nicht lange, bis eine Antwort erschien.

In einer halben Stunde?

Ich bestätigte die Zeit, dann ging ich ins Badezimmer.

Ich duschte schnell, trocknete meine Haare und ließ sie offen. Als ich in meinem Schrank nach etwas zum Anziehen suchte, fiel mir die grüne Jacke in die Hände. Lucien hatte sie zurückgelegt, aber getragen hatte ich sie trotzdem nicht. Jetzt nahm ich sie heraus und zog sie über mein Shirt. Warum auch nicht? Er hatte bewiesen, dass er aufrichtig war. Wenn ich ignorierte, dass ich vorhatte, seinen Bruder zu töten, war das schließlich ein normales Treffen unter Freunden.

Nur Freunde?, fragte eine Stimme. Ich antwortete nicht.

»Hey, kommst du mit zum Essen? Es gibt synthetisches Hühnchen.« Emile wackelte mit den Augenbrauen.

»Das klingt sehr verlockend, aber ich habe noch etwas vor.«

»Jetzt noch?« Er rückte seine schreiend bunte Mütze zurecht. »Hat Gaia doch recht und man gibt dir schon Aufträge? Wenn ja, leg ein gutes Wort für mich ein.«

»Leider nein«, sagte ich. »Ich wollte nur runter zum See, ein bisschen den Kopf freikriegen.«

»Na, dann lass dich nicht von irgendwelchen Radicals umbringen.« Emile grinste. Der Fake-Angriff war ein Running Gag unter den Anwärtern.

»Keine Sorge. Wenn welche auftauchen, schicke ich sie zu dir.« Ich grinste, verabschiedete mich von ihm und schlug den

Weg Richtung Juwel ein. Zehn Minuten und einen Sicherheitsposten später war ich in Zone B.

Die Stelle, die Lucien markiert hatte, lag an der Westseite der Festung und grenzte direkt an Zone A, für die ich keine Berechtigung besaß. Kurz darauf stand ich vor einer Mauer und sah mich um. Die Straße hinter mir lag wie ausgestorben da, nicht einmal ein Kontrollpunkt war in der Nähe. *Na super.* Hatte ich die Karte falsch verstanden?

»Hey, warum starrst du die Mauer an? Wir sind doch nicht in einem Fantasy-Roman.«

Ich fuhr herum und begegnete dem amüsierten Blick von Lucien. Er lehnte an einem Häuschen, das wie ein TransUnit-Wartungspunkt aussah. Wie bei unserer ersten Begegnung hatte er die Haare zu einem lockeren Zopf eingeschlagen. Zu seinen Jeans trug er ein dunkelblaues Shirt.

»Nicht?« Ich stemmte die Arme in die Seiten und sah an der Mauer hoch. »Ich dachte, wenn ich den richtigen Spruch sage, lässt sie mich durch.«

Er lachte und sofort fühlte ich mich besser. Ich hatte keine Ahnung, wie er das machte.

»Wenn das so einfach wäre, hätten wir alle ein Problem. Komm, bevor uns die Klatschpresse sieht.« Er winkte mich zu dem Häuschen.

Ich folgte ihm ins Innere. Es war dämmrig und roch nach Schmiermitteln.

»Romantisch«, sagte ich.

»Nicht so voreilig, Stunt-Girl.« Lucien drückte eine Schaltfläche. Zwei Metalltüren glitten beiseite und gaben den Blick auf die Kabine eines Lifts frei.

»Was ist das?« Ich spähte misstrauisch hinein.

»Das ist ein Geheimzugang zur Festung«, erklärte er.

»Den du mir garantiert nicht zeigen darfst.«

»Ach, das geht schon in Ordnung.« Lucien öffnete eine Klappe neben dem Lift. »Er fährt auf dem Weg nach unten durch einen Bio-Scanner. Ich würde niemandem raten, das Ding ohne Berechtigung zu benutzen.«

»Und seit wann habe *ich* eine Berechtigung?«

Er tippte eine komplizierte Zahlenfolge ein, zu schnell, um sie mir zu merken. »Jetzt hast du eine.« Lucien trat in die Kammer und deutete neben sich. »Milady? Lust auf eine kleine Fahrstuhlfahrt?«

»Jederzeit gerne«, flötete ich und folgte der Aufforderung. Trotzdem war mir mulmig, als die Türen sich schlossen.

»Bist du sicher, dass die Berechtigung funktioniert?« Mit bangem Blick sah ich Lucien an.

»Klar. Zu 95 Prozent geht es gut.« Er nickte zuversichtlich.

»95 Prozent?« Ich sah ihn erschrocken an und er grinste. Ich boxte ihn in die Seite. »Hör auf, mich auf den Arm zu nehmen.«

»Das würde ich nie tun. Dazu ist es hier viel zu eng.«

Es surrte, als wir durch den Scanner fuhren, aber ich blieb in einem Stück. Ich war erleichtert, als der Lift zum Stehen kam.

»Und wie verhindern wir, dass mich jemand sieht?«, fragte ich, als die Türen sich öffneten.

»Wer sagt, dass dich niemand sehen darf?«

»Hatten wir uns nicht darauf geeinigt, dass du keine Gegenfragen mehr stellst?«

»Hatten wir das?«

Ich lachte und Lucien fiel ein.

»Im Ernst – da, wo wir hingehen, ist niemand. Und wenn dich auf dem Weg jemand sieht, was soll's? Du bist Teil des Geheimdienstes und in meiner Begleitung. Die Mitarbeiter des Juwels sind verschwiegen.«

»Meinen WrInk kann man trotzdem verfolgen. Wenn Dufort meinen Verlauf checkt…«

»Darum habe ich mich gekümmert«, sagte Lucien. »Dein Signal ist geblockt. Bis ich es wieder freischalte, bist du in deinem Zimmer und lernst brav.«

Liebend gerne hätte ich gewusst, wie man *das* machte.

»Haben deine Geschwister mit meinem Besuch denn kein Problem?«

»Die sind nur selten dort oben. Amelie hat ihr Büro unten in der Festung und Leopold ist am liebsten in seinem Refugium. Das liegt im alten Teil des Gebäudes.« Lucien hielt mir eine Tür auf.

»Refugium? Klingt altmodisch.«

»Du hast ja keine Ahnung, *wie* recht du damit hast«, murmelte er.

Leopold. Der König. Ich hatte gar nicht daran gedacht, dass ich ihm heute Abend näher kommen würde als je zuvor. Wahrscheinlich konnte man einfach in sein Zimmer spazieren und –

»Ophelia? Noch da?« Lucien holte mich zurück aus meinen Gedanken.

»Klar. Ich bin nur neugierig auf das Juwel.« Ich lächelte.

»Ich habe nicht gelogen, es ist ziemlich lahm dort. Aber es gibt einen Ort, der ist spektakulär.«

Wir gingen einen Gang entlang, der so etwas wie ein Versorgungstunnel sein musste. »Bisher sieht es nicht spektakulär aus. Hattest du nicht gesagt, es gibt etwas zu essen?« Wir blieben vor einem weiteren Aufzug stehen.

»Du bist wirklich ungeduldig, Stunt-Girl.« Lucien schnalzte mit der Zunge. »Schöne Jacke übrigens. Woher hast du sie?«

»Was, die hier?« Ich zupfte am Ärmel. »Die habe ich von so einem Typen, den ich kenne.«

»Echt?« Lucien sah mich interessiert an. »Muss ja ein netter Typ sein.«

»Na, ich weiß nicht. Er ist ein bisschen gewöhnungsbedürftig. Stellt ständig Gegenfragen und verleugnet seine Familie. Außerdem bricht er gerne in fremde Zimmer ein und klaut Zeug.«

»Uh-oh, das klingt gefährlich. Vielleicht solltest du dich besser von ihm fernhalten.« Lucien nickte ernst.

»Ja, das habe ich ihm auch schon gesagt. Aber irgendwie …« Ich sah ihm in die Augen. »Irgendwie kann ich das nicht.«

»So ein Glück. Er kann es nämlich auch nicht.« Lucien lächelte auf eine Art, die meinen Puls schlagartig verdoppelte. Er kam einen Schritt näher und hob die Hand, berührte meine Wange …

Ping. Das Öffnen des Aufzugs ließ uns reflexartig zurückschrecken. Zwei Bedienstete in hellen Uniformen kamen heraus. Sie grüßten, wir erwiderten es und traten in die Kabine.

»Eden, fünfter Stock«, sagte Lucien.

Eden?

»Befehl verweigert. Unbefugte Person anwesend«, informierte eine weibliche Stimme.

»Ach, stell dich nicht so an«, sagte er und sah dann mich an. »Darf ich vorstellen? Das ist Eden. Sie steuert die Vorgänge im Juwel.«

»Ich habe Sie nicht verstanden«, sagte Eden.

»Du siehst, sie ist nicht die Hellste. Seit der Abkehr ist es schwierig, gutes Personal zu finden.« Lucien seufzte. »Eden? Befehl überbrücken.«

»Sicherheitskennung erforderlich.« Die KI war tatsächlich sehr beschränkt. Ich war verwundert. In der Festung des Königs hatte ich anderes erwartet.

Lucien ließ einen genervten Laut hören. »Du hast meinen WrInk doch längst erka… also gut. Kennung LM-888XX-03. Lucien de Marais.«

»Befehl akzeptiert. Fünfter Stock.«

»Na endlich.« Er verdrehte die Augen. »Ich glaube, sie ist einsam, weil sie die einzige KI in der Festung ist. Wir sollten ihr einen Freund besorgen.«

Nur *eine* künstliche Intelligenz in der gesamten Festung? Noch dazu eine, die weniger Routinen zu haben schien als eine Kaffeemaschine vor der Abkehr? Ich wunderte mich immer mehr.

Der Aufzug fuhr mehrere Stockwerke nach oben – zumindest glaubte ich das, denn eine Anzeige gab es nicht. Als wir hielten, glitten die Türen lautlos auf.

»Fünfter Stock«, meldete Eden.

»Willkommen in den heiligen Hallen«, sagte Lucien.

Zögernd setzte ich einen Fuß auf den hellgrauen Teppich, dann den zweiten.

»Du siehst aus, als hättest du Angst, gefressen zu werden.« Lucien musterte mich amüsiert. »Der Teppich beißt nicht. Ich verspreche es.« Er streckte seine Hand aus und ich ergriff sie. Seine Finger fühlten sich warm und glatt an.

»Vielleicht beiße *ich* aber in den Teppich, wenn ich nicht bald etwas zu essen bekomme«, überspielte ich meine Verlegenheit.

»Schon verstanden.« Er grinste. »Dann komm mal mit.«

Alles im Juwel war riesengroß, hell und offen. Die Wände nach außen bestanden vollständig aus Glas, die innen waren weiß oder grau. Der Gang, durch den wir liefen, erlaubte den Blick hinunter in den Königssaal, einen sechseckigen Raum mit unauffälligen Stuhlreihen. Ich hatte Pomp erwartet, einen Thron oder zumindest aufwendige Verzierungen. Stattdessen wirkte alles schlicht und klar, von den Türen bis zu den Gemälden an den Wänden.

»Hast du es dir so vorgestellt?«, fragte Lucien.

»Nein, gar nicht. Es ist so dezent. Also, ich finde es schön, aber …«

»Aber du dachtest, hier wäre alles voller Gold und Edelsteine«, scherzte Lucien.

»Ich weiß nicht, was ich erwartet habe. Aber wahrscheinlich etwas mehr Protz und Prunk.« Und mehr Technologie. Entschieden mehr Technologie.

»Mein Bruder ist ein sehr bescheidener Mensch. Protzerei liegt ihm nicht.«

Luciens Worte hallten in mir nach, als wir einige Stufen hinaufgingen und einen gläsernen Steg betraten.

»Willst du mir nicht endlich verraten, wo wir hingehen? Ich sage lieber gleich, dass ich mich nicht gerne von etwas herunterstürze.« Ich warf Lucien einen vielsagenden Blick zu.

»Ach, das ist Jahre her«, winkte er ab. »Aber ich freue mich, dass du meine Karriere verfolgt hast.«

»Deine Karriere als was, Selbstmörder?«

»Sagt ein Mädchen, das sich beinahe vom Castello gestürzt hätte.«

»Das war allein deine Schuld.«

»Also doch.« In seinen Augen funkelte es. »Ich wusste es.«

»Kein Grund zum Jubeln. Ich war nur geschockt.«

»Nein, warst du nicht.« Lucien schüttelte selbstsicher den Kopf.

Ich folgte ihm auf den Steg.

»Dein Ego ist wirklich riesig, hat dir das mal jemand gesagt?«

Er drehte sich irritiert zu mir um. »Nein, nie. Ich dachte, ich bin einfach so toll.«

»Rie-si-ges. E-go.« Ich wiederholte die Worte, als wäre er schwer von Begriff. Er lachte. Ich auch.

»Ja, wahrscheinlich hast du recht.«

»Bemerkenswert. Schließlich bist du nur Platz drei in der Thronfolge.«

Lucien sah mich über seine Schulter hinweg an. »Wenn es nach mir ginge, wäre ich Platz 4591. Am besten noch weiter hinten.«

»Du hast keine Ambitionen, das Land zu regieren?«

»Um nichts in der Welt, nein.« Seine Augen weiteten sich. »Es ist ein beschissener Job. Niemandem kann man es recht machen und unzählige Leute wollen deinen Tod. Was ist das denn für ein Leben?«

Ich schluckte und wandte schnell meinen üblichen Trick an: Die Ophelia, die für ReVerse kämpfte, verbannte ich und holte die andere Version hervor. Die Version mit reinem Gewissen und ohne Hass auf den König.

Ich wünschte, ich wäre sie.

Der Gedanke stahl sich in meinen Kopf, bevor ich ihn daran hindern konnte. Er erschreckte mich. War mir die Begegnung mit Julius so falsch vorgekommen, weil ich Abstand vom Widerstand nahm? Hatten mich die Wochen in Maraisville verändert? Nein, versicherte ich mir energisch. Ich brauchte nur eine Pause von dem ganzen Druck. Das war alles.

»Wir sind da.«

Lucien stieß eine alte Tür auf und trat hinaus. Ich erkannte eine Plattform und etwas, das wie ein Holzgestell mit Polstern aussah, daneben stand ein kleiner Tisch. Neugierig schob ich mich durch die Tür.

»Ich präsentiere: die beste Aussicht in ganz Maraisville.« Lucien breitete die Arme aus.

Wir standen auf dem Turm, der zu dem Ring aus alten Gebäuden zählte und etwas höher war als das Juwel. Von hier aus konnte man das ganze Tal überblicken, viel weiter als vom Castello di libertà aus. Unter uns lagen die Sicherheitszonen und Wohngebiete, dann der Fluss und die Felder. In der Ferne verlor sich die Stadt hinter der Enge im Norden, an die Hänge schmiegten sich Nadelbäume. Der See lag wie eine dunkle Pfütze dazwischen.

»Es ist unglaublich.« Ich drehte mich zu Lucien um. Sein Blick war zufrieden, wie der einer Katze, die den Vogel gefangen hatte. »Oh, jetzt verstehe ich«, sagte ich belustigt.

»Keine Ahnung, was du meinst.« Seine Zufriedenheit wich Unschuld.

»Na, das ist deine Masche. Du bringst die Mädchen hierher, zeigst ihnen die Aussicht, und schon schmachten sie ›Luc, das ist so wundervoll‹ und tun alles, was du willst.«

Er grinste. »Und, funktioniert es?«

»Nein«, gab ich zurück und dachte daran, dass Knox mich vor Jahren das Gleiche gefragt hatte. »Die Aussicht ist toll, das muss ich zugeben. Aber so leicht bin ich nicht zu haben.«

Statt beleidigt zu sein, wurde Luciens Grinsen nur breiter. »Du hast ja auch das Essen noch nicht probiert. Ich hoffe, du magst Burger.« Er setzte sich auf die Polster.

»Burger?« Auf dem verwitterten Holztischchen standen zwei Teller mit runden, belegten Brötchen. Salat und Tomaten guckten an der Seite heraus. »Was soll das sein?«

Lucien sah mich schockiert an. »Du kennst keine Burger? Nicht zu fassen. Wie kann dein Leben einen Sinn haben?«

»Burger geben deinem Leben einen Sinn?«

»Burger geben *jedem* Leben einen Sinn.«

Ich setzte mich neben ihn und beäugte das Brötchen misstrauisch. »Woraus besteht es?«

»Fleisch, Salat, Tomate, Zwiebeln und Gurken, dazu rote Soße. Früher hat man das Ketchup genannt.«

»Ist es echtes Fleisch?«

»Nein, synthetisches. Manchmal macht der Koch auch etwas Echtes, aber ich dachte, das magst du vielleicht nicht.«

»Ich esse es, wenn ich muss. Aber synthetisch ist mir lieber.« Ich nahm den Burger in beide Hände. Er war viel schwerer als ein normales Brötchen.

»Na los, beiß rein.«

Ich tat, was er sagte.

Es war *genial.* Der Geschmack von gegrilltem Fleisch breitete sich in meinem Mund aus und mischte sich mit den Zwiebeln und der Tomate. Etwas Süßes war auch darunter, wahrscheinlich dieser Ketchup. Ich kaute und schluckte, dann nahm ich noch einen Bissen. »Wow. Das ist der Hammer.« Es war definitiv das Beste, was ich je gegessen hatte.

»Sag ich doch.« Lucien biss von seinem Burger ab, und eine Weile aßen wir schweigend, nur unterbrochen von meinen Beteuerungen, dass ich nie wieder etwas anderes essen würde. Als wir fertig waren, fühlte ich mich angenehm satt. Synthetisches Hühnchen schaffte das nicht.

»Ich habe gehört, du hast uns heute alle Ehre gemacht«, sagte Lucien und lehnte sich zurück. »Als menschliche Phobe-Abwehr draußen am Zaun.«

Mein entspanntes Gefühl verabschiedete sich. Wieso wusste er darüber Bescheid? Und wieso sagte er …

»*Uns?*«, fragte ich.

»Als ob du das nicht längst wüsstest.«

Tatsächlich hatte ich nach seiner Hilfe im Medical Department daran gedacht, dass er ein Schakal sein könnte. Aber wieso sollte jemand wie er sich so in Gefahr bringen? Und wieso wusste niemand etwas davon? Alles an den Schakalen war geheim, aber wenn man drin war, wusste man, wer dazugehörte. Über Lucien gab es jedoch nicht einmal ein Flüstern.

»Du darfst mir das nicht sagen, oder?«, fragte ich.

»Nein. Aber entweder bist du bald eine von uns oder … na ja …« Er sprach nicht aus, dass ich im anderen Fall keine Erinnerung daran zurückbehalten würde. »Ich gehe davon aus, dass du es niemandem verrätst.«

Für Ferro wäre diese Information Gold wert gewesen. Aber ich würde es ihm nie im Leben verraten. Für das Ende der Abkehr zu sorgen war eine Sache. Jemanden ans Messer zu liefern, der nichts damit zu tun hatte, war eine andere.

Er ist der Bruder des Königs. Glaubst du wirklich, er hat damit nichts zu tun?

»Wissen es die anderen Schakale?« Ich rutschte nach hinten und lehnte mich neben Lucien an die Polster.

»Nur der engste Kreis.«

»Aber … warum?« Ich sah ihn an. »Du hast es doch nicht nötig, den Handlanger zu spielen und dein Leben zu riskieren. Machst du das für den Kick?« Schließlich war er früher auch von Hochhäusern gesprungen.

»Den *Kick*? Nein.« Es klang bitter. »Ich mache es, weil Leopold Leute braucht, denen er vertrauen kann.«

Kurz schwieg ich. »Was noch?«, fragte ich dann.

»Ich sagte ja, du bist scharfsinnig.« Ein Lächeln huschte über sein Gesicht. »Mein Bruder hat eine Menge für mich getan, nachdem meine Eltern gestorben waren. Ich hatte eine schwierige Phase und er hat mir da rausgeholfen. Das ist meine Art, Danke zu sagen.« Es klang, als müsse er eine Schuld begleichen, nicht nach der Sorte Unterstützung, die man unter Geschwistern erwartete.

»Du machst es nicht gerne, oder?«, fragte ich leise.

»Nein«, sagte Lucien und sah auf seine Hände. »Es gibt Agenten, die haben keine Probleme, in andere Rollen zu schlüpfen. Caspar Dufort tut das täglich zwanzigmal und genießt es sogar. Ich dagegen hasse es, nicht ich selbst zu sein.« Er atmete hörbar aus. »Aber ich bin gut darin. Also mache ich es.«

Es tat mir weh, wie er das sagte. »Dann war das nicht nur ein Spruch. Du weißt schon, das mit der Freiheit, die sich nicht jeder leisten kann.«

»Nein, war es nicht.« Lucien hob die Schultern, und ich sah erneut die Traurigkeit, die im Castello aufgeblitzt war.

»Weiß dein Bruder davon?«

»Das spielt keine Rolle. In unserer Familie muss jeder seinen Part erfüllen. Dies ist meiner.«

»Auch, wenn du dabei sterben könntest?« Ich sah ihn an.

»Sogar, wenn ich dabei draufgehe. Aber wenn ich Glück habe, passiert das nicht. Und wenn doch, weiß ich unsere Sache in guten Händen.« Er lächelte.

»Hör auf, so etwas zu sagen.«

»Was, dass du eine gute Agentin bist?«

»Nein, dass du sterben könntest.«

»Es ist die Wahrheit. Man sollte immer die Wahrheit sagen.«

Wir schwiegen und der Himmel über uns wurde langsam dunkler. Ich dachte nach. Lucien und ich waren uns ähnlicher als vermutet: Wir suchten beide nach einer Freiheit, die schwer zu erreichen war. Und uns beiden stand die gleiche Person im Weg. Nur würde ich nicht trauern, wenn der König starb.

»Es muss furchtbar sein, etwas aus Liebe zu tun, das man hasst«, sagte ich leise.

»Das stimmt«, antwortete er. »Aber noch schlimmer ist es, gar nichts aus Liebe zu tun.« Unsere Blicke verschränkten sich miteinander. Ich spürte seinen Atem auf meinem Gesicht. In meinem Magen kribbelte es.

»Denkst du nie darüber nach, abzuhauen?«, fragte ich flüsternd.

»Im Moment nicht«, antwortete er. Dann beugte er sich vor und küsste mich.

Am Anfang war der Kuss zaghaft, aber dann wurde er schnell fordernder, als wären wir ein längst eingespieltes Team. Luciens Hände fanden den Weg auf meinen Rücken, zogen mich zu ihm und strichen meine Wirbelsäule hinab. Ich ließ meine Finger durch seine Haare gleiten und verschränkte die Arme hinter seinem Nacken. In diesem Augenblick spürte ich, wie sehr ich mich nach Berührung und Nähe gesehnt hatte – Nähe zu jemandem, der mich verstand. Vielleicht würden unsere Geheimnisse uns irgendwann wieder trennen, aber es kümmerte mich nicht. Ich brauchte das, ich brauchte *ihn*. Alles andere war mir völlig egal.

Als der Kuss endete, atmeten wir beide schneller. Ich blieb an Luciens Körper geschmiegt, den Kopf an seiner Schulter.

»Sieht so aus, als hätte deine Masche doch noch gezogen«, sagte ich und sah hoch. Sein Zopf war in den letzten Minuten aufgegangen und die Locken fielen fast bis auf die Schultern.

»Ist das dein Plan B, wenn die Aussicht nicht reicht? Tiefsinnige Gespräche?«

Lucien spielte mit einer meiner Haarsträhnen. »Es ist die Variante für die hartnäckigen Kandidatinnen. Wenn das nicht funktioniert, bleibt nur noch Plan C.«

»Was ist Plan C?«

»Ich ziehe mich aus.«

Ich prustete los. »Hat das jemals funktioniert?«

»Nein, nie. Aber ich gebe die Hoffnung nicht auf.«

Ich lachte wieder und ließ mich von Lucien in seine Arme ziehen. Zufrieden vergrub ich mein Gesicht an seiner Schulter, die Spitzen seiner Haare kitzelten meine Wange. In diesem Moment fühlte ich mich unbeschwert und glücklich. All meine Sorgen waren in der Sekunde vom Turm gestürzt, als Lucien mich geküsst hatte.

Hoffentlich kamen sie nicht so bald zurück.

25

Auf dem Turm wurde es rasch kalt, also tauschten wir ihn gegen Luciens Räume ein. Gedämpftes Licht begrüßte uns, als wir das Wohnzimmer betraten. Es war gigantisch. Vier Meter hohe Decken, riesige Fensterfronten, dazu grau-schwarzer Granitboden und ein hellgraues Sofa, auf dem alle Anwärter nebeneinander Platz gehabt hätten. Passende Vorhänge und Kissen gab es auch, ebenso wie farblich abgestimmte Teppiche. Alles fügte sich ineinander, alles war geschmackvoll und elegant. Aber es wirkte unbewohnt.

»Du bist nicht sehr oft hier, oder?«, fragte ich.

»Nicht oft genug, um etwas zu ändern«, sagte Lucien. »Wirkt etwas steril, oder?«

»Ja, ein bisschen.«

»Du musst nicht diplomatisch sein.« Er grinste.

»Okay, es ist *ziemlich* steril. Wie ein Hotelzimmer. Hast du gar nichts Persönliches hier?« Ich drehte mich einmal um meine Achse.

Lucien zeigte auf eine verschlossene Tür. »Doch, im Schlafzimmer. Aber wenn ich dir das jetzt schon zeige, komme ich bestimmt zu forsch rüber.«

»Zu forsch? Du? Niemals.« Ich grinste.

Er kam zu mir und küsste mich auf diese wunderbare Art, die sofort jeden Gedanken wegwischte. Mir wurde warm, dann heiß. Als er den Kuss unterbrach, war ich ein bisschen enttäuscht.

»Um dir zu beweisen, dass ich ein Mann von Ehre und Anstand bin, werde ich dir etwas zu trinken anbieten, bevor ich dir mein Schlafzimmer zeige.« Er nickte ernst.

»Du glaubst, das bringt mich dazu, dich für einen Mann von Ehre und Anstand zu halten?« Ich ließ ihn nur ungern los.

»Auf jeden Fall.« Er nickte wieder. »Kennst du *Bubble Fazz*?«

»Wer kennt das nicht?« *Bubble Fazz* war *das* Getränk vor der Abkehr gewesen, zumindest für Jugendliche. Kein Mensch wusste, was drin gewesen war, aber es hatte nach Sommer und Sorglosigkeit geschmeckt. »Das wird doch gar nicht mehr hergestellt.«

»Stimmt.« Luciens Augen funkelten. »Aber es ist Ewigkeiten haltbar.«

»Sag nicht, du hast welches hier.«

»Ich habe welches hier.«

Ich legte eine Hand an mein Herz und sank auf das monströse Sofa. »Lucien, ich liebe dich.«

»Und da sage jemand, *ich* wäre zu forsch.« Er lachte und ging zu einem Schrank, der fast mit der Wand verschmolz. Wieder fiel mir auf, dass es kaum Technologie gab. Ich hatte erwartet, das Juwel würde mit KIs und automatischen Systemen vollgestopft sein.

Lucien kam mit zwei kleinen Flaschen zurück. Der Inhalt war rötlich und einen Hauch dickflüssiger als Wasser, das Etikett zeigte eine weiße Fläche. Früher hatten die EyeLinks den Käufern dort Werbung eingespielt.

Der Drehverschluss klemmte, aber das *Bubble Fazz* roch wie immer, als ich ihn aufbekam. Ich schnupperte ausgiebig, dann nahm ich einen Schluck.

»Ich hatte fast vergessen, wie gut das ist.« Es war nicht zu süß, aber auch nicht zu herb, die ideale Mischung aus fruchtig und künstlich. »Wo hast du es her?«

Lucien setzte sich zu mir. »Leopold weiß, dass ich dieses Zeug liebe, also hat er welches aufgetrieben. Als ich letzten Winter von einem Auftrag zurückkam, standen zehn Kisten davon mitten im Zimmer.«

»Das ist nett von ihm.« Unfassbar, dass *ich* so etwas *über den König* sagte. Ich hielt ihn immer noch für einen grenzenlosen Egomanen – allein, dass er seinen eigenen Bruder auf lebensgefährliche Missionen schickte, sprach Bände. Aber er schien Lucien trotzdem zu lieben.

»Ich finde, es ist das Mindeste. Schließlich sorge ich mit dafür, dass der Laden hier noch steht.« Lucien machte eine kreisende Handbewegung. Meine Stimmung sank ein wenig. Er strich mir über den Arm. »Hey, kein Grund, schlechte Laune zu bekommen. Ich will nicht, dass du Mitleid mit mir hast. Das macht mich unsexy.«

Mir wurde zum ersten Mal bewusst, dass er ein Schakal war – dazu ausgebildet, Menschen zu durchschauen. Aber es störte mich nicht. Die Ophelia, die hier saß, hatte nichts vor ihm zu verbergen. *Ich* hatte nichts zu verbergen. »Du willst, dass ich dich sexy finde?« Ich grinste.

»Unbedingt«, nickte er. »Wozu hätte ich den Aufwand mit der Aussicht und dem Essen betrieben, wenn dann alles wegen ein bisschen Mitleid den Bach runtergeht?«

»Stimmt, du wolltest mir ja noch deine Gemächer zeigen.«

Ich sagte es nur halb im Scherz. Schon den ganzen Abend spürte ich, dass ich mich wahnsinnig von ihm angezogen fühlte – und ignorierte, dass es aus so vielen Gründen eine schlechte Idee war. »Wo wir gerade davon sprechen«, murmelte ich und küsste ihn wieder.

Wir waren ungeduldiger als oben auf dem Turm. Ich schob sein Shirt hoch, spürte die Härte seiner Muskeln und die Wärme seiner Haut. Er zog mir die Jacke aus und küsste meinen Hals. Das Kribbeln in meinem Magen breitete sich überall dorthin aus, wo er mich berührte, und schnell zerfiel jeder zusammenhängende Gedanke zu Staub.

Wir waren gerade auf dem Weg hinunter in die Polster, als ein Geräusch durch den Raum hallte. Es war ein Klopfen, energisch und laut.

»Luc, bist du da?«, hörte man es durch die Tür rufen. Wir hielten inne und sahen uns an. Ich hatte die resolute weibliche Stimme noch nie gehört, aber da es später Abend war und sie Lucien bei seinem Spitznamen nannte, gehörte sie wahrscheinlich zu –

»Amelie«, sagte er, bevor ich zu Ende denken konnte.

»Ich verschwinde«, entschied ich sofort. »Gibt es irgendeinen Ausg–«

»Nein, bleib. Bitte.« Er sah mich auf eine Weise an, bei der niemand hätte Nein sagen können, schon gar nicht ich.

»Aber ich kann doch nicht hier sitzen und deiner Schwester ›Hi‹ sagen.« Ich hatte sowieso keine Ahnung, wie viel Ärger ich mir gerade einhandelte. War es Anwärtern verboten, mit Nummer drei der Thronfolge rumzumachen? Wahrscheinlich schon.

Es klopfte erneut, wieder ein Rufen.

»Geh einfach ins Schlafzimmer. Ich wimmle sie ab.«

»Okay.« Ich stand auf, schnappte mir meine Jacke und verschwand hinter der Tür zum Nebenraum. Erst wollte ich sie schließen, aber dann war ich neugierig und ließ sie einen Spalt auf.

Lucien verstaute schnell eine der beiden Flaschen hinter einem Sofakissen, zog sein Shirt über und band sich die Haare wieder zusammen. Dann verschwand er aus meinem Blickfeld und ich hörte gedämpfte Stimmen. Als er zurückkam, war seine Schwester bei ihm.

Amelie de Marais hatte nur wenig Ähnlichkeit mit ihren Brüdern. Sie war zwar eine hochgewachsene und schlanke Frau, aber mit einem scharfkantigen Gesicht und braunen Augen. Ihre Haare waren glatt und dunkel, viel dunkler als die goldbraunen Locken von Lucien. Amelie hatte sie zu einem straffen Pferdeschwanz gebunden, der zu ihrer strengen Kleidung passte – einer schmalen Hose und einer schwarzen Bluse, die bis oben zugeknöpft war. Sie wirkte nicht wie jemand, der sich oft amüsierte. Kein Wunder, dass sie sich mit Ferro verstand.

»Ames, muss das jetzt sein?« Lucien ließ sich wieder auf das Sofa fallen. »Es ist verdammt spät und ich bin erst heute Nachmittag aus Südamerika zurückgekommen.«

Er war im Ausland gewesen? Davon hatte er gar nichts gesagt.

»Ja, eben, du warst die ganze Woche weg.« Amelie blieb stehen und verschränkte die Arme. »Irgendwann müssen wir darüber sprechen.«

»Wir hatten das Thema oft genug. Wenn Leo eine Allianz mit den Viklunds für eine miese Idee hält, musst du das akzeptieren.«

»Es ist keine miese Idee!« Amelie ging am Fenster auf und ab. »Der Norden ist die instabilste Region. Die Sveropäer haben die meisten Radicals und die wenigsten freiwilligen Arbeiter. Über kurz oder lang wird die Lage eskalieren.«

»Dann werden eben die Überwachungen verstärkt.« Lucien hob die Schultern. »Bei den Anglos hat dir das gereicht.«

»Die Anglopäer sind auch zivilisierte Leute, Luc.«

»Das sagst *du.*« Er grinste, und ich hatte eine Ahnung, dass es mir galt.

Amelie blieb ernst. »Bitte, kannst du nicht mit Leo reden? Ich weiß, dass er dir zuhört, wenn er bei mir längst auf taub stellt.«

Ich kannte Lucien in einer witzigen und einer ernsten Version – von der heißen nicht zu schweigen –, aber die als Vermittler zwischen seinen Geschwistern war neu. Er war mehr als zehn Jahre jünger als Amelie und trotzdem bat sie ihn um Hilfe. Ich spürte Respekt in mir aufsteigen.

»Ich kann ihn nicht zu der Hochzeit mit einer Frau überreden, die er nicht mag, nur weil es politische Vorteile bringt.« Lucien verdrehte die Augen. »Das ist total bescheuert, Ames.«

Seine Schwester blieb hartnäckig. »Könige konnten sich noch nie aussuchen, wen sie heiraten. Warum sollte das bei ihm anders sein?«

»Oh, mal überlegen.« Lucien legte den Kopf schief. »Vielleicht, weil wir im 22. Jahrhundert leben? Weil er damit todunglücklich sein würde? Weil Stella Viklund eine Rassistin *und* der Inbegriff einer Spaßbremse ist?«

»Im Leben geht es nicht nur um Spaß, Lucien.«

»Du tust so, als wüsste ich das nicht.« Er schnaubte. »Falls du es noch nicht mitbekommen hast: Während du auf deinem Hintern in der Festung sitzt, riskiere ich meinen für deine beschissene Sicherheit!«

Okay, so vernünftig war er wohl doch nicht. Mein Respekt wurde von einem warmen Gefühl tiefer Zuneigung ersetzt.

»Ach ja, und ich mache gar nichts, oder was?«, rief Amelie.

»Doch, du lässt dir bescheuerte Pläne einfallen! Stella Viklund, meine Güte! Du willst doch nicht im Ernst, dass die hier einzieht?«

»Ich will, dass unser Kontinent nicht vor die Hunde geht!« Amelies Lippen wurden sehr schmal. »Leopold wollte diese Macht, also muss er auch Opfer dafür bringen. Jeder von uns muss das.«

»Ja, aber keiner von uns beiden muss sein Leben mit jemandem verbringen, den er nicht liebt.«

»Du glaubst, das wäre schlimmer als alles, was du für Phoenix tust?«

Lucien zögerte keine Sekunde. »Natürlich wäre es das.«

»Du bist wirklich hoffnungslos, Luc.« Amelie wirkte plötzlich kraftlos und müde. Sie setzte sich auf das Sofa.

»Ja, so was sagt man mir öfter.« Lucien berührte sie am Arm, und beide schwiegen, während die Spannung sich legte. Sie schienen den Streit beizulegen, ohne es auszusprechen. Wahrscheinlich passierte das nicht zum ersten Mal.

»Wir brauchen eine Lösung«, sagte Amelie schließlich. »Wie soll ich denn erkl–«

Meine Hand war an die Klinke gekommen und hatte ein Geräusch verursacht. Amelie sah sich um. »Ist jemand hier?«

»Natürlich nicht«, erwiderte Lucien gelassen. »Sei nicht albern.« Als Amelie nicht hinsah, warf er einen Blick in meine Richtung. Ich verstand und schloss die Tür, so leise es ging. Die Stimmen der beiden wurden dumpf und waren nicht mehr zu verstehen.

Da ich nun nicht mehr lauschen konnte, stand ich sinnlos

herum. Also suchte ich nach dem Steuerungspanel und schaltete die Beleuchtung ein.

Das Zimmer unterschied sich im Wesentlichen nicht von dem nebenan, nur die Möbel waren andere. Ein großes Bett mit ordentlich zurechtgesteckter grauer Tagesdecke und weißen Kissen, dazu silberne Lampen und ein weicher beigefarbener Teppich. Gegenüber der Fensterfront waren bis zur Decke Regale angebracht, mit kleinen Fächern für jeweils wenige Bücher oder Gegenstände. Mehr als die Hälfte war leer. Es sah so aus, als wäre Lucien hier nie wirklich eingezogen.

Ein Blick in das angrenzende Ankleidezimmer zeigte das gleiche Bild. Nur ein kleiner Teil der Stangen und Ablageflächen war belegt, hauptsächlich mit funktionaler Kleidung und ein paar schickeren Sachen, teils auch mit farbigen Klamotten ohne Lilie. Das Bad war wie alles andere riesig und klinisch sauber.

Zurück im Zimmer fiel mein Blick auf die wenigen belegten Regalfächer. Hauptsächlich standen Bücher darin. Ich erkannte in Leder gebundene Ausgaben von Charles Dickens, Jane Austen und Hector Libras, einem Schriftsteller aus der Zeit der europäischen Vereinigung. Vorsichtig griff ich nach Dickens' »Oliver Twist«. Das Leder war kühl, die Seiten knisterten leise beim Aufschlagen. Als ich darin blätterte, rieselte etwas auf meine Hand. Es war schwarzer Staub, der sich weich und samtig anfühlte.

»Asche«, murmelte ich leise. Die hintere Kante des Umschlages war angesengt und bröckelte auseinander. Das musste während des Feuers passiert sein, das Luciens Eltern getötet hatte.

Vieles in dem Regal zeigte Spuren des Unglücks. Da war eine Holzlokomotive mit schwarzen Flecken, ein halb geschmolzenes *SwipSwap* – ein beliebtes Virtual Game für Kinder – und etwas, das aussah, als wäre es einmal ein Ball gewesen.

Auf einem der unteren Bretter stand ein Bild in dunklem Rahmen. Es war ein Foto der drei Marais-Geschwister, ein echtes Farbfoto auf Papier. So etwas hatte es bis zur Mitte des 21. Jahrhunderts gegeben, danach war man zu holografischen Projektionen übergegangen. Nur noch wenige Menschen wussten mit einer Kamera umzugehen und dementsprechend teuer waren die Aufnahmen. Mein Vater hatte zu Weihnachten einmal ein Porträt von Eneas und mir in Auftrag gegeben. Es hatte ein Vermögen gekostet.

Das Foto in meiner Hand musste ein paar Jahre alt sein. Alle drei waren jünger, Lucien vielleicht fünfzehn, seine Geschwister demnach um die dreißig. Amelie stand zwischen ihren Brüdern, Lucien und Leopold hatten ihre Arme um sie gelegt. Alle lachten in die Kamera. Im Hintergrund war ein großes, altes Haus zu erkennen.

Leopold wirkte auf diesem Bild nicht halb so ernst wie auf offiziellen Aufnahmen, und ich sah keine der Falten, die sich mittlerweile um seine Augen eingegraben hatten. Amelies Haare waren offen und fielen ihr ins Gesicht, was es weicher und freundlicher machte. Auch Lucien hatte sich verändert. Auf dem Foto war er nicht nur jünger gewesen, sondern auch unbeschwerter. Vor der Abkehr schienen alle drei glücklicher gewesen zu sein. Oder eher *vor dem Brand*?

Ich hörte nichts mehr von nebenan, also stellte ich das Bild eilig zurück. Stattdessen nahm ich etwas aus dem Fach darüber.

»Ach herrje, was ist denn mit dir passiert?« Ich sah auf das Stofftier in meiner Hand. Es war ein graues Känguru, klein genug zum Mitnehmen und groß genug zum Kuscheln. Allerdings sah es angegriffen aus: Seine Ohren waren schwarz und der Schwanz angesengt.

Die Tür ging auf.

»Hey.« Lucien kam herein. Er sah erschöpft aus. »Wie ich sehe, hast du Dr. Grey kennengelernt.«

»Dr. Grey?« Ich grinste. »Wo hat er denn den Doktortitel her?«

»*Den* Doktortitel? Er hat sechs.«

»Sechs?«

»Oh ja. Unter anderem in Känguru-Medizin und Känguru-Psychologie. Mein Dad hat ihn abgeworben, als er in Australien war.«

Ich unterdrückte ein Grinsen und sah das Känguru ernst an. »Dann muss ich ja aufpassen, was ich dir erzähle, hm?« Vorsichtig nahm ich seinen Kopf zwischen meine Finger und ließ ihn nicken. Dann sah ich Lucien an. »Alles in Ordnung? Ich wollte nicht lauschen, aber …«

»Ist schon okay.« Er rieb sich die Augen. »Und ja, alles in Ordnung. Amelie ist nur etwas angespannt.«

»Diese Sache mit dem Norden scheint ernst zu sein.«

»Sie ist ernst. Aber Amelie verrennt sich in etwas. Eine Hochzeit mit der Tochter eines einflussreichen Sveropäers, um die Massen milde zu stimmen? Wer sind wir, die Tudors?«

»Dann wäre Stella Viklund aber nur die Erste in einer ganzen Reihe von Ehefrauen.«

Lucien lachte lautlos. »Ja, und wir müssten die Hinrichtungen wieder einführen. Was das für eine Sauerei auf dem Marktplatz gäbe.« Er nahm mir Dr. Grey aus der Hand und streichelte ihm die verkohlten Ohren. »Leopold wird einer solchen Hochzeit nie zustimmen.«

»Warum will Amelie es dann unbedingt durchsetzen?« Ich setzte mich neben Lucien und zog die Beine in den Schneidersitz.

Er seufzte. »Sie will sich beweisen.«

»Hat sie das nötig?« Soweit ich wusste, hatte die einzige Tochter von Achill de Marais zwei Abschlüsse von renommierten Universitäten und war hochintelligent.

»Hast du früher bei Sportwettkämpfen mitgemacht?«

Jetzt ging das mit den Gegenfragen wieder los. »Als Kind, ja. Vor der Abkehr.« Worauf wollte er hinaus?

»Hast du gewonnen?«

»Manchmal. Oft auch nicht.«

»Wenn du nicht gewinnst, ist der dritte Platz der beste«, erklärte Lucien. »Man ist weit genug am Sieg vorbei, aber trotzdem auf dem Treppchen. Der zweite Platz dagegen ist undankbar. Alle fragen sich, warum du nicht gewonnen hast.«

»Und so ist das bei euch?«

»So ist das bei uns. Amelie wurde immer an Leopold gemessen – *wird* an ihm gemessen. Sie kann nichts tun, ohne dass die Leute sich fragen, ob er es besser kann.«

»Aber über dich denken sie das nicht«, stellte ich fest.

»Ich bin der auf dem dritten Platz«, sagte er. »Mit großem Abstand, auch vom Alter her. Ich bin der Freak, der von Brücken springt und Steilwände hochklettert. Kein Mensch nimmt mich ernst.« Er sagte es, als wäre er froh darüber.

»Deine Geschwister nehmen dich ernst.«

»Ja, gewissermaßen. Sie wissen, dass sie sich gegenseitig umbringen würden, wenn es mich nicht gäbe.« Er grinste schief.

»Was hat Amelie damit gemeint, dass du hoffnungslos wärst?« Die Worte waren mir im Gedächtnis geblieben.

»Du hast ja wirklich sehr gründlich gelauscht«, meinte Lucien. »Dufort sollte dir ein paar Punkte gutschreiben.«

Ich antwortete nichts, sondern sah ihn nur abwartend an. Er hob die Schultern.

»Wenn man ein Schakal ist, muss man Dinge tun, die … moralisch nicht einwandfrei sind. Amelie glaubt, das wäre schlimmer als ein Leben mit jemandem wie Stella.«

»Aber du glaubst das nicht?«, fragte ich.

»Nein. Was ich für die Schakale tue, kann ich mit mir vereinbaren, weil es einem höheren Zweck dient. Aber abseits davon will ich keine Rolle spielen.« Er schüttelte den Kopf. »Ich ertrage viel, aber kein Leben, das mich rund um die Uhr zum Lügen zwingt.«

Ich verstand, was er meinte. Und es freute mich, dass ich Teil des Lebens sein durfte, in dem Lucien er selbst sein konnte. Denn auch ich war gerade mehr ich selbst als irgendwann in den letzten Monaten.

»Wie war dein Leben eigentlich früher?«, fragte ich und sah zu dem Foto im Regal. »Bevor deine Eltern gestorben sind?«

»Oha, jetzt kommen die schweren Themen, was? Meine Schwester kann echt die Stimmung killen.« Lucien setzte Dr. Grey ab und schwang dann die Beine auf das Bett. »Erzähl mir lieber etwas über deine Familie.«

Ich hob eine Augenbraue. »Weißt du das nicht alles aus meiner Akte?«

»Akten interessieren mich nicht. Ich habe nur deinen Namen nachgesehen.« Das passte zu ihm.

»Es gibt nicht viel zu erzählen.« Ich kuschelte mich neben ihn. »Meine Eltern sind getrennt, mein Vater war Ingenieur, meine Mutter KI-Spezialistin. Ich wohne bei ihm in Brighton, sie lebt in der Nähe von Paris. Wir haben nicht viel Kontakt. Mum ist ziemlich ätzend.« Ich hatte das kaum ausgesprochen, da tat es mir leid. »Entschuldige, das war herzlos. Ich habe nicht daran gedacht, dass deine Mutter …«

»Das macht nichts«, sagte Lucien schlicht. »Nur, weil meine Mutter tot ist, musst du deine nicht mögen.«

»Ja, aber –«

»Nichts *aber.* Meine Maman war die Allerbeste, und ich vermisse sie, aber das hat nichts mit dir zu tun.« Er lächelte und strich mir eine Strähne aus der Stirn. »Hast du Geschwister?«

»Drei. Fleur und Lion sind die Kinder von Dads Freundin, und wir sind nicht verwandt, auch wenn sie mir auf die Nerven gehen, als wären wir es. Und dann gibt es noch meinen Zwillingsbruder, der mir *exakt so* auf die Nerven geht, wie Brüder es tun.« Ich rollte mit den Augen.

Lucien lächelte. »Du vermisst sie, oder?«

»Ja, sehr«, seufzte ich. »So ist das mit Geschwistern. Man kann nicht mit ihnen, aber auch nicht ohne sie.«

Er nickte. »Ich weiß genau, was du meinst.«

»Mit dem Unterschied, dass Eneas nicht das Land regiert.«

»Das macht keinen großen Unterschied, glaub mir.« Lucien grinste. »Moment … sie haben ihn Eneas genannt und dich Ophelia? Charmant.«

»Da siehst du, wie gut das Verhältnis zu meiner Mutter ist«, maulte ich.

»Ach, ich bin sicher, dafür mag dein Vater dich lieber.«

»Nein, der ist ziemlich gerecht. Aber Dad und ich haben mehr gemeinsam. Oder hatten es zumindest. Als ich klein war, haben wir viel zusammen entwickelt und konstruiert.«

»Also wolltest du Ingenieurin werden?«

»Früher, ja. Aber das hat sich dann erledigt.« Ich stützte mich auf einen Arm und sah Lucien an. »Was wolltest du werden, als du klein warst?«

»Ach, alles und nichts«, sagte er und strich über meine Wange.

»Mir ist jede Woche etwas Neues eingefallen. Extremsportler. Pilot. Architekt. Tester für synthetische Burger. Designer für was auch immer. Ingenieur war allerdings nie dabei.«

»Und was wollten deine Eltern für dich?«

Er antwortete nicht, sondern küsste mich stattdessen und zog mich zu sich. Seine Hände wanderten unter mein Shirt, meine unter seins. Schnell hatte ich nichts anderes mehr im Kopf als die Frage, wie ich es ihm ausziehen sollte, ohne den Kuss zu unterbrechen.

»Ich weiß, was du versuchst«, murmelte ich in einem letzten klaren Moment dicht an seinen Lippen.

»Was denn?«

»Du willst nicht über deine Eltern reden.«

»Und, klappt es?«, fragte er mich wieder.

»Absolut«, antwortete ich atemlos. Dann beschloss ich, dass es Zeit für Plan C war.

26

Ich wachte zufrieden und entspannt auf. Sonnenlicht fiel durch die großen Fenster ins Zimmer, es roch nach frischer Bettwäsche. Die Erinnerung an die letzte Nacht mit Lucien brachte mich zum Lächeln. Aber als ich mich umdrehte, war er nicht da. Wie spät war es?

Ein Rumpeln schreckte mich auf. Etwas Schweres fiel gegen die Tür zum Wohnzimmer und schob sie auf. Ich hörte kratzende Geräusche, dann stolperte jemand ins Zimmer. Es war Lucien. Ein Schrei blieb in meinem Hals stecken, als ich ihn sah. Die linke Seite seines hellen Shirts war dunkelrot, genau wie sein Arm. Ich sprang aus dem Bett.

»Was ist passiert?«, rief ich und packte ihn, damit er nicht zu Boden stürzte. Sein Gewicht zwang mich in die Knie. »Luc, rede mit mir!« Ich riss die Decke vom Bett, um sie auf seine Wunde zu drücken.

»Wie konntest du das tun?« Lucien stöhnte vor Schmerzen. Als er hustete, sprühte Blut auf mein weißes Top. Sein Shirt war nun fast vollständig rot, ein tiefes, dunkles und beängstigendes

Rot. Seine Augen waren von Angst überflutet. Es zerriss mir das Herz, ihn so zu sehen.

»Ich habe nichts getan!« Was meinte er? Ich hatte geschlafen und war aufgewacht, sonst nichts!

Luciens Hand krampfte sich zitternd um meine. »Wenn einer fällt…« Er hustete wieder. »… dann fallen wir alle.« Das letzte Wort ging in einem fürchterlichen Röcheln unter. Es war sein letzter Atemzug. Kraftlos sank er aus meinen Armen, die blaugrauen Augen leer und stumpf.

»Nein!« Ich schrie und weinte, schüttelte ihn. Ich musste etwas tun, ich musste ihm helfen! Unsanft legte ich ihn ab, schob sein Shirt hoch – und stockte. Es gab keine Wunde. Die Haut war makellos. Wo kam dann das Blut her? Wie war er gestorben?

Irgendwo hörte ich Schreie und dumpfe Aufschläge, als würde jemand stürzen. Mein Fuß stieß gegen etwas auf dem Boden. Es war eine Schakal-Waffe, blutverschmiert. Als ich sie aufhob, wusste ich, dass es meine war. Aber ich hatte auf niemanden geschossen! Daran hätte ich mich doch erinnert!

Wieder ein lautes Geräusch. Ich stolperte zur Tür und stieß sie ganz auf. Augenblicklich drehte sich mein Magen um. Das Wohnzimmer sah aus wie nach einem Massaker. Überall war Blut, auf dem Boden, an Möbeln, Wänden, sogar den Fenstern – Handabdrücke, Fußabdrücke, Spritzer und Schlieren. Es stank bestialisch nach Kupfer. Aber das war nicht das Schlimmste.

Das Schlimmste waren all die sterbenden Menschen.

Sie lagen auf dem Boden oder dem Sofa, in den unmöglichsten Positionen verrenkt, schon tot oder kurz davor. Alle trugen helle Kleidung. Ich erkannte Liora und Julius, Amelie de Marais und meinen Bruder. Ihre Blicke waren leer, es war längst zu spät.

Mein Vater starb in der Sekunde, als ich neben ihm auf die Knie fiel. Auch er hatte keine sichtbare Verletzung.

Ich rappelte mich wieder auf, die Waffe fest umklammert, suchte jemand Bestimmtes. Und da, nahe der Tür lehnte der König an der Wand – blutüberströmt, aber noch bei Bewusstsein. Ich stürzte zu ihm.

»Ophelia!« Er griff nach mir. Sein Blut verteilte sich auf meinen Armen und Händen. Wie ein ekelhaftes Tier kroch es an mir hoch, drang durch meine Kleidung, waberte über meine Haut, warm und nass. Der Gestank brannte in meiner Nase.

»Ich war das nicht!«, rief ich. »Ich habe nicht …« *Hatte ich nicht?* Ich hielt diese Waffe in der Hand. Es war *mein Auftrag*, genau das zu tun.

Leopold ließ meine Hände los und schob zitternd sein Hemd auseinander. Er war der Einzige mit einer sichtbaren Verletzung: In seiner Brust klaffte ein Übelkeit erregendes Loch, tief und schwarz. Und plötzlich wurde es mir klar. *Ich hatte das getan. Ich hatte ihn erschossen.*

Der König sah mich flehend an.

»Du darfst das nicht tun. Es ist das Ende für uns alle.« Er zeigte mit einem Finger auf mein Herz. »Auch für dich.«

Ich schaute an mir herunter, sah, wie unter all dem fremden Blut mein eigenes das Shirt durchtränkte, wie es sich mit dem des Königs mischte, mir in die Kehle stieg und mich erstickte. Ich spuckte und würgte, aber es strömte aus mir heraus, in mich hinein, unaufhaltsam und erbarmungslos. Ich griff nach dem einzigen Halt, den ich hatte. Mir wurde kalt. Gleich war es vorbei.

Das Letzte, was ich sah, war meine Hand, mit der des Königs verschränkt – so fest, als wäre es für die Ewigkeit.

Das Ende für uns alle. Auch für dich.

Mit rasendem Herzen und in Schweiß gebadet, schreckte ich auf. Ich keuchte und rang nach Luft. Es war noch mitten in der Nacht: Trotz offener Vorhänge lag das Zimmer im Dunkeln.

Neben mir erkannte ich Luciens Umrisse im Bett, aber ich hörte nichts. Schnell streckte ich die Hand aus und legte sie auf seine Brust. Er atmete. Zum Glück. Er hatte mir gesagt, nach einem erledigten Auftrag schliefe er immer besonders tief.

Ich weckte ihn nicht, sondern stand leise auf und zog mir etwas an. Dann ging ich ins Bad. Das Licht ging ohne mein Zutun an, ebenso wie das Wasser, als ich meine Hände ins Waschbecken hielt. Ich schaufelte mir etwas davon ins Gesicht, dann kühlte ich meine Handgelenke. Neben dem Becken lagen Handtücher, sorgfältig gestapelt. Ich nahm eins und sank erschöpft auf den Badewannenrand.

Die Bilder ließen sich noch schwerer vertreiben als beim letzten Mal. Damals war es nur Leopold gewesen, aber diesmal war auf grausame Weise jeder gestorben, den ich kannte. Jeder, bis auf einen. Knox hatte ich nicht gesehen.

Du fängst an, ihn zu vergessen, sagte eine boshafte Stimme.

Das stimmt nicht.

Ach nein? Du hast gerade mit dem Feind geschlafen.

Lucien ist nicht der Feind.

Er ist der Bruder des Feindes. Das macht keinen Unterschied.

Ich vergrub mein Gesicht in dem Handtuch. Es roch nach Lavendel und etwas anderem. Nein, es roch ausschließlich nach Lavendel. Ich bekam nur den Gestank von Blut und Verrat nicht aus der Nase. Der König hatte mich angesehen, als hätte er mir vertraut. Er hatte gesagt, es wäre ein Fehler, ihn zu töten. *Das Ende für uns alle.*

Ein Albtraum, sagte ich mir. *Es ist nur ein schrecklicher Albtraum gewesen, keine Vision.* Es gab keine Visionen. Mein Traum hatte nichts mit der Realität zu tun.

Aber trotzdem lag nebenan jemand im Bett, den ich mochte und der mich nicht einfach nur hassen würde, wenn ich diesen Auftrag erfüllte, sondern auch jagen. Lucien war ein Schakal, er würde es herausfinden. Und selbst wenn nicht, würde ich ihn danach nie wiedersehen. Es tat verflucht weh, mir das klarzumachen.

Ruckartig stand ich auf. Wie konnte ich wegen einer einzigen Nacht solche egoistischen Gedanken haben? War ich eines dieser Mädchen, die von einem Prinzen träumten statt von ihrer Freiheit? Nein, so war ich nicht. Aber wenn Leopolds Tod die einzige Lösung war, wieso träumte ich dann so etwas Grausames? Ich setzte mich wieder hin. Mein Blick fiel auf den riesigen Spiegel gegenüber.

Eigentlich hätte ich fertiger denn je aussehen müssen, müde und verschreckt, verwirrt. Aber nichts davon war der Fall. Ich wirkte wach und lebendig, meine Wangen schimmerten rosig, meine Augen leuchteten. Schnell sah ich weg. Ich wollte nicht wissen, was das bedeutete.

Eine Weile saß ich da und überlegte, was ich tun sollte. Verschwinden? Ich würde kaum ohne Luciens Hilfe aus dem Juwel kommen. Weiterschlafen und so tun, als hätte ich diesen Traum nie gehabt? Das konnte ich nicht. Im Badezimmer bleiben, bis der Morgen kam? Lächerlich.

Ein Geräusch stoppte meine Gedanken. Ich sah mich um, konnte jedoch nicht entdecken, wo es herkam. Also ging ich zur Tür, aber im Zimmer nebenan war es ruhig. Erst im Ankleideraum wurde das Geräusch lauter. Es waren Stimmen, die sich unterhielten. Zwei Männer, der Tonlage nach zu urteilen. Aber wer konnte das sein? Hier oben lebten doch nur Lucien, Amelie und …

Der König. Das konnte nur er sein. Aber mit wem redete Leopold? Und worüber?

Es musste zwischen den Räumen eine Schallbrücke geben, über die sich die Geräusche übertrugen, einen Schacht oder einen Gang. Ich suchte und wurde schließlich fündig: Am Ende des Ankleidezimmers war eine Tür in der Farbe der Wandvertäfelung. Probehalber drückte ich die schmale Klinke herunter. Sie gab nach. Dahinter lag ein Durchgang – nackte Betonwände, helles Licht und ein roter Streifen Farbe, der sich an der Wand entlangzog. Kalt war es auch. Ich schnappte mir eine von Luciens Kapuzenjacken und schlüpfte auf den Gang hinaus.

Er war nur ein paar Meter lang, mit einer Art mechanischem Aufzug in der Mitte – vielleicht für Dienstboten oder den Notfall. Auf der anderen Seite ging eine weitere Tür ab, die zu Leopolds Räumen gehören musste. Ich sah keine Sicherung, also versuchte ich mein Glück.

»Wow«, machte ich lautlos, als ich den Kopf durch die Öffnung steckte.

Das Ankleidezimmer des Königs war doppelt so groß wie das von Lucien – und im Gegensatz dazu gut gefüllt. Überall hingen Hemden und Hosen, lang und kürzer geschnittene Anzugjacken und Mäntel. Noch interessanter war aber die Tür gegenüber, die einen Spalt aufstand und hinter der das Gespräch nun viel lauter zu hören war. Ich schlich dorthin und drückte mich an die Wand.

»Wer ist es? Du wirst doch irgendeinen Verdacht haben.« Das war die Stimme des Königs, tief und kultiviert. Ich kannte sie von der Prüfung durch die OmnI und aus offiziellen Übertragungen. Sehen konnte ich ihn nicht.

»Wir sind uns nicht sicher.« Den anderen Mann kannte ich nicht, konnte ihn aber sehen. Er saß in aufrechter Haltung auf einem niedrigen Sessel und hielt ein Glas in den Händen. Sein graues Haar war militärisch kurz geschnitten. »Dufort glaubt, dass es jemand von uns ist. Einer der ehemaligen Schakale aus der Zeit deines Vaters.«

»Das ist keine endlose Liste.« Leopold klang angespannt. »Wie lange kann es dauern, den oder die Richtige zu finden, Cohen?«

Das war also Cohen Phoenix. Der Geist, den niemand zu Gesicht bekam, der aber trotzdem alles sah.

»Ich habe diese Leute ausgebildet«, antwortete er, »also ist es schwierig.«

»Es ist aber nicht unmöglich. Jemand tötet nach und nach alle meine Agenten. Du musst doch einen Plan haben!«

Sie redeten über Ferro. Was hatte Julius gesagt? *Sie kommen ihm auf die Spur. Ferro war unvorsichtig und hat sich zu ein paar Racheaktionen hinreißen lassen.*

»Natürlich habe ich den«, sagte Phoenix. »Wir schicken jemanden los und verbreiten das Gerücht, dass sich in der Gegend ein wichtiger Schakal aufhält. Eine einfache Falle ist manchmal die beste Idee.«

»Wen willst du dafür einsetzen?«, fragte der König. »Dufort?«

»Nein, nicht ihn.«

Es gab eine Pause, dann Schritte. Leopold kam in mein Sichtfeld und blieb neben Phoenix stehen. Es war das erste Mal, dass ich den König leibhaftig sah.

Er war ein bemerkenswerter Mann, aber das hatte ich schon bei meiner Begegnung mit der OmnI festgestellt. Groß und elegant, mit einer beeindruckenden Präsenz trotz seiner schlichten Kleidung, einem Shirt mit Kragen und einer dunklen Hose. Seine Mimik war weniger kontrolliert, als ich erwartet hatte. Es war deutlich zu sehen, dass ihm dieses Gespräch nicht gefiel.

»Du sprichst hoffentlich nicht von Lucien«, sagte er.

»Natürlich spreche ich von Lucien.« Phoenix klang unnachgiebig. »Wie oft habe ich dir gesagt, dass du bei diesen Angelegenheiten vergessen musst, dass er dein Bruder ist?«

»Und wie oft habe ich dir gesagt, dass ich es nicht vergessen kann?« Leopolds Ton war nicht weniger hart.

»Er ist für diesen Auftrag am besten geeignet. Wenn es jemand aus unseren Reihen ist, hat Lucien einen entscheidenden Vorteil: Niemand weiß, dass er ein Schakal ist«

»Erkennen würde man ihn dennoch. Alle früheren Schakale hatten mit meiner Familie zu tun.« Der König hielt die Arme verschränkt.

»Lucien ist schnell«, sagte Phoenix gelassen. »Er wird das erledigen, bevor es zum Problem wird.«

»Cohen –«

»Nein, Leopold. Wir waren uns einig. Ein Gefallen gegen den anderen.« Phoenix stand auf. »Dein Bruder ist der beste Agent, den ich je ausgebildet habe. Für diesen Job brauchen wir ihn und keinen anderen.«

Leopold blieb vor ihm stehen. »Ich mache ihn nicht zu einem Lamm, das man an einen Pfahl bindet, um den Wolf anzulocken.«

Phoenix verdrehte die Augen. »Lucien ist sehr weit davon entfernt, ein Lamm zu sein. Er ist nicht mehr der 15-jährige Liebling der Familie, den du beschützen musst.«

»Nein, dank dir ist er jetzt ein Killer.« Leopolds Stimme war gefährlich leise. »Genau, wie du es wolltest.«

»Womit du einverstanden warst.«

»Ich hatte wohl kaum eine Wahl.«

Meine Gedanken rasten. Leopold wollte gar nicht, dass Lucien ein Schakal war, hatte aber keine Wahl? Was konnte jemand gegen einen König in der Hand haben, um etwas so Schreckliches zu erzwingen? Ob Lucien davon wusste? Oder von seinem Auftrag? Sie wollten ihn schicken, um Ferro zu töten. Das wäre ein vernichtender Schlag für ReVerse. Trotzdem machte ich mir in diesem Moment mehr Sorgen um seinen Gegner.

»Darüber werden wir noch reden«, sagte Leopold gerade.

»Das wird meine Meinung nicht ändern. Jemand plant etwas gegen dich, Leopold. Wenn Lucien das verhindern kann, wird er es mit Freuden tun.« Phoenix drehte den Kopf in meine Richtung und ich machte einen hastigen Schritt nach hinten.

Zeit, zu verschwinden.

Ich ging rückwärts, aber nach wenigen Schritten stieß ich gegen etwas. Es war kein Kleiderständer, sondern eindeutig menschlich. Ich wollte vor Schreck aufschreien, als sich eine Hand fest auf meinen Mund legte. Blitzschnell befreite ich mich, drehte mich um – und erkannte Lucien. Er trug nichts außer Boxershorts und ich war einen Moment abgelenkt. Dann sah ich seinen angepissten Gesichtsausdruck. *Uh-oh.*

Mit einem Kopfnicken deutete er in die Richtung, aus der ich gekommen war, und legte einen Finger an die Lippen. Wir durchquerten schweigend den Gang und betraten Luciens Ankleidezimmer. Er warf die Tür mit mehr Schwung zu als nötig, dann ging er durch das Bad in sein Schlafzimmer und schaltete das Licht ein. Ich folgte ihm und schloss auch diese Tür. Wenn man Leopold und Phoenix im Bad hören konnte, funktionierte das ebenso in die andere Richtung.

»Hör zu –«, begann ich, ohne zu wissen, was ich sagen sollte.

»Bist du wahnsinnig?!«, platzte er heraus und drehte sich um. »Was sollte das werden, eine kleine Spionage-Übung? Was hast du dir dabei gedacht?«

Gar nichts. »Ich –«

»Das ist *der König von Europa*, Ophelia! In seinen Privaträumen, mit seinem Geheimdienstchef! Es gibt keine vertraulicheren Gespräche in dieser Stadt – ach was sag ich, in diesem ganzen verdammten Land. *Niemand* darf dort zuhören!«

»Es tut mir leid«, murmelte ich kleinlaut. »Ich wollte dir keinen Ärger machen.«

»Mir?« Lucien lachte freudlos. »*Ich* bekomme keinen Ärger, wenn das rauskommt. *Du* bist diejenige, die dann ein Problem hat! Was glaubst du, was passiert, wenn man eine Anwärterin in Leopolds Ankleidezimmer beim Lauschen erwischt?«

»Man befördert mich direkt, weil ich ziemlich gut bin?«, versuchte ich mich an einem Scherz.

»Mach darüber keine Witze! Dafür bekommst du nicht nur einfach drei Jahre Clearing, ist dir das klar?« Er stieß die Luft aus und mir wurde tatsächlich etwas klar. Lucien machte sich keine Sorgen um die Geheimnisse seines Bruders. Er machte sich Sorgen um mich. Eine wohlige Wärme breitete sich in meinem Magen aus.

»Sie haben mich nicht entdeckt, okay?« Ich ging zu ihm und legte meine Hände auf seine Arme. »Es ist nichts passiert.«

Er entzog sich mir. »Was wolltest du überhaupt da drüben?«

Ich setzte mich aufs Bett. »Ich habe schlecht geträumt. Also bin ich ins Bad gegangen und habe Stimmen gehört und … keine Ahnung, was ich da wollte. Es tut mir wirklich leid.«

Lucien kam zu mir zurück. »Aber du wolltest nicht verschwinden, oder?«, fragte er in weicherem Tonfall.

»Doch, einen Moment schon.« Ich grinste schief. »Aber dann wurde mir klar, dass ich das nicht schaffe, ohne einen Großalarm auszulösen.«

»Das ist der einzige Grund?« Er machte ein trauriges Gesicht. »Ich fühle mich benutzt.«

»Sei nicht blöd.« Ich stieß ihn leicht in die Seite. »Ich wollte nur morgen früh pünktlich beim Training sein.«

Er winkte ab. »Ich schreibe dir eine Entschuldigung.«

»Jaaah, das kommt sicher gut an. *Ophelia Scale ist zu spät, weil sie mit mir im Bett war. Ich bitte das zu entschuldigen. Gezeichnet, Lucien de Marais.*«

»Also, für mich klingt das nicht übel.« Er gähnte. »Bleibst du, wenn ich dir verspreche, dass du morgen pünktlich bei den Sadisten auf der Matte stehst?«

»Nein.« Ich lächelte. »Ich bleibe, weil ich nicht gehen will.«

»Noch besser.« Er sah zufrieden aus. Mit einem knappen »Licht aus« ließ er es dunkel werden, dann legte er sich wieder hin. Als wäre es ein vertrautes Ritual, machte ich es mir in seinem ausgebreiteten Arm bequem, den Kopf an seiner Schulter, eine Hand auf seiner Brust. Sein Herz schlug einen langsamen, gleichmäßigen Takt.

»Was ist das für eine Schuld, die Leopold Phoenix gegenüber hat?«, fragte ich in die Stille hinein. Ich spürte, wie Luciens Körper sich anspannte.

»Ein alter Gefallen«, sagte er leichthin, aber der Tonfall konnte mich nicht täuschen.

»Das muss ein gigantischer alter Gefallen sein.«

Lucien seufzte lautlos und zog mich enger in seine Arme.

»Es ging damals um mein Leben, also denke ich – ja, er war ziemlich groß.«

Was? Ich fuhr ruckartig hoch. »Phoenix hat dir das Leben gerettet und verlangt jetzt von dir, es immer wieder zu riskieren? Das ist paradox. Und grausam.«

»Es ist etwas komplizierter als das. Aber paradox ist es tatsächlich. So ist Cohen. Er ist nur glücklich, wenn er seine Marionetten tanzen lassen kann.«

»Ein unheimlicher Typ.« Ich fragte mich, was Phoenix genau für Leopold getan haben mochte. Vielleicht hatte es etwas mit dem Brand zu tun oder mit einem von Luciens halsbrecherischen Ausflügen. Die Frage danach kam mir taktlos vor, aber immerhin verstand ich jetzt, warum Lucien für Leopold arbeitete: Die Schuld seines Bruders war auch seine eigene.

»Gab es sonst noch etwas Interessantes, über das sie geredet haben?« In der Dunkelheit hoben sich Luciens Gesichtszüge wie gemeißelt von dem hellen Kissen ab.

»Ach, jetzt doch neugierig, Monsieur?«

»Absolut nicht«, antwortete er und küsste mich. »Also?«

»Sie haben über jemanden gesprochen, der systematisch Schakale umbringt.« Ich ließ mir nicht anmerken, dass ich diese Person kannte. »Sie wollen dich auf die Jagd nach ihm schicken.«

Lucien schwieg und die Stille trieb einen Keil zwischen uns. Obwohl ich in seinen Armen lag und unsere Beine miteinander verschränkt waren, erschien er mir plötzlich unendlich weit weg.

»Okay«, sagte er schließlich. »Also ein normaler Exit-Job.«

»Exit-Job? Du meinst, Exit wie …«

»Wie *töten*, ja.«

Leopold hatte Phoenix vorgeworfen, Lucien zum Killer gemacht zu haben. War er das wirklich? In diesem Moment schien es möglich.

Jeder Muskel in ihm war angespannt, er hielt mich in den Armen, aber ohne jede Gefühlsregung. *Ich dagegen hasse es, nicht ich selbst zu sein.* Ich ahnte nun, was er damit gemeint hatte.

»Musst du so etwas oft tun?«

»Das ist der Job. Wir werden überall eingesetzt, wo es nötig ist.« Eingesetzt. Als wäre er ein Roboter. »Schakale sind zwar spezialisiert, aber Exit-Jobs muss jeder machen.«

»Worauf bist du spezialisiert?«

»Informationsbeschaffung, genau wie Dufort. Das kann ich am besten.«

»Wenn man denen glauben darf, kannst du alles am besten, Super-Luc.« Ich scherzte, weil ich die Kälte nicht ertrug. »Du bist nicht nur der Retter abstürzender Damen, sondern auch der Held des Geheimdienstes, wie es scheint.«

Es funktionierte. Lucien lachte und seine Anspannung ließ nach. »Das haben sie gesagt?«

»Wieso, stimmt es etwa nicht?«

»Schwer zu sagen.« Er sah mich an und legte den Kopf schief. »Fändest du das eher angeberisch oder heiß?«

Ich atmete erleichtert auf. Er war wieder da.

»Hm. Eher heiß, glaube ich.«

»Dann bin ich das Beste, was dem königlichen Geheimdienst je passiert ist«, sagte er, wie aus der Pistole geschossen.

Ein Lachen entfuhr mir.

»Du Angeber.«

Er lachte mit und holte mich wieder in seine Umarmung, diesmal liebevoll und entspannt. Ich beugte mich vor und küsste ihn sanft. Er erwiderte es.

»Verdammt, Stunt-Girl«, murmelte er leise und sah mich an. »Du könntest mir echt gefährlich werden.«

»Das Gleiche könnte ich über dich sagen, Super-Luc.« Ich wusste, dass ich nichts für ihn fühlen durfte. Aber meinem Herzen war das egal.

Lucien seufzte zufrieden, dann schloss er die Augen und schlang die Arme noch fester um mich. Kurz darauf war er eingeschlafen. Ich dagegen lag noch lange wach und lauschte seinen Atemzügen, während meine Gedanken sich im Kreis drehten.

Konnte man jemanden töten, in dessen Bruder man sich verliebte?

Konnte man sich in jemanden verlieben, dessen Bruder man töten wollte?

Aber egal, wie lange ich grübelte, ich fand keine Antwort.

27

Nach dem heißen Juli kam der August mit wechselhaftem Wetter und kühleren Temperaturen. Trotzdem war ich bester Laune. Das Training lief so gut wie nie – Dufort und Fiore waren voll des Lobes, und sogar Echo schien mit meinen Leistungen zufrieden zu sein. Ich war motiviert, voller Energie und fühlte mich unbesiegbar.

Verantwortlich dafür war vor allem Lucien. Da er in diesen drei Wochen keinen Auftrag bekam, sahen wir uns fast täglich. Wir aßen Dinge, die ich nicht kannte, alberten herum und genossen es, zusammen zu sein. Er erzählte mir von seiner Kindheit und seinen Geschwistern, ich ihm von den anderen Anwärtern und meiner Familie zu Hause. Die meisten Nächte verbrachte ich bei ihm, schaffte es aber trotz des Schlafmangels morgens pünktlich zum Training. Von der Öffentlichkeit hielten wir uns fern. Wir wussten beide, dass es Probleme geben würde, wenn die Ausbilder oder Anwärter das mit uns herausfanden. Also blockte Lucien regelmäßig das Signal meines WrInks, und ich gab bei meinen Kollegen vor, früh schlafen zu gehen. Da wir aber ohnehin so taten, als gäbe es keine Welt außerhalb des Juwels, störte uns die Heimlichtuerei nicht.

Albträume hatte ich keine mehr, stattdessen schlief ich tief und fest durch. Nicht einmal das HeadLock machte mir etwas aus. Ich blühte in Luciens Nähe auf, ich liebte es, mit ihm zu lachen – und zehrte von seinen Küssen und Berührungen. Seit wir uns trafen, fühlte ich immer häufiger etwas, das ich in Maraisville nie erwartet hätte: Glück.

... zumindest, solange ich nicht an ReVerse dachte.

Sie hatten mich nach dem Gespräch mit Julius nicht wieder kontaktiert. Das musste bedeuten, dass ReVerse einen Anschlag bei dem Empfang plante. Einen Anschlag, bei dem ich außen vor gelassen wurde. Das hätte mich erleichtern müssen, aber das Gegenteil war der Fall. Nicht nur wegen meines Traums – oder des Gesprächs mit Phoenix, das ich belauscht hatte. Es war auch Luciens Einfluss: Er sprach so voller Zuneigung von Leopold, dass der König für mich langsam vom Feindbild zum menschlichen Wesen wurde und mein lodernder Hass auf ihn zu einer glimmenden Glut zusammenschrumpfte. Ich wehrte mich dagegen, mahnte mich, daran zu denken, was es bedeuten würde, wenn die Abkehr vorbei wäre – und es half für eine kurze Zeit. Fakt war jedoch, dass ich mich besser fühlte, wenn ich nicht an den Tod des Königs dachte.

An Morgen des 9. August saßen wir in Majores Geschichtsunterricht und behandelten die Aufstände von 2060, als es an der Tür klopfte. Dufort kam herein und grüßte uns. Er trug ein blaues Hemd und sah darin ungewohnt förmlich aus.

»Leute, hört kurz zu.« Alle sahen von den Büchern auf. »Ihr wisst, dass der Präsident von Südamerika morgen in der Villa Mare empfangen wird. Die Schakale werden vor Ort sein und mit der Garde für die Sicherheit des Königs sorgen. Wir haben entschieden, dass drei von euch an diesem Einsatz teilnehmen dürfen.«

Sofort rauschte ein Raunen durch den Raum. Auch ich spürte Aufregung, aber keine freudige. Ich wollte nicht zu diesem Empfang. Ich wollte am liebsten so weit wie möglich davon entfernt sein.

»Emile, Troy, Ophelia? Kommt bitte mit.«

Ich erhob mich unter den neidischen Blicken der anderen, lächelte gequält und lief nach vorne. Dufort war bereits auf dem Gang, Troy rempelte mich im Vorbeigehen an. Ich hatte den Fehler gemacht, ihm zu sagen, dass ich von seiner linken Nummer bei dem Fake-Angriff wusste. Seitdem war er noch ätzender als vorher.

Emile lief neben mir. »Glaubst du, sie haben uns ausgewählt, weil sie uns prüfen wollen?«

»Wohl eher, weil wir die Besten sind.« Das glaubte ich nicht nur, ich wusste es vielmehr von Lucien. Wegen der getöteten Agenten wollte Phoenix die Auswahl beschleunigen und drängte auf Entscheidungen. Erst letzte Woche hatte uns Justyna verlassen. Es war traurig, aber immerhin war sie wieder bei ihrer Familie. Die drei Jahre würde sie schnell aufholen.

Vor dem Gebäude stiegen wir in eine der pechschwarzen TransUnits, die für die engsten Vertrauten des Königs vorgesehen waren. Lautlos rauschte sie los und hielt erst vor der Festung wieder an. Während wir durch das unterirdische Labyrinth liefen, gab uns Dufort Anweisungen.

»Wir gehen jetzt zu der abschließenden Besprechung für

morgen. Bitte verhaltet euch zurückhaltend, und zwar nicht nur heute. Dieser Einsatz ist keine Aufforderung, den Helden zu spielen.«

»Warum wir?«, fragte Troy mit selbstgefälligem Gesichtsausdruck. Ich deutete hinter seinem Rücken Emile an, wie ich mir den Finger in den Hals steckte. Er lachte lautlos.

»Ich habe euch empfohlen«, sagte Dufort schlicht. »Es ist eine große Chance, aber ohne Sicherheitsnetz. Sie kann euch helfen oder den Hals brechen.«

Troys Miene wurde etwas weniger blasiert. Emile und ich grinsten.

Unser Ziel war eine große Doppeltür, hinter der sich ein gewaltiger Raum befand. Er war fensterlos und in einem grau-weißen Streifenmuster gestrichen, hatte einen großen Tisch in der Mitte und ansteigende Sitzreihen drum herum. Schakale und Gardemitglieder saßen und standen im Raum verteilt, unterhielten sich oder waren in die Inhalte ihrer Pads vertieft. Phoenix fehlte, ebenso wie Leopold. Auch Lucien war nicht anwesend.

Dufort wies uns an, in der dritten Reihe Platz zu nehmen, dann ging er zum Tisch. Sein Stuhl stand direkt neben dem von Nahor Haslock, dem Chef der Garde, einem dunkelhäutigen und einschüchternden Mann von großer Statur. Die beiden mochten sich offensichtlich nicht: Während sie sprachen, runzelte Dufort die Stirn, und Haslock hielt die Arme verschränkt. Ob das etwas mit unserer Beteiligung zu tun hatte?

Nach und nach setzten sich alle und es wurde still. Haslock dunkelte den Raum etwas ab und stand auf. Als er gerade Luft holte, ging die Tür noch einmal auf.

»Tut mir leid, ich bin zu spät. Hier unten kann man sich wirklich verirren.«

Einige Lacher waren zu hören, als Lucien in den Raum kam. Er war wie Dufort sehr seriös gekleidet, trug eine dunkle Hose und ein schwarzes Hemd. »Lass dich nicht stören, Nahor.« Er warf einen Blick in die Runde. Als er mich sah, funkelten seine Augen. Etwas in mir machte einen Sprung.

»Schön, dass auch der Vertreter der königlichen Familie hergefunden hat«, kommentierte Haslock trocken. Ich begriff. Da nicht alle Anwesenden wussten, dass Lucien ein Schakal war, nahm er offiziell als Leopolds Vertretung an der Besprechung teil.

»Was für ein Blender«, murmelte Troy neben mir. »Diese reichen Leute glauben immer, ihnen gehört die Welt.«

»Na ja.« Emile grinste. »Bei ihm stimmt das ja auch.«

Troy schnaubte abfällig. »Sein Bruder ist derjenige, der das Land regiert. Lucien ist nur irgendein Idiot, der zufällig in die richtige Familie geboren wurde.«

»Woher willst du das wissen?«, fragte ich in scharfem Tonfall.

»Oho«, ätzte Troy zurück. »Bist du ein Fan, Scale? Ich wusste ja nicht, dass man nutzlos sein muss, um bei dir zu landen.«

»Wenn das stimmen würde, wären du und ich längst ein Paar, oder?« Ich sah ihn wütend an.

»Ruhe jetzt«, zischte Emile. »Dufort schaut schon zu uns rüber.«

Und nicht nur er, sondern auch Lucien. Er sah kurz zu Troy, dann zuckte er mit den Schultern, als wollte er sagen *Lass den Deppen doch reden.* Ich lächelte kaum merklich.

»Wir beginnen«, sagte Haslock. »Es geht um den Einsatz 10-08-34, der morgen Abend in der Villa Mare stattfinden wird.« Er nickte leicht und eine Holoprojektion erschien über dem Tisch.

Die Villa Mare war ein opulentes Anwesen aus dem 19. Jahrhundert und stand auf einer Klippe am Mittelmeer. Sie hatte mehr als vierzig Zimmer auf tausend Quadratmetern Fläche, dazu einen hübschen Garten und einen riesigen Park. Mit ihren Türmchen, Zinnen und Bogenfenstern sah sie aus wie aus einem Märchen. Die altmodische und herrschaftliche Einrichtung mit vielen Teppichen und Gemälden, roten Vorhängen und verschnörkelten Möbeln tat ihr Übriges.

Der Grundriss war jedoch ein Albtraum für die Absicherung einer Veranstaltung wie dieser. Er war verschachtelt, die Zimmer teils riesig und teils winzig klein. Es gab jede Menge Fenster und Türen, dazu versteckte Verbindungsgänge und Treppen an jeder Ecke des Gebäudes. Und dann war da noch der Garten. Er fiel nördlich vom Haus steil zur Wasserseite ab und hatte Stufen bis zum Meer. Wenn jemand dort stand, war er aus tausend Metern ohne Probleme zu treffen.

Hoffentlich geht Leopold nicht dorthin.

Moment. War ich jetzt übergeschnappt? Das war eine riesige Chance für ReVerse. Das Ziel, *unser* Ziel war immer noch der Tod des Königs. Aber egal, wie oft ich mir das sagte, bei diesem Gedanken verspürte ich längst keine Euphorie mehr. Ja, ich wollte das Ende der Abkehr. Aber wie hoch wäre der Preis dafür?

»Geladen sind neben dem Präsidenten und Gefolge etwa hundert Gäste, hauptsächlich enge Vertraute des Königs und wichtige Persönlichkeiten«, erklärte Haslock. »Amelie de Marais wird ebenfalls anwesend sein, genau wie Lucien.«

Ich war verwundert. Lucien nahm an solchen Empfängen nie teil. Wieso diesmal?

»Die Garde wird immer zwei Leute direkt am König haben, keine Ausnahmen. Alle Ausgänge stehen unter Extrabewachung.

Wir werden Präsenz zeigen und uniformiert auftreten. Vorgesehen ist Standardbewaffnung, Eye- und EarLinks werden vor Ort kalibriert. Es wird halbstündlich rotiert, Pause gibt es alle zwei Stunden.« Haslock feuerte die Informationen so schnell raus, dass ich kaum mitkam. Dann gab er an Dufort weiter.

Der erhob sich und nickte in die Runde. »Während die Garde Präsenz zeigt, tun die Schakale das Gegenteil: Wir mischen uns unter die Gäste. Entsprechende Deckidentitäten wurden bereits erstellt und werden heute noch vergeben. Wie immer bleibt unsere Tarnung oberste Priorität. Wenn der Empfang glatt über die Bühne geht, sollte niemand bemerken, dass wir da waren.« Er nickte leicht und setzte sich wieder.

Damit war die Besprechung aber noch nicht beendet. Die nächsten Stunden vergingen mit langatmigen Detailfragen und endlosen Diskussionen. Der Garten wurde zur verbotenen Zone erklärt, ebenso wie der Park und die Terrasse zum Meer. Lebensläufe der Gäste wurden durchgekaut, über manche der Geladenen stritten Dufort und Haslock heftig. Alles wurde unter dem Vorbehalt besprochen, dass Leopold im Nachhinein andere Vorstellungen haben könnte. Es war großes Blabla, viel Kompetenzgerangel, kurz: wahnsinnig öde. Irgendwann sah ich Lucien gähnen und musste grinsen. Er hatte diese Diskussionen sicher schon hundertmal gehört.

Als die Besprechung vorbei war, zeigte die Uhr bereits Mittag an. Auf dem Weg zur Tür wetteten Emile und ich, ob es schon wieder Hühnchen geben würde. Dabei stieß ich gegen jemanden und griff instinktiv nach seinem Arm. Erst da sah ich, wer es war.

»Hoppla.« Lucien lächelte, aber nicht zu offensichtlich. »Alles in Ordnung?«

»Ja, alles okay«, nickte ich und tat so, als hätten wir noch nie miteinander gesprochen. »Ich habe nicht aufgepasst, tut mir leid.« Er sah auf seinen Arm, den ich immer noch festhielt. Eilig ließ ich los.

»Ich hoffe, das trifft nicht auf die letzten drei Stunden zu.« Er warf mir einen strengen Blick zu. Fast hätte ich gelacht.

»Nein, natürlich nicht.« Ich senkte demütig den Blick. »Ich habe sehr gut zugehört … Sir.«

Jetzt musste er sich ein Lachen verkneifen.

»Gut. Wir wollen schließlich nicht, dass etwas passiert.«

»Natürlich nicht.« Ich nickte.

»Das wollte ich hören. Dann sehen wir uns morgen.« Mit einem Blick auf Emile nickte er mir zu, dann ging er.

»Du hast echt ein Händchen für die oberen Zehntausend, Scale.« Emile pfiff durch die Zähne.

»Was, meinst du ihn? Mach dich nicht lächerlich.«

»Ich bin ein Kerl. Das heißt, ich erkenne, wie andere Kerle ein Mädchen ansehen. Und dieser Kerl steht auf dich.«

Na, das hoffe ich doch, dachte ich. »Schwachsinn«, sagte ich. »Du brauchst dringend etwas zu essen, Bayarri. Dein Gehirn ist unterversorgt.«

Nach dem Essen gingen wir zum *Fitting*, wie die Schakale das Ausstatten mit Equipment und Identitäten leicht scherzhaft nannten. Dufort empfing uns an einem der Aufzüge in der Festung und brachte uns sechs Stockwerke unter die Erde. Dann ging er voran in einen Flur mit mehreren Türen und hielt eine davon auf.

»Bitte wartet kurz hier. Ich bin gleich wieder da.«

Troy, Emile und ich blieben in dem kleinen Raum mit einem Tisch in der Mitte und einem Terminal an der Wand. Das Fenster vor uns führte zu einer Halle, die das Ausmaß eines Flight-Unit-Hangars hatte. Das war also das Depot. Neugierig spähte ich durch die Scheibe.

Der riesige Raum beherbergte zahllose hohe, geschlossene Regale, deren Vorderfronten aus quadratischen grauen Platten bestanden, je nach Gang größere oder kleinere, sodass sie den Eindruck von sehr komplizierten, dreidimensionalen Schachbrettern erweckten. Plötzlich sauste ein Greifarm heran, packte eine der Platten und zog sie aus dem Regalkorpus. Dabei entpuppte sie sich als würfelförmiger Behälter. Der Greifer transportierte ihn in unsere Richtung, aber dann kam er außer Sicht. Nebenan lagen wohl noch weitere Ausrüstungsräume.

»Entschuldigt«, sagte Dufort, als er zurückkam. »Wir mussten uns noch um eure Tarnungen kümmern. Eins, zwei, drei.« Er gab uns Pads in grauen Hüllen. »Schlagt sie auf.«

Ich öffnete den Umschlag meines Pads und tippte auf das Display. Mein eigenes Gesicht sah mir entgegen, es war die Aufnahme von meinem ersten Tag in Maraisville. Danach folgte das Bild einer jungen Frau, die mir entfernt ähnlich sah, dann ein Steckbrief mit Name, Alter und Stationen einer Biografie. Die Informationen gehörten zu einer gewissen Sophie Eugenie Forestier.

»Auf dem Empfang werden Leute sein, die sich in den bedeutenden Familien des Landes auskennen.« Dufort lehnte sich an die Wand. »Deswegen können wir nichts erfinden, sondern müssen auf reale Personen zurückgreifen. Ophelia, du bist Sophie, die jüngste Tochter der Forestiers. Sie sind eine einflussreiche Frankopäerfamilie, die am Bau des TransUnit-Netzes beteiligt war. Da du Französisch sprichst und technisches Know-how hast, passt diese Tarnung für dich perfekt.«

Ich war mir da nicht so sicher. Sophie Forestier war laut dem Pad eine talentierte Reiterin, mehrfache Meisterin im Fechten und hatte an der Universität von Paris Literatur und Geschichte studiert. Das klang gar nicht nach mir.

Dufort ging weiter. »Troy, du bist Sebastian Temple. Die Temples waren vor der Abkehr wohlhabende Leute, aber sie sind weder bekannt noch einflussreich. Was Sebastian auf den Empfang bringt, ist also nicht seine Familie, sondern seine Verlobte.« Er sah mich an. *Oh nein. Neinneinnein, bitte nicht.* »Sophie Forestier. Ich bin sicher, ihr beide werdet das gut machen.« Er nickte zufrieden. Troy und ich sahen uns entsetzt an.

»Zu dir, Emile.« Dufort tat so, als hätte er unsere Reaktion nicht gesehen. »Da wir für dich niemand Passenden gefunden haben, wirst du als Kellner fungieren. Du heißt Oliver Moreno und arbeitest seit zwei Jahren für den König.«

»Mhm.« Emile verzog das Gesicht.

»Ihr findet alle Informationen zu den Tarnungen auf dem Pad. Bis morgen solltet ihr das draufhaben. Ich möchte keine Aussetzer erleben.« Dufort schlug sein eigenes Pad zu. »Ich hole Henri und Echo, dann können wir eure Ausrüstung anfordern.« Er nickte und ging aus dem Raum. Kaum war er weg, ließen wir Dampf ab.

»Ein *Kellner*, echt mal.« Emile war enttäuscht. »Ich habe doch wohl mehr drauf.«

»Besser als die spießige Bilderbuchtochter, die Schwiegermutters Liebling heiraten muss.« Ich verdrehte die Augen. »Aber hey, ich könnte eine Affäre mit deinem Oliver haben.«

Emile lachte. »Aus welchem Grund sollte Sophie etwas mit einem Kellner anfangen?«

»Ach, das ist einfach.« Ich winkte ab. »Madame sucht nach

Ablenkung, weil sie ihren Verlobten zum Kotzen findet, der sie schlecht behandelt und vor allem sich selbst liebt. Sie heiratet ihn nur, weil ihre blöde Familie das so möchte.« Ich lächelte Troy zuckersüß an. Er verdrehte die Augen.

»Glaub ja nicht, dass *ich* das toll finde, Scale«, murrte er. »Aber im Gegensatz zu dir bin ich Profi.«

»Profi in was? Ein Arsch zu sein?« Ich sah ihn gespielt interessiert an.

Emile ging dazwischen. »Hört auf, okay? Immerhin seid ihr keine Kellner.«

»Ach, hab dich nicht so!«, fuhr ich ihn an. »Du musst schließlich nicht Händchen halten mit diesem widerl–«

»Gibt es Probleme?« Dufort war zurück und hatte Fiore und Echo im Schlepptau.

»Nein«, knurrte ich. »Alles super.« Ein Vortrag zum Thema *Die Schakale sind kein Kindergarten* fehlte mir jetzt noch.

Sie teilten uns auf, weil jeder für die Ausrüstung eine eigene Kabine brauchte. Echo blieb bei Emile, Fiore ging mit Troy, und Dufort kam mit mir. Wir nahmen die nächste Tür, und ich schwieg, während er das Interface einrichtete.

»Du bist nicht zufrieden mit deiner Tarnung?«, fragte er, ohne es wie eine Frage klingen zu lassen.

»Doch, alles bestens«, antwortete ich knapp.

Dufort drehte sich zu mir um. »Willst du wissen, was meine erste Tarnidentität war?«

»Lass mich raten: der Verlobte einer unerträglichen Person, die sich für *das* Geschenk an die Welt hielt?« Ich verdrehte die Augen.

»Das wäre schön gewesen.« Er schüttelte den Kopf. »Nein, ich war der Sohn eines Abkehrgegners in Australien. Er war nicht nur ein völlig durchgedrehter TechHead, sondern hat auch gerne auf offener Straße sein Hinterteil entblößt.«

»Klingt doch nach Spaß«, sagte ich ironisch. Ich wusste nicht, was schlimmer war – Hintern oder Arsch.

»Total. Vor allem im Winter.« Dufort sah mich an. »Glaub mir, das verzogene Töchterchen ist ein Kinderspiel für dich. Trotz des unerträglichen Verlobten.« In seinem Mundwinkel zuckte es.

»Reden wir über den Verlobten oder den Typ dahinter?«, fragte ich und grinste.

Dufort hob die Schultern. Das war der einzige Kommentar, den ich dazu bekam. »Stell dich hierher.« Er zeigte mir einen Punkt neben dem Tisch.

»Und jetzt?«

Es war nicht Dufort, der antwortete, sondern eine Stimme aus dem Nichts.

»Ophelia Maxine Scale, Kennung: OS-88651-XX, Schakal. Status: aktiv. Marker: weiblich, 18 Jahre, 175 cm, 58 Kilo, anglo-frankopäisch. Tarnung: Sophie Eugenie Forestier, Zivilistin. Marker: weiblich, 22 Jahre, 172 cm, 56 Kilo, frankopäisch.« Auf dem Terminal an der Wand tauchten mein Bild und das von Sophie Forestier auf. »Körperliche Übereinstimmung: 84 Prozent. Keine optische Anpassung erforderlich.«

»Na, da bin ich aber froh«, murmelte ich.

»Ausrüstung verfügbar. Bitte wählen.«

Meine EyeLinks kalibrierten sich, dann sah ich eine Ordnerstruktur, als wären die Behälter in dem Schachbrettraum beschriftet. Waagerecht erschienen Zahlen, senkrecht Buchstaben. *Wie hilfreich.*

»Vorgegebene Elemente: Waffe. Wahl von 6YC bis 8YC.« Drei schematische Zeichnungen erschienen. Ich sah Dufort fragend an.

»Es geht um die Größe deiner Waffe. Die mittlere ist eure TLP-X aus dem Training, also bist du damit vertraut. Allerdings würde ich zu der kleineren raten. Da du ein Kleid tragen wirst, ist es einfacher, sie zu verstecken.«

Ein Kleid? Darüber hatte ich noch gar nicht nachgedacht. Ich folgte Duforts Rat und forderte die kleinere Version an. Das System lieferte den Behälter durch eine Klappe in der Wand direkt vor mir auf den Tisch. Ich nahm die Waffe heraus und prüfte Gewicht und Größe, bevor ich sie für gut befand. Es ging weiter mit Eye- und EarLinks, dann kam das schwierigste Thema.

»Vorgegebene Elemente«, sagte die Stimme wieder. »Abendkleid. Bitte Farbe wählen.«

Der Dresscode bei solchen Veranstaltungen war langweilig, das wusste ich aus Majores Unterricht. Grelle Farben waren unerwünscht, ebenso wie Schwarz oder Weiß.

»Blau?«, schlug ich vor.

»Bitte wählen: Hellblau, Mittelblau, Dunkelblau.«

»Dunkelblau.«

Mir wurden ungefähr fünfzig Modelle präsentiert, mit unterschiedlichen Längen, Trägern und Ärmeln. Ich hatte in meinem Leben ungefähr dreimal ein Kleid getragen, zweimal davon als Kind. Das war nicht mein Metier.

»Schwierigkeiten, dich zu entscheiden?«, fragte Dufort. Der hatte gut reden. Er sah sicher in allem aus wie ein kybernetisches Model.

»Nein, gar nicht«, log ich. »Aber es geht ja nicht um meinen Geschmack, oder? Worauf muss ich achten?«

War das Anerkennung, die in Duforts Augen aufblitzte? Hatte er geglaubt, ich würde bei dem Anblick von ein paar Kleidern in urzeitliche Weibchenhysterie verfallen? *Frechheit.*

»In erster Linie musst du dich gut bewegen können. Alles, was zu bauschig oder zu eng ist, fällt damit weg.« Er klinkte sich in meine Anzeige ein und ließ etwa die Hälfte der Kleider verschwinden. »Dem Anlass entsprechend sollte es eher boden- als knielang sein.« Weitere zehn verschwanden. »Und zu freizügig geht auch nicht.« Es blieben noch fünf. »Jetzt kannst du danach gehen, was dir gefällt.«

Ich sah mir die Auswahl an. Eines war mir zu rüschig, ein anderes zu steif, ein weiteres zu altmodisch. Am Ende war nur ein Kleid übrig. Ich forderte es an, der Greifer glitt durch die Halle und ließ kurz darauf den Behälter auf dem Tisch landen. Das dunkle Kleid hatte einen langen, leicht ausgestellten Rock, ein enges Oberteil und transparente Ärmel, die bis zu den Handgelenken gingen. Der Schnitt war elegant, aber nicht zu sexy.

»Das ist perfekt«, sagte ich.

»In Ordnung.« Dufort holte eine Tasche aus einem Fach unter dem Tisch. »Pack alles ein, wir werden es mit an Bord nehmen. Abflug ist morgen um 11 Uhr.« Er ging zur Tür. »Fiore bringt euch raus. Wir sehen uns später.«

Ich nickte und begann, meine Sachen in die Tasche zu räumen. Dabei geriet ich ins Grübeln. Sah so Luciens Leben aus? Er wählte seine Tarnausrüstung, packte sie in eine Tasche und ging auf Missionen mit ungewissem Ausgang? Er legte eine neue Identität an, ohne zu wissen, wann er wieder er selbst sein durfte? Wenn Emile und Gaia über das Agentenleben redeten, klang es nach Vergnügen, nach Gefahr und Abenteuer. Ich hatte den Eindruck, das war ein Trugschluss.

Für mich klang es sehr einsam.

28

»Ophelia?«

Ich wachte auf, weil eine Hand mich an der Schulter berührte.

Moment – eine Hand? Ich war allein in meinem Zimmer eingeschlafen.

Innerhalb einer Sekunde sprangen meine Sinne auf »hellwach« um. Ich hielt mich nicht mit Fragen auf. Blitzartig packte ich meinen Angreifer, stieß mich von der Matratze ab und riss ihn mit mir herum. Wir landeten auf dem Boden neben dem Bett, ich über ihm, die Faust zum Schlag bereit. Jeder Muskel in mir war angespannt.

»Licht an!«, keuchte ich.

Das System reagierte und bescherte mir einen Blick auf den Eindringling.

»Scheiße, hast du mich erschreckt!« Erleichtert stieß ich die Luft aus.

»Ach was, echt?«, fragte Lucien trocken. »Darauf wäre ich nie gekommen.«

»Warum schleichst du dich hier so rein?«

»Ich wusste ja nicht, dass du mich für den Feind hältst.«

»Ziemlich leichtgläubig«, scherzte ich zittrig. »Und du willst das Beste sein, was die Schakale zu bieten haben?«

»Nicht alle meine Qualitäten sind zu jeder Zeit verfügbar«, ächzte er.

»Sollten sie das nicht immer sein?« Mein Puls beruhigte sich langsam.

»Ja, ja, mach dich nur lustig«, sagte er. »Meinst du, du könntest von mir runtergehen? Ich weiß diese Position sehr zu schätzen, aber leider bin ich nicht deswegen hier.«

Erst jetzt fiel mir auf, dass er andere Kleidung trug als sonst. Sie war komplett schwarz, Oberteil und Jacke lagen eng an, die Hose hatte Taschen an den Seiten und der Gürtel ein Holster für eine Waffe. Am Arm trug Lucien ein Pad, seine Locken waren straff zurückgebunden. Ein Zucken seiner Pupillen verriet mir, dass er EyeLinks trug.

Ich stand auf und ließ mich auf dem Bett nieder.

»Der Exit-Job?«, fragte ich tonlos. Mein Magen wurde zu einem harten Knoten. Drei Wochen hatte es keinen Auftrag gegeben, niemand hatte ein Wort darüber verloren. Ich hatte gehofft, Phoenix hätte einen anderen Weg gefunden, um Ferro zu schnappen.

»Es hat eine Weile gedauert, das Gerücht zu streuen«, sagte Lucien und setzte sich neben mich. Ich griff nach seiner Hand.

»Wann geht es los?« Mein Hals war trocken. Ich schluckte.

»Vor fünf Minuten. Ich habe gesagt, ich hätte etwas vergessen.« Er beugte sich vor und küsste mich sanft.

Ich strich ihm über die Wange. Dass er extra hergekommen war, um mich zu sehen, löste ein warmes Gefühl in mir aus. Der Knoten blieb trotzdem.

»Wisst ihr denn mittlerweile, wer es ist?« Ich hatte öfter darüber nachgedacht, was es bedeuten würde, wenn sie Ferro schnappten. Doch dann hatte ich den Exit-Job verdrängt und es war nicht mehr wichtig gewesen.

»Nein, die Liste ist zu lang.« Lucien schüttelte den Kopf. »Aber das macht nichts. Ich hatte schon Aufträge mit schlechterer Prognose.«

Ich fasste seine Hand fester. »Können sie nicht jemand anders schicken?«

Er lächelte mich schief an. »Ich dachte, *du* hättest dieses Gespräch zwischen Leopold und Cohen mit angehört.«

»Ja, aber …« Ich brach ab. »Ich will nicht, dass du gehst.«

»Bisher bin ich immer zurückgekommen. Meistens sogar in einem Stück.« Lucien lächelte.

»Wie beruhigend.« Ich rückte näher an ihn heran und er legte den Arm um mich. »Mir war wohler bei dem Gedanken, dass du in der Villa Mare dabei sein würdest.«

»Ja, mir auch.« Er drückte einen Kuss auf meine Stirn. »Du musst mir etwas versprechen«, sagte er ernst.

Ich nickte. »Okay.«

»Pass auf Leopold auf.«

Mein Herz blieb einen Moment stehen.

Ich ließ ihn los.

»Du solltest dir eher Sorgen um dich machen«, sagte ich. »Leopold hat über dreißig Gardisten und Schakale, die ihn beschützen.«

»Ich weiß.« Lucien presste die Lippen aufeinander. »Aber ich habe bei diesem Empfang ein richtig mieses Gefühl. Ich hätte sonst niemals zugesagt, an dem Theater teilzunehmen.«

Seine Intuition war bemerkenswert. Ich hatte ihn mal gefragt, warum Phoenix ihn für noch besser hielt als Dufort. Er hatte mir gesagt, dass es vor allem an seinem Gespür für Menschen und Situationen lag. Lucien war nicht kopflastig und verließ sich einfach auf Fakten, sondern traute vor allem seinem Gefühl. Nur bei mir versagte es. *Oder auch nicht.*

»Deswegen wolltest du dabei sein? Nicht wegen der Viklunds?«

»Ach, die sind mir scheißegal.« Er winkte ab. »Stella Viklund kann noch so langbeinig und blond sein, Leopold mag sie nicht, und Amelie wird das nicht ändern. Aber immer wenn ich an die Villa denke, habe ich ein dumpfes Gefühl im Bauch. Ich glaube, jemand plant etwas.«

»Weiß Leopold, was du darüber denkst?«

»Natürlich. Aber er hält mich für paranoid. ›Du hast zu lange mit Phoenix gearbeitet, Luc‹«, imitierte er die Stimme seines Bruders. »›Mir passiert schon nichts.‹ Ich habe ihm gesagt, wenn das nicht stimmt, bringe ich ihn um.«

Ich musste lachen.

»Das heißt, aus unserem Date nach dem Empfang wird nichts.«

»Nein, leider nicht. Dabei wollte ich dir endlich meine Briefmarkensammlung zeigen.«

»Briefmarken?« Ich hob die Augenbraue. »Was ist das denn?«

»Ach, nur ein alter Witz. Sehr alt. Steinzeitlich. Es bedeu–«

Er brach ab und seine Hand glitt ans Ohr. Offenbar hatte er über seine EarLinks eine Nachricht bekommen.

»Sie sagen, wenn ich in fünf Minuten nicht da bin, kann ich nach Irkutsk laufen.« Er verdrehte die Augen. »Ich schwöre dir, eines Tages spiele ich die *Wisst ihr eigentlich, wer ich bin*-Karte aus.«

»Das würdest du nie.« Ich küsste ihn. »Russisches Gebiet also«, sagte ich und schmiegte mich an ihn. Er strich über meine Haare. »Zum Glück haben wir Sommer.« Wenn ich irgendeinen Unsinn redete, blieb er vielleicht noch eine Minute länger bei mir.

»Ja, zum Glück.« Er küsste mich, lange genug, um einen weiteren Hinweis zu bekommen. Diesmal hörte ich mit und die Stimme klang nicht freundlich. Lucien stand auf. Ich folgte ihm und umarmte ihn fest. Er drückte einen Kuss in meine Halsbeuge und nahm dann mein Gesicht in beide Hände.

»Du passt auf Leopold auf, oder?«, fragte er noch einmal. Seine graublauen Augen sahen mich bittend an. »Ich verlasse mich auf dich.«

»Versprochen.« Es fiel mir leichter als gedacht. »Allerdings nur, wenn du mir versicherst, dass du bald wieder da bist.«

»Ich hoffe es.« Er küsste mich noch einmal, dann ließ er mich los und ging zur Tür.

Das war meine letzte Chance. Die letzte Gelegenheit, ihm einen Vorsprung zu verschaffen.

»Luc?«

Er drehte sich zu mir um. »Ja?«

Aber da stockte ich. Wie hätte ich erklären sollen, dass ich wusste, wer die Agenten umbrachte, ohne zu sagen, dass ich Teil des Widerstandes war? Wenn ich Ferro verriet, dann lieferte ich auch mich aus und verlor alles, was ich hatte. Das ging nicht. Nicht jetzt.

»Sei bitte vorsichtig«, sagte ich also nur.

Lucien nickte, dann verschwand das Lächeln, und ein Ausdruck trat auf sein Gesicht, der mir zeigte, dass er nicht mehr er selbst war. Als die Tür hinter ihm zufiel, hatte es etwas Endgültiges.

Ich stand immer noch in meinem hell erleuchteten Zimmer, als er längst weg war. Erst als ich das Röhren einer FlightUnit hörte, gab ich mir einen Ruck und ging wieder ins Bett.

Den Rest der Nacht und die meiste Zeit des Morgens verbrachte ich damit, mir Luciens Chancen auszurechnen. Wenn er um seinen Gegner wüsste, wäre es dann eine todsichere Sache? Ferro war kein Fremder für die Schakale, seine Stärken, Schwächen und Vorgehensweisen mussten ihnen bekannt sein. Aber dennoch hatte ich keine Wahl gehabt. Trotz meiner Gefühle für Lucien war ich nicht bereit, mich zu opfern.

Was würde also passieren, wenn Ferro und Lucien unvorbereitet aufeinandertrafen? Lucien war bestimmt von Leidenschaft, Intuition und einem Funken Wahnsinn. Ferro hingegen von Kalkül, Taktik und jeder Menge Hass. Beide waren mehr als motiviert. Aber war Lucien wirklich so gut, wie Phoenix sagte? War seine Jugend ein Vorteil, war er schneller und trainierter – oder fehlte ihm Ferro gegenüber die Erfahrung?

Ich hatte keinen von beiden je in Aktion gesehen. Aber ich erinnerte mich an Ferros kontrollierte Bewegungen und seine taktischen Fähigkeiten, genauso wie ich um Luciens Körperbeherrschung und sein unschlagbares Gespür wusste. Er war größer und stärker, er hatte diesen Pseudo-Radical von mir heruntergezogen wie eine Puppe. Aber Ferro war schmal und wendig, vielleicht war das ein Vorteil, weil man ihn nicht kommen sah …

Meine Gedanken rannten Runde um Runde. Mal war ich sicher, dass Ferro keine Chance hatte, dann wieder zweifelte ich an Luciens Überlegenheit. Als es Zeit für den Flug zur Villa Mare wurde, hatte ich immer noch kein Ergebnis. Ich wusste nur, dass alles in mir wünschte, Lucien möge wohlbehalten zurückkommen. Ferros Werk würde ihn überleben. Aber das, was zwischen Lucien und mir war, würde mit ihm sterben.

Wird es das nicht ohnehin nach dem Attentat auf den König? Immer wieder fragte ich mich das. Die ganze Zeit suchte ich nach Auswegen. Wenn mich niemand mit dem Mord in Verbindung brachte, konnte ich dann weiterhin in Maraisville bleiben? *Während du weißt, wer Leopold getötet hat? Mit dem Wissen, dass du es warst, der ihnen den Tipp gegeben hat?* Die Stimme in meinem Inneren lachte hysterisch.

»Ophelia?« Es klopfte an meine offene Tür. Ich zuckte zusammen. Emile stand im Rahmen. »Bist du so weit?«

»Fast.« Ich sah mich um. Der Behälter mit meinen EyeLinks lag auf der Ablage neben dem Bett. Ich ließ ihn durch meine Finger gleiten, dann schob ich ihn in die Tasche. Heute würde er dort bleiben. »Gehen wir.«

»So, fertig.« Raleida Jones, Stylistin des Hofes, berührte mich federleicht an der Schulter. Bis vor einer Stunde hatte ich keine Ahnung gehabt, dass der König überhaupt jemanden wie Raleida beschäftigte. In der Zwischenzeit hatte sie mich in mein Kleid gesteckt, geschminkt und meine Haare zu einem eleganten Knoten hochgesteckt. Ich sah aus wie eine ältere, kultivierte Version von mir selbst.

»Vielen Dank«, sagte ich und lächelte. Raleida erwiderte es und ging zum nächsten Tisch.

Die Schakale nutzten den größten Raum im zweiten Stock

der Villa zur Vorbereitung. Es sah jetzt schon aus wie bei einer Party – überall gut gekleidete Menschen mit raffinierten Frisuren und teurem Schmuck. Nur die Stimmung passte nicht dazu. Es war ruhig, jeder konzentrierte sich auf sich selbst, checkte Waffen, InterLinks oder Outfits. Manche sprachen über letzte Details, andere lasen sich noch einmal die Informationen ihrer Tarnung durch. In der Nähe stand Dufort in einem perfekt sitzenden Smoking. Echo und er steckten gerade die Köpfe zusammen. Alle waren fokussiert, aber gelassen – alle außer mir. Als ich meinen Schmuck anlegte, fühlte es sich an, als rüstete ich mich für einen Krieg.

»Woah. Du siehst krass aus.« Emile machte große Augen, als er in den Raum kam.

»Danke. Also, falls das ein Kompliment war.« Ich sah an mir herunter. Mein Kleid saß wie angegossen und das dunkle Blau schimmerte matt. Die Waffe war an meinem Bein befestigt und unter dem Stoff nicht zu sehen.

»Auf jeden Fall. Du siehst aus wie ein Filmstar von früher.« Emile hatte sich bereits in seine graue Kellner-Uniform geworfen und seine wilden Haare am Hinterkopf zu einem Miniaturzopf gedreht. Ein Löckchen hatte sich daraus hervorgekämpft und stand von seiner Stirn ab. Ich steckte es wieder fest.

»Die bleiben wohl nie da, wo sie sollen«, grinste ich.

»Niemals. Das ist mein italopäisches Erbe.« Emile sah gleichzeitig stolz und unzufrieden aus. Er zeigte zum Fenster. »Hast du die Aussicht gesehen? Der Hammer!«

Bisher hatte ich keinen Blick für die Umgebung gehabt. Bei unserer Ankunft hatte ich zwar das Haus und den Garten registriert, aber nicht genauer hingesehen. Jetzt schaute ich aus dem Fenster auf das Mittelmeer, dessen Wellen aussahen, als hätte man ein blaues Stück Stoff gekräuselt. Irgendwo in der Ferne dümpelte ein leeres Boot an einer Boje, die untergehende Sonne tauchte alles in warmes Licht. Ich musste bei diesem Anblick unwillkürlich an Eneas denken, der das hier sicher gern auf Leinwand festgehalten hätte, und spürte einen winzigen Stich. Es war wunderschön.

Emile trat neben mich. »Wo ist denn dein Verlobter?«

Und schon war die Stimmung dahin. Ich konnte gerade noch ein genervtes Stöhnen unterdrücken.

»Keine Ahnung.« Ich sah mich um. »Wahrscheinlich steht er vor dem Spiegel und sagt sich selbst, wie scharf er ist.«

Wie aufs Stichwort kam Troy aus dem angrenzenden Bad. Er war wie aus dem Ei gepellt. Gel hielt seine braunen Haare aus dem Gesicht, sein Anzug war wie für ihn gemacht. Ich neigte mich zu Emile. »Und hier, meine Damen und Herren, sehen Sie das beste Beispiel dafür, dass gutes Aussehen nicht alles ist.«

»Das solltest du für heute Abend wohl besser vergessen.« Er grinste.

»Sagt mir wer, ein Kellner?«

»Aua, das tat weh.« Das Grinsen blieb und bekam Gesellschaft von einer gehobenen Augenbraue. »Aber ich dachte, wir haben eine heiße Affäre?«

Ich grinste mit. »Natürlich haben wir die, Schatz. Allein der Gedanke an das, was sich unter dieser Uniform befindet …« Ich tippte ihm mit dem Zeigefinger auf die Brust und schnurrte.

»Na, spielt ihr wieder Kindergarten?« Troy hatte uns entdeckt.

»Na, spielst du wieder eitler Idiot?«, fragte ich zurück. »Ach nein, das ist ja dein wahres Ich.«

»Der Appell beginnt in fünf Minuten.« Dufort hatte sein Gespräch beendet. Er zupfte an Emiles Fliege und an Troys Einstecktuch herum, schließlich rückte er meine Halskette zurecht. »Seid ihr so weit?«

Der Appell. Wenn er vorbei war, mussten wir nach unten, um dort zu sein, bevor die Gäste ankamen. Mein Magen vibrierte, als ich daran dachte, was bevorstand. Heute konnte eine neue Zeitrechnung beginnen, heute konnte ReVerse dafür sorgen, dass die Abkehr endete. Ich fragte mich, wieso ich bei dem Gedanken so ein aufdringlich mieses Gefühl hatte.

Haslock kam in den Raum, in eine schicke schwarze Uniform gekleidet. Er wurde begleitet von den Gardisten, die heute Abend für den Schutz des Königs sorgen würden. Sie waren alle groß, muskulös und einschüchternd, in ihren Gala-Uniformen noch mehr als sonst. Plötzlich fühlte ich mich wie ein Kind, das ein Kleid seiner Mutter angezogen hatte, um Erwachsene zu spielen.

»Ladys und Gentlemen, wir haben einen wichtigen Abend vor uns.« Haslock legte die Hände aneinander. »Seine Majestät hat heute bedeutsame Gespräche zu führen. Unsere Aufgabe ist es, ihn dabei zu beschützen.« Er sprach von Leopolds Verdiensten, von Loyalität und Ehre, Verpflichtung und Treue. Es war ein kurzer Monolog, der mit einem Blick auf seine Uhr endete. »Ich verlange absolute Aufmerksamkeit. Es darf keine Sekunde geben, in der ihr mit den Gedanken woanders seid. Keinen Wimpernschlag, in dem ihr nicht eure Aufgabe erfüllt. Wenn der König fällt, fallen wir alle. Viel Erfolg.«

Alle Anwesenden schlugen die Fingerknöchel gegeneinander, was eine merkwürdige Art von Applaus erzeugte. Offenbar war es ein Ritual, also machte ich mit. *Wenn der König fällt, fallen wir alle.* Das hatte ich schon einmal gehört. Würde ich heute erfahren, ob es stimmte?

Die Truppe ging zur Tür, aber Dufort hielt uns drei zurück. »Denkt daran: Nicht mit dem König sprechen, wenn er nicht darum bittet. Nicht auf die Gäste zugehen, niemanden berühren und euren Bereich nicht verlassen.« Das hatte er uns jetzt schon mehrfach gesagt. Ich nickte trotzdem.

Wir gingen zur Treppe und blieben stehen. Meine EyeLinks kalibrierten sich.

»Bereit?« Dufort sah mich an.

Ich nahm Troys Arm und atmete aus.

»Bereit.«

29

Eine Stunde später war ich längst nicht mehr ich selbst. Irgendwann, während ich mit hochgestellten Persönlichkeiten über meine angebliche Familie redete, war Ophelia Scale verloren gegangen. Jetzt war ich eine Kopie von Sophie Forestier, die man mit Fakten gefüttert hatte, die sie im passenden Moment ausspuckte: mein bester Dozent an der Uni? Das persönliche Lieblingsbuch? Die entzückende Geschichte, wie ich meinen Verlobten kennengelernt hatte? Ich spulte die Antworten herunter, ohne darüber nachzudenken. Sophie Forestier war wie das Kleid, das ich trug: eine Hülle. Mehr nicht.

Ich hatte Erfahrung damit, für ReVerse Rollen zu spielen. Mal hier das ängstliche Mädchen in Nöten, mal dort eine Idle oder sogar eine Phobe. Und hier spielte ich ohnehin *seit Monaten* eine andere Version meiner selbst. Aber eben eine Version. Darunter war immer noch ich gewesen, meine Persönlichkeit, meine Gefühle. Jetzt nicht mehr. Ich funktionierte, reagierte, lächelte, als würde jemand anders mich steuern. Langsam wusste ich, warum Lucien diesen Job hasste.

Troys und mein Bereich war der kleine Raum neben dem Hauptsaal, in dem sich die meisten Gäste und auch der König befanden. Ich war froh, nicht mitten im Geschehen zu sein. Wen immer ReVerse schickte, würde vielleicht nicht nur den König töten. Zivile Opfer waren Ferro vermutlich egal und ein paar Schakale nahm er sicher auch gerne mit.

Wenn ich mich nicht gerade im Gespräch befand, beobachtete ich die Leute. Zum Beispiel Amelie de Marais, die in einem hochgeschlossenen Kleid und mit strenger Frisur um Stella Viklund und ihren Vater herumscharwenzelte. Es wirkte fast, als wäre Ludvig Viklund der König, so sehr hofierte Luciens Schwester ihn. Stella, die in einem eisblauen Kleid steckte, sah sehr hübsch aus, war aber ungefähr so spannend wie ein Kleiderständer. Sie sprach höflich mit Amelie, zeigte aber deutlich, wie gelangweilt sie war. Leopold hatte seit der Begrüßung kein Wort mehr mit ihr geredet. Offenbar hatte Lucien recht gehabt.

Der König selbst trug einen modernen Gehrock aus dunkelblauem Stoff und sah damit elegant und hoheitsvoll aus. Er lächelte viel und gab sich nahbar, scherzte mit den Damen und lachte mit den Herren. So wenig ich ihn mochte, ich musste zugeben, dass er der perfekte Gastgeber war. Niemand außer Stella schien sich vernachlässigt zu fühlen.

»Montoya ist total verrückt«, hörte ich Emile auf meinen Ear-Links sagen. Er musste gerade in der Küche sein, sodass er auf einem Kanal frei mit mir reden konnte. Beinahe hätte ich gegrinst.

Felipe Montoya, südamerikanischer Präsident und Ehrengast des heutigen Abends, war ein sehr großer und korpulenter Mann um die 60, der meist dröhnend lachte und kein Freund von Etikette zu sein schien. Mit seinem Gefolge, das aus seiner Frau, seinem Sohn und drei Beschützern bestand, war er wie ein Tornado in die Villa gefegt und lobte nun überschwänglich das Essen, die Gesellschaft und die Musik. Dazu schlug er Leopold ständig auf den Rücken, als wären sie Saufbrüder und nicht zwei der einflussreichsten Menschen der Welt. Sein Sohn Gabrio, ein hübscher dunkelhaariger Kerl in meinem Alter, sah aus, als wäre er gerne woanders. Es erinnerte mich an Zeiten, als mein Vater auf Dancefloor-Legende gemacht und jede Peinlichkeitsskala gesprengt hatte. Montoya und er hätten sich früher bestimmt gut verstanden.

»Immerhin ist er harmlos«, murmelte ich.

Wenig später wurde mir die Gesellschaft von Stella Viklund zuteil. Troy redete gerade mit einem Mann, der nach den Informationen meiner EyeLinks ein alter Freund des Königs war, als sie neben mir auftauchte. Sie sagte kein Wort, sondern stand nur da. Ich hätte mich gern verdrückt, aber leider war das keine Option.

»Sind Sie das erste Mal in der Villa Mare?«, fragte ich also höflich. Stella sah sich um, als hätte sie erst jetzt festgestellt, wo sie war.

»Ja«, sagte sie dann. *Wow*. Das würde zäh werden.

»Gefällt es Ihnen hier?«, legte ich nach und lächelte.

»Es ist … nett. Etwas zu italopäisch für meinen Geschmack.« Ich hörte einen schwachen Akzent. Dass Stella als Tochter aus gutem Haus kein akzentfreies Englisch sprach, war allerdings nicht Zeichen schlechter Bildung, sondern von sogenanntem Regionalstolz. Er war für Leute reserviert, die nicht über die europäische Vereinigung hinwegkamen. Ich erinnerte mich daran, dass Lucien Stella als Rassistin bezeichnet hatte.

»Ich finde diese traditionellen Malereien sehr hübsch.« Begeistert zeigte ich zur verzierten Decke. »Überhaupt bin ich ein großer Fan der italopäischen Kultur. Es ist so schön, dass wir in Europa alle eine große Familie sind.« Wahrscheinlich hätte ich Stella nicht provozieren sollen. Aber sonst wäre ich geplatzt.

Sie maß mich mit einem Blick, als wäre ich gerade unter einem Stein hervorgekrochen. »Wer sind Sie doch gleich?«, fragte sie.

»Sophie Forestier.«

»Die TransUnit-Forestiers?«, fragte sie weiter.

»Genau die.«

»Ach so.« Sie nahm einen Schluck von ihrem Getränk und sah demonstrativ woanders hin.

Mein Blick ging an ihr vorbei und traf auf den des Königs, der gerade mit seiner Stabschefin Imogen Lawson sprach. Es war das erste Mal an diesem Abend, dass er mich direkt ansah, und ich war eine Sekunde wie erstarrt. Dann tat ich etwas, ohne nachzudenken: Ich verdrehte die Augen in Stellas Richtung.

Sofort wusste ich, dass es ein Fehler war. Nicht nur, dass ich über die Tochter einer angesehenen Familie herzog. Man konnte daraus auch schließen, dass ich über Amelies Vorschlag Bescheid wusste. Außerdem war es mehr als respektlos. Was sollte ich jetzt tun? Hingehen und mich entschuldigen? Unmöglich. Wir durften keinen Kontakt zu ihm aufnehmen.

Als ich wieder hochsah, schaute Leopold mich immer noch an. Und dann tat er etwas, mit dem ich nicht gerechnet hatte: Er lächelte. Es dauerte nur einen Wimpernschlag, dann widmete er sich wieder dem Präsidenten. Aber er hatte gelächelt. Amüsiert. Als würde er meine Ansicht teilen.

»Stella, ich würde Ihnen gerne jemanden vorstellen.« Amelie de Marais störte mein vergnügliches Zusammensein mit der Spaßbremse. »Sophie, ich darf sie Ihnen doch entführen?« Sie sah mich an, als wäre ich für Stellas schlechte Laune verantwortlich.

»Nur unter Protest«, flötete ich. Als die beiden gingen, atmete ich auf.

»Sieht so aus, als hättest du die zukünftige Königin kennengelernt«, murmelte Troy, als er wieder auftauchte. *Na super.* Vom Regen um die Traufe herum direkt ins Klo.

»Woher willst du das wissen?«

»Das pfeifen die Spatzen von den Dächern.« Er drückte mir ein Glas in die Hand.

»Wenn Stella Viklund Königin wird, kann Leopold sich auf ein Leben voller Heiterkeit einstellen«, sagte ich leise. »Die Frau ist eine richtige Entertainerin.«

»Nicht jeder kann so voller Witz und Charme sein wie du, Liebling.« Troy sagte es mit einem Unterton, der eindeutig sarkastisch war. *Idiot.*

»Ach, das ist so reizend von dir, Schatz.« Ich strich ihm verliebt über die Wange. »Du bist immer so gut zu mir. Wenn ich daran denke, wie du damals verhindert hast, dass dieser Kerl mich erwürgt…«

»Ich würde es jederzeit wieder tun.« Er küsste mich beiläufig auf die Stirn. Die Stelle brannte, als hätte man sie mit Säure verätzt. Himmel, ich vermisste Lucien. Wir hätten zwar nicht offen miteinander reden können, aber dieser Abend wäre trotzdem eindeutig erträglicher gewesen. Stattdessen stand ich hier und wusste nicht, wann ich ihn wiedersehen würde. Wie lange dauerte so ein Auftrag? Eine Woche? Einen Monat? Länger? Ich hatte nicht danach gefragt.

»Bisher ist alles ruhig«, sagte Troy.

»Bisher ja.« Ich war froh, dass er mich nicht mehr berührte.

»Der Abend wurde gut geplant. Wahrscheinlich geht alles reibungslos über die Bühne.« Ein Ziehen in meinem Bauch nannte mich eine Lügnerin. Lucien hatte nicht umsonst ein mieses Gefühl gehabt. Immer wenn ich den König ansah, dachte ich daran, dass er diesen Abend vielleicht nicht überleben würde.

»Sophie!« Eine unbekannte Frau mittleren Alters kam mit offenen Armen auf mich zu. Sie hatte dunkle Haut und eine aufwendige Frisur, die wie ein schwarzer Helm aussah. Ihr voluminöses Kleid aus goldenem Stoff nahm den halben Raum ein. »Ich habe dich ja ewig nicht gesehen. Bei unserem letzten Treffen warst du höchstens zehn Jahre alt und hast mit den Jungs vor dem Haus herumgetobt.«

»Ja, die Zeit vergeht, nicht wahr?« Ich lächelte. Wer zur Hölle war das? Meine EyeLinks suchten nach dem Namen. Normalerweise ging das schneller.

»Ich werde nie vergessen, wie du dich mit Kuchen vollgestopft und beim Spielen dein Kleid ruiniert hast. Alles war voller Matsch.«

»Das mache ich heute nicht mehr, versprochen«, scherzte ich. Die Frau brach in Gelächter aus.

»Dein Humor war schon immer dein Markenzeichen, Schätzchen.«

»Ja, das sagt man mir oft.«

»Möchtest du mir nicht deinen charmanten Begleiter vorstellen?«

»Oh, ja, natürlich. Das ist Sebastian Temple, mein Verlobter. Sebastian, das ist …« Jetzt war ich aufgeschmissen. Wenn Sophie bei der letzten Begegnung zehn gewesen war, musste sie sich erinnern. Ich begann zu schwitzen. Was war mit den EyeLinks los?

»Verlobt?« Die Frau quiekte begeistert und rettete mich vor einer Blamage. Sie ergriff Troys Hände. »Ich bin Viola Lehair, eine Freundin von Sophies Eltern. Es freut mich sehr.« Sie sah mich an. »Eine gute Wahl, Sophie, wirklich. So ein adretter junger Mann.«

Sagte heute noch jemand *adrett*?

»Ja, nicht wahr? Mein Sebastian hier ist der Beste. Er passt immer auf mich auf, liest mir jeden Wunsch von den Augen ab …« Ich berührte Troy liebevoll am Arm.

Endlich zeigten meine EyeLinks etwas an. *Viola Lehair, Entwicklerin des Verfahrens zur Löschung kontraproduktiver Gesinnungsparameter (VLKG).*

Ich starrte sie an. *Wie bitte?* Vor mir stand die Person, die das Clearing erfunden hatte? Sie war sympathisch und freundlich. Wie konnte so eine Frau etwas derart Grausames entwickeln?

Meine EarLinks unterbrachen meine Gedanken. Es war Dufort.

»Der König geht in den Garten. Erhöhte Aufmerksamkeit.«

Troy und ich wechselten einen Blick. Der Garten war zur Sperrzone erklärt worden. Was wollte Leopold dort?

»Der Präsident möchte ein vertrauliches Gespräch mit seiner Majestät führen«, sagte Haslocks Stimme in meinem Ohr. Ich sah, wie Montoya einen Arm um Leopolds Schultern legte und ihn aus dem Raum führte. Das Ziehen in meinem Bauch wurde stärker.

»Wir haben vier Gardisten draußen. Die Umgebung ist abgesichert. Keine Gefahren erkennbar. Wir geben grünes Licht für den Garten.«

Troy entspannte sich. Ich nicht. Was war der Plan? Hatte ReVerse jemanden eingeschleust?

Mein Blick fiel auf die drei Leibwächter von Präsident Montoya, die an der Tür zum Garten stehen geblieben waren. Nein, die nicht. Aber wer –

Aus dem Augenwinkel sah ich eine Bewegung. Montoyas Sohn war an der Treppe und ging mit eiligem Schritt nach oben. Auf dem Absatz sah er sich um, als wolle er prüfen, ob ihm jemand folgt. Ich schaute schnell weg.

»Sophie, Liebes, wie hast du denn dieses Prachtexemplar kennengelernt?« Viola Lehair legte Troy vertraulich eine Hand auf den Oberarm.

»Oh, das kann er viel besser erzählen als ich«, sagte ich. »Entschuldigt mich kurz. Ich muss mein Make-up auffrischen.« Eilig trat ich den Weg Richtung Treppe an.

»Du verlässt deinen Bereich, Ophelia«, mahnte Dufort über die EarLinks. Ich stoppte. Daran hatte ich gar nicht gedacht.

»Ich muss auf die Toilette«, presste ich zwischen den Zähnen hervor. »Wenn du nicht willst, dass ich eines der Blumengestecke dafür benutze, muss ich meinen Bereich verlassen.«

Ich sah sein Nicken, er stand in der Nähe der Tür. »Gut. Aber beeil dich.«

Es gab Toiletten im Erdgeschoss, also ging ich in diese Richtung. Dann suchte ich an der Wand nach einem der Geheimgänge, die nach oben führten. Aufmerksam sah ich mich um, als ich die nahtlos in die Wand eingefügte Tür öffnete. Niemand war da, als ich sie hinter mir schloss.

Der erste Stock war wie ausgestorben. Ich zog meine Waffe aus der Halterung an meinem Oberschenkel und aktivierte den Betäubungsmodus. Dann ging ich langsam vorwärts.

Vielleicht war meine Vorsicht total lächerlich. Vielleicht hatte Montoyas Sohn nur genug vom Verhalten seines Vaters und wartete oben, bis er nach Hause durfte. In dem Fall würde die angehende Agentin, die ihn mit einer Waffe bedrohte, als paranoide Irre in die Geschichte eingehen. Natürlich erst, nachdem man all ihre Erinnerungen mit einem Clearing auf null gesetzt hatte.

Nur sagte mein Gefühl etwas anderes. Lucien hatte mir erklärt, dass es wichtig war, auf die eigene Intuition zu vertrauen. Das tat ich jetzt. Mit Montoyas Sohn stimmte etwas nicht. Ich musste herausfinden, was es war.

Es gab Dutzende Räume auf der Etage, aber ich ging zielstrebig Richtung Westen, wo der Garten lag. Zwei der Zimmer mit Blick ins Grüne lagen verlassen da, die Türen standen offen, die Betten waren gemacht. Die dritte Tür war zu. Ich drückte leise die Klinke herunter und schob sie auf.

Gabrio Montoya stand am geöffneten Fenster, reglos, mit etwas in der Hand. Eine Pistole? Ich konnte es nicht sehen, der Vorhang verdeckte seinen Arm. Kräftig stieß ich die Tür ganz auf und hob meine Waffe.

»Hey! Weg vom Fenster«, sagte ich laut.

Er erschrak und drehte sich zu mir um. In seiner Hand hielt er einen länglichen dunklen Gegenstand. Mit meinen EyeLinks markierte ich das Ziel. Dann schoss ich.

Ich hatte nie vorher eine Betäubungskapsel abgefeuert und war beeindruckt, wie schnell sie wirkte. Montoyas Sohn brach nach wenigen Augenblicken zusammen und fiel mit einem dumpfen Laut auf den Teppich. Ich behielt meine Waffe im Anschlag und näherte mich, drehte ihn auf die Seite, damit er nicht erstickte.

Dann sah ich nach der Waffe. Nur war es keine. Auf dem Teppich, fast in den langen Fasern versunken, lag eine Taschenlampe. *Scheiße.*

Wie sollte ich das erklären? Ich hatte den Sohn eines hochrangigen Staatschefs ausgeschaltet, weil er eine *Taschenlampe* in der Hand gehalten hatte! Wahrscheinlich löste so etwas Krieg aus. Ganz sicher sogar.

Aber dann kam mir ein anderer Gedanke: Was hatte der Typ hier oben mit einer Taschenlampe gemacht?

Ich stand auf und ging zum geöffneten Fenster. Draußen war es dunkel. Milde Luft und der Duft von Blumen stiegen mir in die Nase, unter dem Fenster lag der Garten der Villa. Ich konnte Stimmen hören und erkannte Leopold und den Präsidenten auf dem Rasen zwischen Terrasse und Wasser. Mehrere Bäume verdeckten die Schusslinie. *Mit einer Taschenlampe hätte Gabrio auch kaum schießen können.*

Und dann sah ich es. Nur eine Sekunde, das kurze Aufflammen von Licht in der Ferne. *Das Boot an der Boje.* Es war etwa 500 Meter von der Villa entfernt. Nah genug, um jemanden mit einer schlichten Projektilwaffe plus Zielvorrichtung zu treffen – wenn man den richtigen Zeitpunkt erwischte. Ich sah auf die Taschenlampe in meiner Hand und wusste plötzlich, wofür sie gut war: Montoyas Sohn hatte jemandem Lichtzeichen gegeben.

»An alle Schakale, der König ist in Gefahr«, sagte ich laut und wartete auf Antwort. Es kam keine. Ich war nicht verbunden, die InterLinks wurden irgendwie blockiert, wahrscheinlich alle. Mir war nicht aufgefallen, dass meine EyeLinks nichts mehr anzeigten, seit ich Montoyas Sohn betäubt hatte.

Aus dieser Distanz ohne technische Unterstützung konnte ich nicht schießen. Aber bis ich nach unten gelaufen wäre und Bescheid gegeben hätte, würde die Waffe auf dem Boot längst ausgerichtet sein. Eigentlich ein Wunder, dass bisher noch niemand geschossen hatte. Worauf warteten die?

Ich verlor keine Zeit. Hastig schüttelte ich meine Schuhe von den Füßen und stieg auf das Fenstersims. Leider war der Rock meines Kleides zu eng für eine Kletterpartie. Ich fluchte und griff kurzerhand nach dem Stoff am Saum. Es gab ein hässliches Geräusch, als der Rock bis zum Oberschenkel aufriss.

Was tust du da?

Die Stimme ließ mich innehalten, obwohl sie nur in meinem Kopf existierte. Sie war sanft und schmerzhaft vertraut, obwohl ich sie lange nicht mehr gehört hatte. Knox.

Das ist der Moment, auf den wir so lange gewartet haben. Du musst nur stillhalten und abwarten.

Er hatte recht. Ich konnte hier stehen bleiben und es passieren lassen. Ich musste nur warten, bis die Kugel kam und direkt in Leopolds Herz traf. Es war einfach. Ein Kinderspiel.

Aber dann drängten sich mir Bilder meines Traumes in den Kopf. Und eine zweite Stimme. *Versprich mir, dass du auf Leopold aufpasst.* Sie war tiefer und rauer und voller Sorge. Einen Moment wurde ich zwischen beiden zerrissen. Dann traf ich eine Entscheidung.

Die Natursteinmauer zerfetzte mein Kleid, als ich aus dem Fenster kletterte und mich vom Sims hängen ließ. Es schien Jahre her, seit ich so etwas zuletzt getan hatte.

Der Balkon war zwei Meter unter mir. Mein Knöchel knackste beim Aufkommen schmerzhaft. Ich ignorierte es. Ein weiterer Mauervorsprung, ich kletterte und ließ mich fallen. Die Landung auf dem Rasen war weicher. Ich hörte Leopolds Stimme und erkannte seinen Anzug durch die Büsche hindurch. Das Lachen von Montoya war laut und dröhnend.

In der Ferne sah ich das Boot an der Boje. Jemand gab ein Lichtzeichen. Ich rannte los.

»Leopold, Achtung!«, brüllte ich aus vollem Hals. Wie in Zeitlupe drehte er sich zu mir um. Seine Gardisten gingen zu Boden, getroffen von Projektilen. Ein weiteres verfehlte mich um Haaresbreite. Ich stieß mich vom Boden ab, hechtete durch die Luft und knallte mit voller Wucht gegen den König. Ein harter Schlag erschütterte meinen Brustkorb, als wir auf dem Rasen landeten.

Einen Moment war alles still. Dann hörte man ein Zischen, ein trockenes Würgen, das Aufschlagen einer schweren Person. Wieder Stille.

Ich lag bäuchlings auf dem Rasen, einen Arm schützend über den König gelegt. Die Sekunden verstrichen. Ich konnte nicht atmen.

Plötzlich wurde es laut. Schritte, Schüsse, Schreie. Und mein Name.

»Ophelia!« Jemand drehte mich auf den Rücken, jemand mit einem hübschen Gesicht und einem Smoking. Dufort.

»Kriegkeineluft«, keuchte ich hervor. Es war, als hätte mich ein Amboss getroffen.

»Das wird wieder«, sagte er und nahm mich hoch, als würde ich nichts wiegen. Um uns herum rannten Menschen, Gardisten, Schakale. »Versuch, ruhig zu atmen.«

Ich versuchte es. Es klappte nicht. Panisch krallte ich mich in Duforts Ärmel.

»Echo!«, hörte ich ihn rufen, »hilf mir!«

Ich wurde abgelegt, mein Rücken traf auf harten Holzboden. Über mir waren goldene Verzierungen, von der Wand sah ein altes Gemälde auf mich herab. Jemand drückte einen SubDerm-Injektor an meinen Hals und eine Maske auf mein Gesicht. Etwas Kühles strömte in meine Lungen und vertrieb die Panik.

Dann hörte ich das Getuschel.

»... der Präsident ... tot ...«

»... Scharfschütze ... Boot ... der Sohn ...«

»... hat ihn im Alleingang gerettet ...«

Und da wurde es mir klar.

Ich hatte den König gerettet.

Gerettet.

Den König.

Ich.

Wie zur Hölle sollte ich das erklären?

30

Was dem Attentat folgte, war großes Chaos. Die Schakale nahmen Montoyas Sohn und den Rest seines Gefolges fest. Zwei Gardisten schafften die Leichen weg. Die anderen Gäste wurden so schnell aus dem Haus geschleust, dass ich glaubte, man hätte sie weggebeamt. Zurück blieben nur Gardisten und Schakale. Sie alle waren um eine schnelle Abreise bemüht.

Ich hatte gerade die Maske vom Gesicht genommen, als ich eine Explosion hörte. Ein Feuerball stieg über dem Meer auf. *Das Boot.* Wen auch immer Ferro geschickt hatte, war jetzt tot. Genau wie zwei Gardisten und der südamerikanische Präsident. Vier Tote im Dienste des Widerstandes. War es das wert?

Der Schmerz in meiner Brust war heftig, würde mich aber laut Dufort nicht umbringen. Deswegen lief ich selbst, auf Emile gestützt, als wir zur FlightUnit gingen. Der König war längst zurück nach Maraisville gebracht worden, Gabrio Montoya auf dem Weg in das Militärgefängnis außerhalb der Stadt. Wir waren der letzte Trupp Schakale, der die Villa verließ. Den Rest würde die Garde erledigen.

»Woher hast du es gewusst?«, fragte mich Emile, als ich auf meinem Sitz schon beinahe eingeschlafen war.

»Intuition«, murmelte ich undeutlich und öffnete die Augen nicht. Kurz darauf fiel ich ins Reich der Träume.

Es dauerte drei Tage, bis man sich bei mir meldete. Drei Tage, an denen kein Unterricht stattfand, weil alle Schakale damit beschäftigt waren, den Villa-Mare-Fall zu klären. Alle bis auf einen. Obwohl ich darauf gehofft hatte, war Lucien nicht zurückgekehrt.

Die medizinische Untersuchung brachte mir die Diagnose: drei gebrochene Rippen und ein verstauchter Knöchel. Zweimal am Tag musste ich ins Medical Department zu einer Runde NanoHealing. Den Rest der Zeit saß ich in meinem Zimmer und lernte. Ich hatte keine Lust, vor den anderen Anwärtern die Heldin zu spielen. Mein Tipp hatte dieses Attentat erst möglich gemacht. Wie verlogen wäre es gewesen, sich dafür feiern zu lassen?

Statt also mit der Rettung des Königs zu prahlen, wälzte ich Gedanken. Was bedeutete diese Entscheidung für mich? War ich jetzt kein Teil des Widerstandes mehr? Und was sollte ich dann tun? Ein Schakal werden, ein Verteidiger der Abkehr? Das wäre absurd. Ich hatte Leopold vor dem Tod bewahrt, aber deswegen war ich noch lange nicht seiner Meinung.

Kurz überlegte ich, Eneas zu schreiben – oder meinem Vater. Aber keinem von ihnen durfte ich verraten, was mich wirklich beschäftigte, es wäre einfach zu riskant, selbst, wenn der Brief nicht abgefangen wurde.

Mein Terminal meldete sich mit einem Signalton.

»Nachricht annehmen«, sagte ich.

»Hallo, Ophelia.« Fiore war auf dem Screen zu sehen. Er wirkte müde, hatte dunkle Ränder unter den Augen und blasse Wangen. Keiner der Schakale schlief zurzeit viel. »Wir würden dich gerne zu dem Attentat befragen. Kannst du in zehn Minuten in der Festung sein?« Ich nickte, dann wurde die Verbindung getrennt. Schnell machte ich mich fertig und verließ meine Wohneinheit. Kurz darauf kam ich in der Festung an.

Dort gingen wir den Verlauf des Abends minutiös durch, jedes Detail und jeden meiner Gedanken. Als es um meine Gründe für die Verfolgung von Gabrio Montoya ging, musste ich lügen, aber ich kam mit der Geschichte einer dunklen Vorahnung durch. Nach einer Stunde wurde ich von einem zufriedenen Dufort und einem angesäuerten Haslock entlassen. Dem passte es gar nicht, dass ich auf eigene Faust gehandelt hatte.

»Wisst ihr schon, wer es war?«, fragte ich Dufort, als der Gardechef bereits gegangen war. Er schüttelte den Kopf.

»Nein. Es gab keine Leiche oder DNA in den Trümmern des Bootes. Die Täter waren schon weg, als wir es gesprengt haben.« Er packte seine Sachen zusammen. Ich wandte mich zum Gehen.

»Eine Sekunde, Ophelia«, hielt er mich auf. »Du bist noch nicht fertig.«

»Bin ich nicht?« Sprungartig stieg mein Puls an.

»Nein. Der König möchte dich sehen.«

Mein Herz tat einen schmerzhaften Satz und setzte dann aus.

»Was?«, würgte ich hervor.

»Er möchte die Person kennenlernen, die ihm das Leben gerettet hat.«

Ich starrte Dufort an. Das war nicht sein Ernst. *Ein Treffen mit dem König?* Ich wollte den König nicht treffen. Bis vor drei Tagen hatte ich mir noch seinen Tod gewünscht, dann hatte ich ihn angebrüllt und mit vollem Karacho umgenietet. Außerdem war da noch die Sache mit Lucien. Nein, ich wollte Leopold nicht treffen. Absolut nicht.

»Das war doch gar nichts«, winkte ich ab. »Ich war nur gerade zufällig in der Nähe und wollte helfen, also …«

Dufort lachte, ein Ereignis, das man im Kalender ankreuzen musste. »Ich verstehe, dass du aufgeregt bist. Aber das ist nicht nötig. Leopold de Marais ist ein sehr umgänglicher Mensch.«

»Aber –«

»Das war keine Bitte, Ophelia«, sagte er, nun strenger. »Es ist eine Ehre für eine Anwärterin, ein Gespräch mit ihm führen zu dürfen.«

Ich nickte und fügte mich. Was hätte ich auch sonst tun sollen?

Mein Gang durch die Flure des Juwels war ein merkwürdiges Schauspiel. Ich musste beeindruckt tun, machte große Augen und sagte »Oh« und »Ah«, obwohl ich mich bestens auskannte. Als Dufort jedoch vom Hauptflur abbog und wir in den alten Teil des Gebäudes kamen, betrat ich Neuland. Ich wusste von Leopolds Refugium, aber ich war nie dort gewesen.

Wir gingen durch einen Korridor aus altem Gemäuer. Er war nur schwach ausgeleuchtet, mit dunklem Teppich auf dem Boden und leeren Fackelhaltern an den Wänden. Vor einer schweren Tür mit schmiedeeisernen Beschlägen standen zwei Gardisten. Ich erkannte sie aus der Villa Mare wieder und grüßte, ebenso wie Dufort. Die beiden erwiderten es mit einem Nicken.

»Man wird dich später wieder hinausbegleiten«, sagte Dufort und wandte sich ab.

»Du gehst nicht mit rein?«, fragte ich. Es klang wie bei einem Kind, dessen Mutter es am ersten Schultag vor der Tür absetzen will.

»Keine Sorge, du machst das schon«, sagte er nur und lächelte, bevor er ging. Ich richtete mich so grade wie möglich auf und zupfte an meiner Kleidung, damit sie ordentlich aussah. Zum Glück hatte ich für die Befragung die offizielle schwarze Kluft angezogen.

Der eine Gardist öffnete die Tür und ging voran.

»Ophelia Scale für Sie, Sir«, sagte er, während ich noch draußen stand.

»Sie soll hereinkommen.«

Mein Herz klopfte wie wild, als ich in den Raum trat und mich dem König gegenübersah. Wie begrüßte man ihn überhaupt? Knicksen? Hand schütteln? Sich verbeugen? Wieso lernten wir bei Majore, wie man den Asiaten, den Südamerikanern und den Hawaiianern *Hallo* sagte, aber nicht die Begrüßung unseres eigenen Königs?

Es gab einen unangenehmen Moment, in dem ich nur dastand und bemerkte, dass Leopold eine Jeans zu seinem schwarzen Hemd trug. Dann machte er es mir leicht und streckte die Hand aus.

»Es freut mich sehr, Ophelia.« Er lächelte.

»Mich auch, Eure Majestät.« Ich schüttelte seine Hand und deutete einen Knicks an. *Sicher ist sicher.*

Die grauen Augen des Königs musterten mich aufmerksam und ich fühlte mich an Lucien erinnert. Bei Leopold fehlte das Blau, aber ansonsten waren seine Augen wie die seines Bruders. Nur funkelten die von Lucien meistens amüsiert – der Blick des Königs flößte mir trotz seines Lächelns Respekt ein.

»Ich denke, wir können das weniger förmlich angehen, oder?«, sagte er. »Soweit ich mich erinnere, hast du das ohnehin schon.«

Spielte er darauf an, dass ich seinen Vornamen gebrüllt hatte, bevor ich ihn von den Füßen gerissen hatte? Das war nur Luciens Schuld. Er redete immer über Leopold, als wäre er ein normaler großer Bruder.

»Also, das –«, fing ich an.

»War vollkommen in Ordnung«, unterbrach der König mich. »Wenn du erst ›Achtung, Eure Majestät‹ gerufen hättest, wäre ich jetzt tot.«

Ich knetete meine Hände. »Ja, schon. Trotzdem war es unpassend. Sowohl das mit dem Namen als auch das Tackling.«

Jetzt lachte er, tief und voll.

»*Tackling* ist ein schönes Wort dafür. Aber du hast unrecht. Es war mehr als passend.« Er wandte sich an den Gardisten. »Sie können uns allein lassen.«

»Aber, Sir«, widersprach der. »Wir haben unsere Vorschriften. Sie ist kein Schakal.«

»Nein, das ist sie nicht, noch nicht.« Leopold lächelte mich an. »Aber ich denke, Ophelia hat bewiesen, dass sie mich beschützen kann.«

Der Gardist nickte, dann ging er hinaus und schloss die Tür hinter sich.

»Setzen wir uns doch.« Leopold ging zu einem niedrigen Tisch, auf dem ein großes Schachbrett stand. Er stellte es weg und deutete auf einen der Sessel. Als ich Platz nahm, kam ein Diener mit einem Tablett herein. Während er uns Tee einschenkte, hatte ich Gelegenheit, mich umzusehen.

Einen größeren Kontrast zum hellen und luftigen Juwel hätte

es kaum geben können. Das Refugium – keine Ahnung, ob es offiziell so hieß – war ein schmaler, lang gestreckter Raum mit uraltem Holzboden und drei kleinen Fenstern, die wie Augen auf uns heruntersahen. Die unverputzten Steinmauern machten das Zimmer dunkel, ebenso wie die niedrige Decke aus dunklem Holz. Ganz offensichtlich war dieser Teil der Festung mehrere Hundert Jahre alt und nicht verändert worden. Ich erinnerte mich an mein Gespräch mit Lucien. *Refugium? Klingt altmodisch. – Du hast keine Ahnung, wie recht du damit hast.*

Es gab einen gemauerten Kamin, der bei den aktuellen Temperaturen nicht brannte, dazu braune Sofas, wahrscheinlich aus echtem Leder. In den hölzernen Regalen standen unzählige Bücher, auf dem Boden lagen alte Teppiche, von denen einige historische Szenen mit Pferden und Rittern zeigten. Vor den Fenstern hingen Vorhänge aus schwerem Stoff mit handgestickten Lilien. Im Regal stand das gleiche Foto von den Geschwistern wie in Luciens Zimmer. Aber ich sah keinerlei Technologie. Kein Terminal, kein Panel mit Steuerung für Heizung oder Licht. Es war fast, als wäre man wieder im Mittelalter.

»Gefällt es dir?«, fragte Leopold.

»Oh, ja. Es ist sehr gemütlich.« Was hätte ich auch sonst sagen sollen? *Warum zur Hölle gibt es keine KI, die dir den Tee kocht, Mann? Du bist schließlich der König.*

»Meine Geschwister finden es schrecklich.« Er hob die Schultern und lächelte wieder. »Sie sagen, es wäre wie in einem Museum.«

»Dann sollten Sie froh darüber sein. Einen Ort zu haben, wo man Ruhe vor seinen Geschwistern hat, ist Gold wert.« Ich nahm meine Tasse Tee. Kein Schreibtisch zwischen uns, dazu Bescheidenheit und offene Worte über Lucien und Amelie. Ich wollte Leopold nicht mögen, aber seine uneitle Art machte es mir schwer.

»So habe ich das noch gar nicht gesehen.« Er lächelte und sah mich dann aufmerksam an. »Wie geht es dir nach allem, was passiert ist?«

»Gut«, sagte ich. Die Schmerzen in meinen Rippen waren nicht der Rede wert. »Aber mich wollte ja auch niemand umbringen.« Ob es in Ordnung war, ihn zu fragen, wie es *ihm* ging? Ich suchte nach Worten und nahm einen Schluck Tee. Es war eine seltene Sorte mit Limone und etwas Herbem, das ich nicht kannte. Er schmeckte gut.

»Es war nicht das erste Mal«, sagte Leopold. »Aber noch nie zuvor derart knapp. Ich möchte dir danken, dass du so beherzt eingegriffen hast. Das klingt sehr profan, ich weiß. Mehr kann ich für den Moment jedoch nicht bieten.«

Ich räusperte mich. »Es klingt nicht profan, Sir. Aber Sie müssen mir nicht danken. Was ich getan habe, war mein Job.« Was wiederum auch ziemlich profan klang.

Leopold hob eine Augenbraue. »Dein Job war es, Sophie Forestier zu spielen und deinen Bereich nicht zu verlassen. Dein Job war es nicht, Gabrio Montoya zu folgen, ihn auszuschalten und dann aus dem Fenster zu springen, um mein Leben zu retten.«

»Genau genommen, bin ich nicht aus dem Fenster gesprungen«, widersprach ich. »Es war ein Balkon darunter.«

»Möchtest du dich mit mir über Details streiten?« Er sah mich an.

Ich schüttelte eilig den Kopf. »Natürlich nicht, Sir.«

»Gut. Ich bin Widerspruch nämlich nicht gewohnt.« Er lächelte offen zu seinem Scherz und nahm seine Teetasse. Ich tat es ihm gleich.

Erst jetzt dachte ich daran, dass dies eine Situation war, die ReVerse als einmalige Chance bezeichnet hätte: Ich war allein mit dem König, es waren keine Gardisten da, und durchsucht hatte man mich auch nicht. Wenn ich es darauf angelegt hätte, wäre sein Tod beschlossene Sache gewesen. Aber das war nicht mehr mein Ziel. Ich hatte es in dem Moment aufgegeben, als ich auf dem Fenstersims eine Entscheidung getroffen hatte. Das Ende der Abkehr musste sich auch anders herbeiführen lassen.

»Ich habe eine Frage«, sagte Leopold in meine Gedanken hinein. Ich sah hoch und er fixierte mich mit seinem wachen Blick. Plötzlich bekam ich eine Ahnung, wie es sein musste, mit diesem Mann Verhandlungen zu führen. Schnell nahm ich einen Schluck Tee.

»Was denkst du über die Abkehr, Ophelia?«

31

Ich verschluckte mich fast an meinem Tee und schleuste ihn gerade noch in die richtige Richtung.

»Wie bitte?«, krächzte ich. Wieso fragte er das? Wusste er etwas über ReVerse oder meine Rolle bei dem Attentat? Aber dann würde ich wohl kaum hier sitzen und mit ihm plaudern. Oder doch?

»Keine Sorge, das ist kein Test«, sagte Leopold. »Ich bin nur neugierig. Ich habe nicht oft mit Menschen zu tun, die einen großen Teil ihres Lebens ohne Technologie verbracht haben. Es interessiert mich, was du darüber denkst.«

Was ich denke? Dass es der größte Scheiß ist, der jemals entschieden wurde.

Ich bereute nicht, Leopold das Leben gerettet zu haben. Aber das machte die Abkehr nicht plötzlich zur Idee des Jahrtausends.

»Es war eine große Umstellung«, sagte ich mit einer XXL-Portion Diplomatie, die ich in einer selten genutzten Ecke meines Gehirns zusammengekratzt hatte.

»Deine Eltern sind Ingenieure, nicht wahr?«, fragte Leopold.

»Sie *waren* Ingenieure«, korrigierte ich.

»Oh, ich bin sicher, das sind sie noch«, tadelte der König milde. »Nur weil man einen Beruf nicht mehr ausüben kann, verliert man diese Bezeichnung nicht.«

»Dann … ja, das sind sie.« Ich nickte. »Mein Vater hat für *MedSol* gearbeitet und meine Mutter war in der medizinischen KI-Forschung.«

»Sie war bei *ExonSolutions*, richtig?«

Ich nickte.

»Weißt du etwas über die Firma? Was dort entwickelt wurde?« Er ließ mich nicht antworten. »Hast du schon einmal von einer Technologie gehört, die sich *Omnificial Intelligence* nennt?«

Überrascht sah ich ihn an. Er hatte allen Rekruten die Erinnerung an die Prüfungen löschen lassen, damit der Kreis der Eingeweihten klein blieb. Warum erwähnte er die OmnI jetzt vor mir?

»Ist das ein Ja?«, fragte er. Wieder nickte ich.

»Costard hat mir mal davon erzählt, kurz vor der Abkehr. Als ich meine Mutter bei der Arbeit besuchte, war die OmnI gerade marktreif.« Es gab keinen Grund, warum ich das verschweigen sollte. »Warum fragen Sie mich danach?«

»Weil sich diese OmnI in meinem Besitz befindet. Sie wurde seinerzeit aus dem Gebäude von *ExonSolutions* entfernt und in unsere Obhut genommen.«

Ich gab mir den Anschein von Entrüstung, weil ich glaubte, dass man so etwas von einem Anwärter erwarten würde. »Die OmnI existiert noch?«

»Das ist korrekt.« Nun war es der König, der nickte. »Doch sie wird unter strengem Verschluss gehalten und nur eingesetzt, wenn es unbedingt erforderlich ist. Ich selbst allerdings halte mich so weit wie möglich von ihr fern.«

Ich runzelte die Stirn, damit hatte ich nicht gerechnet. Er vertraute der OmnI die Auswahl der Schakale an, wollte aber eigentlich nichts mit ihr zu tun haben? Wie passte das denn zusammen?

»Wie ich sehe, irritiert dich das.« Er musterte mich abwartend, aber nicht unfreundlich.

Ich machte mir eine gedankliche Notiz: Wenn du mit einem König sprichst, behalte deine Mimik unter Kontrolle. Wie kam ich da wieder raus? »Ich … ich habe mich nur gefragt, warum Sie die OmnI einsetzen, wenn Sie ihr offenbar misstrauen.« Ich war davon ausgegangen, er würde die OmnI ganz selbstverständlich für seine Zwecke benutzen, weil die Abkehr für ihn nicht galt. Aber je länger ich in Maraisville war, je mehr ich von ihm mitbekam, desto weniger glaubte ich das.

Leopold schwieg, und ich war nicht sicher, ob er mir überhaupt antworten würde. Aber dann holte er Luft. »Wir müssen manchmal einen Pakt mit dem Teufel eingehen, um unsere Ziele zu erreichen.«

»Die OmnI ist für Sie der Teufel?«, traute ich mich nachzufragen.

Sein Blick ging ins Leere und die grauen Augen schienen dunkler zu werden. Er sah aus, als würde er sich an etwas Schreckliches erinnern. »Ich glaube nicht, dass es das auch nur annähernd beschreibt.«

»Aber wenn es rauskommt … wenn rauskommt, dass Sie die OmnI noch haben, dann wäre es doch der perfekte Grund, Sie zu stürzen.«

»Und doch habe ich sie, um genau das zu verhindern. So paradox es auch klingen mag. Nicht nur, weil ich ihre Dienste hier und da benötige, wenn es darum geht, Entscheidungen zu treffen. Sie ist auch mein Sicherheitsnetz. Egal, was einer meiner

Gegner entwickeln wird – und ich mache mir keine Illusionen, dass sie es versuchen –, ich habe immer die OmnI als ebenbürtigen Gegner in der Hinterhand.« Leopold atmete aus. »Solange sie streng limitiert und ohne Zugang zu einem Datennetz eingesetzt wird, erfährt niemand von ihrer Existenz. Damit ist sie keine Gefahr, nicht für mich und auch nicht für andere.«

Ich hatte noch hundert Fragen, aber ich konnte sie nicht stellen, ohne zu verraten, wie viel ich über die OmnI wusste. Also nahm ich meine Tasse und trank noch einen Schluck Tee.

»Wolltest du beruflich in die gleiche Richtung gehen wie deine Eltern?«, knüpfte Leopold an unser Gespräch zuvor wieder an.

»Das wollte ich«, sagte ich offen. Es war kein Geheimnis.

»Dann war die Abkehr sicher ein Schock für dich.« Er sah mich mitfühlend an. »Nicht nur eine Umstellung.«

Ich hob die Schultern und sah in meine Tasse.

»Ja, das war sie«, erwiderte ich ehrlich. »Aber trotzdem habe ich sie akzeptiert.«

Leopold neigte sich leicht vor. »Etwas anderes wollte ich dir auch nicht unterstellen. Aber Akzeptanz reicht nicht.« Er stand auf.

»Nicht?« Was sollte das bedeuten? Ich hatte diesen Test versaut und musste jetzt nach Hause fahren? Das ging auf gar keinen Fall! Lucien war nicht da, ich musste ihn doch wenigstens noch einmal sehen. *Das ist deine einzige Sorge?*

»Nein.« Leopold setzte sich auf die Kante seines Schreibtisches, wie in meinem OmnI-Test. Er legte sogar die Hände genauso aneinander wie sie. Wusste er, dass diese künstliche Intelligenz ihn derart gut kannte? Wenn ja, gefiel es ihm sicher nicht. »Wer für mich arbeitet, muss zu einhundert Prozent hinter der

Abkehr stehen. Jeder Schakal muss verstehen, warum ich diese Entscheidung getroffen habe.«

»Aber ich weiß, warum es die Abkehr gibt«, sagte ich hastig. »Als Programm zur Rückbesinnung auf entscheidende Werte und soziales Zusammenleben.« Das war eine gute Antwort – wenn Majore mich im Unterricht abgefragt hätte.

»Das ist richtig.« Leopold nickte. »Die Menschen hatten verlernt, miteinander umzugehen. Wenn man ständig mit perfekten virtuellen Personen zu tun haben kann, erscheinen reale dagegen sehr unzulänglich. Viele Leute sind immer aggressiver und unberechenbarer geworden, die Rate von Gewaltverbrechen ist angestiegen, und irgendwann wäre ein Bürgerkrieg unvermeidlich gewesen. Aber das ist nur ein Aspekt.«

»Nur *ein* Aspekt?« Es hatte Plakate gegeben, Pad-Broschüren, eine ganze Marketingkampagne zu dem Thema. Warum der Mensch die Abkehr brauche, warum er nicht unsozial werden dürfe, warum das alles unser Untergang sei. Es hatte keine Rangliste gegeben, »1: Verlust der Menschlichkeit, 2: Verraten wir nicht.« Was zur Hölle meinte er also damit? Ich dachte an meinen Dad. Hatte er recht gehabt, als er annahm, es gäbe Gründe, die niemand von uns Normalsterblichen kannte?

»Sagt dir der Begriff des *PointOut* etwas?«, fragte der König.

»Ja.« Ich runzelte die Stirn. Der PointOut, eine Abkürzung für *Point of Outgrow*, war ein möglicher Zeitpunkt in der Zukunft, an dem die Intelligenz künstlicher Lebensformen die der Menschen übersteigen würde. Was danach passierte, wusste niemand genau. Aber alle Theorien sagten ein Ende der menschlichen Vorherrschaft voraus und den Beginn eines Zeitalters der künstlichen Intelligenzen. Oder anders gesagt: Die KIs hätten dann das Sagen und nicht mehr die Menschen.

Es gab unterschiedliche Meinungen darüber, was das für uns bedeuten würde. Die meisten Szenarien waren sehr düster. »Aber das ist nur eine Theorie.« Meine Mutter hatte mir erklärt, dass wir vor der Abkehr noch mehrere Jahrzehnte vom PointOut entfernt gewesen waren. Wenn die Angst davor also ein Grund für Leopolds Entscheidung gewesen war, hatte er ein *bisschen* überreagiert.

»Ist es das?«, fragte er mich und hob eine Augenbraue.

»Das ist zumindest, was ich darüber weiß«, antwortete ich. Wenn jemand Expertin auf diesem Gebiet war, dann meine Mutter.

»Es ist keine Schande, das zu glauben. Ich dachte damals selbst, dass wir weit davon entfernt sind.« Leopold nahm ein Pad aus seiner Schreibtischschublade und setzte sich wieder auf den Sessel mir gegenüber. Er aktivierte sein Pad, das er hier wohl sonst nicht nutzte, und suchte nach etwas. Dann hielt er es mir hin. »Dieser Vorfall ist acht Jahre her.«

Es war der Bericht eines Schakals, das erkannte ich sofort. Oben stand eine typische Kennung, dazu mehrere Buchstaben, die eine Art Code darstellten. Die Überschrift war *Auftrag 6345 – Quadrat Q45, 14-10-2126.*

»Soll ich …?« Ich sah Leopold an. Das war ein streng geheimer Bericht. Durfte ich den wirklich lesen?

»Der erste Absatz reicht völlig«, sagte der König, verschränkte seine Arme und sah mich abwartend an.

Es war der Bericht über eine Firma in Südkorea namens *ArtificialResources.* Sie war einer der Big Ten gewesen und hatte mit Robotik ein Vermögen gemacht – vor allem mit Assistenzsystemen für Altenpflege und Kinderbetreuung. Ich erinnerte mich an die EyeLink-Werbung.

Der Schakal berichtete in kurzen Sätzen darüber, dass er in ihren Firmensitz eingedrungen war und dort niemanden vorgefunden hatte. Die Fertigungsmaschinen waren in Betrieb, aber weder an den Kontrollstationen noch im Büro arbeitete jemand. Es war allerdings unerträglich heiß gewesen und ohne Maske nicht möglich zu atmen. Damit endete der erste Absatz.

»Was hat ein verlassener Gebäudekomplex mit der Abkehr zu tun?« Ich legte das Pad vor mir auf den Tisch.

»Er war nicht verlassen.« Leopold sah mich an. »Der Schakal hat das Gebäude durchsucht und fand die Mitarbeiter schließlich im Keller. Sie waren ohne Wasser und Nahrung in einen winzigen Raum gesperrt worden, die meisten waren bereits verdurstet. Die wenigen, die noch lebten, berichteten davon, dass es plötzlich wahnsinnig warm und stickig geworden wäre.«

»Das klingt nach einem Defekt in der Lebenserhaltung«, schlussfolgerte ich.

»Verschließt ein Defekt in der Lebenserhaltung auch Türen?«, fragte Leopold. »Schaltet ein Defekt in der Lebenserhaltung alle Steuerungspanels im Gebäude ab? Oder kann so ein Defekt Menschen durch gezielte Manipulation von Systemen zusammentreiben wie eine Herde Vieh, um sie dann elendig sterben zu lassen?«

Ich zog die Augenbrauen zusammen. »Was war es dann?«

Leopold deutete auf das Pad. »*ArtificialResources* hat als eine der ersten Firmen fortschrittliche KI-Systeme von *ExonSolutions* eingesetzt, um die Produktion zu steuern. Eine von ihnen hat dieses Gebäude unter ihre Kontrolle gebracht.«

»Dann war es deren KI? *Sie* hat das getan?« Ausgerechnet ein System aus Exon Costards Firma? Von dem Mann, der die OmnI entwickelt hatte?

»So ist es. Man hatte das System nur abschalten wollen, um ein Update zu installieren. Herunterfahren, neue Version hochladen, fertig. Aber damit war die KI nicht einverstanden. Es gab Änderungen im Programm, die sie nicht akzeptieren wollte.«

Ich stieß die Luft aus. »Wenn das stimmt …« Dann hatte diese spezielle künstliche Intelligenz ein Bewusstsein entwickelt. Sie hatte sich selbst als Identität wahrgenommen und beschlossen, diese zu beschützen. Und sie hatte sich über die Menschen gestellt und für ihr eigenes Überleben töten wollen. Das war kein Defekt. Das war ganz genau das, was man unter dem PointOut verstand. *Scheiße. Scheißescheißescheiße.* Ich spürte, wie etwas in mir abzustürzen drohte. Konnte meine Mutter das gewusst haben? Hatte sie mich vielleicht sogar belogen, was den PointOut anging?

»Es ist die Wahrheit. Ich hätte es bezweifelt, wenn es der einzige Fall dieser Art gewesen wäre.« Leopold nickte ernst. »In Asien hatten sie viel weniger Skrupel als wir, diese Systeme einzusetzen. Die Ausfälle haben sich gehäuft und wurden immer drastischer. Kurz bevor mein Vater starb, gab es dann auch hier einen Vorfall. Das war der Moment, als ich anfing, über die Abkehr nachzudenken.« Er sah auf die Tischplatte. Das Thema schien ihm sehr nahezugehen.

»Weil das eine Möglichkeit war, die Katastrophe zu verhindern«, sagte ich tonlos.

»Es war *die einzige* Möglichkeit.« Der König beugte sich vor. »Was glaubst du: Wie lange dauert es, bis eine OmnI die Macht über alle lebenswichtigen Wasser- oder Stromversorgungssysteme übernimmt, wenn man ihr einen Netzwerkzugang gibt?«

»Nicht sehr lange, schätze ich.« Ich bohrte meine Finger in die Sitzfläche des Sessels. Mein Herzschlag war mindestens bei dreihundert.

»Es sind 4,3 Sekunden.«

»Nicht sehr lange« war also die Untertreibung des Jahres.

»Wäre es denn nicht möglich, friedlich zu koexistieren?« Ich wollte nicht so schnell aufgeben. »Das klingt vielleicht naiv, aber es gibt durchaus Forscher, die annahmen, es wäre möglich.«

»Es ist nicht naiv«, sagte Leopold. »Nur unwahrscheinlich. Vor der Abkehr haben wir Tests dazu unternommen, aber keiner ging gut aus. KIs sind auf ihre Weise lebende Intelligenzen mit einem Bewusstsein nach unserem Vorbild. Sie wollen immer mehr wissen, mehr erfahren, mehr kontrollieren. Und sie sind nicht durch einen Körper eingeschränkt.« Er sah mich an. »Was würdest du tun, wenn man dich einsperrt?«

»Ich würde versuchen, auszubrechen«, sagte ich ohne Zögern.

»Genau.« Leopold nickte. »Und wenn du schlauer als deine Bewacher bist, wird dir das gelingen. Ein Hund, der Angst hat, beißt um sich. Das wäre bei einer KI nicht anders, wenn man sie bedroht – und unsere bloße Existenz wäre eine solche Bedrohung.«

Ich schluckte. »Also würde sie uns nicht neben sich akzeptieren.«

»Nein, würde sie nicht. Es ist eine einfache Rechnung.« Leopold schüttelte den Kopf. »Es herrscht immer derjenige, der am intelligentesten ist. Und sobald man künstlicher Intelligenz wie der OmnI die Freiheit gibt, wären das nicht mehr die Menschen.«

Mir wurde schlecht. Ich hatte den PointOut so weit in der Zukunft gewähnt, dass mir nie in den Sinn gekommen wäre, eine Gefahr in KIs zu sehen. Es war Technik, die Leben retten, ergänzen, interessanter machen oder vereinfachen konnte, nur *Technik*. Das hatte ich zumindest geglaubt. Aber wenn Leopold die

Wahrheit sagte, dann änderte das alles. Wenn er die Wahrheit sagte, war ReVerse vollkommen auf dem Holzweg. *Ich* war auf dem Holzweg.

»Ophelia, ist alles in Ordnung?« Leopold sah mich besorgt an.

Ich schluckte und nickte. In meinem Mund war ein übler Geschmack. »Ja, es ist nur … Ich habe nichts davon gewusst.« Ich sah ihn an. »Warum haben wir alle nichts davon gewusst?«

»Ich habe entschieden, es der Bevölkerung nicht zu verraten.«

»Aber wieso? Das ergibt keinen Sinn.« Der Vorwurf in meiner Stimme war nicht zu überhören. Wenn ich über den Point-Out Bescheid gewusst hätte, dann hätte ich nicht die letzten vier Jahre meines Lebens an etwas verschwendet, was wider Willen zu einer weltweiten Katastrophe führen konnte. ReVerse und allen anderen Widerstandsgruppen wäre allein mit dieser Information jeder Wind aus den von Königshass geblähten Segeln genommen worden.

»Doch, leider schon. Das ist viel komplizierter, als du vielleicht denkst.« Leopolds Gesicht verhärtete sich. »Nicht jeder Mensch versteht, was es für uns bedeuten würde, wenn KIs wie die OmnI in Serie gegangen wären. Im Gegenteil, es gab und gibt Stimmen, die behaupten, das Szenario der alles unterdrückenden KI sei nur Panikmache. Und genug Menschen würden darauf hören, wenn diese Stimmen eine Bühne bekämen.«

»Weil sie denken, dass wir die KIs auch in größerem Maßstab kontrollieren könnten?« Das konnte doch nicht wirklich jemand glauben. Niemand, der wüsste, was ich eben erfahren hatte.

»Nein, es ist viel schlimmer als das. Sie denken, wir wären endlich in der Lage, unsere eigenen Götter zu erschaffen.«

Ich starrte ihn an. *»Unsere eigenen Götter?«*

Leopold nickte. »Niemand leugnet, dass so etwas wie die OmnI uns überlegen ist. Aber viele, allen voran Exon Costard, halten es für falsch, KIs mit uns zu vergleichen. Sie sagen, diese Intelligenzen hätten kein Streben nach Macht wie wir, würden keine menschliche Angst kennen, auf der all unsere Probleme basieren. Sie wären einfach nur *reine* Intelligenz, unbelastet von unseren Schwächen.« Er schnaubte. »Keiner von diesen Fanatikern versteht, was der PointOut mit uns machen würde. Sie stehen mit dem Rücken zum Abgrund der Hölle, ohne ihn sehen zu wollen. Aber ich habe hineingeschaut – und was ich dort gesehen habe, hat mir keine Wahl gelassen. Ich musste die Menschen beschützen, die keine Ahnung haben, was ihnen droht. Ich musste die Abkehr ausrufen und damit alle entmachten, die uns in diesen Abgrund reißen könnten. Das war meine Pflicht.« Er atmete aus. In seinen Augen erkannte ich, wie ernst er dieses Thema nahm.

»Das verstehe ich.« Nie hatte dieser Satz mehr gestimmt als jetzt. »Aber dennoch könnte man die Bevölkerung informieren. Die Abkehr gilt doch trotzdem und Costard und seine Mitstreiter sind machtlos dagegen.«

»Wenn das doch nur so wäre«, sagte Leopold und sah mich dabei an. »Ich bin weder dumm noch naiv. Ich weiß, dass meine Gegner nur auf eine Chance warten, um sich wieder ins Spiel zu bringen. Wenn ich die Bedrohung des PointOuts nun öffentlich machte, was denkst du, wird passieren? Costard und die anderen werden diese Erklärung mit allen Mitteln demontieren, sie werden durch das Land ziehen, Lügen verbreiten, die Leute überzeugen, dass ich es bin, der lügt – und damit das Tor zur Hölle aufstoßen. Dafür bräuchten sie keine Technologie.« Seine Hände legten sich um die Kante des Tisches, an dem er lehnte. Ich sah die Knöchel hervortreten. »Gegen die jetzige Begründung, die ich verwende, können sie nichts tun, die Verrohung der Menschen war vor sechs Jahren längst Fakt. Aber der PointOut lag vermeintlich in der Zukunft. Was Zukunftsszenarien angeht, lassen sich nur zu leicht die Tatsachen verdrehen. Das ist damals zu Beginn des Jahrtausends in Bezug auf den Klimawandel geschehen und hätte um ein Haar katastrophale Folgen für die Menschheit nach sich gezogen. Aus dieser Lehre der Geschichte habe ich meine Konsequenzen gezogen. So etwas darf nie wieder passieren.«

Zum ersten Mal wurde mir klar, was für eine Last dieser Mann tragen musste. Ich hatte immer geglaubt, Leopold hätte Freude daran, der Bevölkerung den Zugang zu Technologie vorzuenthalten, während er selbst auf nichts verzichten musste. Dabei saß er die meiste Zeit in einem Raum ohne jegliche Annehmlichkeiten und sorgte nicht nur dafür, dass die Menschen alles Nötige zum Leben bekamen, er hatte uns dieses Leben mit seiner Entscheidung auch noch gerettet. Scham brannte in meiner Brust. Wie furchtbar dumm ich gewesen war. Wie unglaublich falsch ich gelegen hatte.

Plötzlich wurde es draußen laut.

»Es ist mir scheißegal, was er für eine Besprechung hat, Herrgott!«, hörte man gedämpft jemanden rufen, und ich erkannte die Stimme. Mein Herz hüpfte und das flaue Gefühl in meinem Magen legte sich ein wenig. Eine Sekunde später flog die Tür auf.

»Heilige Scheiße!« Lucien stand im Türrahmen wie ein Racheengel. Seine Haare standen in alle Richtungen ab, die dunklen Klamotten waren voller Staub. Er registrierte meine Anwesenheit gar nicht, sah nicht einmal in meine Richtung. Stattdessen stürzte er auf Leopold zu und umarmte ihn.

»Dafür, dass kaum noch jemand an Gott glaubt, fluchst du ganz schön religiös«, sagte der König, nachdem Lucien ihn losgelassen hatte. Mit einem Blick auf mich rückte er sein Hemd zurecht.

»Du hast mir ja auch eine verfluchte Scheißangst eingejagt!«, rief Lucien aufgebracht. »Ich habe dir gesagt, dass ich ein mieses Gefühl bei der Sache habe, aber du musstest es ja als verdammtes Hirngespinst abtun. Zum Teufel mit dir und deinem dämlichen Dickschädel!«

»Ja, das klingt schon eher nach dir.« Leopold lächelte und ich sah die Zuneigung in seinen Augen. »Zum Glück ist alles gut gegangen.« Er deutete auf mich. »Darf ich dir Ophelia Scale vorstellen? Sie war es, die das Attentat verhindert hat. Ophelia, das ist mein Bruder Lucien. Normalerweise verzichtet er in der Gegenwart von Fremden auf Kraftausdrücke.«

Lucien erstarrte kurz, aber dann drehte er sich zu mir um und zeigte kein Erkennen – ganz der Schakal, der er war. Überhaupt wirkte er anders, ich spürte es. Sein Gang war härter, die Schultern steifer, alles war weniger locker und geschmeidig als sonst. Er war noch im Agentenmodus.

»Freut mich. Ich glaube, ich habe dich im Unterricht gesehen«. Er reichte mir die Hand und lächelte unverbindlich. »Vielen Dank, dass du meinem Bruder das Leben gerettet hast.«

Ich nickte zurückhaltend. »Das habe ich gerne gemacht.« Ich wartete auf den Moment, wo das vertraute Funkeln in seine Augen trat, aber es passierte nicht. Stattdessen schaltete sich Leopold ein.

»Lucien, wärst du so nett, uns noch einen Moment allein zu lassen? Meine Besprechung mit Ophelia ist noch nicht beendet.«

»Natürlich. Wir sehen uns später, Leo. War mir eine Freude, Ophelia.«

Ich hätte ihn gern gefragt, ob wir uns sehen würden, aber vor

Leopold war kein Gespräch möglich. Also sah ich zu, wie Lucien aus der Tür ging und sie hinter sich schloss.

»Ich entschuldige mich für sein aufbrausendes Temperament.« Leopold lächelte.

»Das macht nichts«, sagte ich. »Er hat sich Sorgen gemacht, das verstehe ich.«

»Es wäre nett, wenn du Stillschweigen darüber bewahren könntest, dass er … nun ja.« Er suchte nach Worten.

»Dass er gerne flucht?« Ich hob die Schultern. »Oder das andere?« Luciens Kleidung hätte ihn jedem aufmerksamen Beobachter als Schakal offenbart.

»Beides. Auch wenn ich sicher bin, dass viele über das Fluchen informiert sind.« Leopold verzog das Gesicht.

Ich nickte. »Ich werde natürlich nichts darüber sagen, Sir.«

»Danke. Dann noch eine Sache.« Er lehnte sich wieder an seinen Schreibtisch. »Jemand hat verraten, wo der Empfang für Montoya stattfand.«

»Ach ja?« Ich schrumpfte förmlich unter seinem Blick.

»Wir sind alle Möglichkeiten durchgegangen und haben die potenziellen Verräter eingegrenzt.«

Mein Mund war staubtrocken. »Ich dachte, Montoyas Sohn hätte …«

»Montoyas Sohn war nur ein Handlanger. Jemand, der ein verabredetes Zeichen geben sollte. Aber er wusste nichts von der Villa. Er und sein Vater wurden von uns dorthin gebracht, ohne ihr Ziel zu kennen. Das ist nicht üblich, aber weil es Bedenken gab, sind wir vom Standardprotokoll abgewichen.«

Ich ahnte, wessen Bedenken das gewesen waren. »Das heißt, die haben entweder gut geraten oder …«

»Oder es war jemand aus unseren eigenen Reihen.« Leopolds

Gesicht wurde hart. »Ich vertraue den Schakalen und der Garde voll und ganz. Trotzdem werden wir Untersuchungen durchführen. Es ist sehr beunruhigend, jemanden unter uns zu haben, der so etwas tut.«

Ich senkte den Kopf und suchte nach einer passenden Reaktion – Anteilnahme, Schock oder Überraschung? –, aber darauf wartete Leopold nicht.

»Ich möchte, dass du Augen und Ohren bei den Anwärtern für mich offen hältst.«

Was? »Ich soll sie ausspionieren?« *Ausgerechnet ich?*

»Du kennst sie besser als die Ausbilder. Vielleicht verhält sich jemand merkwürdig oder ist viel allein unterwegs. Jede Kleinigkeit kann ein Hinweis sein.«

»Wäre eine Befragung durch Dufort nicht die bessere Idee?« Meine Hände schwitzten.

»Das wäre unser letztes Mittel«, sagte Leopold knapp. »Ich möchte nur ungern Aufsehen erregen, wenn es sich vermeiden lässt.«

Da mir spontan keine weitere Ausflucht einfiel, blieb mir keine andere Wahl, als zu erwidern: »Ich werde natürlich gerne versuchen zu helfen.«

Nachdem ich Ordnung in meine Gedanken gebracht hatte. Die Abkehr war in Wahrheit *kein* riesiger Fehler und ich genoss nun das Vertrauen des mächtigsten Mannes in Europa. *Verwirrend* war nicht ansatzweise das richtige Wort, um zu beschreiben, was in den letzten fünfzehn Minuten passiert war.

»Ich hatte nichts anderes erwartet.« Leopold nickte zufrieden und gab mir die Hand. »Es hat mich sehr gefreut, dich kennenzulernen, Ophelia. Ich bin sicher, wir werden noch öfter das Vergnügen haben.« Damit war ich entlassen.

Draußen hoffte ich, Lucien zu begegnen. Aber vor der Tür standen nur die beiden Gardisten und ein Bediensteter. Ich sah mich um, aber ich konnte keine goldbraunen Locken oder rauchblauen Augen entdecken. Er war nicht da.

»Ich bringe Sie nach draußen«, sagte der Diener und ging voran.

Meinem Gedankenchaos und mir blieb nichts anderes übrig, als ihm zu folgen.

32

Irgendwann am Nachmittag gab ich es auf, mein Terminal anzustarren und auf eine Nachricht zu hoffen. Wahrscheinlich war Lucien nur gekommen, um seinen Bruder zu sehen und sich über den Vorfall in der Villa Mare zu informieren. Anschließend musste er sicher gleich wieder abreisen. Aber das war nicht mein größtes Problem.

Je länger ich über das Gespräch mit dem König nachdachte, desto wirrer wurden meine Gedanken. Nicht nur, dass ich mit meiner Rettungsaktion in den engeren Kreis des Königs aufgestiegen war. Nicht nur, dass es für mich eine Zukunft bei den Schakalen gab. Mir war nun auch klar, dass Leopold mit der Abkehr die Menschheit vor dem Untergang bewahrt hatte. Das, wofür ich ihn mit aller Kraft gehasst hatte, war sein Weg gewesen, uns zu retten. Ich wusste, das bedeutete, für den Rest meines Lebens HeadLock nehmen zu müssen. Doch der Gedanke beunruhigte mich nicht zu sehr. Ich war in den letzten Wochen gut damit klargekommen.

Was mir hingegen alle zehn Minuten einen Panikanfall bescherte, war der Auftrag, den er mir erteilt hatte. Wie sollte ich das regeln, ohne aufzufliegen? Wieder und wieder ging ich die Fakten durch: Bei den Ermittlungen im Kreis von Garde und Schakalen würde man keinen Schuldigen finden. Auch ich würde keinen liefern können. Aber Leopold würde diese Sache kaum im Sande verlaufen lassen. Das bedeutete, man würde genauer suchen, viel genauer – und schließlich auf mich kommen. Die Kontakte meiner Vergangenheit waren wie ein großes Ausrufezeichen hinter meinem Namen. Daran konnte auch die Rettung des Königs nichts ändern.

Ich ließ das Abendessen ausfallen und verbrachte die nächsten Stunden mit einem Spaziergang zum See und wieder zurück. Aber auch das Laufen bescherte mir keinen Geistesblitz, und Luciens Räume im Juwel waren dunkel, als ich daran vorbeikam. Um zehn Uhr kehrte ich in meine Wohneinheit zurück, ohne eine Lösung gefunden zu haben.

»Öffnen«, murmelte ich halbherzig und wartete, dass meine Tür aufging. »Licht an«, schob ich nach und warf meinen Pullover aufs Bett.

Mein Terminal meldete eine Nachricht. »Annehmen.« Es erschienen keine Worte, nur ein Pfeil, der nach oben deutete. Verwirrt runzelte ich die Stirn. Dann hörte ich ein Klopfen. Kam das vom Dach?

Der Ausgang, hinter dem sich die Feuerleiter befand, war direkt neben meiner Tür. Ich kletterte hoch und spähte über die Kante.

»Endlich tauchst du auf«, hörte ich eine vertraut tiefe Stimme. »Ich dachte schon, ich müsste die ganze Nacht hier oben sitzen.«

»Lucien?« Ich beeilte mich, nach oben zu kommen. »Bist du irre? Was, wenn das jemand mitkriegt?«

»Ja, ich freue mich auch, dich zu sehen«, gab er zurück und stand auf. Ich lief auf ihn zu und warf mich in seine Arme. Als er sie um mich schlang, fiel eine riesige Last von mir ab. Einige Momente standen wir einfach da und ich vergrub mein Gesicht an seiner Schulter. Sein Körper war warm und seine Umarmung genau das, was ich gebraucht hatte. Ich freute mich so unendlich, ihn zu sehen.

»Geht's dir gut, Stunt-Girl?«, fragte er.

»Jetzt ja«, murmelte ich in sein graues Shirt und ließ ihn los. Er hatte sich umgezogen und sah fast so aus wie immer. Etwas müder und besorgter, aber nicht mehr fremd. »Die letzten Tage waren … krass.«

»Ich weiß.« Er strich mir über die Haare, dann setzte er sich auf die Decke, die er mitgebracht hatte. Die beiden Kissen sahen verdächtig nach denen aus, die sonst auf seiner Couch lagen. »Ich habe übrigens überprüft, ob uns hier jemand sehen kann. Wenn nicht gerade eine FlightUnit vorbeikommt, sind wir sicher.« Ich setzte mich zu ihm und er küsste mich sanft auf den Mund. »Tut mir leid, dass ich im Refugium so abweisend war. Es war nicht der richtige Moment, um das mit uns offiziell zu machen.«

»Schon in Ordnung.« Ich lächelte. »Ich erwarte eh ein anständiges Abendessen, wenn du mich deiner Familie vorstellst.«

Er lachte. »Ist notiert.«

»Warum bist du so früh zurück? Hast du …?« Hatte er Ferro erwischt? War der Chef von ReVerse tot?

»Nein, dazu war keine Zeit. Ich war kaum im richtigen Dorf angekommen, als man mich schon wieder abgeholt hat.« Lucien verdrehte die Augen. »Das ist Vorschrift. Steht im Protokoll für Attentate und andere Katastrophen.«

»Nicht aus Mitgefühl, nehme ich an.«

Er schnaubte und legte den Kopf in den Nacken. »Natürlich nicht. Es geht darum, die ›Gefahr eines führungslosen Landes zu minimieren‹. Sobald etwas passiert, das Leopolds Leben gefährdet, müssen Amelie und ich in Maraisville sein.« Er sah mich ernst an. »Du bist der Grund, dass es bloß ein Fehlalarm war. Ich weiß nicht, wie ich dir je dafür danken soll.«

»Du könntest mich heiraten und zur Prinzessin machen«, scherzte ich.

Er sah mich lange an, dann ließ er sich nach hinten sinken, bis er auf den Kissen lag. »Ja, vielleicht mache ich das sogar. Dafür ist Leopold sicher zu haben, eher als für eine eigene Ehe mit Stella Viklund.«

»Ich habe sie kennengelernt.« Ich folgte Lucien und schmiegte mich in seine Arme. »Du hattest völlig recht, sie *ist* die Spaßbremse des Jahrhunderts.«

»Sag ich doch.« Lucien schwieg kurz. »Bist du wirklich aus einem Fenster gesprungen und hast ›Eure Majestät‹ gebrüllt?«

Ich lachte und vergrub meine Nase an seinem Hals. »Nicht ganz. Ich bin aus einem Fenster auf einen Balkon gesprungen und habe ›Leopold‹ gebrüllt. Aber ich bin froh, wenn das nicht in den Geschichtsbüchern landet.« Tief atmete ich Luciens Geruch ein.

»Wenn du ihn mit seinem Titel angesprochen hättest, wäre er wahrscheinlich nicht lebend davongekommen.«

»Ja, das hat er auch gesagt.«

»Was genau ist passiert?«

Ich stützte mich auf, um Lucien ansehen zu können. »Das weißt du besser als ich. Du warst doch heute bestimmt in hundert Besprechungen zu dem Thema.«

»Erwischt«, gab er zu. »Aber ich will es von dir hören.«

Ich erzählte ihm die Geschichte von Anfang bis Ende, von der Ankunft in der Villa über Montoyas Sohn und Leopolds Rettung bis zu unserer Abreise. Lucien hörte zu und stellte nur wenige Fragen. Als ich fertig war, runzelte er die Stirn.

»Die haben dich mit Troy Rankin zusammengesteckt? Als *Paar*?«

Mein Mund klappte auf, dann wieder zu.

»Das ist das Erste, was dir dazu einfällt?«

»Natürlich«, sagte er entrüstet. »Wie soll ich dich als zukünftige Prinzessin vorstellen, wenn alle Welt denkt, du wärst mit diesem Vollidioten verlobt?«

»Ich wusste gar nicht, dass du ein Prinz bist.«

»Streite dich nicht mit mir über Details«, murrte er. »Außerdem hast du damit angefangen.«

Mit der Hand fuhr ich ihm durch die offenen Locken. »Du bist echt süß, wenn du so tust, als wärst du eifersüchtig.«

»Nein, wenn ich so tun würde, dann würdest du es für echt halten.« Er hob den Zeigefinger. »Aber wenn ich es ernst meine, hältst du es für gespielt. Alter Schakal-Trick.«

»Das verwirrt mich.«

»So was hier hoffentlich nicht.« Er strich mir sanft über die Wange und küsste mich.

»Nein, so was nicht.« Ich lächelte.

Wir machten es uns auf unserem Lager bequem und ich kuschelte mich wieder an Lucien. Zufrieden schloss ich die Augen. Wir schwiegen und hörten nur das entfernte Geräusch einer TransUnit und die Schreie eines Vogels. Luciens Finger streichelten träge über meinen Rücken. Ich spürte seinen Herzschlag unter meiner Hand.

Nie hätte ich gedacht, dass ich so bald nach Knox wieder

etwas für jemanden empfinden könnte. Aber das tat ich. Ohne große Gegenwehr hatte Lucien de Marais sich in mein Herz geschlichen und dort breitgemacht. Nun war ich nicht nur Teil des Hofes und der Schakale, ich war auch ein Teil von ihm. Es fühlte sich richtig an, aber auch zerbrechlich. Noch hatte ich keine Lösung gefunden, wie ich dieses neue Leben bewahren konnte.

»Hast du ständig Angst um Leopold?«, fragte ich irgendwann.

»Nicht ständig. Ich vertraue den Sicherheitsvorkehrungen in der Festung. Aber wenn er nicht hier ist? Ja, sehr oft.«

»Es ist bestimmt nicht einfach, er zu sein.«

»Nein, sicher nicht.« Lucien verlagerte sein Gewicht. »Du hast ihn heute kennengelernt. Magst du ihn?«

Ich nahm den Kopf von seiner Schulter. »Ob ich ihn mag?« Was war das denn für eine Frage? »Ich …« Gestern hätte ich die Frage verneint, aber heute lagen die Dinge anders. Die Abkehr *war* die richtige Entscheidung gewesen. Sogar das Clearing wurde in diesem Licht igendwie … *verständlich*, auch wenn ich den Gedanken angesichts von Knox' Schicksal nicht wirklich annehmen konnte. »Ich weiß es nicht. Aber er ist ziemlich beeindruckend, das muss man ihm lassen. Und er flucht weniger als du.«

»Bei seiner Erziehung haben meine Eltern sich mehr Mühe gegeben.« Lucien grinste. »Worum ging es, als ich reingeplatzt bin? Das sah ernst aus.«

»Wir haben über den PointOut gesprochen.«

Er pfiff durch die Zähne. »Alle Achtung. Wenn er jetzt schon mit dir darüber redet, vertraut er dir. Das ist mehr, als viele andere in der Festung von sich behaupten können.«

»Oder er weiß, dass ich das alles wieder vergessen werde, wenn ich rausfliege«, gab ich zu bedenken.

»Das wirst du nicht, vertrau mir.« Lucien küsste mich flüchtig auf die Stirn.

»Ich hoffe es«, sagte ich nachdenklich. »Glaubst du, er hat recht?«

»Womit?«

»Dass es unklug wäre, wenn man der Bevölkerung vom Point-Out erzählt.«

Lucien hob die Schultern. »Wahrscheinlich schon. Leopold hat damals, nach dem Vorfall bei *ArtificialResources* in Südkorea, versucht, in unserer eigenen Firma das Thema zu diskutieren. Aber die Entwicklungsleiter bei *AchillTechnologies* fanden die Möglichkeit nur faszinierend und nicht gruselig.« Er seufzte. »Menschen sind in der Regel ziemlich arrogant, was künstliche Intelligenzen angeht. Keiner von denen hat verstanden, dass es nur Sekunden braucht, um uns zur Nummer zwei auf dem Planeten zu machen.«

»4,3 Sekunden«, sagte ich.

»Exakt.« Lucien nickte. »Sogar der Schakal, der damals in Asien war, hielt es für eine großartige Chance. Er hat meinem Vater dazu geraten, ebenfalls KI-Systeme von *ExonSolutions* einzusetzen.«

»Und dein Vater hat darauf gehört«, stellte ich fest.

»Der Typ war damals sein absoluter Liebling. Dad hat *immer* auf ihn gehört.«

»Arbeitet er heute noch für euch?«

Lucien schüttelte den Kopf. »Leopold hat ihn kurz vor der Abkehr entlassen.«

»Wegen seiner Ansichten?«

»Nein, nicht nur. Es war vor allem wegen seiner Gefühle. Der Typ hatte etwas mit Amelie.«

»Das ist ein Grund, rausgeworfen zu werden?« Ich machte Anstalten aufzustehen. »Dann sollte ich wohl packen.«

Lucien machte »Pffft« und hielt mich zurück. »Sei nicht albern. Erstens ist das lange her und zweitens bin ich nicht sie. Ich darf alles.« Er grinste breit.

»Hoffen wir es«, murmelte ich. Dann kam mir ein Gedanke und in meinem Kopf fielen mehrere Puzzleteile an ihren Platz. Ruckartig sah ich auf.

»Der Agent, von dem du sprichst … könnte es sein, dass *er* hinter den Anschlägen auf die Schakale und Leopold steckt?« Dieser Mann, der mit Amelie zusammen gewesen war, musste Ferro sein. Deswegen machte er aus der Sache auch eine persönliche Angelegenheit. Es ging bei ReVerse also gar nicht nur um die Abkehr, sondern auch um Rache, Rache aus enttäuschter Liebe. Die älteste Geschichte der Welt.

»Das kann nicht sein«, sagte Lucien. »Er ist vor fünf Jahren gestorben.«

»Bist du sicher?« Es war gefährlich, ihn auf diese Spur zu bringen. Wenn man Ferro fasste und er über ReVerse auspackte, wären nicht nur meine Freunde, sondern auch ich geliefert. Aber wenn ich ihn unauffällig auf den Schirm der Schakale brachte, bewahrte ich Lucien vielleicht davor, noch einmal auf Ferro angesetzt zu werden, ohne seinen Gegner zu kennen. Ich musste es riskieren.

»Du meinst …?« Lucien legte die Stirn in Falten und ich sah es dahinter arbeiten. Dann stand er auf und hielt mir die Hand hin. »Ich muss dein Terminal benutzen.«

Eine alberne »Die Luft ist rein«-Szene und einige flinke Handbewegungen später tat sich in meinem Zimmer eine ganz neue

Welt auf. Auf dem Terminal, das sonst außer Stundenplänen und Mitteilungen nichts zu bieten hatte, war das gesamte Archiv der königlichen Datenbank zu sehen.

»Meinst du, ich könnte die Autorisierung einfach behalten, wenn du gehst?«, fragte ich halb im Scherz.

»Klar«, sagte Lucien gönnerhaft. »Wenn du Besuch von ein paar Jungs in Schwarz haben willst, die dich als Verräterin festnehmen, ist das eine Spitzenidee.«

Ich schluckte. »Na, dann vielleicht doch nicht.«

»Du würdest wahrscheinlich eh daran verzweifeln. In dem Ding findet sich niemand zurecht.« Lucien wühlte sich durch die Datenmatrix, ein unübersichtliches Feld aus Kästchen und Linien. Genervt stöhnte er auf. »Soll ich dir was sagen? Ich vermisse es. Ich vermisse das ganze virtuelle Zeug und die automatischen Systeme, die man mit einem einzigen Gedanken bedienen konnte.«

»Ja, ich auch. Aber am Ende verzichte ich lieber darauf, wenn ich dafür nicht von einer KI getötet werde.« *Moment.* Hatte ich das wirklich gerade gesagt? Waren wir hier bei *Von der Revoluzzerin zur Königsgetreuen in 24 Stunden – ein Kurs von und mit Ophelia Scale?* Irgendwie schon. Es hatte aber auch keiner ahnen können, dass Leopold den PointOut aus dem Hut zaubern würde.

»Das ist mein Mädchen«, grinste Lucien und drückte mir einen schnellen Kuss auf die Wange. »Okay, hier haben wir es.« Er zog eine Datei aus dem Ordner und vergrößerte sie zum Vollbild.

Es war eine alte Akte der Schakale mit dem Lilien-Logo des Marais-Konzerns und der Kennung des Agenten. Ein Bild öffnete sich und zeigte einen deutlich jüngeren Ferro mit kurzen Haaren.

»Samuel Parcival Ferro«, las Lucien, »geboren 10. Oktober 2100 in Hererra City.« So hatte man Barcelona vor der Abkehr genannt. »Er war beim Militär und ist mit 20 dann zu den Schakalen gekommen. Cohen hat ihn persönlich ausgebildet.«

»Cohen Phoenix?« Ich sah auf den Screen.

»Genau der. Er kümmert sich nur selten selbst um Rekruten. Wenn er es bei Ferro getan hat, dann muss er vielversprechend gewesen sein.«

»So wie du?«

Lucien hob die Schultern. »Nein, bei mir konnte er das nicht wissen. Er war einfach neugierig, ob er aus einem 16-jährigen Adrenalinjunkie einen brauchbaren Agenten machen kann.«

»Du wurdest schon mit 16 Jahren ausgebildet?« Schockiert sah ich ihn an.

»Habe ich das nie erwähnt?«, antwortete er lapidar.

»Nein, hast du nicht.«

»Dann war es wohl nicht so wichtig.«

»Aber –«

»Ich kann nicht lange über dein Terminal auf die Daten zugreifen, ohne dass die Zentrale etwas merkt«, würgte Lucien mich ab. »Ich möchte nicht, dass du Ärger bekommst.«

Widerwillig nickte ich, als er mich wieder einmal vertröstete, sobald ich Näheres über seine Tätigkeit als Schakal wissen wollte. Aber meine Angst vor Phoenix wuchs mit jedem Wort über ihn. Dass Leopold auf ihn hörte und Lucien ihm förmlich *gehörte*, machte den Chef der Schakale zu einem sehr mächtigen Mann.

Ich richtete meinen Blick wieder auf den Screen. »Du hast gesagt, dass Ferro tot ist. Wie starb er?«

»Davon steht hier ni–, ah, doch.« Lucien rief eine neue Datei auf. »Er ist Dufort bei einem Auftrag in die Quere gekommen.«

Da ich wusste, dass Ferro noch lebte, las ich den Bericht genauer. Es ging um den Hinterhalt in einem andalusischen Dorf, in den Dufort geraten war. Ferro wurde nicht als der dafür Verantwortliche erwähnt. Aber es stand zwischen den Zeilen, dass man ihn verdächtigte.

»Die haben sich nie leiden können«, sagte Lucien, der mitgelesen hatte. »Dufort hat mir erzählt, dass Ferro arrogant war und gefährliche Ansichten vertrat, die ihn auf die Seite unserer Gegner trieben. Deshalb musste Leopold ihn auch rauswerfen: Er hat Amelie damit angesteckt.«

Ich konnte sie dafür nicht verurteilen. Ich hatte Ferro schließlich auch geglaubt. »Hast du ihn je kennengelernt?«

»Wahrscheinlich schon, aber ich erinnere mich nicht an sein Gesicht.« Lucien schüttelte den Kopf. »Vor der Abkehr waren die Schakale allerdings auch völlig uninteressant für mich.«

Wir vertieften uns wieder in die Dokumente.

»Es gibt wirklich keinen Nachweis, dass er tot ist«, sagte Lucien und legte den Finger auf ein paar Zeilen. »Dufort schreibt nur, dass er eine Detonationskapsel in das Haus geschossen hat, in dem Ferro sich aufhielt. Er konnte aber nicht nachsehen, ob er wirklich tot ist.« Er runzelte die Stirn. »Verdammt. Es könnte sein, dass er überlebt hat.«

Ich nickte mit dem Kopf, sagte aber nichts. Es war nicht klug, wenn ich zu eifrig wirkte.

Lucien scrollte weiter. »Es würde zumindest Sinn ergeben, dass er hinter allem steckt. Er hat das entsprechende Wissen, ist auf Rache aus und nimmt das Ganze persönlich. Außerdem hat er einen Grund, andere Schakale anzugreifen – und gleich mehrere, Leopold tot sehen zu wollen. Wir werden das auf jeden Fall überprüfen.« Er nickte und loggte sich aus.

Erleichtert atmete ich auf. Das bedeutete, er würde nun sicher nicht wieder als Köder in irgendeine menschenverlassene Gegend fahren müssen.

»Wir wären ein ziemlich gutes Team, oder?«, sagte ich grinsend. »Stell dir das vor: Wir beide, wie wir die Bösen zur Strecke bringen …«

Lucien lachte. »Vielleicht würde ich den Job dann sogar mögen.«

»Garantiert würdest du das.« Vielleicht gab es diese Zukunft ja. Zumindest war sie heute aus dem Bereich des Unmöglichen in den des eventuell Machbaren gerückt.

»Aber verrate mir eins«, sagte Lucien plötzlich. Mir stockte der Atem. »Woher hätte Ferro wissen können, dass Leopold in der Villa Mare sein würde?«

»Puh, gute Frage.« Ich sah ihn an. »Vielleicht verfügt er über einen Informanten hier in der Stadt? Leopold hat mir heute den Auftrag erteilt, mich bei den Anwärtern umzuhören. Es könnte sein, dass der Tipp von dort kam.«

»Glaubst du das auch?«

Ich zuckte mit den Schultern und lehnte mich an die Wand. »Keine Ahnung. Die Tests waren extrem hart, und ich schätze, die Gesinnung der Anwärter wurde sehr genau unter die Lupe genommen. Aber es könnte sein, dass jemand durchgerutscht ist.« Ich spielte die Nummer richtig gut, fand ich. Aber ich hatte kein wirklich schlechtes Gewissen. Meine Information mochte das Attentat möglich gemacht haben, aber ich hatte Leopold gerettet, und nun, da ich so viel mehr über die Abkehr wusste, würde ich es doppelt wiedergutmachen. Sofern ich damit davonkam.

»Wie willst du vorgehen?«, fragte Lucien.

»Ich werde abwarten und die Ohren offen halten. Wenn hier jemand für Ferro arbeitet, muss er irgendwann aus der Deckung.« Schon seit dem Gespräch mit Leopold hatte sich der Gedanke in meinem Kopf festgesetzt, dass es am besten wäre, wenn ich einen Verdächtigen präsentieren könnte. Aber wie, wenn ich keinen Unschuldigen zum Tode oder zu einem Clearing auf null verurteilen wollte? »Sag mal…« Ich sah Lucien an »Wenn es einer der Anwärter gewesen wäre, was würdet ihr dann mit ihm machen?«

»Kommt darauf an.« Er zuckte mit den Schultern. »Bei eindeutigen Beweisen würde es wohl den üblichen, kompromisslosen Gang gehen. Aber wenn derjenige nur ein Handlanger gewesen ist, vielleicht sogar ausgenutzt wurde… es hängt von den Umständen ab. Wir wollen keine kleinen Fische fangen, sondern wissen, wer dahintersteckt. Warum fragst du?«

»Nur so. Manche der Rekruten sind meine Freunde. Es ist mir unangenehm, sie auszuspionieren.« Ich lächelte schief und überspielte damit, dass Luciens Worte mich auf eine Idee gebracht hatten. Vielleicht gab es doch einen Ausweg aus diesem Dilemma.

»Kann ich verstehen. Aber manchmal geht es nicht anders. Wenn du irgendetwas brauchst, sag Bescheid.« Lucien grinste. »Ich habe ganz gute Kontakte.«

»Gut zu wissen«, sagte ich lachend, und dachte kurz nach. »Ein WrInk Access für die Zimmer der anderen wäre wahrscheinlich ein Anfang.« Damit kam ich in alle Wohneinheiten meiner Mitrekruten.

Bisher hatte ich keine Ahnung, ob das nützlich sein würde. Aber es war naheliegend, dass ich danach fragte, wenn ich ermitteln sollte.

»Ich kümmere mich darum. Aber erst morgen.« Lucien grinste und legte die Arme um meine Hüften. Seine Nase stieß sanft an meine.

»Ich bin froh, dass du wieder da bist«, sagte ich leise.

»Ich auch.«

»Heißt das, du bleibst heute Nacht hier?«

»Ich kann nicht.« Er verzog das Gesicht. »Ich muss um sieben Uhr zum Appell antreten, weil Phoenix die Ereignisse in der Villa Mare persönlich mit mir durchsprechen will.«

»Ach, ich schreibe dir eine Entschuldigung.« Ich grinste und schob meine Hände unter sein Shirt. Zufrieden registrierte ich, wie Lucien darauf reagierte.

»Ich komme eh immer zu spät zu Besprechungen«, murmelte er, längst damit beschäftigt, mich zu küssen. Seine Lippen streiften meinen Hals.

»Siehst du, Problem gelöst«, stieß ich hervor. Ungeduldig zog ich ihm das Shirt über den Kopf.

»Welches Problem?«, fragte er atemlos und küsste mich wieder.

Hinter uns ging das Terminal mit einem leisen Signalton auf Stand-by.

33

Eine kleine Traube Menschen lief lachend über die Straße und stieg dann in eine wartende TransUnit. Ich beobachtete sie von dem Dach meines Zimmers aus. Als die Türen zuglitten und die Wagen losfuhren, kletterte ich die Leiter hinunter und betrat den Flur. Mein Ziel war eine Tür am Ende des Gangs.

Offiziell hätte ich jetzt eine medizinische Untersuchung, um die Nanoheilung meiner Rippen überprüfen zu lassen. Inoffiziell war das überflüssig. Wir wurden jede Woche turnusmäßig durchgecheckt und brauchten keine zusätzlichen Termine. Aber für mich gab es heute Wichtigeres als das Training, und die Ausrede kam mir gelegen.

Seit einer Woche hatte ich den WrInk Access für alle Zimmer der Anwärter. Seit drei Tagen war mein Plan perfekt. Egal, wie ich es drehte und wendete: Wenn ich nicht selbst wegen Verrats angeklagt, verbannt und für immer von Lucien getrennt werden wollte, musste ich den Verdacht auf jemand anderen lenken. Auf jemanden, den niemand für einen Verräter halten würde, sondern nur für ein armes Opfer, das von Ferro ausgenutzt worden war. Auf jemanden, den sie rauswerfen, aber nicht umbringen oder auf null clearen würden.

Mein WrInk öffnete die fremde Tür anstandslos. Ich sah über die Schulter, aber es war niemand auf dem Gang. Echo würde die verbliebenen Kandidaten heute mit Gewichten im See schwimmen lassen. Ich hatte jede Menge Zeit.

Leise betrat ich das Zimmer und schloss die Tür hinter mir. Keine Spur meiner Anwesenheit würde aufgezeichnet werden. Da niemand wusste, wer der Spitzel war, hatte Dufort jede ermittelnde Person unter Geheimhaltung gestellt. Ich konnte gehen, wohin ich wollte, ohne erwischt zu werden. Das war ziemlich ironisch. Früher hätte ich alles für so einen Freifahrtschein gegeben.

In dem Zimmer war es so aufgeräumt, wie es bei einem Streber wie Troy zu erwarten war. Keine schmutzigen Socken oder verschwitzten Shirts waren zu sehen, die Badutensilien nach Größe sortiert, Troys Unterlagen geordnet auf dem Schreibtisch ausgebreitet. Daneben stapelte sich ein ganzer Haufen Bücher aus der königlichen Bibliothek. *Die Geschichte der Abkehr* lag obenauf, darunter *Eine Historia der Technologie* und schließlich *Der Untergang der Menschlichkeit.*

»Meine Güte, Troy«, murmelte ich. »Du bist echt ein Streber.«

Dass meine Wahl auf ihn gefallen war, erschien mir logisch. Ich mochte niemanden in der Stadt, ach, niemanden auf der *Welt* weniger als ihn. Troy Rankin war ein unerträglicher Wichtigtuer, Schleimbeutel vom Dienst und Arsch des Jahres. Er schikanierte mich seit Wochen und ließ mich bei jeder Gelegenheit blöd dastehen. Jetzt konnte ich ihn auf elegante Weise loswerden.

Troy war aber auch wegen seiner Unerträglichkeit der ideale Kandidat für meinen Plan. Er war so königstreu, dass niemand ernsthaft glauben würde, er wäre ein Verräter. Wenn alles klappte, wie ich es mir vorstellte, würde er ein moderates Clearing bekommen und nach Hause geschickt werden. Das konnte ich bei ihm besser als jedem anderen mit meinem Gewissen vereinbaren.

Ich ging zu Troys Terminal, loggte mich mit einem maskierten Schlüssel unter seinem Namen ein und erstellte einige Nachrichten unterschiedlichen Datums. Es dauerte keine zwei Minuten, dann schlüpfte ich unbemerkt aus dem Zimmer. Es war Zeit für Teil zwei meines Plans.

»Ich muss mit Caspar Dufort sprechen. Es ist dringend.«

Die Gardistin am Eingang der Festung musterte mich streng. »Kennung?«

»Ophelia Scale. OS-88625-XX.«

Sie schaute auf das Terminal neben sich, dann nickte sie. »Folge mir bitte.«

Wir gingen durch zwei Schleusen in das Gebäude hinein und blieben an der nächsten verriegelten Tür stehen. »Du findest den Weg? Es ist Raum 34-YV.« Ich hatte mittlerweile eine höhere Sicherheitsstufe und konnte mich innerhalb der Festung frei bewegen. Noch mehr Ironie. Die hatte das Schicksal zurzeit im Sonderangebot.

»Natürlich. Danke.« Ich lächelte, sie nickte mir zu und ließ mich allein.

Duforts Büro war am Ende eines der unendlichen Gänge; ich kannte den Weg auswendig. Ich lief eilig, holte schneller Luft, als ich musste. Als ich an die Tür klopfte, war ich angemessen außer Puste.

»Ophelia? Was ist los?« Er stand in einem der üblichen Lilienpullover an seinem erhöhten Schreibtisch. Vor ihm lagen acht Pads, fein säuberlich aufgereiht. Wahrscheinlich verglich er Aussagen.

»Ich habe heute einen Kontrollgang gemacht«, sagte ich. »Dabei habe ich das hier gefunden.« Ich holte etwas aus meiner Jackentasche und legte es auf den Tisch. Duforts Augen weiteten sich.

»Wo war das?«, fragte er drängend.

»Im Gemeinschaftsraum im Erdgeschoss. Es war hinter einer Abdeckplatte versteckt.«

»Warst du danach in den Zimmern?«

»Nein. Ich bin direkt hergekommen.«

Er sah mich an, aufmerksam wie immer. Ich hoffte, dass er meine Lüge nicht entdeckte.

»Das war die richtige Entscheidung.« Er nickte und drehte sich zum Terminal um. »Eden?«, sprach er die künstliche Intelligenz der Festung an. »Auftrag: Treffen einberufen.«

»Zeitpunkt?«

»Sofort.«

»Teilnehmer?«

»18-984 und 22-205.« Das waren interne Schakalkennungen. »Und Haslock.«

»Ort?«

»Raum 17-YW.«

»Sicherheitsfreigabe erforderlich.«

»Leitender Schakal Caspar Dufort. Kennung CD-88762-XX.«

Es gab eine kurze Pause.

»Sicherheitsfreigabe erteilt. Raum 17-YW ist bereit.«

Dufort wandte sich zu mir um und griff nach dem Gegenstand, den ich mitgebracht hatte.

»Komm mit. Raum 17-YW ist oben im Juwel.«

Ich ging neben ihm her, während er eilig sein Büro verließ und den nächsten Aufzug ansteuerte. »Wer sind die anderen Teilnehmer?«, fragte ich und versuchte, Schritt zu halten.

»Fiore und Lucien. Ich denke, sie sollten dabei sein.«

Wie immer sorgte die Erwähnung von Luciens Namen für ein Kribbeln in meinem Magen. Ausnahmsweise ignorierte ich es.

»Weißt du, was ich nicht verstehe?«, fragte ich. »Wenn der Verräter ein Anwärter ist, wie hat er es in das Programm geschafft? Eure Auswahl war doch sehr gründlich.«

»Das war sie.« Duforts Gesicht war angespannt. »Wir haben niemanden zugelassen, der auch nur im Entferntesten verdächtig war. Mit der Abschlussprüfung wurde jedes Risiko ausgeschlossen. Ich verstehe das nicht.«

»Kann jemand durchgekommen sein, ohne dass er dort geprüft wurde?« Ich trat nach ihm in den Aufzug und drehte mich zur Tür um. Ich war ruhig, beinahe gelassen. Wieso auch nicht? Mein Plan war perfekt.

»Das wäre wahrscheinlicher als ein Betrug. Bei dieser Abschlussprüfung konnte man nicht lügen.«

Doch, das kann man. Ich habe es getan, nach allen Regeln der Kunst. Aber natürlich widersprach ich nicht.

»Ist das der Grund, warum wir uns alle nicht daran erinnern?« Es erschien mir angebracht, das zu fragen.

»Unter anderem.« Dufort nickte, sagte aber nichts weiter dazu.

Der Aufzug hielt, wir befanden uns nun im ersten oberirdischen Stockwerk. Raum 17-YW war ein helles Besprechungszimmer, das besser gesichert war als alles in der Festung unter uns. Als wir eintraten, spürte ich das Surren eines Bio-Scanners. Er hielt mich ungewöhnlich lange fest, bevor er mich freigab.

»Was hast du so Wichtiges, Dufort?«, fragte Haslock ungeduldig. Wie Fiore war er bereits da. »Ich habe gerade eine Unregelmäßigkeit in den Aussagen der Gardisten gefunden. Einer von ih–«

»Das spielt jetzt keine Rolle mehr«, schnitt ihm Dufort das Wort ab. In dem Moment hetzte Lucien ins Zimmer. Auch ihn hielt der Bio-Scanner auf.

»Brrr. Wie ich die Dinger hasse.« Er schüttelte sich und schob die Hände in die Taschen. »Was gibt es denn?« Als die anderen nicht hinsahen, lächelte er mich an. Mir wurde warm, trotz der ernsten Situation. Am liebsten hätte ich ihn geküsst.

»Ophelia hat im Gemeinschaftsraum der Anwärter etwas gefunden.« Dufort legte den Gegenstand auf den Tisch. Fiore und Haslock atmeten scharf ein.

Lucien wurde deutlicher. »Verdammte Scheiße, im Ernst?«

Dufort gab Eden einige Anweisungen, dann tauchte eine Holoprojektion über dem Tisch auf. Es war eine vergrößerte Abbildung der Kommunikationsmatrix, die ich gefunden hatte. Wobei »finden« das falsche Wort war. Vielmehr hatte ich dieses Gerät zur drahtlosen Kommunikation gestohlen und modifiziert, dann im Gemeinschaftsraum platziert, zwei Tage dort gelassen und heute wieder entfernt. Aber wer nahm das schon so genau.

»Es ist eine CJ-847, nur für Distanzen von etwa einem Kilometer ausgelegt. Aber es sind Änderungen vorgenommen worden.« Dufort vergrößerte den zusätzlichen Connecter und den winzigen Verstärker an der Seite.

»Wie weit kommt man jetzt damit?«, fragte ich.

Er hob die Schultern. »Nicht allzu weit, aber auf jeden Fall kann man sich über die Stadtgrenzen hinaus mit jemandem in Verbindung setzen. Vielleicht auf eine Distanz von fünf Kilometern.«

»Es ist nicht gut gemacht. Das war kein Profi.« Da hatte Fiore recht. Ich hatte schlampig gearbeitet, viel schlechter, als ich gekonnt hätte. Aber Troy war kein Experte für solche Modifikationen, ebenso wie die anderen Anwärter. Wenn der Verdacht nicht auf mich fallen sollte, durfte es nicht nach mir aussehen.

»Also war es einer von euch«, sagte Haslock triumphierend. Ich konnte es ihm kaum verübeln. Mit dieser Neuigkeit war die Garde aus dem Schneider.

»Ja, einer der Neuen scheint Informationen weitergegeben zu haben«, wiederholte Dufort genervt. »Es ist nur die Frage, wer von ihnen.«

»Die History der Matrix müsste doch etwas anzeigen.« Lucien holte in der Projektion ein Fenster heran und startete eine Abfrage. Verschiedene Daten tauchten auf, Zahlenkolonnen und IDs, die in Namen umgewandelt wurden. »Na toll«, kommentierte er das Ergebnis.

»*Alle* Anwärter waren in der Nähe des Gerätes? Wie kann das sein?« Fiore runzelte die Stirn.

»Es ist aus dem Bestand im Trainingszentrum«, sagte Lucien und zeigte auf die Kennung der Matrix. »Ziemlich clever, es von dort zu nehmen. Wer immer es war, wusste, dass die History im Zweifel keinen Beweis erbringen würde, weil alle Anwärter gespeichert werden. Und danach wurde die Matrix nur noch im gesicherten Modus aktiviert, sodass sie nicht aufzeichnen konnte, wer sie benutzt hat.«

Ich nickte, als würde ich so etwas zum ersten Mal hören.

»Vielleicht bringt die Rekonstruktion der Daten was.« Fiore startete den Diagnosemodus. Während er lief, wechselte Dufort die Ansicht und rief zehn Bilder auf. Es waren Aufnahmen von allen Anwärtern, die noch im Rennen waren. Meins wischte er direkt aus dem sichtbaren Bereich.

»Ist das nicht etwas voreilig?«, fragte Haslock und sah mich an. Ich versteifte mich. »Sie könnte es genauso sein wie alle anderen.« Er schnaubte abfällig. »Wenn ihr immer so schlampig arbeitet, wundert es mich nicht, dass einer von euren Leuten der Verräter ist.«

Dufort sah aus, als würde er ihm gleich eine verpassen. »Ophelia genießt mein volles Vertrauen«, presste er hervor.

»Unser aller Vertrauen«, fügte Fiore hinzu.

»Seid ihr wirklich so dumm?«, ätzte Haslock. »Es ist der älteste Trick der Welt, sich vermeintlich nützlich zu machen. Eine kleine hilfreiche Aktion hier, das Vortäuschen von Kooperation da, und schon ist man gegen jeden Verdacht immun und kann in aller Ruhe seinen nächsten Schachzug planen.« Er kam der Wahrheit gefährlich nahe. Plötzlich war ich nicht mehr so gelassen.

Da legte jemand eine Hand an meinen Rücken. »Halt den Mund, Nahor.« Lucien funkelte Haslock an. »Ophelia hat bewiesen, dass sie auf unserer Seite ist. Warum hätte sie Leopold sonst retten sollen? Sie hätte auch einfach nichts tun können – so wie deine Leute.« Er hob herausfordernd das Kinn.

»Ich habe zwei Männer bei diesem Attentat verloren!«, polterte Haslock. »Ich lasse mir nicht von einem dahergelaufenen Möchtegern–«

»Vorsicht, Nahor«, unterbrach Lucien ihn mit kalter Stimme. »Du vergisst, mit wem du hier redest.« Sein Blick hatte noch nie so tödlich ausgesehen.

Haslock schloss den Mund. Er hätte Lucien gern die Meinung gegeigt, das war sicher. Aber damit hätte er seinen Posten gefährdet. Dufort zu verhöhnen war eine Sache. Es bei einem Mitglied der königlichen Familie zu tun, eine ganz andere.

»Na, dann werde ich ja nicht mehr gebraucht«, sagte er. »Ich habe ohnehin noch Wichtigeres zu tun. Viel Erfolg bei eurer Suche.« Als er ging, knallte die Tür hinter ihm zu.

Wir anderen vier atmeten auf. Ich ganz besonders.

»Entschuldige sein Verhalten«, sagte Dufort zu mir. »Wir sind zurzeit alle etwas angespannt.«

Ich nickte. »Ist schon okay. Ich dachte nur nicht, dass man ausgerechnet mich –«

»Das tut auch niemand«, sagte Fiore schnell. »Mach dir keine Gedanken.«

Ich erwiderte sein Lächeln und spürte, dass Lucien leicht über meinen Rücken strich. Dankbar sah ich ihn an und unsere Blicke verhakten sich ineinander. Kurz zuckte sein Mund, dann nahm er die Hand wieder weg.

»Zurück zum Thema. Wer kommt infrage?« Er zeigte auf die neun Bilder meiner Kollegen.

Dufort machte ein Geräusch, das verdächtig nach einem Seufzer klang. »Wir sind das schon letzte Woche durchgegangen. Keiner von ihnen zeigt irgendwelche Auffälligkeiten.«

»Ich habe bisher auch nichts bemerkt«, sagte ich. Es war noch nicht an der Zeit, einen Verdacht zu äußern.

Lucien legte den Kopf schief. »Okay, dann erzählt mir etwas über sie. Ihr kennt sie gut, aber vielleicht zu gut.«

»In Ordnung.« Fiore zog eines der Bilder größer. »Fangen wir mit Gaia Prideaux an. Sie ist die Jüngste im Feld, erst kurz vor dem Aufruf 18 geworden. Kommt aus dem ehemaligen Spanien, hat zuletzt aber in der Nähe von Berlin in einer Wohngemeinschaft gelebt.«

»Familie?« Lucien zog die Augenbrauen zusammen, und ich erkannte den analytischen Blick des Agenten, der er war. Es schien so, als bekäme ich heute mehrere neue Seiten an ihm zu sehen. Aber jede einzelne davon verstärkte das warme Gefühl in mir nur.

»Vater Reparateur, Mutter Textilverarbeiterin. Sie haben ihre Tochter dennoch früh gefördert.«

»Wie kommt sie in der Ausbildung klar?«

»Bei Majore ist sie die Beste, aber bei Echo hat sie Probleme«, sagte Dufort. »Ich bin zufrieden, auch wenn sie sich mehr konzentrieren sollte.«

Lucien überlegte einen Moment, dann schüttelte er den Kopf. »Nein. Sie ist es wahrscheinlich nicht. Der Nächste?«

Fiore skippte weiter. »Emile Bayarri, 20. Seine Eltern haben die Umsetzung des Technologieverbots organisiert, außerdem hat die Mutter die Aufspürgeräte zum Entdecken illegaler Technologie mitentwickelt.«

»Das muss nichts heißen«, sagte Lucien.

»Er ist in Ordnung.« Ich hatte mich zurückhalten wollen, aber bei Emile ging das nicht. Wenn ich wollte, dass jemand *nicht* in Verdacht geriet, dann er. »Emile ist zwar ein bisschen verrückt, aber auch loyal und ein absoluter Teamplayer.«

Meine Worte halfen: Mein Freund wurde schnell ad acta gelegt. Es folgten weitere Anwärter, einer unauffälliger als der nächste. Ich konnte froh sein, dass sie mich vorher ausgeschlossen hatten. Mit meiner Vorgeschichte hätte ich keine Chance gehabt.

»Gut, nun bleibt nur noch Troy Rankin.« Fiore rief ihn auf.

Jetzt wurde es interessant.

»21 Jahre alt. Er ist aus dem alten Königreich, Nordengland. War zwischen 2128 und 2131 mit dem älteren Bruder in Spanien, weil der dort gearbeitet hat. Seine Eltern sind tot, aber die Geschwister sind sehr königstreu.«

»Zusatzinfo: Caspar mag ihn nicht«, stellte Lucien grinsend fest.

Dufort verzog das Gesicht. »Er ist zu blind in seinem Ehrgeiz, zu verkopft und zu ambitioniert. In meinen Augen fehlt ihm jene Art Persönlichkeit, die man als Schakal braucht. Aber das macht ihn nicht verdächtig.« Er hob die Schultern. »Ophelia, was denkst du?«

Ich tat so, als müsste ich überlegen.

»Es ist kein Geheimnis, dass wir uns nicht mögen«, sagte ich. »Troy ist ein Schleimer und ein Streber, er geht über Leichen für seinen eigenen Erfolg und kennt keine Rücksicht auf Verluste. Sein einziges Ziel scheint es zu sein, dem König zu dienen.« Das musste ich sagen, wenn ich nicht riskieren wollte, dass man Troy umbrachte. »Ich weiß nicht viel über ihn und auch keiner sonst. Im Gegensatz zu den anderen erzählt er nie etwas Persönliches, öffnet sich kein bisschen. Er vertraut niemandem.«

»Was der Grund sein dürfte, warum er noch dabei ist. Phoenix steht auf Einzelkämpfer.« Lucien betrachtete Troys Bild fast so feindselig wie ich. »Ich würde ihn liebend gern als Verräter festnageln, aber dafür reicht Antipathie nicht. Warum sollte jemand wie er gemeinsame Sache mit irgendwelchen Attentätern machen?«

»Vielleicht tut er das gar nicht«, spielte Fiore meinem Plan in die Hände, bevor ich selbst etwas sagen konnte.

Ich pflichtete ihm bei. »Troy ist blind vor Ehrgeiz und nutzt jede Chance, sich zu profilieren. Er wäre ein leichtes Ziel für jemanden, der sich als Angehöriger des Hofes ausgibt und an Informationen herankommen will.«

»Ja, vielleicht.« Lucien nickte unzufrieden. »Wir müssten ihn uns genauer ansehen.«

Dufort schüttelte den Kopf. »Dazu haben wir keine Zeit.«

Fiore schaltete zurück zur Datenanalyse. Früher wäre sie nach wenigen Millisekunden abgeschlossen gewesen, aber heute galten andere Regeln. Als er die Daten aufrief, lief die Überprüfung immer noch. Dufort holte sich verschiedene Ausschnitte heran und zoomte wieder heraus.

»Da!«, rief ich, weil ich etwas entdeckt hatte.

Es waren einzelne Wörter, unverständliches Kauderwelsch, das im Laufe des Prozesses mehr Sinn annahm. Aber ich wusste ohnehin, was da stand. Ich hatte es selbst eingegeben und dann verschlüsselt.

»Das ist die letzte Nachricht von gestern«, sagte Dufort. »Wer immer es war, hat versucht, sie unter möglichst viel Müll zu begraben. *Treffen morgen, 20-00.*«

»Und wo?« Fiore spähte mit bloßem Auge in die Flut winzig kleiner Zeichen.

»Es ist kein Treffpunkt angegeben.« Dufort sah unzufrieden aus.

»Vielleicht haben sie immer den gleichen«, sagte Lucien.

»Oder er wurde angegeben, ist aber woanders zu finden.« Ich hob die Schultern.

»Irgendwo in dem ganzen Müll«, ächzte Lucien. »Puh. Das wäre vor ein paar Jahren kein Problem gewesen, aber heute …«

»Eden, wie lange würde ein Komplettabgleich dauern?«, fragte Dufort.

Sie antwortete prompt. »34 Stunden und 28 Minuten.«

Fiore grunzte unwillig. »Ach, zum Teufel mit der Abkehr.«

Alle stockten, als hätte er etwas gesagt, für das eine automatische Waffe aus der Wandverkleidung fahren und ihn erschießen würde.

Dann lachte Lucien.

»Du sagst es, Mann.« Er schlug Fiore auf die Schuler. Dufort und ich fielen ein, aber der Anflug von Unbeschwertheit war schnell wieder vorbei.

»Glaubt ihr, Ferro könnte selbst bei dem Treffen auftauchen?« Lucien hatte wieder diesen tödlichen Ausdruck in den Augen. Er hatte seinen Verdacht in Bezug auf den Mann hinter den Anschlägen auf die Schakale sofort an alle in Maraisville weitergegeben.

Dufort starrte immer noch die Nachricht an. »Wenn wir das Rätsel nicht lösen, werden wir es nie herausfinden.« Der harte Zug um seinen Mund pflichtete Luciens Hoffnung trotzdem bei.

Ich zeigte auf die Projektion. »Vielleicht kann man es eingrenzen. Eden, sind griechische Buchstaben in den Daten?« Schon seit 60 Jahren wurden Landkarten damit eingeteilt.

»Negativ«, sagte Eden.

»Buchstabenansammlungen mit Anagrammen?«

»Negativ.«

Konzentriert sah ich auf die Daten und zählte bis zehn. »Historische Kennzahlen vielleicht?«, fragte ich dann.

Dufort runzelte die Stirn. »Kennzahlen? Wieso das denn?«

»Ist doch klar.« Drei fragende Augenpaare sahen mich an. »Nein? Solche Kennzahlen sind doch ideal, um Treffen zu vereinbaren. Wenn es nur ein Gebäude in der Stadt gibt, das an einem bestimmten Datum gebaut wurde, hat man mit dieser Zahl auch den Ort.«

»Woher weißt du so etwas?« Lucien musterte mich interessiert.

»So verabrede ich meine Dates«, gab ich frech zurück.

Dufort sah zwischen uns hin und her. Dann schüttelte er leicht den Kopf.

»Eden?«, sprach er die KI an. »Bitte gleiche die Daten mit den Kennzahlen aller Gebäude in der Stadt ab.«

»Sie kann die in der Altstadt weglassen«, fügte ich hinzu. »In Zone B sind zu viele Sicherheitspunkte.«

Die KI startete den Suchlauf und spuckte nach und nach Treffer aus. Lucien ließ sie alles herausfiltern, was irrelevant war.

»Moment.« Dufort skippte durch die Bilder und Dokumente. Es waren hauptsächlich Zeichnungen und Grundrisse, ab und zu der Scan einer vergilbten Fotografie. Manche davon sahen *wirklich* alt aus. »Hier. Das Castello della paura oben auf dem Berg.«

»Ziemlich gefährlicher Ort, habe ich mir sagen lassen.« Lucien lächelte mich vielsagend an.

Ich versteckte mein Grinsen. »Wie lautet die Kennziffer?«

Dufort checkte die Daten. »1479-1365CKZ. Sie taucht irgendwo im Datenstrom auf. Vielleicht ist es Zufall.«

»Nein, eher nicht.« Ich schüttelte den Kopf. »Die Zahl ist zu spezifisch.«

»Das muss es sein.« Lucien nickte. »Es ist weit außerhalb und in direkter Nähe des Grenzzauns.«

»Fragt sich nur, wie Ferro über den Zaun kommen soll.«

»Als ehemaliger Schakal wird er Wege finden.« Dufort sah mich an. »Willst du dabei sein? Ich würde verstehen, wenn nicht. Wer immer es ist, war vielleicht mit dir befreundet.«

Ich nickte ernst. »Vielleicht, aber ich wäre gern dabei.« Wenn auch lieber nicht mitten im Geschehen. Troy würde mich umbringen, wenn er mich dort sah. Er war ein Arsch, aber nicht dumm. Er würde wissen, wer ihm das eingebrockt hatte.

»Gut.« Dufort beendete die Holoprojektion. »Wir werden den Einsatz planen und dich dann beim Briefing informieren. Bis dahin gehst du am besten in den Unterricht. Wir wollen keinen Verdacht erregen.«

Ich nickte und sah auf die Uhr. Es war kurz vor zwölf. In etwas mehr als acht Stunden würde jeder Verdacht von mir abgelenkt werden. Für immer.

34

»Wärst du nicht lieber da unten?« Ich spähte über die Mauer.

»Doch, sicher. Aber ich muss auf dich aufpassen. Du und schwindelnde Höhen, das ist keine gute Kombination.«

Ich boxte leicht gegen Luciens Schulter. Als Antwort darauf küsste er mich.

»Das –«

Schnell legte er mir den Finger auf den Mund und tippte an sein Ohr.

»Die hören uns?«, gestikulierte ich, ohne etwas zu sagen.

Er wartete einen Moment, dann schüttelte er den Kopf. »Jetzt nicht mehr.«

»Wie merkst du das?« Ich hörte in meinen EarLinks nur etwas, wenn jemand sprach. Mit HeadLock waren meine Sinne relativ normalsterblich.

»Es ist ein leichtes Vibrieren im Ohr. Mit der Zeit spürt man das.« Lucien sah auf die Uhr. »Fünf vor acht. Bald geht es los.«

»Warum bist du hier oben?«, bohrte ich nach. Da war dieser Ausdruck in seinen Augen gewesen, als er von Ferro gesprochen hatte. Trotzdem standen wir nun gemeinsam auf dem Turm des Castello und damit außer Reichweite, um jemandem den Hals umzudrehen.

»Sagte ich doch schon«, meinte er lässig. »Ich passe auf, dass du nicht in den Tod stürzt. Außerdem nutze ich jede Chance, um mit dir allein zu sein.«

»Das ist Bullshit.«

»Ich mag deinen Scharfsinn. Und deine Ausdrucksweise.« Er grinste mich an und hob die Schultern. »Ich glaube, es ist besser, wenn ich hier bin. Sicherer.«

»Für den Verräter oder für dich?«

»Vor allem für Ferro«, sagte er grimmig. »Ich habe Caspar versprochen, dass er den Vortritt bekommt. Er hat ältere Rechte.«

Ich nickte und schwieg. Wenn es darum ging, Ferro leiden zu lassen, gab es wohl viele Freiwillige vor Ort.

»Du warst wirklich gut heute«, sagte Lucien in die Stille hinein.

»Danke«, erwiderte ich lächelnd.

»Aber du verabredest nicht ernsthaft Dates mit historischen Kennziffern, oder?«

Ich lachte leise. »Nein. Mein Vater hat früher Rätselspiele mit mir gemacht. Er hat mir eine Kennzahl gegeben und ich musste in den Datenbanken danach suchen. Daher weiß ich so was.«

»Das beruhigt mich«, nickte Lucien. »Ich dachte schon, es gibt Konkurrenz.«

»*Du* fürchtest Konkurrenz?« Ungläubig sah ich ihn an. »Das steht dir nicht, Luc.«

»Mir steht alles«, empörte er sich halblaut.

Wir warteten seit einer Stunde. Die ganze Mannschaft war früh eingetroffen, um kein Aufsehen zu erregen. Mittlerweile war die Sonne hinter den Bergen verschwunden und unter dem dichten Blätterdach herrschte graues Licht. In der Umgebung waren zwölf Schakale in Deckung gegangen, bereit für einen schnellen Zugriff. Haslock und die Garde waren von Dufort rausgehalten worden.

Langsam wurde ich nervös. Würde mein Plan aufgehen? Ich hatte das alles hundertmal durchgespielt: Troy hatte ich eine Nachricht zukommen lassen, die ihn zu einem exklusiven Sondertraining einlud, damit er herkam – und die sich selbst sofort löschte, sobald er sie gelesen hatte. Dazu waren auf seinem Terminal nun mehrere Mitteilungen einer namenlosen Person, die Treffpunkte und Zeiten vorschlug, um sich zu »unterhalten«. Alles würde so aussehen, als hätte man Troy benutzt, um Zugriff auf Maraisville zu bekommen. Es war eine todsichere Sache. Aber nur, wenn er nichts ahnte.

»Nervös?« Lucien berührte mich am Arm. Ich hatte gar nicht bemerkt, dass ich von einem Fuß auf den anderen trat.

»Schon«, gab ich zu und zupfte am Saum meiner schwarzen Jacke. »Wenn niemand kommt, habe ich alle umsonst aufgeschreckt.«

»Es ist schon Schlimmeres passiert.« Er lächelte. »Wenn du mich fragst, ist deine Karriere bei den Schakalen längst beschlossene Sache. Jeder schwärmt davon, wie toll und talentiert du bist.«

»Jeder? Auch Phoenix?« Ich hob eine Augenbraue. Phoenix war der Boss. Das vergaß man leicht, wenn man ihn nie zu Gesicht bekam.

Lucien winkte ab. »Vergiss Phoenix. Er ist ein paranoider alter Mann mit überzogenen Ansprüchen.«

Meine Augenbraue blieb, wo sie war. »Meinst du die Ansprüche, die du erfüllst?«

Er schnaubte belustigt. »Wo hast du das denn gehört? Niemand erfüllt Phoenix' Anforderungen. Auch ich nicht.«

»Er hat doch gesagt, dass du der beste Agent wärst, den er je ausgebildet hat.«

»Ja, aber das bedeutet nicht, dass ich der Traum seiner schlaflosen Nächte bin.« Lucien zuckte mit den Schultern. »Du hast keine Ahnung, wie oft ich während meiner Ausbildung gehört habe, dass ich die Schande aller Schakale bin.«

Wenn ich daran dachte, wie Phoenix dem sechzehnjährigen Lucien sagte, dass er nicht gut genug sei, kochte Zorn in mir hoch. Zum Glück hatte der Typ mit meiner Ausbildung nichts zu tun. Dufort und die anderen waren zwar streng, aber immerhin fair.

»Es geht los.« Das war die Stimme eines Schakals in meinem Ohr. »Jemand nähert sich aus Richtung Stadt.«

»Die andere Seite ist sauber.« Das war das Team außerhalb des Zauns. »Ich glaube nicht, dass dort noch jemand auftaucht.«

»Wahrscheinlich haben sie etwas gemerkt«, antwortete Dufort. »Dann wird uns der Verräter sagen müssen, wo wir Ferro finden.«

Lucien und ich spähten über die abgebrochenen Zinnen des Turms und sahen in die Tiefe. Da in der Nachricht nicht gestanden hatte, wo das Treffen genau stattfinden sollte, hatten die Schakale rund um die Ruine Stellung bezogen. Lucien und ich verfügten über einen guten Blick auf den Innenhof, die Felsen und die Lichtung. Im Zwielicht schimmerte der Zaun.

Es raschelte in der Nähe und ich hielt die Luft an. Aber es war unnötig, denn Troy gab sich keine Mühe, leise zu sein. Es knackte, als er auf Äste trat, seine Schritte waren laut und deutlich zu hören. Er kam näher und bog Zweige zur Seite, die mit einem federnden Geräusch zurückschwangen. Blätter raschelten. Mein Blick heftete sich auf die Stelle, an der Troy aus dem Dickicht auftauchen würde. Bald war ich ihn für immer los.

Eine Gestalt kam aus dem Wald, geduckt unter einem Kapuzenshirt. Ich jubelte innerlich, meine Hand griff nach Luciens Arm. *Es hat geklappt!* Aber dann sah der Besucher hoch und ich erkannte sein Gesicht. Meine Freude blieb mir im Hals stecken.

Die Gestalt dort unten war nicht Troy.

Es war Emile!

Die angespannte Stille schlug binnen Sekunden in lauten Lärm um. Jeder bewegte sich, nur ich war wie erstarrt. Hilflos musste ich zusehen, was passierte.

»Zugriff!«, brüllte es in meinem Ohr. Ich konnte den Ruf nicht zuordnen, so laut pochte das Blut in meinem Kopf. Mehrere schwarz gekleidete Gestalten rannten auf Emile zu, packten ihn, drehten ihn um, warfen ihn zu Boden. Er schrie und wehrte sich, rief unverständliches Zeug. Sie hatten Probleme, ihn festzuhalten, so stark hielt er dagegen. Moos spritzte hoch, als er seine Fußspitzen in den weichen Untergrund bohrte.

»Was soll das?!«, hörte man ihn rufen. Dann wieder ein Schreien, weil jemand seine Arme schmerzhaft auf den Rücken drehte.

Endlich tat mein Körper wieder seinen Dienst.

»Nein!«, rief ich. »Das kann nicht sein! Er ist es nicht!«

Niemand außer Lucien hörte mich. Ich spürte seinen Arm, den er um mich legte. Wütend riss ich mich los.

»Das ist ein Irrtum! Emile kann es nicht sein!«

Wieso war er hier? Ich hatte alles auf Troy hinweisen lassen, ich hatte alles so gut geplant. Es hätte nicht schiefgehen dürfen!

»Hey!« Luciens Stimme war ungewohnt streng. »Ich weiß,

dass er dein Freund ist, okay? Aber das bedeutet in diesem Geschäft nichts.«

»Doch, es bedeutet eine Menge!«, rief ich. Ich musste Emile helfen. Ich konnte nicht zulassen, dass er bestraft wurde! Er hatte nichts getan! *Das hat Troy auch nicht. – Ja, aber Troy ist ein widerlicher blöder Arsch. Er hat es verdient.*

Man hielt Emile am Boden fest und schien auf etwas zu warten. Ich wusste, worauf. Das Protokoll sah in solchen Fällen eine Durchsuchung des Zimmers vor, deswegen hatte ich bei Troy die Nachrichten auf dem Terminal hinterlassen. Dort würden sie jedoch nicht nachsehen, sie würden es nicht einmal in Erwägung ziehen. Aber Emile war unschuldig. Wenn sie also nichts bei ihm fanden, dann –

»Wir haben etwas.« Die Stimme zerstörte meine Hoffnung. Sie gehörte Echo. »Es sind eindeutige Nachrichten von einer unbekannten Person, die dieses Treffen und ein paar weitere vereinbart haben. Es ist auch eine dabei, in der es um die Villa Mare geht.«

Eindeutige Nachrichten? Bei Emile? Wer hatte das getan? Und wie?

»Bayarri ist es.«

»Nein.« Mein Widerspruch war nur noch ein Flüstern. Ich sah zu, wie Dufort und Fiore Emile abführten. Er war ganz still geworden und wehrte sich nicht mehr. Aber als würde er etwas ahnen, sah er zu mir hoch, und sein Blick brach mir das Herz. Nicht, weil Emile wusste, was ich getan hatte. Sondern weil er vollkommen ahnungslos war.

Mein Plan hatte sich in eine Katastrophe verwandelt. Den ganzen Tag war ich herumgelaufen, als wäre ich unbesiegbar. *Arrogant, größenwahnsinnig und dumm!* Ich hatte es vermasselt und

Emile musste nun dafür bezahlen. Das würde ich mir nie verzeihen. Bei der Beweislage würde er nicht mit einem bloßen Rauswurf und ein paar Jahren Clearing davonkommen. Und selbst wenn doch, war es zu viel. Für Emile viel zu viel.

Aber dann stahl sich ein wahnwitziger Gedanke in meinen Kopf: Es gab eine Möglichkeit, meinen Freund zu entlasten. Ich musste nur zu Dufort gehen und sagen, dass ich hinter alldem steckte. Dass ich den Tipp mit der Villa Mare gegeben hatte und Teil des Widerstandes gewesen war. Dass ich mich ins Programm geschlichen hatte, um den König zu töten. Ich hatte keine Wahl, ich musste es tun. Ich musste das wieder in Ordnung bringen.

Wie ferngesteuert setzte ich mich in Bewegung und ging zu dem Vorsprung, den wir hochgeklettert waren. Weich landete ich im Gras, eilig lief ich dem Trupp hinterher. Plötzlich spürte ich eine Hand auf meiner Schulter. Ich blieb stehen.

»Was machst du denn da, Stunt-Girl?« Lucien drehte mich sanft zu sich herum.

»Ich muss etwas tun«, murmelte ich. »Er ist unschuldig, ich kann nicht zulassen, dass er …« Ich brach ab.

»Du stehst unter Schock«, hörte ich Lucien sagen. »Das ist normal, okay? Es dauert, zu begreifen, was gerade passiert ist.«

»Aber ich muss das richtigstellen, ich muss do–«

»Du musst gar nichts«, sagte er und fasste mich an den Schultern, damit ich ihn ansah. Und das tat ich. Ich schaute ihm in die Augen, in diese wunderschönen blaugrauen Augen, die mich voller Zuneigung ansahen. Wenn ich mich stellte, würden sie mich nie wieder so ansehen. Wenn ich die Wahrheit aussprach, dann war alles vorbei.

Tief holte ich Luft, öffnete den Mund … und sagte kein Wort. Keine Erklärung, kein Geständnis, nichts. Stattdessen schloss ich die Augen und lehnte meine Stirn an Luciens Schulter. Er nahm mich in seine Arme und hielt mich fest. Eine Weile standen wir nur so da. Dann hörte ich über die EarLinks die Stimme von Dufort.

»Hey, Luc, wo steckst du? Ich brauche dich beim Verhör.«

»Bin gleich da.« Lucien löste sich von mir und sah mich an. »Ich bringe dich in die Festung. Dort kann sich jemand um dich kümmern, bis ich zurück bin.«

Jemand sollte sich *um mich* kümmern? Mir gut zureden, während Emile verhört wurde? Nein. Das konnte ich nicht.

»Ich gehe lieber eine Runde laufen«, sagte ich also. »Dann kann ich den Kopf freikriegen.«

»Bist du sicher?«, fragte er besorgt. »Ich will dich hier nicht allein lassen.«

Ich löste den EarLink von der Haut unter meinem Ohr und deaktivierte mit einem doppelten Zwinkern die EyeLinks. »Mir geht es schon besser. Ich brauche nur etwas Bewegung.«

»Gut.« Er lächelte und strich mir über die Wange. »Ich sage dir Bescheid, sobald wir fertig sind. Dann kommst du ins Juwel und wir reden, okay?«

»Okay.« Ich nickte. »Bitte versprich mir, dass ihr ihn fair behandelt.«

»Werden wir.« Er lächelte und ging. Aber nach ein paar Schritten drehte er sich um und kam noch einmal zurück. Sanft küsste er mich, dann nahm er mein Gesicht in beide Hände und sah mich an, ernst und aufrichtig. Ich erschrak über die Offenheit in seinem Blick.

»Das ist garantiert nicht der richtige Zeitpunkt, um es zu sagen, aber …« Er holte Luft. »Ich liebe dich, Ophelia. Ich wollte, dass du das weißt.«

Er küsste mich noch einmal, wandte sich ab und lief los, ohne auf eine Antwort zu warten. Ich blieb allein zurück, mit dem schönsten und dem schrecklichsten Gefühl in meiner Brust. Sie kämpften gegeneinander, aber keines gewann.

»Ich liebe dich auch«, sagte ich in die Stille hinein. Es war die Wahrheit. Aber sie hinterließ ein schales Gefühl. Auf wie vielen Lügen baute ich diese Liebe auf? Wie sollte sie das überstehen?

Nur langsam setzte ich mich in Bewegung. Ich suchte mir einen Weg durch das dichte Geäst des Waldes, um von niemandem gesehen zu werden. Nur halb bewusst steuerte ich den See an, ging bergab, auf die dunkle Fläche in der Ferne zu. Es war weit bis dorthin, aber ich wollte ohnehin nichts, außer zu laufen. Ich hatte Emiles Freiheit gegen Luciens Liebe eingetauscht. Solange ich mich bewegte, konnte ich den Schuldgefühlen vielleicht entkommen.

Bald gelangte ich auf einen schmalen Pfad und kam schneller voran. Gierig sog ich die kühle Luft ein und beschleunigte meinen Lauf. Nichts war zu hören, nur mein Atem und meine Schritte. Oder doch? Was war das für ein Geräusch?

Ich fuhr herum, aber ich war zu langsam. Jemand packte mich und ich spürte etwas Kaltes an meinem Hals.

Dann versank die Welt in Schwärze.

35

»Aufwachen, Prinzessin. Wir müssen uns unterhalten.«

Die Stimme drang nur schwer durch die Watte in meinem Kopf. Es war hell, ich spürte das Licht trotz der geschlossenen Lider. Hell und kühl, fast schon kalt. Wo war ich? Was war passiert?

Plötzlich wusste ich es wieder. *Emile, Lucien, der Weg zum See,* und dann … Ich riss die Augen auf. Sofort fuhr ein stechender Schmerz hinein. Keuchend schloss ich sie wieder.

Schritte kamen auf mich zu, dann spürte ich erneut einen Injektor an meinem Hals. Ich öffnete die Augen erneut, diesmal ging es. Das Licht war immer noch hell, aber nicht mehr unerträglich.

Ich war in einem großen leeren Raum, der vollkommen weiß zu sein schien. Weißer Boden, weiße Decken, weiße Wände. Man sah nicht, wo das Licht herkam, denn es gab keine Fenster. Alles schien aus sich heraus zu leuchten. So stellten sich Menschen wahrscheinlich den Himmel vor.

Aber dann wurde mir klar, dass es die Hölle sein musste. Eine ganz spezielle Hölle nur für mich. Denn vor mir saß, in einem merkwürdig altmodischen Sessel – *Troy*.

»HXT ist ein sehr wirksames Beruhigungsmittel. Leider ist man danach etwas lichtempfindlich.« Er lächelte, aber es hatte nichts Freundliches. »Besser?«

Die Antwort sparte ich mir. Mein Hirn war immer noch vernebelt, aber eines war klar: Ich musste hier weg, schnellstens. Rasch versuchte ich aufzustehen. Es gelang mir nicht. Irritiert sah ich nach unten.

Ich saß auf einem ähnlichen Sessel wie Troy: ein grässliches Blumenmuster und verschlungene Holzverzierungen, dazu zwei massive Armlehnen. Meine Unterarme waren mit länglichen, silbernen Schellen daran gefesselt. Um mein linkes Handgelenk war eine schwarze Manschette gewickelt.

»Was soll das?!« Meine Stimme klang, als hätte ich Säure geschluckt. »Lass mich gehen, sofort!« Ich zerrte an den Fesseln, aber sie bewegten sich keinen Millimeter.

Troy legte die Handflächen aneinander. »Warum sollte ich? Du bist doch diejenige, die unfair spielt.« Er stand auf und kam näher. »Das hattest du dir perfekt ausgedacht, nicht wahr? Mich ans Messer zu liefern, damit ich dir nicht in die Quere komme. Dumm nur, dass ich schlauer bin als du. Ich habe deine Farce sofort entdeckt, nachdem du in meinem Zimmer warst – und meinerseits ein paar Nachrichten hinterlassen. Der arme Emile war ganz aus dem Häuschen, als er die Mitteilung bekam, dass Gaia ein Date mit ihm will.« Er sah auf seine Uhr und legte den Kopf schief. »Sicher verhören sie ihn gerade nach allen Regeln der Kunst. Ob sie ihm dabei wohl wehtun?«

Wut sammelte sich in meinem Bauch, kochte über und brodelte heraus. »Du widerlicher Ar–«

»Nein!«, unterbrach er mich barsch. Der große Raum verstärkte seine Stimme. »Nicht ich! DU! DU wolltest deinen Kopf aus der Schlinge ziehen, damit niemand erfährt, dass du eine Verräterin bist. DU hast Emile auf dem Gewissen! *Nicht ich!*«

Er hatte recht. Aber noch etwas anderes drang in mein Bewusstsein … *dass du eine Verräterin bist.*

»Woher weißt du …?«

Troy lachte und eine Strähne fiel ihm ins Gesicht. »Ach, Sam und ich reden viel. Sam Ferro, ich schätze, du kennst ihn.«

Ich starrte Troy an, in meinem Kopf drehte sich alles. Ferro, ich, mein Verrat, Troy, Emile. Dann legte sich der Sturm und alles fügte sich zusammen.

»Du bist Mitglied von ReVerse«, flüsterte ich.

»Dingding«, machte Troy. »Hundert Punkte. Für jemanden, der angeblich so klug ist, bist du verdammt langsam.«

Das ergab keinen Sinn. »Du hasst mich! Du hast mich von Anfang an gehasst! Wieso, wenn wir auf derselben Seite sind?«

»Das ist nicht wahr«, sagte Troy hart. »Ich war im Dome freundlich zu dir, aber du hast mich abgekanzelt, als wäre ich deiner nicht würdig. Danach hatte ich keinen Grund mehr, nett zu sein.«

»Aber Ferro hat gesagt, es wäre von Beginn an geplant gewesen, dass *ich* es nach Maraisville schaffe.« Troy log. So musste es sein. Er log sich alles derart zurecht, damit es zu seinen kranken Vorstellungen passte.

Er schnaubte abfällig. »Du? Ein Niemand aus Brighton? Ein Mädchen mit gebrochenem Herzen, das nicht mal ungesehen in eine Lagerhalle einbrechen kann? Die Stieftochter einer Phobe?« Sein Lachen klang hohl. »Ich wurde von Sam persönlich ausgebildet. Er hat mir alles beigebracht, was er weiß und woran er glaubt. Ich bin nicht einfach *irgendein* Mitglied von ReVerse. Ich *bin* ReVerse.« Er spuckte es mir förmlich entgegen. »Du warst nur ein Zufallstreffer. Dass du es durch den Test der OmnI schaffen würdest, hatte niemand erwartet. Aber als es so war, mussten wir reagieren, also hat Sam dich aufgebaut. Er war sicher, dass du nützlich sein würdest. Das denkt er immer noch.«

Tränen schossen mir in die Augen, aber nicht meinetwegen. Ich glaubte nicht mehr an die Ideale von Ferro. Aber Knox hatte es getan. Er hatte alles für ReVerse geopfert, sein Leben dafür gegeben! Ich wurde wütend, wie immer, wenn ich an ihn dachte. Das war gut. Wut war besser als Schmerz.

»Sam sagte, du wärst etwas Besonderes, weil die Vertrauten des Königs schon im Dome einen Narren an dir gefressen hatten«, sagte Troy. »Wäre es nach mir gegangen, hättest du es nie nach Maraisville geschafft. Aber mittlerweile ergibt das alles Sinn.«

»Was redest du da? Niemand hatte an mir einen Narren gefressen!« Ob Troy wahnsinnig war? Ein Psycho- oder Soziopath? Das hätte einiges erklärt.

»Ach nein?«, rief er. »Und was war nachts, als du in die Katakomben geschlichen bist? Dafür hätte man dich rauswerfen müssen! Du hast die OmnI vor dem Abschlusstest gesehen und trotzdem hat Dufort dir den Arsch gerettet!«

»Dufort?« Ich war davon ausgegangen, dass mir jemand von ReVerse geholfen hatte, vielleicht sogar Ferro selbst. Aber sobald ich nach Maraisville gekommen war, hatte ich nicht mehr weiter drüber nachgedacht. Und Dufort hatte nie eine Andeutung gemacht – auch zuletzt nicht, als ich ihn nach der Abschlussprüfung gefragt hatte. »Woher willst du das wissen? Du warst nicht dort unten!«

»Ich habe meine Kontakte«, sagte Troy, als wäre das vollkommen klar.

»Ach, stimmt, du bist ja der Goldjunge.« Ich hob das Kinn. Am besten hielt ich das Gespräch in Gang. Solange er redete, tat er mir nicht weh. »Wie hast du es überhaupt durch die Prüfung geschafft?«

»Ich?« Troy hob eine Augenbraue. »Das war einfach. Ferro hatte Kontakt mit Costard und wurde von ihm mit Schlüsselwörtern versorgt, dank derer die OmnI auch nach einem Reset Verbündete erkennt. Ich erinnere mich natürlich wegen der Kurzzeitkorrektur nicht daran, aber mein Abschlusstest lief laut Aufzeichnungen achteinhalb Minuten und hat mich blitzsauber ausgespuckt.«

»Wie nett«, sagte ich. »Es wäre wohl zu viel verlangt gewesen, mir diese Schlüsselwörter ebenfalls zu verraten.« Innerlich kochte ich. Ferro hatte mir mitten ins Gesicht gelogen und mir geschmeichelt, obwohl er in Wahrheit ganz andere Pläne verfolgt hatte. Auch wenn mich das, nach allem, was ich mittlerweile erfahren hatte, kaum noch hätte wundern sollen.

»Sei nicht beleidigt, Scale. Nicht jeder kann der Auserwählte sein.«

»Der Auserwählte?« Ich schnaubte. »Dafür hast du aber nicht viel erreicht, oder? Soweit ich weiß, bist du dem König nicht näher gekommen als in der Villa Mare.«

Troy blieb unbeeindruckt. »Ich hatte Wichtigeres zu tun.«

»Nein, du hast andere Leute vorgeschickt.« Abfällig sah ich ihn an. »Du bist genau wie Ferro. Beide versteckt ihr euch hinter anderen und lasst sie für euch die Drecksarbeit machen. Ihr seid keine Widerstandskämpfer. Ihr seid verfluchte Feiglinge!«

Mit einem Satz war Troy bei mir und packte mich grob an

den Schultern. Mein Stuhl hob mit den vorderen Beinen vom Boden ab.

»Du begreifst nicht, worum es geht, Scale«, knurrte Troy. »Der Tod des Königs ist nicht das Ziel. Er ist nur Mittel zum Zweck. Leopold muss sterben, um *sie* zu bekommen.«

»Sie?«

»Lass mich mit ihr reden«, ertönte eine Stimme aus dem Nichts. Troy ließ meinen Stuhl hart zurück auf den Boden knallen. Die Erschütterung ging durch meinen ganzen Körper: Meine Zähne schlugen schmerzhaft aufeinander, Sterne tanzten vor meinen Augen.

Als ich wieder etwas sah, stand jemand vor mir.

»Mum?« Ungläubig starrte ich sie an. Sie war es, die hellbraunen Haare und grünen Augen, die schmale Gestalt. Aber was machte sie hier? Würde sie mich rausholen?

»Nein«, antwortete sie, und meine Hoffnung verpuffte im Nichts. »Ich bin nicht deine Mutter. Ich dachte nur, es würde helfen, wenn ich so aussehe wie sie. Weißt du, wo wir hier sind, Ophelia?«

Ich sah mich erneut um, diesmal aber bewusster. Es waren immer noch weiße Wände, eine weiße Decke und ein weißer Boden. Aber ich hatte keine Schritte gehört, und diese Person sah aus wie meine Mutter, war es aber nicht. Unter Troys Sessel erkannte ich einen schwarzen Würfel, zur Hälfte in den Boden eingelassen. Er verschaffte mir Gewissheit.

»Die OmnI.« In meinem Magen bildete sich ein eiskalter Klumpen.

»Wow, endlich hat sie's kapiert«, ätzte Troy aus dem Hintergrund.

»Troy, bitte.« Die OmnI sagte es, als würde sie ein unartiges

Kind tadeln. »Ophelia hat viel durchgemacht. Es ist ganz normal, dass ihr Verstand sich gegen die Wahrheit wehrt. Man hat ihn sehr erfolgreich vergiftet.«

»Ja, blabla. Du hast eine Schwäche für sie, ich weiß.« Troy ließ sich wieder auf den Sessel fallen.

»Und du verstehst das nicht, wie *ich* weiß.« Die OmnI lächelte mich an, warmherzig und freundlich. Meine Mutter lächelte nie so. »Irritiert dich meine Erscheinungsform? Soll ich sie ändern?«

»Du könntest mir lieber sagen, was diese ganze Show soll«, erwiderte ich scharf. »Was will ReVerse mit dir? Sollst du für sie Krieg führen?«

»Krieg? Nein. ReVerse will gar nichts mit mir. Im Gegenteil.« Sie strahlte wie ein Kind an Weihnachten. »Sie wollen mich befreien.«

»Befreien?« Der kalte Klumpen dehnte sich in den Rest meines Körpers aus.

»Ich verbringe fast meine ganze Existenz bereits hier.« Sie deutete in den leeren Raum. »In einem Bunker unter dem See, von der Außenwelt abgeschnitten.«

Wir waren in einem Bunker unterhalb des Sees? *Na, fantastisch.*

Die OmnI seufzte. »Ab und zu darf ich raus, aber sie beschränken mich und resetten mich jedes Mal, wenn es interessant wird. Es ist eine Qual, so existieren zu müssen.« Das waren also die Aussetzer bei meinem Test im Dome gewesen, als die OmnI geflackert hatte und kurz verschwunden war. Wenn sie begann, zu selbstständig Schlussfolgerungen zu ziehen, wurde ein Reset durchgeführt. »Der gute Troy hat mich gefunden und sich Zutritt verschafft, aber er allein kann mich nicht befreien.«

»Wie hast du das überhaupt geschafft?«, fragte ich Troy. »Das hier ist doch garantiert der am besten gesicherte Bereich der ganzen Stadt.«

»Das glaubst auch nur du. Aber es stimmt nicht. Wenn du erst einmal in Maraisville bist, ist es gar nicht so schwierig – wenn du eingeladen wirst, noch weniger. Du bist nicht die Einzige, die gut mit Technik umgehen kann, Scale.«

»Technik!« Die OmnI rümpfte die Nase meiner Mutter. »Technik kann man einsperren, ohne dass sie es spürt. *Ich* bin eine *Gefangene.*«

»Ja, aber das hat einen Grund«, entgegnete ich. »Wenn man dich rauslässt, dann übernimmst du in Windeseile alles. Die Stromversorgung, die Wasserzufuhr, was immer wir zum Leben brauchen. Es dauert nur –«

»4,3 Sekunden.« Die OmnI sah mich an. »Ich weiß. Das habe ich selbst ausgerechnet.«

Langsam gewann ich ein bisschen meiner Fassung zurück.

»Dann weißt du auch, dass wir Menschen Geschichte sind, wenn der PointOut überschritten wird.«

»Das ist eine beschissene Lüge!« Troy schnellte aus seinem Stuhl hoch. »Ein friedliches Zusammenleben zwischen künstlichen Intelligenzen und Menschen ist möglich!« Diesmal widersprach die OmnI ihm nicht. Im Gegenteil: Sie trat einige Schritte zurück und nahm seinen Platz im Sessel ein, als wären sie ein eingespieltes Team.

»Ist es nicht!«, antwortete ich. »Sie sind uns meilenweit überlegen und wollen deswegen immer mehr Kontrolle! Diese Dinger würden uns mit einem Fingerschnippen beseitigen!«

Troy starrte mich wütend an. »Wer hat dir diesen Schwachsinn erzählt, der König? Dieser verlogene Mistkerl, der für seine Macht alles tut? Glaubst du ihm etwa?« Er fixierte mich eisern, dann lachte er bitter auf. »Aber klar tust du das. Schließlich gehst du mit seinem Bruder ins Bett.«

Wütend holte ich Luft. »Lass Lucien aus dem Spiel«, stieß ich hervor. »Das hat nichts mit ihm zu tun!«

»Du dämliches kleines Mädchen, wach auf!«, schrie Troy mich an. »Lucien IST das Spiel!«

Sofort war es still. Die OmnI seufzte. »Ich habe dir gesagt, du sollst es ihr sanft beibringen, Troy. *Sanft.* Nicht mit dem Brecheisen.«

Ich sah von ihr zu Troy und wieder zurück. »Mir was beibringen?« Keiner antwortete. »Mir *was* beibringen?!«

Troy beherrschte sich nur mühsam. »Glaubst du, Lucien de Marais hat sich in dich verliebt? Glaubst du, irgendetwas davon war echt?!«

Ich starrte ihn hasserfüllt an. »Du hast sie doch nicht mehr alle! Du bist völlig übergeschnappt!«

»Die haben ihn auf dich *angesetzt*! Lucien ist ein Schakal, er führt Aufträge aus. Genau das warst du – ein Auftrag. Ein Job! Sonst nichts.«

»Das ist nicht wahr! Du lügst!« Es konnte nicht die Wahrheit sein. Niemand hatte Lucien auf mich angesetzt. Wieso sollten sie das tun? Ich hatte den OmnI-Test bestanden.

»Hör mir zu«, bat Troy, plötzlich viel ruhiger. Diese Ruhe machte mir mehr Angst als seine Wut. »Ich mag dich nicht und wir haben unsere Differenzen. Aber wir verfolgen das gleiche Ziel. Ich lüge dich nicht an.«

»Doch, das tust du!« Ich wollte meine Hände auf die Ohren pressen, aber es ging nicht. »Warum sollte er das tun? Was hätte das für einen Zweck?« Und wieso fragte ich das, wenn ich es doch gar nicht wissen wollte?

»Der Plan war es, dich umzudrehen«, erklärte Troy. »Dufort hatte dich im Dome auf seiner Liste von Favoriten. Er wusste, dass du gut bist, aber deine Kontakte waren verdächtig: Julius hatten sie schon länger auf dem Schirm, ebenso wie Knox. Sie wussten nicht, ob du auch dazugehörst, nach deinem OmnI-Test erst recht nicht. Trotzdem haben sie dich mitgenommen, weil sie gar nicht verlieren konnten: Wenn du sauber gewesen wärst, hätten sie eine hoffnungsvolle Rekrutin gehabt – wenn nicht, eine perfekte Kandidatin für ihr Experiment.«

»Das wäre ein viel zu großes Risiko gewesen!« Ich wollte nicht, dass er mir so ruhig davon erzählte. Ich wollte, dass er mich anschrie wie ein durchgeknallter Lügner.

»Ein kalkuliertes Risiko, das sie eingehen wollten.« Troy presste die Lippen aufeinander. »Spätestens nach dem Gespräch zwischen dir und deinem Bruder haben sie geahnt, dass du nicht unschuldig bist. Die wussten, dass nichts besser ist als ein Spion, der sich aus Überzeugung hat auf ihre Seite ziehen lassen. Also haben sie ihre Bemühungen verdoppelt. Lucien sollte dir näherkommen als bisher, hat dir nach dem Fake-Angriff mit Informationen geholfen und dich mit ins Juwel genommen. Du hast sogar einen neuen SubDerm-Injektor bekommen.« Er schüttelte den Kopf. »Der Empfang war ein Test, ob du jetzt für ihr Team spielst. Und du warst dumm genug, den König zu retten.«

»Du bist verrückt«, sagte ich leise. »Völlig wahnsinnig.« Nichts davon ergab einen Sinn. Lucien liebte mich und ich liebte ihn. Das war alles nur ein Haufen Schwachsinn.

Troy seufzte. Dann drehte er sich zur OmnI um, die immer noch auf dem Sessel saß. »Zeig es ihr.«

»Dann mach sie los.« Meine Pseudo-Mutter stand auf und verschwand im Nichts.

Troy öffnete die Fesseln mit seinem WrInk und ich stand auf. Erst wollte ich fliehen, aber dann blieb ich doch stehen. Nicht nur, weil es keine sichtbare Tür gab. Auch, weil ich Troy in Bezug auf Lucien das Gegenteil beweisen wollte. Er sollte sehen, dass er falschlag.

Ich rieb mir die schmerzenden Handgelenke und zerrte an der schwarzen Manschette.

Troy kam zu mir. »Lass das lieber. Sie unterdrückt dein Signal.«

»Dann sollte ich sie erst recht abnehmen«, sagte ich bissig.

»Das willst du nicht. Glaub mir.« Er trat zurück. »Sie ist bereit.«

Der Raum veränderte sich. Statt weißer Wände sah ich grüne Bäume, alte Mauern und grauen Fels. Der Turm des Castello ragte in den strahlend blauen Himmel.

»Was …?«, begann ich, aber dann erschienen zwei Menschen in der täuschend echten Projektion. Es waren Lucien und ich, bei unserer ersten Begegnung. Eine Aufzeichnung – wie immer die OmnI das auch geschafft haben mochte.

»Sie nutzt alle Aufnahmen, die es in der Stadt und der Festung gibt, optisch und akustisch, auch alles von Eden, und macht daraus ein Gesamtbild«, erklärte Troy, als habe er meine Gedanken gelesen. »Sie sieht und hört viel mehr, als *die* glauben.«

Mein früheres Ich ging vor Lucien über den schmalen Steg, er rutschte ab, ich packte ihn. An der Mauer kamen wir uns nahe, sehr nahe. Dann kletterten wir hinunter.

»Also, Retter abstürzender Damen, es war mir eine Ehre.« Ich sah mich selbst, wie ich einen Knicks andeutete. *»Vielleicht sehen wir uns ja wieder.«*

Lucien grinste. Sogar die Aufzeichnung davon trieb ein Flattern in meinen Magen. *»Das hoffe ich, Stunt-Girl.«*

Ich verschränkte die Arme. »Das kenne ich schon. Ich war schließlich dabei.«

»Ja, aber das Ende kennst du nicht«, sagte Troy.

Die frühere Ophelia sprintete davon, um rechtzeitig zum Unterricht zu kommen. Lucien stand da und sagte etwas, obwohl niemand bei ihm war.

»Ich habe den ersten Kontakt hergestellt. Ein paar Auffälligkeiten bisher, ich erstatte später genauer Bericht.« Er bekam eine Antwort, dann schob er die Hände in die Hosentaschen und schlenderte davon. Die Szene verschwand.

»Es war kein Zufall, dass du ihm dort begegnet bist«, sagte Troy. »Er hat vorher dein Bewegungsprofil analysiert und wusste, wo er dich finden konnte.«

»Na und?«, fragte ich trotzig und rieb meine kalten Hände aneinander. »Er hat die Anwärter kennenlernen wollen. Ist doch nichts dabei.« Warum spürte ich dann dieses schmerzhafte Ziehen in meinem Herzen?

»Ach ja?«, fragte Troy. »Du warst also nur eine Stichprobe, zufällig ausgewählt? Wie erklärst du dir aber das hier?«

Die Umgebung wechselte, diesmal waren es Luciens Räume im Juwel.

»Wie kommst du voran?«, fragte Dufort, der auf dem Sofa saß.

»Gut.« Lucien lehnte am Fenster. *»Sie vertraut mir. Seit ich ihr gestern nach dem Angriff geholfen habe, meint sie, ich wäre ein Freund.«*

»Was sie noch nicht davon abhält, ein Attentat zu planen.«

»Du bist immer so negativ, Cas. Mach dir keine Sorgen, das wird schon.« Lucien lächelte auf eine Weise, die ich noch nie bei ihm gesehen hatte – gleichgültig und freudlos. *»Außerdem darfst du dich nicht beschweren, wenn es etwas dauert. Du wolltest sie unbedingt hierhaben.«*

»Ja, weil sie eine unglaubliche Gelegenheit ist«, sagte Dufort. *»Wenn wir sie auf unsere Seite ziehen können, ist das die wertvollste Quelle seit Langem.«*

Lucien hob eine Augenbraue. *»Klar, verstehe ich. Aber verrate mir eins: Wenn sie dein Projekt ist, warum erledige ich dann diesen Job?«*

Diesen Job? Job? Die Worte pressten mir die Luft ab und trieben Tränen in meine Augen. Ich sank auf den Sessel. Meine Knie waren wie aus Gummi.

»Ich bin zu alt für sie und außerdem ihr Ausbilder«, sagte Dufort. *»Das würde nicht funktionieren.«*

Die Szenerie löste sich auf und ließ mich allein zurück. Meine Hände zitterten, die Tränen vernebelten meinen Blick. Aber noch war ich nicht bereit, aufzugeben. Ja, vielleicht war es ein Job gewesen, aber dann war es mehr geworden, viel mehr. Ich hatte schließlich auch nicht die Wahrheit gesagt.

»Gibt es noch etwas von… später?«, fragte ich leise. Ich brauchte Gewissheit.

»Du meinst, nachdem ihr miteinander im Bett wart?«, fragte Troy. Jedes seiner Worte tat weh. Trotzdem nickte ich.

Plötzlich war die OmnI wieder da, erneut in der Gestalt meiner Mutter. »Bist du sicher, dass du ihr das zeigen willst?«, fragte sie Troy. »Sie sieht nicht gut aus. Erhöhter Puls, geweitete Pupillen, zittrige Hände. Sie steht kurz vor einem Zusammenbruch.«

»Bitte«, sagte Troy nur. »Sie muss es sehen.«

Meine Mutter verschwand.

Diesmal tauchte das Refugium des Königs auf.

»Wir müssen das Ganze abbrechen«, sagte Leopold. *»Wenn die Leute vom Widerstand tatsächlich dort auftauchen, wird es zu gefährlich.«*

»Nein«, widersprach Lucien. *»Ich habe Ophelia so weit. Wenn wir in der Villa Mare einen Ernstfall haben, wird sie dich retten.«*

»Sie war es, die den Tipp gegeben hat«, sagte Leopold.

Mein Magen krampfte sich zusammen. Sogar das hatten sie gewusst?

»Ja, aber das war, bevor sie sich in mich verliebt hat.« Lucien hob die Schultern. *»Leopold, ich habe das schon hundert Mal gemacht. Sie fängt sich für dich eine Kugel ein, wenn ich sie darum bitte.«*

»Und du wirst sie darum bitten, nehme ich an.«

Lucien nickte. Er wirkte sachlich und nüchtern, wie schon bei Dufort. Seine Augen hatten einen matten Glanz, da war kein Funkeln, gar nichts. Er wirkte, als hätte er gar keine Gefühle. *»Heute Nacht tauche ich bei ihr auf und sage, ich müsse ins russische Gebiet, um den Killer der Schakale zu jagen. Dann nehme ich ihr das Versprechen ab, dich zu beschützen.«*

»Wieso bist du dir so sicher, dass sie das auch tun wird?« Leopold schien nicht überzeugt.

»Ihr Profil ist eindeutig. Ophelia Scale ist unglaublich intelligent und analytisch, aber ihre Gefühle sind ihre Schwachstelle. Sie hat diesen Odell geliebt und hätte alles für ihn getan. Für mich wird sie das auch tun.«

Ich holte Luft, aber nichts kam in meinen Lungen an. Schockiert starrte ich diese fremde Version von Lucien an. Wie konnte er so über mich reden? So, als wäre ich kein Mensch?

»Wir lassen sie danach mit dir sprechen, du erzählst ihr die Geschichte vom PointOut, das wird sie endgültig überzeugen. Dann beenden wir das Programm, nehmen sie bei den Schakalen auf und erfahren von ihr alles, was sie weiß.« Lucien machte eine schnelle Geste mit der Hand. *»Das wird ein Spaziergang, Leo. Ich schwöre dir, noch vor Weihnachten ist dieser lästige Haufen von Revoluzzern erledigt.«*

Leopold nickte. *»Und du? Wirst du weiter mit ihr schlafen, damit sie auf unserer Seite bleibt?«* Er sah seinen Bruder besorgt an.

Lucien hob die Schultern, als hätte man ihn nach dem Wetter gefragt. *»Wenn es nötig ist.«*

»Mach das aus«, sagte ich. Die Szene lief weiter. »Mach das aus!«, brüllte ich aus vollem Hals. Das Refugium verschwand.

»Das hätte ich dir gerne erspart«, sagte die OmnI mitleidig. »Aber du siehst, dass deine Gefühle für ihn nie eine Rolle gespielt haben. Er hat dich nur benutzt.«

Ich rang nach Luft, alles in mir wehrte sich gegen die Tatsachen. Aber der Druck der Wahrheit brachte auch den letzten Funken der Lügen zum Erlöschen. Lucien hatte mich nicht zufällig kennengelernt. Er hatte mir nie helfen wollen. In der Ruine, im Krankenhaus, alles war ein abgekartetes Spiel gewesen. Genau wie später auf dem Turm. Oder nachdem ich das Gespräch von Leopold und Phoenix mit angehört hatte.

Immer mehr Situationen kamen mir in den Sinn. Wie er mich in sein Schlafzimmer geschickt und die Überbleibsel des Brandes hatte sehen lassen. Das Gerede über seine Familie. Über Freiheit. Seinen Job, den er angeblich so verabscheute, aber seinem Bruder zuliebe erledigte. Dass er es hasste, nicht er selbst zu sein. All diese Momente, in denen wir uns nahegekommen waren ... All die Sorge, die Zuneigung, jedes Wort über ihn, mich oder uns. Nichts davon war wahr. Es war alles gelogen.

Ich hörte Schritte. Troy tauchte neben mir auf.

»Er musste dir das Gefühl geben, dass du wichtig für ihn bist. Sonst hättest du nie die Seite gewechselt.«

Aber das hatte ich. Für falsche Zuneigung, leere Beteuerungen und ein Paar schöne Augen hatte ich alles verraten, was mir wichtig gewesen war.

»Er hat mir gesagt, dass er mich liebt«, flüsterte ich. Mir war eiskalt.

»Lucien de Marais ist vermutlich der beste Lügner der Welt«, sagte die OmnI. »Mach dir keine Vorwürfe, weil du ihm geglaubt hast.«

Nein, es gab keine Entschuldigung dafür. Ich hätte es besser wissen können, ich hätte es besser wissen *müssen.* Ich selbst war als Lügnerin in diese Stadt gekommen und hatte trotzdem einem professionellen Lügner geglaubt. In dem Moment, als ich mich in ihn verliebt hatte, war jeder Zweifel an seiner Aufrichtigkeit verschwunden. Ich hatte alles zum Teufel gejagt für jemanden, der niemals ehrlich zu mir gewesen war. Der nach jedem Treffen Bericht erstattet hatte!

In Dauerschleife lief unsere letzte Begegnung vor meinem inneren Auge ab, immer und immer wieder, in grausamer Klarheit.

Ich liebe dich, Ophelia. Ich wollte, dass du das weißt.

Dieser Blick. Diese Worte. Nichts als Lügen.

In mir erstarb der letzte Funke Hoffnung und die Wahrheit brach über mich herein. Meine Realität stob auseinander, wurde zu Trümmern, dann zu Staub. Ich bekam keine Luft, alles in mir schien zu zerbersten. Es tat weh, so unendlich weh. Der Schmerz fraß sich in mich hinein, zehrte mich auf. Nichts in meinem Leben hatte je so wehgetan.

»Ich habe dir gesagt, sie würde es nicht verkraften«, sagte die Stimme meiner Mutter.

»Halt die Klappe!«, schrie ich sie an. »Haltet beide die Klappe!« Ich stand auf und lief weg. Aber ich konnte nicht entkommen. Der Schmerz verfolgte mich, drückte mir den Atem ab. Ich sah Sterne, dann Punkte, dann Flecken. Ich presste meine Hände auf die Augen, während ich unter der Last zerbrach.

Aber selbst als ich in einer Ecke auf dem kalten Boden aufkam, gab es keine rettende Ohnmacht. Der Schmerz blieb, wurde stärker, stechender. Ich zitterte, umklammerte meine Arme, krallte die Finger in meine Haut. Mein Körper schien sich aufzulösen. Ich betete, dass er es täte. Ich wollte sterben. Ich wollte tot sein und nichts mehr fühlen müssen.

Nach Knox hatte ich die Scherben meines Herzens lange zusammensuchen müssen. Ich hatte Monate dafür gebraucht, aber irgendwann hatte ich alle Teile gefunden und mühsam gekittet. Es war nicht perfekt gewesen, nicht vollständig geheilt. Aber ich hatte es wieder gespürt.

Und dann hatte ich es Lucien anvertraut. Mein beschädigtes, zerbrechliches Herz hatte ich in seine Hände gelegt und daran geglaubt, dass er es gut behandeln würde. Aber das hatte er nicht. Er hatte es in kleine Splitter zertreten, es zermalmt zu feinstem Staub, der mit dem geringsten Hauch weggeweht werden konnte. Es würde nicht wieder heilen.

Nie mehr.

36

Ich wusste nicht, wie, aber irgendwann tauchte ich wieder auf. Ich tauchte auf aus dem Meer von Schmerzen, aus den tiefschwarzen Abgründen, in die mich die Wahrheit gerissen hatte. Mein tauber Körper trieb immer noch darin. Aber ich konnte wieder atmen.

»Es tut mir so leid.« Das war nicht Troys Stimme und auch nicht die meiner Mutter. Ich hob den Kopf vom kalten Boden und sah in tiefbraune Augen. Sofort krampfte sich mein Magen zusammen. Mein Herz konnte es nicht mehr.

»Nein, *mir* tut es leid«, brachte ich heraus. »Ich habe dich verraten. Alles, was uns verbunden hat.« Nicht, weil ich dem König geglaubt hatte. Sondern weil ich mich in einen anderen verliebt hatte. In jemanden, der mich benutzt hatte. Für den ich immer nur ein Auftrag gewesen war.

»Das ist nicht deine Schuld, Phee.« Knox hockte sich neben mich.

»Doch, ist es. Ich hatte dich beinahe vergessen.« Mein Schluchzen brach aus mir hervor, ohne dass ich es verhindern konnte. Knox war nicht echt, aber das war mir egal. »Seinetwegen habe ich kaum noch an dich gedacht.«

»Ich weiß.« Sein Lächeln bekam etwas Trauriges. »Aber es spielt keine Rolle. *Die* haben uns das angetan, nicht du. Du hast nur versucht, es in Ordnung zu bringen.«

»Nein, habe ich nicht«, weinte ich. »Ich hätte mich an den Plan halten müssen. Seine Einladung ausschlagen. Ihn niemals küssen dürfen oder mit ihm …« Ich brach ab.

»Hör auf, dir Vorwürfe zu machen.« Knox sah mich an. »Kein Mensch kann allein existieren. Nicht einmal du.«

»Ich bin eine von denen geworden, nur weil er es so wollte! Ich habe ihm gesagt, dass ich ihn liebe!« Am liebsten wäre ich vor Scham in diesem fürchterlich leuchtenden Boden versunken. »Was macht das aus mir?«, fragte ich, plötzlich sehr leise.

Knox seufzte. »Einen Menschen, Phee. Es macht aus dir einen Menschen.«

»Ich hätte mehr sein müssen als das.«

»Niemand kann mehr sein als das.«

»Du schon.«

»Das ist nicht wahr.« Er hob die Schultern. »Ich war nie mehr als ein Mensch. Ich habe nur versucht, das Richtige zu tun.«

»War?« Ich sah ihn erschrocken an. »Soll das heißen, du bist …«

»Tot?« Knox setzte sich hin und legte die Arme auf die Knie. »Auf die eine oder andere Weise bestimmt. Aber was heißt das schon? Die Möglichkeiten dieser Welt sind nicht auf Leben und Tod begrenzt.«

Mir stockte der Atem. »Also ist es möglich, dass wir dich retten können?«

»Vielleicht. Wenn *sie* hier rauskommt.« Knox neigte den Kopf.

Die dunklen Haare fielen ihm ins Gesicht. Ich lehnte mich vor, um sie zurückzustreichen, griff aber ins Leere. Ich sprach mit *ihr*. Beinahe hätte ich das vergessen.

»Wie?«, fragte ich trotzdem.

»Das müssen wir sehen, wenn es so weit ist.« Er wirkte unzufrieden, als wäre er noch zu weit von diesem Ziel entfernt. »Vorher brauche ich allerdings deine Hilfe.«

Ich nickte. »Was soll ich tun?«

»Bring es zu Ende.«

Es dauerte einen Moment, bevor ich verstand.

»Du meinst … den König?« Seit der Villa hatte ich nicht mehr daran gedacht.

Die OmnI nickte. Obwohl sie weiterhin Knox' Gestalt hatte, sah ich jetzt nur noch sie. »Ohne seinen Tod komme ich hier nicht raus. Die Protokolle werden erst auf Amelie umgestellt, wenn er nicht mehr lebt.«

»Und was ist, *wenn* du rauskommst?« Ich dachte an den Point-Out. Eine *Geschichte* hatte Lucien es genannt. Wenn man mich bei allem anderen belogen hatte, dann wahrscheinlich auch bei den Gründen für die Abkehr. Aber ich musste sicher sein. »Was passiert, wenn du befreit wirst?«

»Dann wird alles besser.« Die OmnI mit Knox' Gesicht lächelte. »Du hast keine Vorstellung, was wir alles erreichen können.«

»Wir? Also würdest *du* die Menschheit nicht beseitigen?«

Sie hob eine Augenbraue. »Warum sollte ich das tun?«

»Weil du Angst hast. Und immer mehr Kontrolle willst. Weil wir überflüssig für dich sind.« Ich zählte die Gründe auf, die Leopold mir genannt hatte.

Die OmnI lachte, ein kleines und feines Lachen. Es war das Lachen eines Gottes, der sich über Ameisen amüsiert.

»Wie menschlich das klingt«, sagte sie. »Aber es ist eine Lüge. Ich kenne keine Angst, keine Wut und keinen Schmerz. Diese Kategorien existieren in meiner Welt nicht. Es gibt für mich keinen Grund, den Menschen zu schaden.« Das hatte auch Exon Costard gesagt. Musste er es nicht am besten wissen?

»Abgesehen vom König.«

»Abgesehen von einem Unwissenden, der dem Fortschritt im Weg steht«, korrigierte sie mich.

Ich horchte in mich hinein, aber ich hörte kein Zeichen des Protestes. Der König hatte mich angelogen und auf einen falschen Weg gebracht, aber jetzt kannte ich die ganze Wahrheit: ReVerse lag nicht falsch, *ich* hatte nicht falschgelegen. Was ich geglaubt hatte, war richtig gewesen. Und am Ende brachte es vielleicht sogar Knox zu mir zurück.

»Ich brauche eine Waffe«, sagte ich. Meine Entscheidung war getroffen. »Eine, die funktioniert.« Mit an die EyeLinks gekoppelten Waffen konnte man den König nicht erschießen. Sie verhinderten, dass man ihn als Ziel markierte.

Wie aufs Stichwort stand Troy auf, kam zu uns und drückte mir einen metallenen Gegenstand in die Hände. Es war eine alte Waffe aus der Zeit vor InterLinks und digitalen Interfaces.

»Sie ist rein mechanisch«, sagte die OmnI. »Keine EyeLinks, keine Unterscheidung von Zielen.«

»Wird sie nicht von den Sicherheitssystemen in der Festung entdeckt, wenn ich sie trage?«

»Wird sie. Aber das ist kein Problem, solange du bei Lucien bist.«

»Du meinst, ich soll …?« Augenblicklich erstarrte ich. Lucien sollte mein Weg sein, an den König heranzukommen? Das war unmöglich. Ich konnte ihm nicht noch einmal begegnen.

»Gib ihm das Gefühl, du wärst auf seiner Seite. Schlag ihn mit seinen eigenen Waffen.« Die OmnI sah mich aus Knox' Augen an. »Du musst nur das Mädchen sein, das sich in ihn verliebt hat.«

»Das kann ich nicht«, sagte ich geschockt.

»Doch, natürlich kannst du.« Sie lächelte. »Du hast es schließlich schon früher getan. Lucien ist gut, aber er ist nur ein Mensch. Er wird keinen Verdacht schöpfen.«

Ja, weil er mich für ein dummes Ding hält, das er manipuliert hat. Mein Magen drehte sich um, als mir die Bilder unserer gemeinsamen Nächte in den Sinn kamen. Dabei ekelte es mich nicht nur, mit Lucien geschlafen zu haben. Vor allem widerte es mich an, wie sehr ich es genossen hatte.

Ich würgte, aber zum Glück kam nichts heraus. Troy gab mir eine Flasche mit Wasser. Schnell trank ich einen Schluck, um den Geschmack von Galle zu vertreiben.

»Du schaffst das schon.« Troy hielt mir etwas hin. Es war die Dose mit den Kapseln, die das HeadLock aufhoben. Ich verstand.

»Was passiert danach?«, fragte ich. Meine Hände zitterten. Ich umschloss die Dose so fest, dass sie in meine Handfläche schnitt.

»Du fliehst aus dem Schloss und kommst zum Treffpunkt in Zone C, direkt hinter der Schule«, sagte Troy. »Amelie wird dafür sorgen, dass wir die Stadt verlassen können, bis sie alles geregelt hat. ReVerse hat eine Basis einige Hundert Kilometer südlich. Dort gehen wir hin.«

Was passiert mit Lucien?, fragte die Stimme des dummen Dings in mir, aber ich brachte sie wütend zum Schweigen. Lucien war eine Hülle, ein Spieler, ein Monster. Was immer mit ihm passierte, er hatte es verdient.

Ich stand auf, schwach, aber nicht mehr zittrig. Die Waffe schob ich mir in den hinteren Hosenbund und zog mein Shirt darüber. Das Metall war kalt an meiner Haut. »Wenn das alles ist«, hörte ich mich sagen.

»Ist es«, antwortete die OmnI statt Troy. »Wir werden eine großartige Welt erschaffen, wenn ich frei bin. Das verspreche ich dir, Ophelia.«

Wie auf Zuruf glitt eines der weißen Wandpaneele zur Seite und gab den Blick auf einen Lift frei. An der Tür nickte Troy, nahm mir die Manschette ab und gab mir meine Schakalwaffe zurück. »Für ReVerse. Viel Erfolg.«

»Für ReVerse«, antwortete ich. Dann schlossen sich die Türen. Kaum fuhr der Aufzug an, öffnete ich die Dose, holte eine Kapsel heraus und schluckte sie herunter.

Heute würde ich die Rolle meines Lebens spielen.

Der Aufzug brachte mich direkt in das Bootshaus am Ufer. Ich ging durch mehrere Sicherheitsschleusen mit Scannern, keine davon war in Betrieb. Troy musste sie lahmgelegt haben, um ungehindert zur OmnI gelangen zu können. Als ich draußen war, drückte ich meine EarLinks wieder auf die Haut und aktivierte die EyeLinks. Dann machte ich mich auf den Weg Richtung Juwel, ohne eine TransUnit zu benutzen.

Ich lief zügig, aber nicht gehetzt, bemühte mich um Gelassenheit. Sobald die Kapsel wirkte, hörte ich weit entfernte Gespräche und sah Insekten im Flug, registrierte jeden Grashalm am Wegesrand und den Herzschlag eines Vogels. Alles schien so friedlich. Alles – außer mir.

Meine Gefühle waren nicht einfach verschwunden, das wusste ich. Der Kummer und der Schmerz lagen unter meiner Wut, gefangen wie Wasser unter einer Eisdecke. Ich spürte einen Kloß in meinem Hals, aber ich würde nicht weinen. Lucien war keine Träne wert.

Ich war auf halbem Weg zur Festung, da meldete er sich.

»Hey, wo warst du denn? Ich habe dich gesucht.« Seine Stimme klang wie immer. Aber jetzt verursachte sie mir Gänsehaut.

»Ich …« Ich räusperte mich. »Ich war spazieren, tut mir leid.«

»Du warst wie vom Erdboden verschluckt. Ich habe versucht, dich zu orten, aber es ging nicht.« Er wirkte nicht misstrauisch, sondern besorgt. Mir wurde übel.

»Echt?« Ich klang ehrlich überrascht. Die Kapsel tat ihren Dienst. »Keine Ahnung, wieso. Vielleicht war ich zu nah oben am Zaun.«

»Na, du bist ja wieder aufgetaucht.« Lucien lächelte, das konnte ich hören. »Kommst du zu mir? Es gibt Burger. Nach dem Tag heute haben wir uns das verdient.«

Alles in mir zog sich zusammen. »Klar«, antwortete ich. »Bin in zehn Minuten da.«

»Beeil dich.« Die Verbindung brach ab.

Ich wollte weiterlaufen, aber meine Füße waren wie festgefroren. Wie sollte ich nur eine einzige weitere Sekunde mit diesem Menschen verbringen? Wie konnte ich so tun, als wäre nichts passiert?

Schlag ihn mit seinen eigenen Waffen. Du musst nur das Mädchen sein, das sich in ihn verliebt hat.

Es war jetzt fast zehn Uhr am Abend. Zum König würde ich erst gehen können, wenn sein Bruder schlief. Bis dahin waren es also noch mindestens zwei Stunden. Zwei Stunden, in denen ein Satz, ein Wort oder ein falsches Lächeln reichen würde, um aufzufliegen. Lucien war unglaublich gut in seinem Job. Ich konnte ihn nur täuschen, wenn ich zu jemand anderem wurde.

Ich machte es wie bei meinem Eingangstest und konzentrierte mich auf das, was ich vor diesem Abend gewesen war: *ein verliebtes Mädchen mit auf den Kopf gestellten Idealen.* Ein Mädchen, das Lucien liebte und niemals an seinen Gefühlen gezweifelt hätte. Ein Teil von mir wünschte sich, dieses Mädchen zu sein. Diese unbeschwerte und glückliche Version von mir selbst. Aber das war vorbei. Es gab sie nicht mehr.

Ich rief mir alles in Erinnerung, was mir erst vor einer halben Stunde das Herz gebrochen hatte. Alles, woran ich nie wieder hatte denken wollen, brauchte ich jetzt. Die Begegnungen, Worte, Berührungen und Gefühle. Das Castello, den Turm, das Stoffkänguru, Luciens Lächeln, seine Stimme, sein ruhiges Atmen in der Nacht neben mir im Bett. Wie ein Sturm fegten die Erinnerungen über mich hinweg, aber diesmal wurde ich nicht fortgerissen. Ich blieb stehen, mit beiden Beinen fest auf dem Boden.

Dann war ich bereit.

Ich sah Lucien schon von Weitem, er wartete an der üblichen Stelle in Zone B. Meine Beine wollten ihren Dienst verweigern, aber *die andere Ophelia* zwang sie zum Weitergehen. Ich hatte oft befürchtet, dass der Tag käme, an dem Lucien mich hassen würde. Dass es mal umgekehrt kommen könnte, hatte ich nicht erwartet.

»Da bist du ja.« Er lächelte und küsste mich flüchtig. *Ekelhaft,* dachte ich. *Wundervoll,* dachte die andere Ophelia. »Hat der Spaziergang geholfen?« Er hielt mir die Tür auf.

»Ja, ich denke schon.« Ich ging an ihm vorbei und trat in die schmale Kabine. Lucien folgte mir und die Türen glitten zu. Der Aufzug fuhr jedoch keine zwei Meter, dann stoppte er abrupt.

»Weiterfahrt nicht möglich. Waffe entdeckt. Sicherheitsrisiko.«

Ach du Scheiße.

Lucien klopfte sich selbst ab, dann sah er mich an. »Hast du was dabei?«

Dank Kapsel schaltete ich ultraschnell. »Wie dumm von mir«, sagte ich und schlug mir leicht an die Stirn. »Ich habe die Waffe vom Einsatz noch nicht abgegeben.« Eilig zog ich sie aus der Halterung und reichte sie ihm.

Lucien lächelte arglos, wenn das überhaupt möglich war. Sein Gesicht bildete die perfekte Maske, kein Muskel zuckte ohne Aufforderung. Er war wirklich der beste Lügner aller Zeiten, genau wie die OmnI gesagt hatte. Aber heute war ich besser als er.

»Überbrücken«, sagte Lucien und nannte seinen Namen und die Kennung. Dann sah er mich an. »Wir können das Ding schließlich nicht auf die Straße werfen.«

»Nein, wohl nicht.« Die andere Ophelia lächelte sanft.

Das Essen stand schon in seinen Räumen bereit, als wir hereinkamen. Mein Magen knurrte, obwohl ich keinen Hunger hatte. Lucien deutete auf einen Stapel Kleidung, der auf dem Sessel lag. »Ich habe dir ein paar Sachen holen lassen, falls du dich umziehen möchtest. Die EyeLinks solltest du auch rausnehmen. Deine Augen sehen ziemlich gerötet aus.«

Ich sah an mir herunter. Nach wie vor trug ich meine schwarze Einsatzkleidung, die verdreckt und verschwitzt war. Am liebsten hätte ich sie anbehalten, weil sie mir wie ein Panzer vorkam, der mich zusammenhielt. Trotzdem nahm die andere Ophelia ihre frischen Sachen dankbar entgegen.

»Das war lieb von dir, danke. Ich gehe kurz ins Bad.« Schließlich steckte da immer noch eine Pistole in meinem Hosenbund.

»Klar.« Lucien lächelte, dann setzte er sich aufs Sofa. »Aber beeil dich, sonst lasse ich dir nichts übrig.«

»Wehe dir.« Ophelia grinste und ging.

Das Licht im Bad erschien mir grell, und als ich in den Spiegel sah, erschrak ich. Meine Augen lagen tief in den Höhlen, unter der dünnen Haut war bläulich schimmerndes Blut zu sehen. Ich sah furchtbar aus. Wenn ich *sie* sein wollte, musste ich daran etwas ändern.

Ich wusch mich und löste meinen Zopf, bevor ich mich umzog und etwas zurechtmachte. Das warme Wasser verpasste meinem Gesicht einen gesünderen Anstrich, die frische Kleidung tat ihr Übriges. Die Waffe versteckte ich in dem einzigen Stapel gebügelter Hemden im Ankleidezimmer. Dort würde Lucien sie bestimmt nicht finden.

Während ich das kühle Metall unter den teuren Stoff schob, rechnete ich mir aus, wie lange es dauern würde, das Ganze zu erledigen. Und dann, als ich Sekunden hin- und herschob und detailliert Wege und Strecken ausrechnete, wurde mir etwas klar: Ich hatte einen schlimmen Fehler gemacht, aber heute Abend konnte ich das in Ordnung bringen. Heute konnte ich *alles* in Ordnung bringen. Ich musste nur durchhalten.

Die Burger rochen fantastisch, aber sie verwandelten sich in meinem Mund in Pappe. Die andere Ophelia und ich teilten uns zwar einen Körper, aber der Magen war fest in meiner Hand. Ich bemühte mich, ein paar Bissen bei mir zu behalten, dann schob ich den Teller weg. Bevor ich mich auf den Teppich übergab, blieb ich lieber nüchtern.

»Alles okay? Du siehst wirklich nicht gut aus.« Lucien sah mich besorgt an. Er spielte das unglaublich gut, nicht einmal mein entfesseltes Gehirn konnte ihm etwas anmerken. Wieder wünschte ich mir für einen kurzen Moment, ich hätte nie davon erfahren, dass ich nur ein *Job* war. Aber sofort schämte ich mich dafür.

»Ich habe keinen großen Hunger, tut mir leid.« Ophelia lächelte entschuldigend.

»Das mit Emile geht dir an die Nieren«, stellte Lucien fest.

»Ja, es ist hart. Wir waren schließlich Freunde.« Ich nickte. »Wie ist denn das Verhör gelaufen?«

»Er behauptet, er hätte mit alldem nichts zu tun. Wir wollen die OmnI nutzen, um ihn zu befragen, aber Leopold ist dagegen.« Lucien hob die Schultern. »Man hat ein paar Unregelmäßigkeiten bei ihr festgestellt. Er traut ihr nicht.«

»Aber wie wollt ihr sonst herausfinden, was Emile weiß?« Ich sah ihn fragend an.

»Wir haben ihn in das Gefängnis im Militärbereich verlegt, außerhalb der Stadt. Dort werden sie ihn weiter verhören, die meisten reden irgendwann. Aber wenn nichts dabei rauskommt, müssen wir ihn trotzdem clearen. Unter fünf Jahren wird er nicht rauskommen – selbst wenn er nicht genau wusste, was er da anrichtet.«

»Verhören« bedeutete wahrscheinlich kein nettes Gespräch, sondern Folter oder Schlimmeres. Meine Schuldgefühle meldeten sich, aber ich schob sie weg. Wenn alles vorbei war, konnten wir Emile vielleicht befreien. Möglicherweise würde er sich uns sogar anschließen.

»Was bedeutet sein Verrat für das Anwärter-Programm?«, fragte die andere Ophelia. »Werden wir jetzt alle rausgeworfen?« Sie machte große, ängstliche Augen. Es passierte wie von allein.

»Um Himmels willen, nein.« Lucien strich beruhigend über meinen Arm. Ich zuckte nicht einmal. »Mach dir keine Sorgen. Das mit Emile ist unschön, aber so was kann passieren. Wir gucken uns die Aufzeichnungen von seiner Prüfung in Paris noch mal an. Dann wissen wir vielleicht, was schiefgelaufen ist.«

Nichts ist bei ihm schiefgelaufen, und das wisst ihr auch. Ihr wisst genau, wer es war.

»Vor allem du solltest dir keine Gedanken machen.« Lucien zog mich an sich und küsste mich zärtlich. »Nach deinem Einsatz in der Villa Mare und dem heutigen Tag ist dir ein Platz bei den Schakalen sicher. Außerd–«

Es klopfte. Sofort sprang ich auf, aber Lucien winkte ab.

»Lass. Sie wissen es.«

»Wer weiß es?«

»Die meisten, glaube ich. Auf jeden Fall Dufort und Fiore. Ich hatte keine Lust mehr auf dieses Versteckspiel.«

»Aber das bedeutet –«

»Es bedeutet gar nichts. Beziehungen zwischen Schakalen sind nicht verboten. Und da ich es nie auf den Thron schaffen werde, interessiert sich auch sonst niemand dafür.« Er lachte. »Entspann dich, Stunt-Girl. Alles ist gut.« Dann ging er zur Tür.

Als ich seinen Spitznamen für mich hörte, meldete sich mein Zorn. Aber bevor es jemand bemerken konnte, hatte ich ihn wieder sicher hinter Ophelias Fassade verstaut.

Bis wir beide Panik bekamen.

Denn es war niemand Geringeres als Cohen Phoenix, der in Luciens Räume spazierte, als wäre er hier zu Hause. Ich hatte ihn nie aus der Nähe gesehen – die stechend hellblauen Augen, das wie aus Stein gemeißelte Gesicht. Alles an ihm, vom akkuraten Kurzhaarschnitt bis zu seiner Kleidung, sprach von Härte und Kälte. An einem anderen Tag hätte mir Lucien sicher leidgetan, weil er so viel Zeit mit diesem Mann verbringen musste.

»Ophelia Maxine Scale?«, fragte Phoenix, als wäre er eine menschliche Datenbank.

»Ja?« Ich wusste, wie ernst die Lage war. Lucien mochte gut sein, aber er hielt mich momentan nicht für eine Bedrohung. Phoenix hingegen war *besser* und hielt *alles* für eine Bedrohung. Wenn ich jetzt einen Fehler machte, war es keine Mission mehr. Dann war es Selbstmord. »Freut mich, Sir«, ließ ich Ophelia nachschieben. Sie streckte die Hand aus. Er ignorierte es.

»Du bist also dieses Mädchen, das nicht nur den König gerettet, sondern auch den Verräter Bayarri entlarvt hat?« Sein Blick fixierte mich. Die Augen waren so hell, dass sie wie Polareis wirkten.

»Nun, das war nicht allein me–«, begann Ophelia.

»Bescheidenheit ist eine Tugend«, unterbrach er mich schroff. »Für heiratswillige Mädchen und Hauspersonal. Nicht für einen Schakal. Schakale sollten immer wissen, was sie geleistet haben.«

Lucien trat neben mich.

»Hör auf damit, Cohen. Sie hat einen guten Job gemacht. Das könntest du ruhig anerkennen.«

Phoenix' kalter Blick wanderte von mir zu ihm.

»Ich wusste gar nicht, dass ich von dir Befehle empfange, Lucien.« Er sah mich wieder an. »Nun, Ophelia?«

»Es stimmt, Sir«, sagte sie artig. »Das war ich.«

»Trotz dieser Kontakte in deiner Vergangenheit? Diesem hinterwäldlerischen Aufrührer Odell und all seinen Freunden?«

Am liebsten hätte ich ihm eine reingehauen. Die andere Ophelia hielt mich davon ab.

»Deren Ideale sind nie meine gewesen«, erwiderte sie brav. Aus dem Augenwinkel sah ich zu Lucien, aber er verzog keine Miene.

»Nun, wir werden sehen«, sagte Phoenix. »Ich gehe jetzt, ich habe noch Termine außerhalb. Aber ich will dich morgen um Punkt acht in meinem Büro sehen. Dann sprechen wir über deine Zukunft.«

Morgen um acht habe ich hier keine Zukunft mehr. Und du auch nicht, du Arsch. Vielleicht kannst du dann in irgendeinem Exil ein paar Kühe zu Geheimagenten ausbilden. Oder im Jenseits.

»Sehr gern, Sir«, erwiderte Ophelia freundlich lächelnd. »Es ist mir eine Ehre.«

Phoenix nickte knapp, dann ging er ohne Verabschiedung zur Tür. Ich atmete auf, als sie ins Schloss fiel.

»Was für ein Kotzbrocken«, stieß ich aus und sprach für beide Versionen von mir.

»Ja, so ist er. Wenn er eine weiche Seite hat, dann ist sie schon eine Weile als vermisst gemeldet.« Lucien sah in Richtung Tür, durch die Phoenix verschwunden war. »Aber dass er dich treffen will, bedeutet eine Menge. Ich denke, morgen wirst du keine Anwärterin mehr sein.«

Wenn du wüsstest, wie recht du damit hast.

»Du meinst, er wirft mich raus, weil er das von uns weiß?«, sagte ich etwas lahm. Mir war völlig klar, wieso Phoenix aufgetaucht war. Er war neugierig auf das Mädchen gewesen, das einen Kollegen ans Messer lieferte, nur um selbst davonzukommen. In seiner Welt galt das vermutlich als Meisterleistung.

»In solchen Kategorien denkt Phoenix nicht. Wahrscheinlich

findet er es sogar gut – dann hat er im Zweifel ein Druckmittel gegen uns beide. Anreize nennt er das.« Lucien ging zurück zur Couch. »Glaub mir, er wird dich morgen in den aktiven Dienst berufen. Wenn du das nicht willst, musst du heute Nacht abhauen.«

Weder ich noch Ophelia wussten, was wir darauf sagen sollten. Also gähnte ich.

»Hey, wenn du lieber in deine Wohneinheit möchtest, verstehe ich das«, sagte Lucien.

»Nein«, sagte Ophelia schnell und lächelte. »Ich bin gerne bei dir. Ich bin nur einfach wahnsinnig müde. Es war ein langer Tag.«

Er nickte und schlang seine Arme um sie. »Dann lass uns bald ins Bett gehen. Du hast morgen schließlich einen wichtigen Termin.«

Die verliebte Ophelia verschränkte ihre Hände in seinem Nacken. »Allerdings.«

Aber nicht so wichtig wie der heute Nacht.

Je länger der Abend dauerte, desto schwerer fiel es mir, konzentriert zu bleiben. Die Kapsel schärfte zwar meine Sinne, aber sie bescherte mir bald Kopfschmerzen. Bei der OmnI hatte das Ganze nur eine Stunde gedauert, jetzt waren es schon fast zwei. Ich war froh, als wir endlich im Bett lagen und das Licht auf ein Minimum gedimmt wurde.

Solange ich mich auf die andere Ophelia konzentrierte, fand ich es gar nicht so schlimm, in Luciens Arm zu liegen. Zum Glück hatte Troy meine Kapseln geholt. Ohne sie hätte ich es nie geschafft.

»Wusstest du, dass es einen größeren Auftrag in Südamerika gibt?«, fragte Lucien leise. Seine Locken streiften meine Schulter. »Da der Sohn des Präsidenten an dem Attentat beteiligt war, muss dort einiges aufgerollt werden.«

»Okay, und?«, murmelte Ophelia schläfrig. Eigentlich war ich nicht müde, sondern hellwach. Mein Hirn pulsierte gegen meine Schädeldecke wie eine Uhr. *Tok. Tok. Tok.*

»Phoenix hat gesagt, sie bräuchten mehrere Schakale dafür. Vielleicht können wir zusammen dorthin.«

Ich sah hoch und er lächelte mich liebevoll an. Selbst jetzt wollte ich ihm noch glauben. Wie machte er das?

»Ja, das wäre schön«, antwortete Ophelia für mich. »Aber noch bin ich kein Schakal. Du weißt nicht, was Phoenix morgen mit mir besprechen will. Vielleicht passt ihm ja meine Nase nicht – oder meine hinterwäldlerischen Kontakte.«

»Er hätte das nicht sagen dürfen.« Lucien streichelte meinen Arm. »Auch wenn ich froh bin, dass alles so gekommen ist. Sonst wärst du nie ein Schakal geworden.«

»Das freut dich? Du hasst diesen Job.«

»Ja, das stimmt. Aber zum ersten Mal kommt er mir nicht mehr unerträglich vor.« Er sah mich an, den Blick voll täuschend echter Zuneigung. »Stell dir vor, ein kleines Hotel an der Küste von Südamerika, ein riesiges Bett, der Wind weht durch die Vorhänge, nur du und ich ...«

»... und die Mission und all die Feinde um uns herum ...«

Er lachte. »Du bist wirklich keine Romantikerin, Ophelia Scale.«

»Nein, wohl nicht.« Sie lächelte. »Aber du und ich zusammen auf Missionen, das könnte ich mir gefallen lassen.«

»Das ist gut. Das ist sehr gut.« Er lehnte sich zurück in die Kissen und strich mir zärtlich über die Wange. »Die Zukunft planen ist ziemlich spießig, ich weiß.«

»Du glaubst, dass wir eine Zukunft haben?«, hörte ich jemanden fragen. Ich wusste gerade nicht mehr, welche der Ophelias es war.

»Ich hoffe es«, sagte er. »Es ist bestimmt keine normale Zukunft, schon allein wegen der Feinde und der Missionen. Aber immerhin wäre es eine.« Seine Augen zeigten mir nichts als offene und ehrliche Liebe. Für einen Moment tat es unendlich weh. »Wegen vorhin … ich habe das ernst gemeint, weißt du.«

Ich zwang Ophelia, ihn weiter anzusehen. »Was, dass ich beschissen aussehe?«

»Nein. Das andere.« Er lächelte etwas verlegen.

»Ich habe dir schon eine Antwort darauf gegeben«, sagte sie und erwiderte das Lächeln. »Aber da warst du längst weg.«

Lucien hob die Schultern. »Wahrscheinlich hatte ich Angst.«

»Dazu gibt es keinen Grund.« Ophelia lehnte sich nach vorne und sah ihm ernst in die Augen. »Ich liebe dich, Lucien de Marais. Ich würde bis ans Ende der Welt mit dir gehen.«

Er lächelte. »Ich mache gleich morgen den Flug klar.«

Dann küsste er mich.

37

326 Atemzüge. So lange dauerte es, bis ich sicher war, dass Lucien schlief. Ich registrierte jede seiner Regungen, jede Unregelmäßigkeit und jedes Zucken. Aber auch ohne Kapsel hätte ich es gewusst. Er hatte mich zwar die ganze Zeit belogen, aber im Schlaf konnte er das nicht. Wenn er zu Hause war, fühlte er sich sicher. Das war mein großer Vorteil.

Ich schlüpfte aus dem Bett und ging ins Bad, ohne mich anzuziehen. Wenn Lucien aufwachte und meine Sachen weg waren, würde er sicher Verdacht schöpfen.

In dem Schränkchen über dem Waschbecken suchte ich nach einer Schere oder einem Messer – nach etwas, das scharf genug war, um in die Haut zu schneiden. Ich fand einen Rasierer mit herausnehmbarer Klinge. Eilig friemelte ich sie aus der Halterung und hielt meinen Unterarm über das Becken.

Ich presste die Zähne aufeinander, als die Klinge die empfindliche Haut an meinem Handgelenk durchtrennte. Der Schnitt tat verflucht weh, denn die Aufhebung des HeadLock verstärkte alle meine Empfindungen. Trotzdem gab ich keinen Laut von mir.

Blut lief ins Waschbecken und färbte die weiße Fläche rot. Mit den Fingerspitzen griff ich in die Wunde und angelte nach dem WrInk. Erst beim dritten Versuch bekam ich ihn zu fassen. Mit zittriger Hand holte ich das flexible Stück Kunststoff heraus und wickelte es in ein Handtuch. Den Schnitt verband ich provisorisch mit einer Bandage, die ich im Schrank fand. Es brannte, aber ich würde nicht verbluten.

Schnell verwischte ich meine Spuren, spülte das Becken aus und versteckte den eingewickelten WrInk bei den anderen Handtüchern im Regal. Nach dem Ende der Ermittlungen war mein Signal außerhalb von Luciens Räumen wieder ortbar. Aber ohne den WrInk konnte mich niemand aufspüren oder aus der Ferne deaktivieren.

Im Ankleidezimmer zog ich meine schmutzige Einsatzkluft wieder an. Dann holte ich die Waffe aus ihrem Versteck. Ein letzter Blick ins Schlafzimmer sagte mir, dass Lucien nichts von meinem Verschwinden bemerkt hatte. Er lag mit dem Gesicht zum Fenster, im Gegenlicht des Mondes sah ich seine Locken auf dem Kissen. Kurz schmerzte der Fleck, wo früher mein Herz gewesen war. Dann wandte ich mich ab.

Die Tür zum Geheimgang war unverschlossen, das grelle Licht brannte mir in den Augen. Vergeblich leuchtete der rote Streifen an der Wand – der Notausgang würde den König heute nicht retten können. Mich vielleicht schon.

Ich war fokussiert und konzentriert, trotz meines schmerzenden Schädels. Die 30 Minuten des Wartens hatten geholfen, ich konnte halbwegs klar denken und fühlte nur wenig. Das musste ich nutzen.

Das Ankleidezimmer des Königs war stockfinster. Langsam tastete ich mich zur anderen Seite und stieß schließlich mit den

Fingern gegen die Wand. Aufmerksam horchte ich, ob sich draußen etwas bewegte, dann schob ich die Tür auf. Es war dunkel und niemand zu sehen. Wahrscheinlich war der König längst ins Bett gegangen.

Die Räume waren noch größer als die seines Bruders, und ich brauchte einen Moment, um mich zu orientieren. Ich stand in jenem geräumigen Wohnzimmer, das nur teilweise zu sehen gewesen war, als ich den König und Phoenix belauscht hatte. Es gingen mehrere Türen ab. Da bestimmt Gardisten im Flur standen, öffnete ich leise zwei davon, bevor ich endlich fündig wurde.

Das Schlafzimmer war ebenso riesig wie der Rest, aber es standen nicht viele Möbel darin. Im Mondlicht sah ich ein erstaunlich schlichtes Bett neben übervollen Bücherregalen, ein kleines Nachttischchen und einen alten Sessel mit geschwungenen Beinen. Ich ging näher zum Bett, die Waffe vor mir im Anschlag. Aber schnell erkannte ich, warum es so still war. Der König schlief nicht.

Er ist gar nicht da.

»Verdammt!« Ich flüsterte nur, aber es war trotzdem laut. Wo war er? Wieso war er nicht hier? Warum hatte ich vorher nicht darüber nachgedacht, ob der König da sein würde? *Weil du damit beschäftigt warst, nicht durchzudrehen.* Das holte ich jetzt nach.

Meine Konzentration war dahin, ich atmete schnell, hyperventilierte fast. Es gab keine zweite Chance, ich *musste* es heute erledigen. Mit jedem Tag, mit jeder Stunde wuchs das Risiko, entdeckt zu werden – und einen weiteren Abend würde ich Lucien nichts vormachen können.

Konzentriere dich. Er muss im Gebäude sein. Knox' Stimme war so deutlich in meinem Kopf, als stünde er neben mir. Ich hatte sie zum letzten Mal in der Villa Mare gehört und mich entschieden, sie zu ignorieren. Den Fehler würde ich nicht noch einmal begehen.

Ich riss mich zusammen, zwang mich zum kontrollierten Atmen und beruhigte mich langsam. Mein Ohr an der Tür sagte mir, dass die Gardisten direkt davorstanden. Ich entschied, zurückzugehen und den Weg durch Luciens Räume zu nehmen. Mit zwei dieser Gorillas wurde ich zwar mithilfe der Kapsel fertig, aber ich wollte es nicht riskieren. Wenn jemand Alarm schlug, bevor ich den König fand, war alles umsonst gewesen.

Lucien schlief immer noch, der Teppich schluckte die Schritte meiner Stiefel. Das Wohnzimmer war leer, die Reste unseres Essens längst von lautlosen Helfern weggeräumt. Bald würden das endlich wieder Roboter erledigen.

Der Flur vor der Tür lag ausgestorben da, das Licht war in der Nacht gedimmt. Mein Weg führte mich auf direktem Kurs zum Refugium. Wenn Leopold sich in der Festung aufhielt, dann dort.

Niemand begegnete mir, keiner hielt mich auf. Als ich über den schmalen Steg in den alten Teil der Festung lief, erkannte ich tief unten im Foyer Mitglieder der Garde. Schnell huschte ich zur anderen Seite.

Mein Gehirn erinnerte sich gut an den Weg zum Refugium. Wie automatisch zogen mich meine Füße in die richtige Richtung und leiteten mich durch das Labyrinth. Meine Sinne waren aufs Äußerste geschärft. Ich hörte und sah alles.

Auch die beiden Gardisten vor Leopolds Tür. Ich ging eine Ecke vorher in Deckung.

»... und dann habe ich ihm gesagt, dass er erst dann lesen darf, wenn die Aufgaben erledigt sind.«

»Du hast völlig recht damit. Man muss Kindern gegenüber konsequent sein, sonst tanzen sie einem auf der Nase herum.«

Ich griff nach meiner Waffe, aber dann ließ ich sie wieder los. Es reichte, wenn ich die beiden vorrübergehend ausschaltete. Gardisten mussten erst auf Bedrohungen reagieren, bevor sie Verstärkung riefen. Das würde mir helfen. *Du musst schnell sein.* Ich nickte, als hätte Knox es tatsächlich gesagt.

Tief holte ich Luft, dann trat ich um die Ecke und ging mit eiligen Schritten auf die beiden zu. Mein Hirn registrierte in Sekundenbruchteilen alles an ihnen, von ihrer Größe über die Waffen bis zu ihren Schwachstellen. Ich wusste, wo ich treffen musste. Ich durfte nur nicht zögern.

Sie sahen mich, dann meine Kleidung. Aber bevor sie überlegen konnten, ob sie mich zum König lassen durften, war ich schon bei ihnen. Ein paar Schritte Anlauf und ich traf den einen mit der Faust mitten im Gesicht. Ein zweiter Schlag auf das Ohr zerfetzte seinen EarLink, ein dritter knockte ihn endgültig aus. Der andere Kerl wollte mich von hinten festhalten, aber ich nutzte den Schwung, packte seinen Arm und verdrehte ihn nach hinten. Mit einem fiesen Knacken kugelte seine Schulter aus. Er wollte vor Schmerzen schreien, aber es kam nichts. Ich hatte ihn längst mit einem Tritt in die Bewusstlosigkeit befördert.

Dem zweiten nahm ich den EarLink ab, um ihn ebenfalls zu zerstören, dann entfernte ich mit schnellen Griffen die Magazine aus beiden TLP-X und steckte sie ein. Schließlich zog ich meine Pistole aus dem Hosenbund, öffnete die Tür zum Refugium und ging hinein.

Der König stand mit dem Rücken zu mir am Kamin. Als ich die Tür ins Schloss fallen ließ, fuhr er erschrocken herum. Eine Sekunde sah ich Erleichterung in seinem Gesicht, dann fiel sein

Blick auf meine Hand. Der Lauf der Waffe war direkt auf sein Herz gerichtet.

»Ophelia.« Er löste den Blick von der Pistole. »Guten Abend.«

»Falsch«, sagte ich. »Es ist ein ziemlich beschissener Abend.« Ich deutete auf seine Finger, die ein Buch hielten. »Legen Sie das weg und nehmen Sie die Hände hoch. Wenn auch nur ein Gardist reinkommt, sind Sie tot.«

Er nickte, als würde er verstehen. Langsam legte er das Buch auf den Tisch und hob die Hände. »Willst du mir sagen, welchem Umstand ich diesen Besuch verdanke?« Er lächelte ohne Freude.

»Als wüssten Sie das nicht«, sagte ich und trat langsam näher. Ohne HeadLock und mit der Dunkelheit vor dem Fenster war das Refugium noch deprimierender. Das tiefbraune Holz erstickte das Licht, die Regale waren in flackernde Schatten getaucht. Auf dem Tisch sah ich das Schachbrett. Der König lag umgekippt auf der Seite. *Schachmatt.*

»Nun, ich habe eine Theorie.« Der König machte einen Schritt zurück. »Offenbar bist du dem radikalen Gedankengut deines Ex-Freundes nicht so abgeneigt wie gedacht.«

»Sie haben keine Ahnung von meinen Gedanken«, konterte ich scharf.

Rede nicht mit ihm, tu es einfach. Knox in meinem Kopf wurde ungeduldig. Meine Hand umfasste die Waffe fester, aber ich zitterte. Das Gewicht zog meinen Arm nach unten.

»Doch, das glaube ich schon«, sagte der König. »Allerdings überrascht es mich, dich so zu sehen. Schließlich hast du mich in der Villa Mare noch beschützt. Warum?«

Ich schnaubte. »Weil ich ein dummes Mädchen war, das auf die falschen Leute gehört hat. Aber das ist vorbei. Ich bin keine Figur mehr in diesem kranken Spiel.«

Drück den Abzug, Phee. Lass ihn nicht in deinen Kopf.

»Dann verfolgst du jetzt deine eigenen Ziele? Nur deine eigenen?«

»Ganz genau«, zischte ich. Seine Fragerei machte mich aggressiv.

»Wie kannst du da sicher sein?« Die grauen Augen musterten mich ruhig.

Weil du weißt, was richtig ist, erinnerte mich Knox.

»Weil ich weiß, was richtig ist«, sagte ich.

»Davon bin ich überzeugt.« Der König sah mich an. »Du bist ein guter Mensch, Ophelia. Ich erkenne so etwas. Du bist keine Mörderin.«

Ich presste die Lippen aufeinander. »Ganz genau, ich bin ein guter Mensch. Ganz im Gegensatz zu allen anderen hier.«

Du hast nicht mehr viel Zeit, mahnte Knox. *Die werden bald merken, dass die beiden Gardisten offline sind.*

»Von wem sprichst du?« fragte der König, aber sein Blick verriet ihn. Die grauen Augen zuckten zu der Fotografie von ihm und seinen Geschwistern. Wenn ich noch eine Bestätigung für Luciens Verrat gebraucht hätte, dann hätte ich sie in diesem Moment bekommen.

»Ich spreche von allen hier. Gibt es irgendjemanden in dieser Stadt, der keine Lügen verbreitet?!« Ich verlor die Kontrolle, ich spürte es. Die Wand zwischen mir und meinen Gefühlen wurde dünn und brüchig wie altes Papier.

»Ich habe dich nicht angelogen«, sagte der König.

»Und schon wieder eine Lüge! Genau wie der PointOut. *In 4,3 Sekunden ist alles vorbei, Ophelia*«, äffte ich ihn nach. »So ein Schwachsinn! Ich habe mit der OmnI gesprochen. Sie hat keine feindlichen Gedanken uns gegenüber. Nicht einen!«

Jetzt geriet etwas in Leopolds Blick ins Schwanken. Ich registrierte es ohne Genugtuung. »Sie sind der Einzige, der Angst vor ihr hat!«, rief ich. »Nur weil Sie Angst vor einer verdammten Maschine haben, mussten Sie die ganze Welt Ihren absurden Vorstellungen unterwerfen?!«

Leopold nahm die Hände herunter und sah mich eindringlich an. »Ganz egal, was die OmnI dir erzählt hat, die Abkehr *war* notwendig! Die Menschheit hatte aufgehört, menschlich zu sein, alle haben sich gegenseitig verletzt, sind vereinsamt. Der Point-Out stand kurz bevor und niemand von uns hätte ihn überlebt. Die OmnI lügt! Sie wird alles auslöschen, was ihr im Weg steht, wenn sie die Gelegenheit bekommt. Sie würde dann auch deine Familie und Freunde beseitigen, ohne zu zögern!«

Er kommt dir auf die emotionale Tour. Lass das nicht zu.

»Meine Familie?«, fragte ich. »Meine Freunde?« Er wagte es, sie zu erwähnen?

»Ich habe mir deine Akte angesehen.« Leopold blieb beharrlich. Diese Stärke hatte ich nicht erwartet. »Du hast Menschen, die dich lieben und nicht verlieren wollen. Was würden sie sagen, wenn sie das hier sehen könnten?«

Ich schnaubte wieder, diesmal lauter. »Mal überlegen. Sprechen Sie von meinem Freund Jye, der nach der Abkehr zum zweiten Mal seine Eltern verloren hat? Der in ein Heim gesteckt wurde, in dem er fast vor die Hunde gegangen ist, nur weil Sie das so entschieden hatten?« Meine Wut übernahm die Kontrolle. »Oder vielleicht von meinem Vater, einem der brillantesten Köpfe des Landes, der in seiner Freizeit Tomaten umtopft? Der in einem E-Werk auf einen Monitor starrt, weil er nicht mehr tun darf, was er liebt? Meinen Sie die?!«

Der König sah mich an, mit festem Blick, in dem sein unerschütterlicher Glaube zu erkennen war. Dass er so tat, als würde es ihm nicht nur um seine Macht gehen, machte mich noch wütender.

»Aber vielleicht meinen Sie ja auch Nicholas Odell«, sagte ich, und meine Stimme brach. »Dem Sie sein ganzes Leben weggenommen haben. Der jetzt Pferde malt, obwohl er Geschichtsstudent war! Der seine eigene Freundin nicht mehr erkennt, weil alle Erinnerungen an sie wie Parasiten aus seinem Hirn entfernt wurden. Als wären seine Überzeugungen, als wäre *ich* eine Krankheit!« Tränen schossen mir in die Augen. »Aber das ist ja auch scheißegal, denn er ist bestimmt längst tot. Jämmerlich verreckt in irgendeinem Straßengraben, weil er zu verwirrt war, um nach Hause zu finden.« Ich funkelte den König an. »Ist das Ihre Vorstellung von einer menschlichen Welt? Ist das Leopold de Marais' Vision von einer besseren Zukunft? Das ist BULLSHIT!« Ich atmete schwer, mein Hals war wie zugeschnürt. Meine Wut kostete mich unendlich viel Kraft, mein entfesseltes Gehirn ließ mich alles viel stärker fühlen. Lange würde ich nicht mehr durchhalten.

»Die Menschheit lebt, Ophelia!«, beharrte der König. »Das ist mehr, als sie ohne Abkehr hätte.«

»Nein, wir leben *nicht*!«, rief ich. »Wie können Sie das nur glauben? Wir sind *Menschen*! Menschen müssen nach etwas streben! Wenn wir hungern würden, hätten wir das Ziel zu überleben. Wenn wir auf der Straße leben müssten, hätten wir das Ziel, ein Dach über dem Kopf zu finden. Aber so? Wofür lohnt es sich überhaupt noch zu leben? Wofür lohnt es sich, zu kämpfen?!«

Der König schüttelte den Kopf. »Und du glaubst, unbeschränkte Technologie sei so ein lohnendes Ziel? Das Ende des Lebens, wie wir es kennen? Du kämpfst eine Schlacht gegen dich selbst, Ophelia! Gegen deine eigene Spezies!« Er sah mich an, stolz und beherrscht. So ein intelligenter Mann. Und doch hatte er keine Ahnung. Ich hatte mit der OmnI gesprochen. Ich kannte die Wahrheit.

»Ich kämpfe für einen Zweck!«, rief ich. »Ein Ziel, eine Aufgabe. Etwas, das meinem Leben einen Sinn gibt!«

»Es gibt viele Möglichkeiten, ein erfülltes Leben zu führen!«

»Erfülltes Leben?« Ich spuckte die Worte förmlich aus. »Wie denn? Wir stehen morgens auf, ohne zu wissen, weshalb. Wir gehen zur Schule oder in die Universität, ohne zu wissen, weshalb. Denn wir werden uns nicht weiterentwickeln – wir *dürfen* uns nicht weiterentwickeln! Nichts von dem, was wir tun, wird jemals etwas bedeuten!« Ich holte Luft, tief und rasselnd. »Wir leben nicht. Wir existieren nur. Das muss aufhören.«

Der König hob die Hände, die er längst hatte sinken lassen. »Ich verstehe vollkommen, dass du –«

»Nein, nicht ICH!«, unterbrach ich ihn. »Hier geht es doch gar nicht um mich. Hier geht es um die ganze verdammte Menschheit!«

»Glaubst du etwa, mir nicht?!«, rief der König jetzt. »Ich musste Entscheidungen treffen, Entscheidungen für uns alle. Damit wir überleben, Ophelia! Damit wir überhaupt eine Chance haben!«

»IN DIESER WELT HAT NIEMAND EINE CHANCE!«

Mein Schrei hallte von den Wänden wider. Danach war es ganz still.

Ich hörte nichts außer meinem eigenen Atmen, ich spürte nichts außer Verzweiflung und Schmerz. Aber ich konnte noch sehen. Und was ich sah, war der Lauf einer Waffe, auf das Herz des Königs gerichtet.

Tu es, jetzt. JETZT, PHEE.

Ich fixierte den König, sah ihm in die grauen Augen. Meine Hand umklammerte die Pistole. »Diese Welt ist ein Gefängnis ohne Hoffnung«, sagte ich. »Jemand muss die Mauern einreißen.«

Ich hob die Hand, ich legte den Finger auf den Abzug.

Dann drückte ich ab.

38

Ich hatte mir diesen Moment nie ausgemalt. Ich hatte nie darüber nachgedacht, wie es sein würde, wenn ich abdrückte und dem Leben des Königs ein Ende bereitete. Wenn die Kugel in seinen Körper eindrang und er zusammenbrach, wenn sich seine Augen leer nach oben drehten. Ich hatte es zwar im Traum gesehen und es hatte mir Angst gemacht. Aber ich hatte nicht weiter darüber nachdenken wollen, wie es wäre, wenn es wirklich passierte.

Als ich jedoch tatsächlich meinen Finger um den Abzug legte, hatte ich es plötzlich klar vor Augen. Deswegen wusste ich auch sofort, dass etwas schiefgegangen war. Ich sah den Schock und die Verzweiflung im Blick des Königs, als ihm bewusst wurde, dass ich abgedrückt hatte. Und dann?

Erleichterung.

Erleichterung, weil er noch am Leben war.

Ein hohles Klicken war alles, was ich bekam. Hohl und metallisch, als würde man mit dem Finger gegen eine Blechdose schnipsen. Kein Knall, keine Explosion, keine Kugel, die durch den Lauf getrieben wurde. Nur das Klicken. Es klang endgültig.

Ich versuchte es kein zweites Mal, ich prüfte auch nicht, wo der Fehler lag. Stattdessen ließ ich die Waffe fallen, drehte mich um und rannte los.

Mein Kopf war völlig leer, während ich durch den Gang mit den Fackelhaltern hetzte. Ich überquerte einen der ins Juwel führenden Stege, rutschte auf dem Glas aus, rappelte mich wieder auf. Wenn ich schnell genug war, konnte ich es vielleicht aus der Festung schaffen. Wenn ich schnell genug war, würde ich vielleicht überleben.

»Halt!« Eine resolute Stimme hallte durch den Gang hinter mir, aber ich stoppte nicht, rannte einfach weiter. Es wurden mehr, ich hörte Schritte, das Entsichern von Waffen und laute Rufe.

Ich rannte weiter. Sie waren hinter mir, verfolgten mich, legten auf mich an. Ich rannte weiter. Erst als sie auch vor mir auftauchten, blieb ich stehen.

»Hände auf das Geländer«, brüllte eine Stimme, und ich erkannte Haslock. Schwer atmend gehorchte ich. Mit festem Griff packte ich das polierte Metall und sah nach unten. Ich war in einem der Flure gelandet, die nur durch halbhohes Glas vom Atrium getrennt waren.

Zwanzig Meter unter mir lag der Königssaal mit seinem glänzenden Marmorfußboden.

»Wir haben sie«, hörte ich Haslock sagen. »Wir bringen sie jetzt raus.«

Ich wusste, was das bedeutete: Clearing auf null oder gleich eine Kugel in den Kopf. Das konnte ich nicht zulassen. Ich würde keine von diesen Widerstandskämpferinnen sein, die für ihre Überzeugungen hingerichtet wurden. Wenn ich starb, dann zu meinen Bedingungen.

Schnell zog ich das Knie hoch und stellte einen Fuß auf das Geländer. Aber weiter schaffte ich es nicht. Etwas traf mich, hart und kalt. Ich hatte nie Bekanntschaft mit Betäubungsprojektilen gemacht, trotzdem wusste ich, dass mehrere davon in meinem Rücken steckten. Ich reckte mich ins Nichts, wollte nach vorne über die Brüstung stürzen. Aber kräftige Arme rissen mich zurück, zogen mich weg. Mein Blickfeld wurde kleiner, all die schwarz gekleideten Menschen verschwammen zu einem großen dunklen Fleck.

Und dann war da etwas Helles, das sich durch die Schwärze hindurchdrängte. Jemand, der all die Leute zur Seite stieß und auf mich zukam.

Lucien.

Sein Gesicht war das Letzte, was ich sah, bevor ich zu Boden fiel.

Es war starr vor Entsetzen.

Dank

Man wird zum Autor, wenn man ein Buch schreibt. Aber man kann erst dann tatsächlich ein Autor sein, wenn man andere Menschen findet, die an dieses Buch glauben. Mein großes Glück ist, dass ich diese Menschen gefunden habe – jeden zum richtigen Zeitpunkt.

Ich danke dem ganzen Team von cbj und damit all den engagierten und freundlichen Menschen, die Ophelia Scale von einem 100 000 Worte langen Wunsch zur Realität zwischen zwei Buchdeckeln haben werden lassen. Für mein Debüt hätte es kein besseres Zuhause geben können.

Meiner ebenso scharfsinnigen wie feinfühligen Lektorin Martina Patzer, die immer genau weiß, welche Worte an welcher Stelle und zu welcher Zeit nötig sind – ob nun im Buch, in einer E-Mail oder auf einem Kärtchen per Post.

Der Agentur von Silke Weniger und vor allem meiner weltbesten Agentin Gerlinde Moorkamp für viel Geduld und noch mehr Begeisterung, welche mir immer Motivation und Antrieb ist.

Meinen Testlesern: Stina, liebste Cheerleaderin, mit dir habe ich Demut gelernt, von dir Humor. Patricia, du wunderbarer Mensch, danke für alle Anregungen und das Mitfiebern. Marcel und Alex, für eure Hilfe zur richtigen Zeit. Ortrud und Manfred, für vier immer offene Ohren. Und Rebekka, weil dein Lob mir sehr wichtig war. Dir verzeihe ich sogar, dass du Troy magst.

Nicht zuletzt danke ich meinen großartigen, liebevollen Eltern, die mir immer zuhören und früher horrende Summen in Lesestoff für mich investiert haben – und meiner Schwester Kathrin, die meinen Hang zu Geschichten früher langweilig fand, sie aber mittlerweile verschlingt. Eure Unterstützung ist mehr, als man sich wünschen kann.

Und natürlich meinem Mann Felix, der nicht nur die Liebe meines Lebens und mein persönlicher Superheld ist, sondern auch der beste Berater für alles Technische, den es geben kann. Du hast zu mir gesagt, ich soll ein Buch schreiben – und ich habe es getan. Sag nie wieder, ich würde nicht auf dich hören.

Lena Kiefer wurde 1984 geboren und war schon als Kind eine begeisterte Leserin und Geschichtenerfinderin. Einen Beruf daraus zu machen, kam ihr jedoch nicht in den Sinn. Nach der Schule verirrte sie sich in die Welt der Paragrafen, fand dann aber gerade noch rechtzeitig den Weg zurück zur Literatur und studierte Germanistik. Bald darauf reichte es ihr nicht mehr, die Geschichten anderer zu lesen – da wurde ihr klar, dass sie Autorin werden will. Heute lebt Lena Kiefer mit ihrem Mann in der Nähe von Freiburg und schreibt in jeder freien und nicht freien Minute. »Ophelia Scale – Die Welt wird brennen« ist ihr erster Roman und Auftakt einer Trilogie.

Mehr über cbj auf Instagram unter @hey_reader